叶廷芳◎著

衢州市政协文史资料委员会◎编

悠悠衢江

随笔集　叶廷芳

[下册]

上海人民出版社

与著名剧作家迪伦马特

书 影

与书法家沈鹏

在书架前的 80 岁寿照

目　录

艺坛纵横

附录

专业拾余

德意志文学的启蒙精神

　　历史上的"德国文学"亦包括讲德语的奥地利文学和大部分人讲德语的瑞士文学,这里的"德意志文学"的概念也如此。

　　德国作为欧洲文学大国之一,就文学的可读性而言,它确实难以与法国文学、英国文学甚至俄国文学相匹敌。但若从内容的丰富性与思想的深刻性上看,德国文学则无可辩驳地首屈一指。因此这次研讨会的主题把德国文学的启蒙精神与它的思想史意义相联系是很有意义的。

　　讲启蒙文学我想应该分狭义的与广义的两个层面。从狭义的方面讲,指的是启蒙运动时期的文学,主要发生在 18 世纪中期那个阶段;广义的应该指各个时期的德国文学所蕴含的启蒙精神。近代(欧洲的"近代"概念一般以 15 世纪为起始)的欧洲文学,一开始德国文学就慢了一大拍! 文艺复兴时期的德国文学拿不出什么可以与法国、英国、意大利、西班牙等国文学相媲美的东西。但到启蒙运动就有新的起色了,赶上了一大截,不过仍略逊一筹,就运动的规模和影响而言都不及法、英诸国。可是稍后德国文学就非同小可了。启蒙运动尾声中爆发的"狂飙突进"运动就其精神实质而言是直接与启蒙运动相衔接的。再往后一点,18 世纪 80 年代席勒写的一系列戏剧和诗歌可以看作欧洲启蒙运动的尾声。席勒后来写的多方面的学术著作,许多命题来自康德却又超越了康德。他的美学著作甚至被哈贝马斯引入"后现代"的范畴加以审视并予以高度肯定,说他"构建了一套审美乌托邦,赋予艺术一种全面的社会革命作用"。近1个世纪以来,席勒的美学思想在我国从王国维到蔡元培、蒋孔阳以及当前的美学理论界和大学课堂一直产生热烈反响。席勒以"四海之内皆兄弟"为主题的《欢乐颂》成了今天的"世界和平进行曲"!

启蒙思想和启蒙精神在歌德那里还要鲜明和丰富。他的《浮士德》就使我们醒悟到,人类的追求是无止境的,因此给未来社会设定某种发展模式是不科学的;歌德预言并积极倡导的"世界文学"正在变为现实,诺贝尔文学奖的设立及其100余年的实践,就是这一现实的有力证明;歌德对"世界公民"概念的提倡和人物塑造,在世界突然缩小为"地球村"的今天具有极重要的现实意义。

在现在许多人对欧洲18世纪、19世纪蓬勃兴起的工业化进行反思的时候,他们无不感兴趣地注意到,当时的德国浪漫派就唱了反调!正是这个文学群体,其理论首领F.施莱格尔的美学纲领为主宰了20世纪文学创作的"表现论"美学开了先河!也还是这个文学群体,其成员荷尔德林那句"诗意地栖居在大地上"的诗句,经过海德格尔的阐发进入了"后现代"的语境,在20世纪后半叶以来的芸芸众生中引起山呼海啸!1857年法国诗人波德莱尔以其《恶之花》一书石破天惊。殊不知早它4年,即1853年,德国美学家罗森克兰茨就已经出版了《丑的美学》(*Haessliche Aesthetik*),为它作了理论先导!大家知道,欧洲表现主义运动的策源地是20世纪初的德国,其主要成就是戏剧,曾记否,早在19世纪30年代,

23 岁的天才作家、思想家和革命家毕希纳就已经以不同凡响的《沃依采克》,领先 80 年成为整个欧洲表现主义戏剧的鼻祖,并且在欧洲文学中第一次违背古典主义的禁律,把无产者作为文学作品的主人公。

在 20 世纪,德国或德语文学的启蒙精神丝毫未减,并且成为现代主义运动的有力推手。欧洲现代主义运动的一个旗帜性人物是尼采。尼采生活在 19 世纪,但他那些代表作问世的时候,并未立即引起反响。过了三四十年,直到表现主义时期,他才与正当盛年的弗洛伊德成为这个运动的最热烈的拥戴对象。他的"上帝死了""价值重估"等口号在思想文化界犹如一声春雷!目瞪口呆者有之,醍醐灌顶者更有之。他的美学理论,尤其是关于创作的"二元论",即所谓"日神精神"与"酒神精神"在文学艺术界亦产生深远影响。尼采的影响直到现在仍方兴未艾。当代德国著名哲学家哈贝马斯甚至称尼采为"后现代的第一人"!

弗洛伊德通过精神分析学第一次打开了人的"潜意识"的大门,让人看到了自身"内宇宙"的无限空间。古典浪漫主义的想象只在人的"外宇宙"天马行空,而由于弗洛伊德的提倡,现代主义的想象能在人的"内宇宙"即"无意识"领域自由驰骋,产生无数奇幻和魔幻的图像和情境,从而有力地促进了文学的分析功能,使文学大大扩展了创作空间。同样,弗洛伊德的影响至今仍在继续扩大。

20 世纪的德语文学还有两位启蒙大师,一位是布莱希特。他是一位自觉的现代启蒙作家。作为马克思主义的信奉者,他一生都想把马克思主义的下述两个论断通过自己的创作启悟下层劳动群众,一个是任何时代占统治地位的思想都是统治阶级的思想;另一个是重要的问题不在于认识世界,而在于改造世界。布莱希特想让普通老百姓明白,在一个统治阶级思想占统治地位的社会里,任何人想出污泥而不染都是不可能的,因此必须采取"以毒攻毒"的办法来保护自己。如他的剧作《三个铜子儿的歌剧》《四川好人》《高加索灰阑记》等,他的诗作《一个读书工人的疑问》等,最明显不过地反映了他的启蒙企图。

另一位是奥地利作家卡夫卡,他堪称是不自觉的启蒙主义者。他只是一个劲地表达自己对生存的感受,客观上却唤起人们对现代文明的反思;美学上他把原本不属于文学的写作手段,变成了符合新的时代特征的文学(用汉斯·马耶尔的话说,"他从文学外走到了文学内"),并引领了1个世纪的风骚!难怪有人称他为"先知",也有人称他为预言家,而I.哈桑则干脆说他是"后现代主义的先辈"。但我相信他自己生前并未想到过这些。

德国文学之所以有以上这些特质的表现,原因之一我想是不难想象的:德意志民族是一个爱思考的民族,这不仅使德国成了一个公认的哲学大国,而且赋予其文学以某种哲学品格和深邃的思想性与远见性。

(2014年冬根据一次研讨会的发言压缩而成)

歌德的"全人"人格和人类情怀

对于歌德的伟大这一认知,我是恰恰在一个企图不要文学的年代获得的。那是 1958 年,在一股极左思潮中,北京大学西语系的学生也嚷嚷着要大批"资产阶级文学"。我们德语系的师生于是集会,提出首先要批"最大的"——歌德!但是站在讲台上的系主任兼歌德研究专家冯至先生却迟迟不肯表态。最后他涨红着脸郑重地说:"同学们,我要告诉大家,如果我们批了歌德,会伤害德国人的民族感情的!"听了这句话,一个伟大形象在我心目中立刻耸立而起!后来随着知识的积累,歌德的形象日益丰满起来,知道他不仅是德国最伟大的诗人,而且在欧洲也是数一数二。1985 年我曾读到过一条消息,欧洲 5 个文学大国的媒体举行过一次民意测验,评选欧洲已故的最伟大的 10 位作家,歌德名列第二,仅次于莎士比亚!无怪乎他的代表作《浮士德》被公认为欧洲"四大名著"之一(其他 3 部是《荷马史诗》、但丁的《神曲》、莎士比亚的《哈姆雷特》)。

他是爱国者,但不是爱国主义者

歌德是个全能式的天才诗人,更是个目光远大、拥抱全人类的文化巨人。在青年时期他就宣称："我比过去任何时候都更加面对广阔的世界和无羁的大自然。"从他的成熟年代起,他就总是站在时代的制高点来观察历史的走向,以宏阔的视野确立事业的战略目标。

但他又脚踏实地,是从本民族的土地上起步出发的。大家知道,日耳曼民族是个强势民族。但从中世纪后期起,主要由这个民族构成的德意志帝国(通常称日耳曼神圣罗马帝国)却是个四分五裂的国度,直到 1871 年才统一起来。所以在文艺复兴时期,德国文学没有像欧洲其他大国诸如英、法、意、西等那样燃起熊熊火焰。从启蒙运动起,德国的知识精英们由于长期在政治方面找不到出路,便把注意力转到文学和文化方面。从 18 世纪起,德国文学界为振兴民族文学,都想从周边各文学大国寻找学习榜样。除了莱辛等少数人,许多人包括当时的文学界泰斗戈特舍德在内都主张学习古典主义盛行的法国。到歌德登上文坛时,他竭力主张要学就学英国,因为英国有以莎士比亚为代表的、不死守僵化规范的、充满创造活力的作家群。1771 年 9 月,22 岁的青年歌德在一个小型会议上作纪念莎士比亚演讲时欣喜若狂地说:"我读完他作品的第一页,就已经终身倾心于他了;等到读完他的第一个剧本,我更像一个天生的盲人,伸手一摸便突然见到了光明。"同时他表示对"讲规则"的古典主义感到"牢狱般可怕",它"像桎梏一般束缚着我们的想象力"。歌德的这一感受和判断完全把握住了欧洲文学发展的健康方向。

这时德国正处于"狂飙突进"时期,歌德等一批激进的反封建的青年人以新锐的精神风貌和文学风范登上文坛。随着歌德步入政坛,正当"狂飙突进"的势头行将消歇之时,一个比歌德小 10 岁的青年人追赶了上来,他以《强盗》《阴谋与爱情》等一系列启蒙性的反封建、反贵族统治的戏剧轰动德国乃至欧洲剧坛。这就是后来兼戏剧家、诗人、美学家、哲学家和历史学家于一身的席勒。经过几年的接触和交往,歌德深深为席勒振兴民族文学的伟大抱负所感动,也为他的天才敏锐性而折服。于是他决心接受席勒的美意,与席勒结成文学创作上的战略同盟。正是在席勒丰富的创作灵感的频频刺激下,歌德那被 10 年宫廷生活弄疲惫了的创作欲重新得到激活,从而开始了两位巨人长达 10 年的亲密合作。他们在互相切磋中不仅扩充了创作题材,也使双方许多创意得到提升,尤其是歌德关于《浮士德》的构想,在席勒的建议下有了质的飞跃。在这一合作中双方一致认定,古代希腊文学的那种自然质朴的人文底蕴、巨大的原创精神和静穆、高贵的美学风范应该成为德国文学发展的坐标。这就使 18 世纪的德国文学避免了启蒙时期过于强调理性,"狂飙突进"时期又过于张扬个性的偏颇,从而使德国文学找到了自己的平衡、和谐的定位。同时两人都厌弃以法国为代表的古典主义一味从形式和风格上不断重复古希腊的弊端。这意味着德国文学从此培育起了自己民族的根苗。德国文学就这样开始了被称为"古典时期"的独立发展,很快达到高峰,并有资格跻身于欧洲文学大国的行列!无怪乎席勒过早去世时,歌德沉痛地哀悼说,"我失去了生命的一半"!这是歌德的肺腑之言。确实,如果没有席勒的真诚加盟和有力推动,也许就不再有歌德艺术生命的新生。

一种文学的伟大,其艺术上的成就往往是次要的,思想的深邃才是它的灵魂。19 世纪末德国文学之所以很快达到高峰,还有一个重要因素就是一位伟大哲学家的参与。他就是康德。康德不仅是 18 世纪德国最伟大的哲学家,而且也是最伟大的美学家。他通过 3 个批判——《纯粹理性批判》《实践理性批判》《判断力批判》——一举颠覆了学院味十足的理性主义哲学,导致了欧洲哲学上史上"哥白尼式的转折",从而为欧洲古典主义哲学奠定了基础,也成为浪漫主义运动的哲学支撑。康德的不寻常之处是把"人"放在哲学研究的中心,这使他的美学渗透着人道主义与理性主义精神,容易与作为"人学"的文学交融,因而成为德国古典文学的哲学基础。事实上在康德后期,尤其是 1790 年他的以美学为主轴的第三部力作《判断力批判》出版以后,德国作家更争相学习康德,其中获益最大的是席勒。席勒的许多命题都来自康德,最终又超越了康德,建立起自成一体的美学理论,有的甚至达到"德国文论的极致"(托马斯·曼)。歌德是个纯粹的诗人,他通常不喜欢哲学理论和哲学家,但唯独康德他推崇备至,并与之友好往来。《浮士德》达到那么深刻的哲理,与这一思潮有必然联系。这说明康德哲学和美学在相当程度上参与了这时期德国文学发展的进程。可以设想,如果没有康德,则这时期的德国文学未必能达到德国文学史上的高峰。这就是说,德国在文学上取得独立,至少包括 3 个关键人物:歌德、席勒和康德。而歌德作为核心人物,他的战略眼光和凝聚力是至关重要的。

歌德作为一个有政治身份的作家,他对祖国所承担的义务和贡献已如上述。歌德在宫廷任职期间创建的那座迄今仍耸立在魏玛的民族剧院,就是歌德这一心志的历史见证。

但作为一个伟大诗人和智者,歌德也是人类良知的代表,他是属于全人类的。这一点歌德自己分明是意识到的。晚年在与艾克曼的谈话中,有一篇政治遗嘱性质的记录。其中有这样一段:"诗人作为一个人和公民会爱自己的祖国。然而他的诗才和诗歌活动的祖国则是善、高尚和美。"(这与康德的美学追求一致)因此我们可以说歌德是个"爱国者",但不能说他是个"爱国主义者"。因为善、美和崇高的价值是供全人类共享的,是没有国界的。

拥抱人类,塑造"全人"和"世界公民"形象

我心里至今仍深深烙印着歌德晚年与艾克曼的一段对话。艾克曼提起 20 多年前即 1806 年拿破仑军队在耶拿大败普鲁士军队,侵占不少德国领土(法军甚至冲进歌德家里,若没有妻子的竭力保护,歌德生命都很危险)。艾克曼说当时"人们都责怪您,说您当时没有拿起武器,至少没有以诗人身份去参加斗争"。歌德不以为然地回答说:"我心里没有仇恨,怎么能拿起武器?""对我来说,只有文明和野蛮之分才重要,法国人在世界上是最有文化教养的,我自己的文化教养大半要归功于法国人,对这样一个民族我怎么恨得起来呢?"看完这段话,我好像立刻看到一道人类良知的闪光划过长空,一个大写的"世界公民"站在我眼前。他教导我,文明水平才是衡量民族间利害的重要尺度。

歌德倾毕生之力创作的两部鸿篇巨制,即历 60 年创作的《浮士德》和历 33 年完成的长篇小说《威廉·迈斯特》,可以充分说明他的远见卓识和文明高度。关于浮士德这个形象,纵向上他不是根据历史上有过的人物原型写的;横向上他自己说过,他写的不是哪个民族或国家的人,他写的是总体的人,是"全人"(All-Mensch),是人类的化身。这样的人显然如浮士德,没有民族和国别的身份,只知一心进取,以改造世界为己任,类似我国《易经》里

写的那种"自强不息"的"天行健"之"君子"。这样的人的精神人格必然是丰富和复杂的,他集中了人类中常见的各种品质:善良与邪恶、高贵与卑贱、崇高与渺小。他身上集中着积极与消极、前进与后退两股力量,而以积极和前进为主导。我们同行中有人指出过,《浮士德》是歌德的"精神自传"。我同意这个看法。稍加细心就不难看出,歌德自己就是作为艺术形象的浮士德的原型。在一定程度上也可以说,歌德是为塑造浮士德这一形象而活着的。事实上,他毕生都在追求一种包含多种文化成分和信仰的精神人格,直到1831 年 3 月他在给一位朋友的信中谈到,经过一生的寻找和选择,现在,在他的老年,他终于发现"一种教派,即三教合一派。这种教派介于异教徒、犹太人和基督徒的信仰之间,即是对于凡是认识到的一切最美好、最完美的事物,他们都珍惜、赞美和崇敬,而这些事物只要和神性紧密地联系在一起,就要信奉。于是,对我来说,由黑暗时代里骤然射出了令人愉悦的光芒,因为我感到,我毕生奋斗的目标正是把自己造就成三教合一论的信徒"。这段话极其真实而生动地说出了歌德对自己的精神人格的多样性和丰富性是进行了自觉的追求的。但歌德会活成什么样,他自己也很难把握,因为在相当程度上他还要受时代、受客观环境的制约。所以接着上面那段话后面他又说:"做到这一步真真是费尽了心力,因为一个人如果囿于自我的小天地,怎能达到认识最卓越事物的境界呢?"这就是为什么《浮士德》的写作从作者的青年时代起即与作者相伴而行,不到作者生命的最后时刻,它不封顶。因此我们也可以说,歌德在塑造着他的主人公的同时,也塑造着自己。当然在古典作家笔下,也可以说在现实主义作家笔下,作品中的形象总会比现实中的人物"更高、更理想"。所以歌德要用《虚构与真实》(*Dichtung und Wahrheit*，一译《诗与真》）来作为他的自传的题目。

　　歌德唯物主义哲学的一个重要观点，是强调"行"（Tat）的重要性。在《浮士德》开头，浮士德对《圣经》里那句"太初有道"中的希腊文 Logos 怎么译成德文，在"言"（Wort）与"行"（Tat）、"行"与"意"（Sinn）之间自我争辩了许久，最后才确定为"行"。这个"行"字是贯穿《浮士德》全书的主导精神。歌德的这一思想在我看来非常伟大，它与马克思主义的一个重要思想是相通的，即重要的问题不在于认识世界，而在于改造世界。要改造世界，就得有权力。有了权力，才能呼风唤雨、移山造海，才能开矿山、建剧院，就像歌德后来所做的那样。这是我理解歌德为什么正当创作旺盛之时，愿意接受刚继位的青年公爵卡尔·奥古斯特的邀请去宫廷做官的主要依据。我不知道恩格斯在批评歌德"有时极为渺小"的时候，是否把歌德重视"行"的这一精神导向考虑了进去。歌德的践行说与马克思主义的实践论的暗合，是帮助我们理解歌德思想的前瞻性和世界性的一把钥匙。

　　歌德所塑造的"全人"是指人的精神人格的全面性与复杂性，而不是指道德上高大全的"完人"。我在学习历史中得到一个顿悟，即历史是在痛苦中前进的，因此历史是不承认道德的。浮士德在前进过程中也带来不少破坏和牺牲，但没有人会认为浮士德是罪犯。西方现代主义思潮兴起以后，无论现代哲学、现代心理学还是现代文学、现代美学都证明，浮士德这一形象是真实的，是符合人性的复杂性本质的！事实上人人身上都有"梅菲斯特"（《浮士德》中的魔鬼名缩写），只是没有一定的诱因它显露不出来罢了。鲁迅就坦言，他身上有"鬼气"。卡夫卡在给他的第一个女友的一封信里说得更明白："希望自己有一只强有力的手""能够切实深入"他"自身错综复杂的结构中去",一窥他的"内部""那么多模糊不清的东西纵横交错"。在西方现代文学中,对歌德这一美学思想体悟得最真切,并在自己创作中运用得最成功的是布莱希特,他的《四川好人》以极为生动有趣的情节,非常令人信服地揭示了人是一个善恶并存的双面体。哪一面会占上风,主要取决于外在的诱因。早在2 000多年前在古希腊德尔斐神庙上就刻下苏格拉底的这一名言:认识你自己。但人类认识自己的道路是非常艰难而漫长的,刚才说到历史是在痛苦中前进的。为什么痛苦? 就是因为有"魔鬼"不停地捣乱嘛! 而这"魔鬼"并不抽象,它就是我们今天的中国人几乎每天都在谈论的权、钱、色也! 所以歌德的浮士德这一形象既揭示了人作为个体的人性复杂性与矛盾性的本质,又揭示了人类在历史运动中精神发展的辩证逻辑。这标志着人类在自我认识道路上的一个重大发现,是对创作美学的重要贡献;既有当代价值,又有世界性的普遍意义。

歌德的另一力作《威廉·迈斯特》上下部堪称《浮士德》的姐妹篇,尤其是第二部《威廉·迈斯特的漫游时代》。与"全人"的形象相映照,作者在这部书里塑造的是一批"世界公民"的形象。"世界公民"可以说是近代以来欧洲先进思想家们共同的人格理想。不仅歌德,他的同时代人康德也提出过,20世纪的英国哲学家罗素同样加以提倡。歌德则更以形象化的手法将这种在当时现实中还不存在的人格模型进行演化。在《威廉·迈斯特的漫游时代》这部巨著里,一批不恋故土的移民,坚信"只要充满智慧的力量,到处都会找到家"。他们组成"移民联盟",远赴美国,开拓事业。他们在异国他乡,并不是一盘散沙,相反,他们很强调团体的重要性,要求互相支持与关心,遵守团体的纪律。这个联盟的首领莱纳多以身作则,在各方面作出了表率。这批"世界公民"的所作所为,令人想起不少社会主义者在 20 世纪尝试过的许多事情。《威廉·迈斯特的漫游时代》另一点值得注意的是,歌德凭着他的丰富的人生阅历,在书里注入了许多哲学思考。除了集中披露大量格言以外,尤其通过人物活动强调两级对立思维。在巴洛克风尚盛行的 17 世纪,人们甚至把两级对立看作宇宙的根本法则,并把它变成美学信条。但歌德并不一味强调对立,他同时也主张相互平衡。在第九章孟坦对威廉说:"思与行,行与思,这是一切智慧的总和……通过思来检验行,通过行来检验思,这是人类智慧的守护神悄悄地告诉每一个新生儿的道理。谁要把这个道理当作规律来遵循,谁就不会迷路,即使迷了路也会很快回到正道。"歌德在这里所强调的思与行的辩证关系,又使我们立即想起 20 世纪许多社会主义者竭力教导我们的理论必须联系实践的那番道理。于是我们不能不感到惊奇,歌德的世界眼光仿佛具有一种跨时空的穿透力,即使跨越 1 个多世纪,依然使我们感到新鲜,仿佛他就在我们身边行走。因此我们完全有理由设想,这位强调"行"的大智者若是晚生 1 个世纪,他会说些什么,做些什么。

到这里我们也才明白,这位才华过人的天才诗人歌德,他的大量作品多数一问世即引起热烈反响,唯独《威廉·迈斯特的漫游时代》这部巨著诞生后长期不被看好。原来在欧洲古典主义占统治地位的年代,从来崇尚古典而不认可"主义"的歌德并没有按照古典主义那些僵化的美学教条行事,其遭遇可想而知。这里歌德似乎步了他所崇尚的莎士比亚的后尘。莎氏当年也没有按照文艺复兴时期人们关于悲剧、喜剧的严格规定去写作,他偏偏在悲剧里加入喜剧的因素,在喜剧里加入悲剧的因素;此外他的华丽辞藻也违背古典主义规定的典雅、隽永的原则。这种无法无天当时在正统者看来简直是狂夫野汉。直到1个多世纪以后巴洛克美学风尚兴起之时，九泉之下的莎翁被其引为同宗，从此这位巨人才开始在欧洲文学史上大放光芒。《威廉·迈斯特的漫游时代》也是被冷落了1个多世纪，直到第二次世界大战以后，当人们认识到奥地利另一位堪与卡夫卡比肩的小说巨匠 R.穆齐尔的巨著《没有个性的人》的价值时，才发现《威廉·迈斯特的漫游时代》在写法上与其有着惊人的相似之处！于是人们甚至认为歌德的这部小说堪称是20世纪现代先锋小说的前导！

以"世界文学"为切入点，寻求人类情感交流的共同渠道

歌德的世界眼光还在于他的胸怀博大，包容心强，而且不随着年岁的老去而衰退，相反他老而弥坚，越老思想越清晰。浪漫主义兴起时，他已步入老境。照理这一思潮与他的古典风格是抵触的。但除了德国浪漫派他不怎么看好外，对西欧的浪漫主义他是欢迎的，特别是对拜伦赞美有加。正是在他的老年阶段，他一方面通过小说如《威廉·迈斯特的漫游时代》把目光投向美洲（因为那里已经有一个大国发表了《人权宣言》，使他看到了人类前途的曙光），另一方面他通过阅读把目光投向东方，除中国文学外，他还读了大量印度、波斯、阿拉伯等国家和地区的作品，并因而对这些国家产生好感，使他写了大量诗歌，分别集成《西东合集》和《中德四季晨昏杂咏》14首。值得注意的是，他在接触两种不同文学和文化的时候，他首先注意发现的是两者之间的"同"，从而产生亲近感，而不像我们这里许多人首先发现两者之间的"异"，从而产生隔阂心

理。例如歌德读了中国的一些通俗小说如《好逑传》《玉娇梨》《百美图咏》《花笺记》等后,就发现"中国人在思想、行为和情感方面几乎和我们一样,使我们很快就感觉到他们是我们的同类人"。他甚至认为东方文化和西方文化是一对"孪生兄弟"。必须提及,当时歌德发表这样的观点是很不容易的。凡知道一点世界近代史知识的人都知道,欧洲人对中国人经历了从 17 世纪末到 18 世纪中期这 100 多年的"单恋"以后,随着资本主义对外扩张的需要,从 18 世纪 70 年代起,思潮急剧逆转:由歌颂中国转为诋毁中国。连歌德的同时代人黑格尔都说了我们不少坏话。这种情况歌德显然是知道的,甚至也受到感染。他的上述言论分明是感到意外,因而为我们辩护。歌德是从人性的角度出发发现双方的共同点的,充分反映了歌德宽广的人类胸怀。

还是在这样的晚年岁月里,在世界大视野的思维链条中,歌德提出了"世界文学"的预见和憧憬。他说:"我相信,一种世界文学正在形成,所有的民族都对此表示欢迎,并且都迈出了可喜的步子。"他还说:"现在,民族文学已经不是十分重要,世界文学的时代已经开始,每个人都必须为加快这一时代的速度而努力。"这是歌德不仅超越民族,而且超越欧洲疆界,突破欧洲文化中心论的振聋发聩之言。不难看出,歌德这里指的不仅仅是文学,而是展望一种适合于"全人"式的"世界公民"成长和生存的世界愿景。须知这番话离鸦片战争爆发只有十几年。当时以英国为首的西方列强正磨刀霍霍,以炮舰开路,向世界各地掠夺殖民地或商品推销市场。歌德的这番话代表人类的良知,构成西方殖民主义交响曲中的一个强有力的"不协和音"。无独有偶,歌德的亲密盟友席勒创作的那首高唱"四海之内皆兄弟"的《欢乐颂》,经过德国另一位伟大男子贝多芬的加盟并谱曲，成为一首响彻全球的"世界和平进行曲"。它与歌德的"世界文学"的伟大构想有着异曲同工之妙，在各地"魔鬼"肆意破坏和平或蠢蠢欲动的今天，是代表人类良知、抗衡"魔鬼"肆虐的和平最强音！在世界随着信息时代的到来而突然变成"地球村"的今天，人类一下子看到自己共同的命运：要么立即起来共同拯救自己，要么一起毁灭。因而呼唤人类良知，呼唤"村民意识"的呼声日益强烈。在这样的时代境遇下，我们加强歌德的学习与研究，进而把歌德的博大胸怀和世界眼光变成"地球村"的主导精神是非常必要和紧迫的。

2015 年秋

歌德、席勒的当代意义

歌德和席勒大小相差 10 岁,都成长在国家不统一、民族精神文化上不独立的年代。重振民族精神、提升德意志文学和文化品位的宏伟抱负使他们走到一起,并结成战友般的同盟。他们的崇高理想和切实而成功的追求对于我们今天具有重要的借鉴意义。

歌德、席勒对"人"的憧憬和追求

我们常说"存在决定意识",一点不错。歌德、席勒对于"人"的重视是由现实引起的。德国差不多从 13 世纪起,归属的所谓"神圣罗马帝国"就名存实亡了!全国四分五裂,最多分裂成 314 个小公国!加上战乱频仍,民不聊生。老百姓变得眼界狭小,精神衰颓,小市民习气弥漫。恩格斯对此有过尖锐的描述:"一切都很糟糕,不满情绪笼罩了全国。没有教育,没有影响群众意识的工具,没有出版自由,没有社会舆论……一个卑鄙的、奴颜婢膝的、可怜的商人习气渗透了全体人民。一切都烂透了,动摇了,眼看就要坍塌了,简直没有一线好转的希望,因为这个民族连清除已经死亡了的制度的腐烂尸骸的力量都没有。"这种现象对于敏感的诗人的印象无疑是深刻的，必然引起他们的认真思考。

其次是国际现实的刺激，这就是法国大革命无休止的暴力的刺激。一方面，统治者的堕落与压迫导致了群众的反抗，而另一方面群众的反抗则一味寻求不可遏止的情感的宣泄，这种不可控制的情感是属于兽性的东西。歌德直到晚年还对艾克曼说："我憎恨那些暴力颠覆的人，同样我也憎恨那些招致暴力颠覆的人。"

双重的使命感——重振德国文学雄风和重塑德国国民的精神素质——使两位巨人互相结盟，把文学的目标转向古代（Antik），把教育的手段诉诸美学。

早在 1886 年和 1887 年，他俩分别在《伊菲杰尼在陶里斯》和《唐·卡洛斯》中对未来人的模样和未来艺术的模样就已经有了雏形。此后歌德经历了意大利旅行，席勒经过了几年的书斋生活，彼此都已经把早年那颗狂躁的心收了回来。早年的反抗都在"破"，现在应该是"立"的时候了。人和艺术这两种模样均需要有一个典范、一个参照。为此他们既不学法国，也不学英国，而是把目光转向了欧洲文学艺术的源头——古代希腊、罗马。

古希腊的哲学、诗歌、戏剧、叙事文学乃至政治都达到当时人类的高峰，那是欧洲文学艺术的源头。它以静态哲学为前提，表现"高贵的单纯，静穆的伟大"，强调理性、庄重、协调、高雅、对称等。

歌德本质上是个浪漫的诗人，但他伸缩有度，经常强调节制、断念、舍弃，认为"在限制中才显出自由"。这符合古希腊精神。席勒在诗歌中对人发出这样的赞颂："人啊，只有你才拥有艺术。"（长诗《艺术家们》）他同样对古典美大加赞颂："你伟大，因为你温柔敦厚。"（《艺术家们》）

歌德说："我写的人从来都不是哪个民族或哪个国家的人，而是纯粹的人，是'全人'（All-Mensch）。"他一生都在通过自己的生存实践来实现这一目标，同时也通过文学创作来表达这一理想。他一生有两部重头作品，即长篇小说《威廉·迈斯特》和诗剧《浮士德》。前者开创了所谓"教育小说"的范例，它的主人公不断地在扩张与收缩之间寻求平衡。《浮士德》浪漫色彩更重一些，尤其是第二部。每个人身上都有正、负或者善、恶两个因素在起作用，也就是浮士德说的"我身上好像有两个灵魂，一个把我拉向前进，一个把我拉向后退"。这拉向后退的灵魂就是人的天生惰性以及外在的各种障碍和诱惑。这个消极的灵魂作者用了魔鬼把它形象化。但这消极的力量在破坏捣乱的过程中所起的实际作用却往往不是消极而是积极的，这就是事物发展的辩证法。因此魔鬼最后表面上要到了浮士德的灵魂，但它却成全了浮士德的全面发展。浮士德这个人物也象征了整个上升时期资产阶级的发展过程。我本人至少受到这样几点启示：首先是"太初有为"的命题；其次是人类的追求是永远不会满足的；第三是人类或社会的发展总是在善与恶、积极与消极两种对立因素中进行的；第四，人的精神发展必须有丰富的生命体验。席勒在后期作品中对人的古典精神的塑造也作了可贵的努力，取得了可观的成就，在德国文学史上产生深远的影响。

歌德和席勒的世界眼光和对"世界公民"的追求

歌德和席勒的不寻常之处还表现在他们具有远大的眼光和博大的胸怀，以至于生活在一个鄙陋的国度，却能摆脱这种局限，把目光投向世界，站在时代制高点观察问题，超越时空界限，向往"世界文学"的贯通，追求"世界公民"的理念，拥抱全人类。席勒那首

《欢乐颂》完全表达了"四海之内皆兄弟"的思想,可以说是一首光辉的"世界和平进行曲",经过贝多芬的谱曲如今已响彻全世界!歌德早年对中国印象并不好,但他晚年广泛阅读了亚洲、非洲一些文明古国和地区如阿拉伯、波斯、印度、中国的文学作品以后,完全改变了这种偏见,认为"中国人在思想情感方面与我们是一样的"。他除了写出《西东合集》240 首诗以外,还专门写了《中德四季晨昏杂咏》14 首。而且他在东西文化的对比中首先强调"同"的方面,不像我们一见差异就强调"碰撞"。他晚年写出的《威廉·迈斯特的漫游年代》与较早写的《威廉·迈斯特的学习时代》大相径庭,主人公领着一拨人到美洲去开发,是当"世界公民"去的。实际上歌德追求的正是一种由多种文化成分综合而成的精神结构。1831年 3 月 22 日歌德在写给友人的一封长信中有这么一段话:"……从《创世记》开始,我始终未能找到一个令我心悦诚服的信仰。而现在,在我的老年,我却了解到一种教派。这种教派介于异教徒、犹太人和基督徒的信仰之间,即凡是能够认识到的一切最美好、最完美的事物,他们都珍惜、赞美和崇敬,而这些事物只要与神性联系在一起,就要信奉。于是,对我来说,由黑暗时代骤然射出了令人愉快的光芒,因为我感到,我毕生奋斗的目标正是把自己造就成三教合一论的信徒。做到这一步真真是费尽了心力,因为一个人如果囿于自我的小天地,怎能达到认识最卓越事物的境界呢?"联系他对《浮士德》的创作断断续续达 60 年之久的过程,尤其是他将浮士德作为"全人"塑造的非同寻常的创意,更使我们对他这一自白深信不疑并惊叹有加。因此有人说:"在国家和文艺方面几乎没有一个人注意到歌德对我们的'人的尊严''个性自由发展''个人自由'这样一些概念作过强大的基础性的贡献。"(K.芒森)

席勒的美育思想和理论的现实针对性

席勒根据上述国民精神素质的现状,主张通过审美教育和道德训化的途径加以改造。他的最著名的美学著作、书信体的《审美教育书简》(包括 27 封信)就是针对这一目的而写的。他主张通过"感性冲动"和"形式冲动"的结合实现"游戏冲动"的目的。他说:"当我们怀着情欲去拥抱一个理应被鄙视的人时,我们就会痛苦地感到自然的强制;当我们敌视一个我们不得不尊敬的人时,我们又会痛苦地感到理性的强制。但是一个人既能吸引我们的欲念,又能博得我们的尊敬,情感的压力和理性的压力便同时消失,我们开始爱他。这就是让欲念和尊敬同时一起游戏。"这叫"游戏冲动"。"说到底,只有当人是完全意义上的人时,他才游戏;只有当人游戏时,他才完全是人。"多么精辟的阐述!

但美是溶解性的,一个人光懂美,他容易懈怠,以致堕落。因此美必须与"崇高"相联系,才能达到美育价值。为此他举了这么一个经典性的例子:《荷马史诗》中奥德修斯在一个海岛上与女神卡莉普奈相遇,他惊艳并沉湎于她的美色,被她挽留了 7 年之久,真是"英雄难过美人关"啊!但一旦象征他导师形象的门托尔浮现在脑海时,他立刻回忆起他的伟大使命,毅然走上归途!这又使我们联想到 1786 年的歌德,经过 10 年繁忙的政务和浮嚣的宫廷生活之后,他深感创作活力的衰颓和灵感的寡临,这有负于他对艺术(那时他仍一心想成为画家)和文学的伟大抱负。于是他决心不惜得罪赏识并尊重他的君主奥古斯特大公和与之写过 1 600 多封信的红颜知己施泰因夫人,背着他们擅自前往艺术之乡意大利,一呆就是 21 个月！回来后虽然大公没有责怪他,但是施泰因夫人从此与他疏远了！而这一后果歌德事先分明是预料到的。这一事例充分说明歌德把崇高放在了美的前面。不然就不会有今天的歌德了！这就是为什么歌德笔下经常出现诸如"节制""断念""放弃"等字眼的原因。

歌德、席勒思想的时代性与前瞻性

从中外文学艺术史上看,一般人在功成名就、获得成功之后,大脑仿佛被固有的审美形态填满,对于新的审美信息再也吸收不了,甚至产生排他性。但歌德、席勒这两位巨人却是例外。他们的创作思维始终保持着鲜活状态。他们虽然以希腊、罗马的古代文艺为榜样,却并不把它当"主义"来膜拜,故始终排斥法国的古典主义,认为那是创作的"桎梏"。歌德晚年,欧洲的浪漫主义思潮正盛。歌德非但没有感到陌生甚至抵触,相反,他感到欣喜,尤其对英国的浪漫主义代表拜伦赞美有加。不仅如此,歌德还在他的创作中对浪漫主义的创作方法加以吸收。不妨对比一下《浮士德》的上下部,下部浪漫主义的成分显著增加。虽然在艾克曼记录的《歌德谈话录》中可以找到歌德对德国浪漫派的某些非议,但在歌德自己的作品中找不到这类字眼。席勒在浪漫主义尚未成气候的时候,就觉察到一种有别于模仿论的新的美学思潮在形成,写出了不朽的美学杰作《素朴的诗与感伤的诗》("诗"的德文为 Dichtung,这里指"文学创作"),在现代主义出现以前最早廓清了现实主义与浪漫主义这两种不同创作方法的界限,被 20 世纪的托马斯·曼誉为"德国文论的顶峰"。

　　歌德和席勒的美学思想，特别是席勒主张通过美育提高国民素质的教育理念很快越出国界，在我国也引起很大反响。早在 20 世纪头 30 年，像王国维、蔡元培这些学界巨头都十分推崇席勒，作为杰出教育家的北京大学校长蔡元培更把席勒的美育理念融入他的教育方针。"文革"后的改革开放以来席勒的美学理论又一次引起我国学界和教育界的共鸣，从中学到大学普遍开设或增设了素质教育包括美育课程。2005 年，值席勒逝世 200 周年之际，除了大型纪念性活动以外，至少有 5 个单位分别或联合举办了席勒美学理论研讨会，可见其影响之深远。

　　西方"后现代"思潮兴起以后，席勒的美育思想依然是"后现代"语境里的一个热门话题。"后现代"的权威学者哈贝马斯曾这样评价席勒的美育著作："这些书简成了现代性的审美批判的第一部纲领性文献。席勒用康德哲学的概念来分析自身内部已经发生分裂的现代性，并设计了一套审美乌托邦，赋予艺术一种全面的社会革命作用。"

　　歌德和席勒这两位世界性的文化巨人，由于他们能从人类的最高利益出发，观察和思考世界和未来，故他们的思想和理论能穿越空间和时间的隧道，对于我们今天仍然具有丰富和深刻的启示价值。

2015 年冬

重审德国浪漫派

——全国德语文学研究会第 10 届年会开幕词

经过两年时间的长别，我们又相聚在一起了！两年来大家在各自的岗位上都作出了显著的成绩，在某种意义上说，今天的会就是这一成绩的检阅、展示和交流。参加这次研讨会的，除了日耳曼语言文学的学者以外，还有活跃在各高等院校外国文学教学岗位上的朋友们，甚至还有兄弟语种如法语文学的朋友们，我代表主办单位和承办单位，对他们的光临表示热烈的欢迎。任何国别文学都是世界文学的一部分，都是文学爱好者和专业研究者关注的对象，因而都有发言权。因此我们对日耳曼语言文学学者以外的朋友们的欢迎是真诚的。

这次会议围绕的主题，即德国浪漫派问题，是上次理事会就确定了的。把这一问题作为我们研讨的重点，是不难理解的。19 世纪头 30 年的欧洲文学普遍被浪漫主义思潮所主宰，大多数国家的浪漫主义文学在政治上都与当时的进步倾向即民主主义潮流保持一致，美学上呈现基本相同的特征。唯有德国是个例外。它在政治上对雅各宾专政以后的法国大革命大摇其头，而与打倒拿破仑以后的欧洲王政复辟现实沆瀣一气，并且缅怀中世纪、反对宗教改革运动等。美学上它也发出奇特的声音,呈现出怪异的模样,以致像歌德、海涅这样一些本身就跟浪漫主义沾边的作家都认为它是"病态"的甚至是"死亡"的。尤其是海涅的《论浪漫派》和勃兰兑斯的《19 世纪欧洲文学主潮》流行以后,德国浪漫派被稳稳戴上了"消极的"或"不健康的"帽子。20 世纪以来,在社会主义一度胜利了的国家,德国浪漫派更是声名狼藉,除"消极""病态"之外,更得到"反动的"恶谥!我们国家自 50 年代以来也采用了这一评价来对待德国浪漫派,以致有的很有威望的学者年轻时写过德国浪漫派作家的博士论文,80 年代前一直不敢声张。德国浪漫派的这种名声和地位自然阻碍了我们对它的接近和研究,因而长期以来无法对它作出公正的评价。这不能不说是个损失。

德国浪漫派文学是人类正常精神活动的产物,而不是疯人梦呓的结果。它的存在,无疑使欧洲文学的星空更加灿烂,而绝不是相反。至少有一打以上的作家有资格载入世界文学的史册!很难想象,德国文学乃至世界文学,如果没有他们的名字,也就是没有那标志着美学理论重大突破的划时代著作 *Fragmente* 的作者 F.施莱格尔及其兄长、德国浪漫派的组织者与权威的莎翁翻译者 A.施莱格尔,没有那两位亲缘作家即长期在民间广泛学习和采集民歌、最后成为《儿童奇异号角》这一不朽童话集的编者的阿宁姆和布伦塔诺,没有另一对双子星座即为我们留下了不朽儿童文学作品和丰富的语言学著作的格林兄弟,没有那位以写神怪著称的《雄猫摩尔的生活观》和《谢拉皮翁的兄弟们》的作者 E.T.A.霍夫曼,没有以写"人类理想颂歌"著称的荷尔德林,以及没有那些为很多读者所喜爱的克莱斯特、让·保尔、夏米索,甚至没有诺瓦里斯、梯克……如果没有这些人的名字,将会怎么样?肯定会失去许多光彩。君不见德国浪漫派文学蕴蓄着巨大而持久的光源,到了20世纪更见其光芒。正是在20世纪,德国浪漫派理论家F.施莱格尔备受重视,小说家霍夫曼更受青睐,诗人荷尔德林广受赞颂。这说明,20世纪西方文学出现的许多美学特征,早在德国浪漫派那里就被捕捉到了!因此可以说,德国浪漫派文学不仅为德国文学,而且为欧洲文学争得了荣誉!

诚然,生活在四分五裂的德国社会,鄙陋的政治现实和社会环境不能不给他们的视野造成局限,使他们一时看不到时代潮流向哪个方向发展,以致有了前面提到的那些表现。但是须知,他们是作家,而不是政治家,衡量一个作家的价值,只能凭其留给人类的智慧产物的价值。至于他们的政治言行或政治态度,并未形成政治行动、留下不良历史后果,没有必要去计较。有关这些,相信在这次研讨会上会听到更详尽、更科学的分析。

2001年秋于成都西南交通大学外语学院

当代德语文学的美学转型

——全国德语文学研究会第 11 届年会开幕词

　　20 世纪 70 年代以来的德语文学虽然离我们最近，但对大多数人来说，却是最不了解的。难怪有人说："当代的历史最难写。"此话不假。没有足够时间的过滤和沉淀，事物的真实而清晰的轮廓就显现不出来。尤其是 20 世纪下半叶以来，西方进入了所谓"后工业时代"，与此相适应，文化也开始了所谓"后现代"的旅程。它在文学上的反映，就是美学发生了转型：戏剧、小说、诗歌都跟着"变脸"，相继出现了新的、一时让我们感到陌生的面孔——戏剧变得不像戏剧，小说变得不像小说，诗歌变得不像诗歌。作为一种思潮的表现，法国的"荒诞派戏剧"堪称是鼻祖，稍后是"新小说派"的小说，再就是德国的"具体派诗歌"。它们都以"反戏剧""反小说""反诗歌"的面貌出现。不过从整体上说，德语文学的"后现代"思潮比起西欧晚了半拍，差不多是从 1970 年前开始的，准确地说是从 1966 年彼得·汉特克在美国普林斯顿德国"47 社"的年会上辱骂他们"写作无能"（"无能"的原文 Impotenz，直译"阳痿"）开始的。同年他的剧作《辱骂观众》问世，那不啻是一篇"反戏剧"的宣言。两年后他又抛出《卡斯帕尔》，那是他的"反戏剧"的标本。汉特克此后写的一系列小说也都带有挑战性。意味深长的是,在五六十年代执了文坛牛耳的"47 社"自 1966 年的普林斯顿会议以后就开始消亡了,说明它的艺术使命确实已经完结并被取代了。因此可以说,1966 年,以彼得·汉特克为开端,标志着德语文学开始了美学上的转型,汇入了西方"后现代"思潮。从此,德语文学进入了所谓的"新主体性"(可以理解为"极端主观性")时期。其特点是"遁入内心",关注自我。这意味着审美视角比现代主义更加"向内转",从宏观转向更深层次的微观。这种思潮或趋向,我们可以从一些有实力的作家所发表的观点得到佐证。例如汉特克的同胞、于 1973 年过早去世的女作家巴赫曼就认为:"所有的戏剧都发生在心灵深处。"汉特克的另一位同胞、在戏剧和小说方面甚至比他更胜一筹的托马斯·贝恩哈特更认为,震撼世界的事件总是出自"内心",人"适合于内心戏剧"。因此"不应为外在戏剧即生活表面戏剧作出牺牲"。汉特克、贝恩哈特及其同时代的德国当红作家博托·施特劳斯摈弃了一切固有的人文观念和美学律条,获得了自由度极大的心理空间,各人以极端的、彻骨的个人感受,围绕日常的、身边的乃至自我的琐事,呈示一个可虑的甚至可怕的世界图像,在创作上取得了鲜明的个人印记。3 个人先后分别领了 20 年的风骚,即汉特克 60 年代后期至 80 年代前期,贝恩哈特 70 年代至 80 年代,施特劳斯 70 年代后期至 90 年代前期。当然,既然讲当代的德语文学,我们就不应忘了从 20 世纪后半期一直存在到 1989 年的民主德国文学,那里也有两位大作家趋同于这一文学走向,一个是戏剧家海纳·米勒,另一个是女小说家克里斯塔·沃尔夫。不过从"新主体性"这点上讲,则米勒与上述几位更接近些;若以成就论,甚至在他们三位之上,因此在西方文坛也甚享声誉。

如果从细处观察，则上述几位亦是各不相同的。汉特克有一定学养，对欧洲哲学颇感兴趣，尤对维特根斯坦的语言哲学着迷，这点与贝恩哈特相似。在对艺术的功能的看法上，他与贝恩哈特以及施特劳斯都是一致的，都认为艺术是不可能认识并改变现实的。但在怀疑现实的可变性的同时，汉特克对世界的态度却不像贝恩哈特那样悲观和厌恶，认为在现实事物中隐藏着诗性的东西，只要通过个人把握那些"语言的瞬间"就能将它呈现出来。因此有人认为，他对世界的态度具有浪漫派的那种热情。汉特克一心致力于"反文学""反戏剧"的先锋实验，对艺术形式捣鼓得最厉害，被认为是除马丁·瓦尔泽以外最重要的形式艺术家。

贝恩哈特的艺术带有浓重的荒诞色彩。这在很大程度上与他的极端悲观的世界观有关。他的小说和戏剧作品都让人感觉到，社会的腐败是无可挽救的，因此世界的沉沦或毁灭是不可避免的。这一基本观点决定了他笔下的人物形象，尤其是小说中的形象。他们好像都是些"高大全"的精神英雄：天资聪颖、性格刚强、工作负责、纪律严格。但是他们一概蔑视社会上人们认为正常的事物，一概蔑视周围群众，好像是这些群众才构成这个不可挽救的世界的本质（这点与尼采思想一脉相通，甚至与今天的新纳粹不无相像之处）。他们独来独往，自我封闭，唯恐不能与社会划清界限；他们性格始终如一，处于僵化状态。贝恩哈特戏剧中的人物更为滑稽荒诞，他们要么面对腐败堕落的社会现象，给予诅咒讥讽，如《米奈蒂》中的主人公声称要"给麻木迟钝戴上精神病人的帽子"；要么面对无可挽救的现实，气急败坏，徒呼奈何，如在北京上演过的《习惯势力》。贝恩哈特是一个强烈的形式追求者，一贯寻求能不断刺激读者和观众的新颖奇特的形式和技巧。但九九归一，他的基本风格就是长篇独白,并善于用语言的技巧和逻辑的奇趣来抵消冗长带来的弊端。独白作为戏剧的基本结构也是施特劳斯和米勒的共同特点。

博图·施特劳斯的作品在戏剧方面的影响明显超过他的小说。作为戏剧家,他自70年代后期至90年代前期也许是德语舞台上上演率最高的作家。他同上述两位一样,拒绝文学的政治使命。而且与五六十年代普遍存在的重大题材、重大事件恰好相反,他写的都是日常生活、身边琐事;涉及的都是人性本身的问题或有关人的根本生存境况的问题,如他的《重逢三部曲》《大与小》《熟悉的面孔,混杂的感情》等剧作中所显现的,人的那种自私本性、那种冷漠态度、那种互相难以沟通的现象等。亲热是表面的,而且是暂时的。由于这些特点和弱点几乎人人都有,所以,即使你具有与人沟通的善意,最后还是不能如愿以偿。而如果有人坚持不懈地进行这种努力,那只能让人感到"犯傻"了。对此,作者干脆戏拟性地给予原本属于基督教的"圣者"的光环,以便使他的"傻相"得到一定的尊重和保护。施特劳斯的构剧法通常是一个地点、一个场合、一个事件贯穿到底,似乎是对古典主义"三一律"原则的一种呼应。他善于运用反差效果,用一些不足挂齿的鸡毛蒜皮调动人物的情绪,把场面弄得热热闹闹,从而取得喜剧性审美效应,提高观赏价值。施特劳斯的戏剧适应了中欧国家经济生活获得恢复和提高的小康居民对于文艺负载过重的政治和意识形态使命的逆反心理。

米勒和沃尔夫是民主德国具有叛逆性的作家中成就最大的两个。在叛逆层面上,如果说沃尔夫在政治上思考得更深一些,那么米勒则在艺术上走得更远一些;两者都在西方世界受到普遍的尊重和认同,甚至被认为是70年代以来德语文学最伟大的作家。米勒不但背离了民主德国的社会主义现实主义戏剧模式,甚至也不再遵循他的老师布莱希特的模式,他独创了一种运用神话题材,通过象征性图像浓缩复杂历史的戏剧模式,并赋予其隐喻当今现实的沉重使命。他在总结普鲁士历史的基础上,对历史持悲观主义态度,认为历史不过是一系列一再扼杀人道声音的暴力政权的更迭;人的未来与过去一样黑暗。所以在他看来,历史乃是无数毫无意义的痛苦的唯一结果。它停滞不前,毫无前途。这也是贯穿在他的两部重要剧作《日耳曼女神在柏林之死》和《巩特林的生平普鲁士的腓特烈莱辛的睡眠梦境呼喊》(1977)中的中心思想。米勒的悲观主义也是彻底的,而且比贝恩哈特更富形而下的体验。他认为,无政府主义的暴力与镇压的暴力互相消长,势均力敌,没完没了——这是包含在《哈姆雷特机器》(1978)一剧中的观点。

上述几位剧作家迄今还只有贝恩哈特受到我国学界的礼遇,2001 年北京曾举行过关于他的国际性学术研讨会,有德奥学者参加。第二年他的一个剧作即《习惯势力》被搬上我国舞台,剧本也随之发表了。

沃尔夫在当代德语文学中的地位不亚于上述 4 位男性作家中的任何一位。但她与上述 4 位最大的不同是,她的突破主要不在美学方面,而是在意识形态方面。换句话说,在美学革新上她归入不了"后现代",但她在对所处环境的主流意识形态的反叛精神上与"后现代"找到了某种"同构点"。她在共产党队伍中是地位较高的一个(曾任民主德国执政党——统一社会党的候补中央委员),但也是较早对现行社会主义政治制度的某些弊端提出质疑和批评的一个。从 60 年代的《被分割的天空》到 70 年代的《童年的楷模》、80 年代的《卡桑德拉》,可以清楚地看出她的思想演变的轨迹和日益深化的过程。其中《卡桑德拉》借用希腊神话隐喻现实,非常中肯而深刻,不难见出作者的思想家特色。两德统一后,人们在民主德国的"史塔西"成员的档案中却发现了她的名字,这一爆炸性消息使西方舆论一片哗然,致使沃尔夫处于非常尴尬和气恼的境地。这要归咎于西方舆论的浅薄,他们只看现象的表面,而不看其实质。沃尔夫年轻时确因工作积极被发展为该组织的成员,但事后并未见诸行动,没有留下任何劣迹。尤为难能可贵的是,她后来的一系列著作充分反映了她对原来想效忠的政权的深深失望。如果没有切肤之痛,没有经过认真而深入的思考,作品中那大量深刻而独到的见解从何而来?人们曾经想以贵重的政治桂冠笼络住她,她却不以此为荣,而义无反顾地坚持她的思想立场。实际上正是她最早洞察到正统社会主义的危机,并及时敲起了警钟。经过1989年的挫折,她的党终于认识到这一真理:"社会主义不跟民主相联系是不能胜利的",因而将其党名改为"民主社会主义党"。这可以说是对沃尔夫最好的政治鉴定,难怪有人称之为"作家队伍中的戈尔巴乔夫"。

　　诗歌在文学的各种体裁中是最敏感的。在这一"新主体性"美学浪潮中,它无疑也投入了角逐,而且可以说是走得最远的一个。如果说,小说和戏剧走的是内心化、私密化的道路,那么诗歌则是自由化。它不仅取消了主题,也解构了形式。那些无节奏、无韵律的诗行,无异于散文的拆分。而且内容和语句是不连贯的,它们好像是无数兴奋点的任意播撒。在形式的颠覆上它不亚于荒诞派戏剧,不过,荒诞派戏剧蕴有让人深思的哲理,而这类"自由诗"却未必。是的,艺术需要自由,那是指它需要想象的自由,探索新的形式的自由。但如果探索的形式本身不需要任何约束,那就真的成了"没有人是艺术家,也没有人不是艺术家"的局面了。故德语文学中的这股新诗潮,固然有许多人为之雀跃,但也有不少严肃的学者提出质疑。不难想象,这股诗潮的代表人物布林克曼,其声誉与地位就不像上述几位那样卓著。

70 年代以来的文学转型是对文学应介入社会、干预现实的固有观念的一种反拨。从政治背景上看,这是对 1968 年席卷欧洲的学生运动的一个回应。学生运动多少受了中国红卫兵运动的影响,缺乏明确的政治目标,口号空洞而抽象,缺乏可操作性,很快宣告失败。这使许多年轻人对政治感到厌倦,从而对与政治有关的题材和主题加以唾弃。

纵观文学史上的经验,发现有两类人往往引起人们的注意,一类致力于在前人基础上的提高,一类则着重于在常规以外的独创。第二类人一般都是少数,但他们代表了一种发展趋向,创造了一个时代,因而较多地受到人们的议论和关注,因为他们在美学上发现了新奇迹,拓宽了创作的经纬度,增添了文学史的新内容,毫无疑问,他们的名字将载入史册。上面提及的几位,尤其是那 4 位首先以剧作家闻名的作家即属于这一类。第一类当然也不能忽视,不是因为他们在人数上一般居多数,而是他们中的突出者在人文观念上有了新的开掘,在艺术技巧上有了新的招数,因而也增加了文学史的厚度。30 多年来较老一代的作家,70 岁以上的有格拉斯、伯尔、瓦尔瑟、伦茨、魏斯、克萨艾茨、恩岑斯贝格等,60 岁以上的有穆施克等,50 岁以上的首先当推奥地利女作家耶利奈克,她特立独行,锋芒正盛,小说和戏剧均备受关注。像这样一些作家,文学史至少当代文学史是不会忘记他们的,因而也是值得研究的对象。

20 世纪 70 年代以来的德语文学的实际情况当然比这里用粗线条描述的要生动得多、丰富得多,也复杂得多。

2003 年秋于上海外国语大学

奇峰突起的奥地利现代文学

——全国德语文学研究会第12届年会开幕词

　　奥地利只有8万多平方千米的土地,不及我国大陆最小的浙江省;人口只有700万,不及北京市的一半。这在世界版图上无疑是个小国。它在20世纪以前的文学史上值得一提的作家屈指可数,故人家干脆把它包容在《德国文学史》内,几乎未有争议。但20世纪以来,奥地利的文学,首先是现代主义的文学,忽如奇峰突起,以至于在世界文学的版图上,突然成了个"大国"! 在短短的这100年时间里,蓝色多瑙河这一小段沿岸所涌现的作家,产生世界性影响的至少有一打! 你看,有弗兰茨·卡夫卡、罗伯特·穆齐尔、莱纳·马利亚·里尔克、雨果·霍夫曼斯塔尔、赫尔曼·勃洛赫、弗兰茨·韦尔弗、约瑟夫·罗特、阿图尔·施尼茨勒、古斯塔夫·迈林克、保罗·策兰、埃利亚斯·卡奈蒂、英格波尔格·巴赫曼、彼得·汉特克、托马斯·贝恩哈特、埃尔弗利德·耶利奈克。这个名单还没有把施泰凡·茨威格这样的美学上属于传统的大家列入进去。这个名单的阵容显然大大超过了人口比奥地利多12倍的德国。西方有人认为,20世纪德语文学有5部堪称伟大的作品,其中有4部都在奥地利,那就是卡夫卡的《城堡》和《诉讼》、穆齐尔的《没有个性的人》以及勃洛赫的《维吉尔之死》。此外奥地利还在理论上向世界贡献了一位对现代主义的兴起和发展举足轻重的人物，这就是现代心理学的创始者、现代美学的重量级人物——西格蒙特·弗洛伊德。弗洛伊德打开了人的"潜意识"的大门，揭示了人的无限广阔的"内宇宙"空间，引导人类重新"认识你自己"，从而使文学具有了真正"人学"的本质。这个理论虽然还不够完善，但他的开创性意义是不可估量的。

西方的现代主义文学思潮可以说滥觞于 18 世纪末、19 世纪初的德国浪漫派。但作为流派出现得最早的是法国的象征主义派，然而跟得最紧的是奥地利。奥地利文学向现代的突进有几个中心，一个就是维也纳。1886 年法国早期象征主义派发表宣言后的第四年即 1890 年，维也纳就开始形成一个由一批作家、批评家构成的文学小组，叫"青年维也纳"，它以赫尔曼·巴尔（Hermann Bahr，1863—1934）为中心，成员包括霍夫曼斯塔尔、施尼茨勒、F.萨尔腾、R.比尔-霍夫曼、P.阿尔腾贝格、F.德尔曼、O.施特塞以及后来批评这个流派的卡尔·克劳斯等。他们的宗旨是抛弃自然主义，转向象征主义、印象主义、新浪漫主义以及"青年风格"等流派，也有部分人追随颓废派。1891 年巴尔发表的《克服自然主义》一文，可视为他们的纲领性文献。他们先后出版了《现代评论》（1890—1991）、《维也纳评论》（1896）和《时代》（1894—1904）等刊物。至 1897 年"青年维也纳"的活动基本终止。1900 年，这个文学群体的一些核心人物又重新组织起来，改名为"维也纳现代派"，直到 1910 年表现主义兴起为止。这个流派对奥地利现代文学的兴起和发展是有贡献的，他们在德语文坛及时告别了审美能量已趋耗尽的"模仿论"美学，较早地接受了"表现论"美学，运用并宣传了一些新的表现方法和技巧,从而对促进德语文学划时代的美学转型起了先锋作用。其中有两位作家后来还成了享誉世界的大师,即霍夫曼斯塔尔和施尼茨勒。施尼茨勒早在西方几位意识流大师成气候以前,即 1990 年就用"内心独白"的新手法写了小说《古斯特尔少尉》,可以说是意识流创作的先声。

1910—1920 年是德语文学圈表现主义的高潮时期。"维也纳现代派"历史地消亡,其一部分成员汇入了表现主义运动。这期间,奥地利现代主义文学运动的中心明显地从维也纳转移到了当时仍属奥匈帝国的布拉格。布拉格自 19 世纪末至 20 世纪头 30 年产生了一批有世界影响的德语大作家,如里尔克、卡夫卡、韦尔弗、迈林克、基希、勃罗德等,以至于形成"布拉格德语文学现象"这样一个新概念(二战后德国乌珀尔大学为此专门成立了一个"布拉格文学研究室")。这里我们又遇到一个有趣的"大与小"的反差现象,即约占全国人口 1% 的德语人群一时间居然成了全国现代文学运动的主要风景。其中的关键人物是韦尔弗,他是著作等身的小说家、戏剧家、诗人、散文家,在表现主义运动中是个领袖人物。卡夫卡、勃罗德、维利·哈斯、乌尔茨迪尔等都积极参与他的活动,并彼此成了朋友。

不是现代文学的所有扛鼎人物都直接参与了文学运动。像穆齐尔、勃洛赫、卡奈蒂等人,他们的成名作或代表作都是在这些运动之后,也就是在 20 世纪 20 年代后期与 40 年代前期写成的。这时期文学运动的弄潮儿们,首先是西班牙的、法国的以及德国的,基本上都放弃了美学变革的努力,而投身反法西斯的斗争,因而传统的模仿论思潮有所抬头。然而上述几位大师却义无反顾地运用现代主义的思维和方法表达着自己,尽管他们当时并不被人们所理解和认同,他们自己也不在乎这些,说明现代主义思潮已经深入他们的骨髓。这不禁让我们想起了卡夫卡年轻时的那句名言:"上帝不让我写,但我偏要写!"

二战以后,奥地利的现代文学依然保持着不懈探索、锐意求新的势头,以至于出现了像彼特·汉特克、贝恩哈特、耶利奈克等这样一批已被世界普遍公认的"后现代"名家。他们以崭新的、不与世俗同流合污的姿态,以新颖独特的表达方式促成了奥地利乃至整个德语国家当代文学的美学转型,从而为20世纪以来的奥地利文学进一步赢得世界声誉。耶利奈克新近获得的那项最具国际威望的奖励,某种程度上也反映了世界文坛对奥地利这一代新锐作家的肯定。

以上描述的仅仅是一种现象。作为文学研究者,重要的是回答为什么偏偏是奥地利会产生这样一批"偏要写"的作家? 是哪些因素刺激了他们这种"偏要写"的犟劲? 这无疑是复杂而艰难的问题。显然,离开社会学的方法诠释这样一种现象是有困难的。不错,从表面上看,奥地利是个美丽的、文明的国家,但一深入内里,也许就不是这样了。而且还需要把它与欧洲的其他国家相比,更需要追溯它的历史。自13世纪以来,奥地利始终是由一个王朝即哈布斯堡王朝家长制式地统治到底的,直到1918年因参与发动世界大战而垮台。作家某种程度上都是思想家,真正的作家是民族乃至人类良知的代表。像卡夫卡、穆齐尔、耶利奈克这样一些高智商的作家,凭着他们那种天生的敏感和圣灵般的洞察能力,可以说是处于社会最"内里"的正义"警察"。警察的职业习惯是一心只注意那些不合法度的消极事物。难怪卡夫卡说:"我的与生俱来的天性是对世界消极面的兴趣,我把它集于一身。"这么多有害的东西堆积在心头,形成巨大的块垒,不把它排解掉,怎么受得了呢?因此卡夫卡发出撕肝裂胆的喊叫:"我内心有个庞大的世界,不通过文学途径把它引发出来,它就要撕裂了!"于是写作成了他"从内心向外部的巨大推进"。可见,在卡夫卡这批智者的身上,始终背负着沉重的精神十字架,承受着生命不能承受之轻。在这种情况下,表达就是生命的一切,是生命存在的唯一价值。为此,个人的婚姻、健康以及"一个男子生之欢乐"所必备的一切,统统可以弃之不顾!隔了两代,卡夫卡等人的这种精神到了耶利奈克这一代身上并未随着社会的某些进步而减退,相反,有过之而无不及!耶利奈克的那种严峻性,那种决绝态度,俨然像个全副武装的斗士,面对着社会的、文化的乃至政治的强大对手,不但作家的桂冠对她无足轻重,就是斯德哥尔摩的百万重奖也不能令她心动!

如果仅从社会学的角度,从形而下出发去理解现代主义文学肯定是不够的。在任何国家的作家群体中,能称得上现代主义作家的仅仅是极少数。这少数人之所以成为现代主义作家,首先因为他们是思想家。作为思想家,他们思考的就不仅仅是某个具体的国家或社会,而是人类整体的存在。这样一种思考固然也是从作家的生存环境出发的,但他的目标不是寻求那种可体念的形而下的回答,而是追求超验的形而上的哲学解释。然而,他们这样做的结果,却遇到一个无法克服的哲学难题,即他们发现人类文明越发展,不是世界越美好,人性越完善;相反,人的自然本性日益丧失,人类生存危机不断加剧。这使他们困惑不已。无怪乎卡夫卡晚年曾这样慨叹:"我总想把世界重新审查一遍,可惜来不及了。"因此他的《城堡》的另一个稿本是这样开头的:主人公 K.一进旅店就迫不及待地请求侍女"帮助他",因为他"现在有个十万火急的任务"，其他一切无助于这个任务解决的事情，他都将加以"无情镇压"。可是卡夫卡没有想到，这个令他感到陌生因而无法接受的"异化"世界，这个一方面进步有多大另一方面倒退也就有多大的悖谬世界，并没有随着他逝世80多年的岁月而变得更好，不然，卡夫卡的后辈贝恩哈特就不会带着比卡夫卡更加绝望的情绪离开人世，另一位女杰耶利奈克也不至于那样气急败坏地不停跺脚。但这些作家的态度是完全严肃的，他们是有高度责任心的，他们的思考的价值就在于向人类敲起警钟，力图减缓人类的慢性自杀。从形而下的观点看，人类社会固然需要像约翰·施特劳斯那样的"闭着眼睛"的媚俗歌唱者，但更需要像卡夫卡、穆齐尔、耶利奈克那样的"睁着眼睛"的精神守望者，尤其在物欲横流的今天。

由于现代主义作家某种意义上都是思想家，这导致了现代主义文学，尤其是奥地利现代主义文学的一个非常突出的特点，即文学与哲学的交融（或联姻）。虽然这是古已有之的现象，但是任何时候都没有像现代文学那样，其哲学味道渗透得那么浓烈。这完全是现代哲学家与现代文学家非常自觉的双向追求的结果。从哲学方面说，从克尔凯郭尔到尼采、海德格尔、胡塞尔、萨特等无不竭力要把文学当作图解哲学的附庸，而文学家也一心要让哲学来担当文学的灵魂。卡夫卡就曾强调说："我总是企图传播某种不能言传的东西，解释某种难以解释的事情。"穆齐尔的观点则更加鲜明，他说："人们需要哲学等等就像以前需要宗教一样。"赫尔曼·勃洛赫也说，要在文学中寻找"科学与艺术的结合"。这里的"科学"显然不是指自然科学，而是理论。崇尚哲学，这是一股广泛的思潮。越出奥地利，我们可以看到更多这样的言论。例如布莱希特就说，现在"戏剧成了哲学家的事了，也就是说，戏剧被哲理化了"。意大利的皮兰德娄是这样表达的："这是一些富有哲学意味的作家,不幸的是我就是这样的作家。"法国加缪的口号更为响亮:"伟大的文学家是一些伟大的哲学家。"这种现象在其他艺术门类也有强烈表现,例如德国画家 Otto Mueller 就宣称:"有朝一日要为哲学家建造天堂。"这样一来,文学的内涵变得更加深奥,同时往往也更有分量。不过,这增加了阅读和研究的难度,尤其是那些具有多重解释性的作品。这里我想请大家注意一个关键词:Das Paradoxon,哲学中叫悖论,物理学中叫佯谬。这原是一个哲学概念,不少现代作家把它变成美学手段,并且取得了极大的成功。如美国的约瑟夫·海勒、拉美的许多魔幻现实主义作家、瑞士的迪伦马特、苏联的阿赫马特夫、捷克的昆德拉,再就是卡夫卡和穆齐尔。

现代主义运动既是人文观念的革命,又是审美观念的革命。前者已如上述,体现在文学对哲学的追求之中。哲学层面也是跟现代哲学,主要是存在哲学有关。审美观念的变革的主要特征,表现在审美视角的内向转移。审美视角的这一变换,开掘了人的内在空间或曰"内宇宙",从而强化了"文学是人学"的特性,有助于唤起对危机中的个人命运的关注,丰富了表现手段。

现代主义文学思潮的第三个特征是,想象向神话回归。文学和艺术最初都是从想象出发的,上天入地,非常自由,产生了大量丰富而美丽的神话作品。但是正如雨果所说,再美的东西重复 1 000 遍也会使人疲倦。于是人们从天上回到了地上,觉得还是生活本身更美,于是诞生了模仿论美学。但久而久之,模仿又使人疲倦了,因为"现实已经存在那里了,再去复制它有什么意思"!于是人们又觉得还是想象好,从而建立在想象基础上的表现论美学应运而生。H.伯尔自然不是现代主义者,但他也认为:"真正的现实是想象出来的。"日本文论家内多伊说:"从 16 世纪起,文学等于人生。但 20 世纪文学与人生之间已不再拥有独占关系。人们越来越意识到文学与神话的关系。"郭沫若凭他艺术嗅觉的灵敏也发现:"20 世纪是神话的世界再生的时代,是童话世界再生的时代。"

历史的发展常常有它的相似之处,是呈 S 形的。这种现象,用萨特的话说:"我们更愿意说它回归一种传统。"这种回归不是对古代神话的历史复写,是对古代神话的历史出发点的再肯定,是按否定之否定规律向更高层次的上旋,是想象性形式的回归。如果说,古代神话反映人对自然力的崇拜与亲近,现代神话则反映人对异己力量的恐惧与梦魇。如果说,古代神话是人的想象习惯于在外宇宙天马行空,现代神话则是人的想象常常在"内宇宙"自由驰骋。像《城堡》《诉讼》《维吉尔之死》《梦游人》《没有个性的人》《铁皮鼓》《尤利西斯》《追忆似水年华》《喧哗与骚动》《百年孤独》等作品,只有将它们与现代神话相联系的时候,才是可以理解的。

现代主义文学思潮呈现的第四个特征是,形式和风格的多元并存。从文学史上看,一个时代有一个时代的审美风尚,某一个时代只有一种审美形态或艺术风格享有独尊地位。现代主义兴起以来,这种现象已经一去不复返了! 多流派、多形式、多风格、多手段的相互并存成了常态。同一部作品往往各种手法无所不包。

像彼特·汉特克、贝恩哈特、耶利奈克等这样一批已被世界普遍公认的"后现代"名家,以崭新的、不与世俗同流合污的姿态,以新颖独特的表达方式促成了奥地利乃至整个德语国家当代文学的美学转型,从而为 20 世纪以来的奥地利文学进一步赢得世界声誉。

(原载《文景》2006 年第 2 期)

德语文学与现代性

——全国德语文学研究会第 13 届年会开幕词

　　我们这几届的年会，从第 11 届揭幕于黄浦江畔，到第 12 届的钱塘江畔，再到本届的扬子江畔，这几条闻名世界的大江一条比一条宏伟、美丽，这正象征着我们的队伍一年比一年壮大，我们的学术成果一年比一年雄厚。据统计，这次报名参加年会的同行是历届最多的。他们带着优越的成绩，怀着自豪的心情，前来接受大会的检阅，接受同行的检验。我们学会的这一风姿与祖国前进的步伐完全合拍。这一可喜现象，全靠各位同行和朋友在各自岗位上刻苦钻研、辛勤工作的结果。这里我谨以中国外国文学学会德语文学研究会的名义，对大家的付出表示敬意，对大家的收获表示祝贺。

　　我们的年会每次都有一部分专业以外的同行热情参加，并且每次都准备了很有水平的、见解独到的发言，从而扩大了我们的视野，丰富了德语文学的景观。我们为他们的到来表示热烈的欢迎。

　　值得我们欢迎的还有专程从柏林自由大学赶来的汉斯·费格尔教授和从哥廷根大学赶来的格哈尔特·劳威尔教授。两位教授跟中国学者建立了良好的合作关系和亲密的友谊。他们为我们带来的精彩报告一定会增加我们年会的学术含量。费格尔教授多年来一直关心我国日耳曼语言文学的发展，并为此经常奔波于两国之间，与我国日耳曼语言文学学者建立了亲密的友谊。我们对费格尔教授的辛勤工作和出色贡献表示衷心的感谢。

最值得我们感谢的自然是我们的东道主了！四川外语学院去年秋天刚刚承办了中国外国文学学会的年会，半年后的现在又毅然承办我们的年会，我们对四川外语学院的学术热情和奉献精神表示崇高的敬意，对今天在百忙中抽身光临我们开幕式的四川外语学院的两位领导表示诚挚的感谢。

同行们、朋友们，本次年会的主题是上次年会期间理事会开会确定的，即德语文学与现代性。应该说，这是个富有挑战性的、也就是说具有难度的论题。我们学会敢于提出这个论题作为这次年会的主题，这表明了我国日耳曼语言文学界的实力与自信：明知山有虎，偏向虎山行！因为"现代性"是个难以穷尽的概念，难就难在每个时代都有它的"现代"。由于时代的更替在欧洲最为频繁，欧洲人谈论现代性最为热闹。从启蒙运动起，几乎每个时代的第一流大脑都认真思考过这个问题，包括哲学家、社会学家、历史学家、美学家、文学家等，名字加起来一大串，诸如康德、黑格尔、卢梭、马克思、施莱格尔、克尔凯郭尔、波德莱尔、荷尔德林、尼采、弗洛伊德、卡夫卡、康定斯基、勋伯格、海德格尔、胡塞尔、维特根斯坦、狄尔泰、马克斯·韦伯、本雅明、马尔库塞、阿多诺、萨特、福柯、德勒兹、德里达、伽达默尔、哈贝马斯、里奥塔等。值得注意的是，这个远不全面的名单中绝大多数都是属于日耳曼精神系统的人，因此，"现代性"这个话题成了我们德语文学研究会本届年会的主题，就不足为奇了。

　　"现代性"是一种开放性思维,所以它跟以封闭和服从绝对意志为特征的欧洲中世纪和 20 世纪以前的中国封建时代或与这种封建结构形式相似的社会没有多少关系。也正因为如此,现在一般所指的"现代"都追溯到从中世纪封闭中突围出来的文艺复兴。在这以后有三大事件对现代社会的推动至关重要,即宗教改革、启蒙运动和法国大革命。它们在不同的历史时期都分别起过决定性的作用,不仅一步步使人摆脱神的统治,而且使人一步步摆脱人自身的统治。所谓市民社会的形成和欧洲专制王朝的普遍覆灭便是这一进步的显现。但是我认为,当人们仅提这三大事件的时候,显然忽略了或者有意回避了一个重大事件,即 20 世纪的俄国十月革命事件。不管这一事件后来怎样发展,它实实在在在反映了人类在思考现代性过程中的另一条思路,即以马克思为代表的、与以上述三大事件为表征的历史逻辑不同的思路。按照这条思路,现代的人类社会应该是以处于社会下层的最大群体为历史主人公的社会。为此,马克思不仅宣布要打碎资产阶级的一切国家机器,而且宣布要同资产阶级的思想体系实行最彻底的决裂。因此马克思可以说是西方提出"价值重估"的第一人。在这里我们在德意志精神谱系中发现了一对"孪生子",除马克思外,另一个就是尼采。两人颠覆的态度极似,但实质殊异。马克思所推崇的历史主人公,在尼采那里却是"庸众"。

　　"现代性"是一种反思性思维。它跨越了上述三大事件或四大事件的权威地位,对它们的合理性和永恒性提出质疑,尤其对启蒙运动的遗产诸如它的理性原则、坚信历史进步的原则予以否定。它也不同于黑格尔、马克思、卢卡契等人的"整体论"思维,认为事物的存在方式从横的方面看是破碎性的、片状性的;从纵的方面看则是非连续性的、断裂性的。这一观点最有影响的代表者是法国诗人和美学家波德莱尔。他的一句名言被广为引用,即 1863 年在一篇文章中提出的:"现代性就是过渡、短暂、偶然,它是艺术的一半;另一半则是永恒与不变。"他的这一观点在 20 世纪得到福柯的强有力的支持。波德莱尔、尼采、福柯等人都以牺牲历史记忆为代价,强调"当下性"。

反思性思维引起以往一系列固有的权威性定论、定律的动摇,诸如牛顿定律、达尔文进化论甚至爱因斯坦相对论等。在美学领域,协调、对称、理性、稳定这类千古信条也被"不对称原则"所辩驳。但反思性思维的最大成果我认为是对人类文明发展过程中的悖谬现象的发现。当人类觉醒到自己是"宇宙的精华,万物的灵长"时,他固然开始在神的面前站了起来,但他又立刻成为物的奴隶,因而成为宇宙的罪魁,万物的杀手。甚至他自己的种种努力,都成为他愿望的反面,成为慢性自杀的行为。马克思不愧为人类思想史上的"千年大家",他在那个时候就发现了悖谬现象,指出:"每一种事物都包含有自己的反面。"他和黑格尔都是辩证法大家,他知道,有些事物矛盾的双方在一定条件下可以转化,但有的则不能转化。这就是悖谬。尼采无疑也是把悖谬与现代性相联系的哲学家之一,他的名言是,现代性即"既不隐藏善,也不隐瞒恶"。正是这一观点使他与《恶之花》的作者波德莱尔走到了一起。而对恶的发现与提升,使"美"的概念大为延伸,这是对现代美学和诗学的重大贡献。黑格尔和马克思也是"异化"这一概念的最早提出者。"异化"是悖谬逻辑的显现之一,它在 20 世纪引起哲学界的广泛重视和探讨,也成为文学家创作灵感的重要来源。卡夫卡、穆齐尔、昆德拉以及美国的约瑟夫·海勒、瑞士的迪伦马特等都是对悖谬的社会现状作过严肃思考的作家。卡夫卡在一封信里甚至这样描述他对这一问题的感受:"我们一直以为在往前奔跑,越跑越起劲,在光线明亮的那一刻才发现,原来并没有跑,仍然在原来的地方。"

现代性是一种多元论思维。这是尼采推翻"上帝"、宣称"我来当哲学家"以后的最大建树和功勋。多元思维是"后现代"话语方式的一大特征,难怪哈贝马斯把尼采推崇为"后现代"的第一人。在"后现代"的多元语境中,世界的多样性得到确认,人的主体地位得到尊重,个人的选择获得自由。在艺术中,尼采提倡的酒神精神让艺术创作处于癫狂状态,排除了任何内在和外在的干预,取得了充分的自在性。在"后现代"语境中,国际关系中的霸权主义,政治舞台上的极权主义,人际交往中的利己主义等都没有藏身之地。20世纪上半叶现代主义盛行的时候,虽然人们倡导创作自由、个性自由,也否定了固有的独尊一格的"美学规范",但那多半都是出于一种革命激情。自由意识,也就是以尊重别人选择为前提的自由意识并没有真正进入他们的血液,在他们的意识深处并没有摆脱一元论的思维。这就不奇怪,20世纪前期,当众多的流派竞相崛起的时候,每个流派都树起一面旗帜,抛出一个纲领,标榜自己的主张,同时都不忘记把别人否定一番。说到底,都想在文坛称霸。可是,二战以后,也就是"后现代"意识萌发以后,情况就不是这样了,无论"荒诞派""新小说派""垮掉的一代"或是"黑色幽默"等,都不是他们自己起的名。他们也不承认理论家和教授们给他们归纳的这些派别,虽偶尔阐述过自己的理论,但并没有标榜过自己的主张,毫无争霸的味道。无论正统的、现代的、超前的,在这里都有一席之地。对话是维护世界和平、社会稳定的最佳方式,也是维护文学艺术多元格局的基本理念。因此,当文艺领域的专家们探讨将来某一天文学艺术的众多的风格会不会统一于一种风格的时候，人们都持否定态度，认为多样而不是统一才是文学艺术生存的常态。这正应验了席勒的一句名言："理性要求统一，自然要求多样。"历史提供给我们的结论是"自然"取代了"理性"。

现代性是一种平民性思维。自从人类分化为统治与被统治的不同群体以来，被统治的普通老百姓不仅政治、经济上没有地位，文化上更是贫穷。直到19世纪的中叶，欧洲的古典主义者还一直不让平民充当作品的主人公。但至少从启蒙运动起，欧洲的人文主义者开始关注这一现象了。德国启蒙运动主将莱辛不仅创作了名剧《艾米莉雅·伽洛蒂》等市民戏剧，而且从理论上强调描写普通老百姓比描写王公贵族要有意义得多。法国的启蒙主将狄德罗除创作外，甚至呼吁作家、艺术家到民间去，住到老百姓的茅棚里去，看看他们住什么、吃什么。19世纪的批判现实主义，尤其在俄国，格外关切那些所谓的"被侮辱与被损害"的"小人物"。19世纪奥地利出现了提倡"大众戏"的现象。19世纪80年代，法国的安托昂创建了"自由剧场"，以取代平民进不了的宫廷剧场。社会主义运动兴起以来，平民的命运受到更大的关注，德国的布莱希特提出了"把戏剧赶入贫民窟"的口号。在布莱希特那一代及其后一代的作家如卡夫卡、伯尔、迪伦马特那里，平民在文学中的地位受到强调。但所有这一切还停留在对平民文化命运的一种关切、一种赐予的姿态。但二战后，准确地说自1968年的欧洲学生运动起，以接受美学的诞生为信号，随着没有"墙"的"小剧场"的普遍出现和流行歌曲、摇滚音乐的广泛兴起，上述平民化趋向发生大跨度的飞跃，其特点是平民百姓打破文化精英们的垄断和官方的恩赐，自发起来掌握文化的权力。散淡性、日常性、游戏性、自足性是这种形态的文学或文化在形式和风格上的特点。你看吧，一个五音不全的人也能唱得死去活来，也能让台上台下打成一片。正如朱青生的一本书的书名所标明的："没有人是艺术家，也没有人不是艺术家"。这就是"后现代"的文化语境。因为文化不应总是跟技术与训练相联系，它必须进入社会个体的生活。

同行们、朋友们，在谈论文学的现代性方面，我们日耳曼文学研究者是幸运的。德国人中，不仅哲学家们对"现代性"作了更多的思考，文学家们涉及的同样丰富。较早的我们可以在文艺复兴时期的人文主义者胡腾的作品中找到例证；在德国文学的高峰时期，从歌德、席勒、赫尔德的作品中可以找出更多的内容；德国的浪漫派最先觉察到工业化的弊端，最早传递了现代的审美信息；荷尔德林成为通向现代的一座桥梁；德国的表现主义运动对世界的现代文学产生深远影响；德国的包豪斯学派被公认为现代建筑的奠基者，其设计的教学楼已被联合国教科文组织列入"人类遗产"。朋友们，让我们为之欣慰、为之努力吧！我相信，我们的努力绝不会辜负我们的研究对象！谢谢大家。

2008 年 4 月 12 日于重庆

现代德语文学中的巴洛克遗风

——全国德语文学研究会第 14 届年会开幕词

我们学会两年一度的盛会又来了！它在西安这个中国历史上最繁荣年代的伟大古都召开，让我们沐浴在祖国辉煌古文化的光辉里，中外文化交相辉映，使我们年会的学术氛围更加浓厚。这首先要感谢我们亲密的同行——西安外国语大学德语系的师生们，他们热情邀请本届年会在这里召开，并作了长时间的筹备和细密的安排；我们更要感谢西安外国语大学的领导对本届年会的大力支持！

在今天的年会上我们又看到了不少年轻的新面孔，他们是两年来德语文学队伍中涌现出来的新的生力军。他们的出现意味着我们的队伍在不断壮大！他们的青春朝气和学术锐气将为我们的年会增添新的活力。让我们为这支新的生力军的健康成长和灿烂前程而高兴、而欢呼！

今天在座的与会者中，我们依然看到日耳曼学以外的一些老朋友，他们是德语文学的热烈爱好者和业余研究者。其中特别值得一提的是上海戏剧学院的刘明厚教授，她 14 余年如一日，每届都参加我们的年会和别的德语文学研讨会，而且每次都认真地写了有分量的发言。去年她在北京歌德—席勒国际研讨会上宣读的关于《浮士德》的论文,最近获得了中国文联和中国剧协颁发的优秀戏剧论文奖。让我们对刘明厚教授为推动日耳曼学的发展所作出的贡献表示衷心的敬意和感谢!

和以往的历届年会一样,我们的年会一直得到德语国家首先是德国同行的热情支持,尤其是 21 世纪以来,每届都有德国同行不远而来和我们共商学术问题。其中最热心的是柏林自由大学的汉斯·费格尔教授。除了每届参加我们的年会以外,他还热心于中德文化交流机构的建设,频繁地奔走于柏林与北京之间。让我们对来自德国的同行表示热烈的欢迎和衷心的感谢。Lassen wir die Kollegen aus Deutschland begeistert begruessen und uns fuer ihre Teilnahme an unserer Jahresversammlung herzlich bedanken.

自上届年会以来,同行们在教学或其他工作之余,孜孜不倦地从事德语文学的研究,又取得了新的成绩,发表了数以百计的论文和多部专著。根据我的零星所见和有限阅读量,觉得同行们发表的著作和译作质量在逐步提高,对许多涉及的学术问题都有自己的见解。这也是最近冯至奖评选委员会的共同看法。这次评出 4 位冯至奖获奖者,是对两年来中青年日耳曼学研究者的代表性检阅,标志着我们这一学科发展的新的里程。让我们对他们的获奖和学术上的健康成长与灿烂前程表示热烈的祝贺!

同行们、朋友们,根据上次年会理事会的决定,这次年会的主题是德语文学:古典与现代。这个总题目按照我的理解有两层意思,一层是历时性地从德语文学史上选择一个感兴趣的问题加以论述;另一层是从古典文学中探索它与现代文学的内在联系,也就是从古典文学中发掘我们称之为"现代精神"的内容和信息或揭示"后现代"所批判的"现代性"的弊端。第一层的意思不必我来多费口舌。第二层意思需要讲几句。

众所周知，德意志民族是一个富有智慧的民族，德意志文化的土壤上产生的文学是非同凡响的文学。它充满睿智，寓意深刻，古典文学中也经常投射出属于"现代"的信息。篇幅限制，不说远的，就从 17 世纪说起。这个世纪在法国是重复前人的古典主义风行正盛并取得统治地位的世纪；但在德国，当然更有意大利和西班牙，则是"怪异"的美学新风尚"巴洛克"横空出世的世纪。巴洛克不仅在建筑和美术，而且在音乐、小说、诗歌、戏剧、舞蹈以及家庭陈设等广泛领域都有强烈的表现。德国和德语国家是巴洛克文学艺术十分繁荣的国度，音乐家巴赫、小说家格里美尔斯豪森分别是欧洲巴洛克音乐和小说的顶尖级代表。德国的维尔兹堡王宫、德累斯顿的茨温格王宫、奥地利多瑙河畔的迈尔克修道院、维也纳的卡尔大教堂以及萨尔茨堡大教堂等都是欧洲十分有名的巴洛克建筑代表作。尽管 19 世纪中叶前，欧洲的文学、艺术史家们一直看不到因而也不承认"巴洛克"蓬勃的艺术创造精神及其巨大的美学价值，但 20 世纪初，随着德国表现主义运动的兴起，表现主义诗人们一下子就从"巴洛克"那里认出了自己的血亲。以写表现主义诗歌成名、后来当了民主德国文化部部长的著名诗人贝歇尔，他的名诗《公元 1937，祖国之泪》明显是与巴洛克时代的头号诗人格吕菲乌斯的代表作《公元 1636，祖国之泪》相唱和，直到晚年，尽管"巴洛克"这个词汇在他所生活的国度是被禁用的，但这位大诗人仍念念有词，说未来文学的希望"寄托于另一种风格"。人们认为这是他对表现主义及其"祖籍"巴洛克的追忆。20 世纪欧洲戏剧的领军人物布莱希特,无论从题材还是艺术风格甚至思想意识和人生观都可以看出,他从巴洛克的小说和戏剧那里接受了大量的遗产。小说家德布林的《柏林——亚历山大广场》及其追随者格拉斯的《铁皮鼓》等都是巴洛克"流浪汉小说"的现代版。布莱希特笔下的"法官"阿兹达克和格拉斯笔下的击鼓手马采拉特都是17世纪特有的"反英雄"形象。再看建筑。到过柏林的朋友们可能都知道,勃兰登堡门附近有一座造型奇特的建筑,这就是建于1963年的鼎鼎有名的 Phillamonie,我们叫爱乐音乐厅。这是运用不等边和不对称的美学原理建造的一座现代巴洛克建筑。不管建筑师的初衷是什么,客观上他是在为伟大的巴洛克音乐的奠基者、在20世纪被推崇为"音乐之父"的巴赫建造一座宏伟的纪念碑;这也是巴洛克建筑和巴洛克音乐在20世纪开始复兴的一个双重标志。以上这几个例子足以说明,巴洛克的强大的野性基因在20世纪、在现代主义的思潮中复活了!当然复兴的不仅仅是巴洛克的外在形式和风格,更重要的是它的巨大的原创精神和勇气。在我看来,像西班牙高迪设计的米拉公寓、法国柯布西耶设计的朗香教堂、丹麦伍重设计的悉尼歌剧院、意大利皮亚诺与英国罗杰斯合作设计的蓬皮杜艺术文化中心、美国弗兰克·盖里设计的西班牙古根海姆博物馆、瑞士赫尔佐格与德国德·梅隆联合设计的北京"鸟巢"体育场等这些怪怪的建筑以及毕加索、米罗、达利等人的绘画,都是巴洛克精神的发扬及其美学原则的"变奏"。可以说不懂得巴洛克的哲学思想及其美学特征,就不能真正领悟现代、"后现代"许多文学艺术(包括建筑)作品的美学奥秘及其精神血液。

　　17世纪往下就到了18世纪末、19世纪初的德国古典文学高峰时期。大家知道,自文艺复兴起,欧洲文艺界普遍崇尚 Antik,

即古希腊罗马文艺和文化，后来甚至走向极端，导致唯古典是尚的"古典主义"，在欧洲统治两个世纪以后变成僵化的教条。虽然德国也有许多人追随古典主义，如高特雪特等，然而这时期德国文学的最精华部分，或者说最大代表如莱辛、赫尔德特别是歌德和席勒，他们虽然也非常崇尚古代文学，但他们把它看作学习的典范，而不是模仿的对象，更重要的是他们坚持自己的原创精神。否则歌德就用不着花60年的漫长时光去写《浮士德》了！而席勒那些才华横溢的作品，许多都是火山爆发式的产物，绝对不是按照什么模式能够仿制出来的。正因为如此，这些伟人视野广阔，能站在时代的"制高点"，发表一系列跨越几个世纪的远见卓识。《浮士德》中那个"人造人"欧夫良，简直就是21世纪的"克隆人"的绝妙写照！其他如歌德提出的"世界文学"的展望，真正在我们的时代实现了；他在《威廉·迈斯特的漫游时代》中塑造的"世界公民"形象也成为现代人追慕的对象。甚至他一直以来受到责难的反对暴力革命的思想和政治态度，在越来越多的现代知识精英中已成为正面的思想。席勒这位第一流的时代天才，他在许多方面与歌德的观点一致，他们都已经觉察到正在兴起的工业化所带来的某些负面影响；在人的精神素质的提高和精神人格的完善方面，他们都进行了深入的思考。如果说歌德在这方面的突出贡献是通过他的代表作《浮士德》，席勒在这方面的杰出贡献则是通过他的美学论著，首先是《美育书简》。席勒的美育思想早在20世纪二三十年代就受到我国著名教育家、北京大学校长蔡元培的高度重视。80年代以来，经历了"不断革命"尤其是"文化大革命"的中国知识界和教育界，对于席勒的美育主张更产生强烈的共鸣，在课堂中普遍增设了美育课程。无怪乎2005年在纪念席勒逝世200周年的时候，仅北京就有3个部门，包括我们学会不约而同地举行了纪念大会或学术研讨会。即使在"后现代"的视域中，席勒也是避不开的一个对象。这里我要再一次引用哈贝马斯在其《论席勒的〈美育书简〉》中那段被人们经常引用的话："这些书简成为了现代性的审美批判的一部纲领性文献。席勒用康德哲学的概念来分析自身内部已经分裂的现代性，并设计了一套审美乌托邦，赋予艺术一种全面的社会革命作用。"

差不多与德国古典文学同时兴起的欧洲浪漫主义运动，在西欧、南欧、东欧无论人文诉求或美学追求都是真正的时代思潮，唯独德国浪漫派与众不同，它在这两方面的表现都是超前的，即它最早发现蓬勃兴起的工业化与自然的悖逆，从而造成人文生态的破坏。美学上固然它与其他国家的浪漫派都强调主观，但别人的主观原则上都不破坏客体，即未突破理性的范畴和"模仿论"美学的防线，而它已开始突入"非理性"的边界而与"表现论"美学挂钩了！这就是为什么德国浪漫派长期以来受到非议，被戴上种种诸如"病态的""消极的"甚至"反动的"帽子。直到20世纪现代主义思潮到达的地方，人们才开始认清，原来德国浪漫派是早到的亲家！而作为后期浪漫派的不幸诗人荷尔德林被认为是通向"现代主义的桥梁"！这里还必须提一下19世纪二三十年代在德国文坛像彗星一样闪过的一位早逝的天才作家毕希纳，他当时不属于什么派别，但他创作的剧作《沃依采克》为20世纪的表现主义运动开了先河！而20世纪上半叶的奥地利杰出作曲家Albert Berg根据《沃依采克》谱写的同名歌剧，在现代音乐史上被认为是表现主义音乐的巅峰之作！

德国文学或德语文学总是这样生机勃勃，这样富有预见性，常常开风气之先，这一传统直到20世纪依然不变。当卡夫卡洞见到现代文明发展的悖谬性质，察觉到人类生存境况的异化趋势，他以忘我的写作向人类敲起警钟,发出警告。但在他生前响应者寥寥。也许是无神论存在主义哲学的兴起推动了人们的现代思维,也许是战争的教训催化了人们的悟性,二战后人们很快听懂了他的警告,从此他也"从文学外走到了文学内",并引领了半个多世纪的风骚,至今方兴未艾。卡夫卡的一位同时代人,即上面已提及的表现主义运动后期的小说家阿尔弗雷德·德布林,他创作的一部题为《山岳、海洋、巨人》的长篇小说,写人类肆意奴役自然最后遭到自然报复的可怕景象,为人类环保意识的觉醒着了先鞭。

在德语文学史上也有不少作家的作品涉及政治,并对某些政治未来作出预言,像19世纪的诗人海涅,像20世纪前期的亨利希·曼。但一部最有趣的政治寓言作品出自一位离我们很近的作家,这就是当代瑞士剧作家迪伦马特。他于1948年写了一部"非历史的历史剧"《罗慕路斯大帝》。同名主人公眼见他的超级帝国即西罗马帝国在几百年的对世界统治的过程中积累了累累罪恶,现在他要利用他的皇帝的至尊地位,充当"世界正义的法官",来"宣判他的不义的祖国的灭亡"!我当时看了后以为这不过是作者的一种美学虚构,一笑而置之。想不到43年后,国际政治舞台上真的演出了一出活生生的《罗慕路斯大帝》!作家的寓言想象力及其准确性简直不可思议!

德语文学或德意志文学的现代精神在20世纪的德语国家得到集中的表现。奇迹尤其发生在奥地利,这个人口只有德国十二分之一的小国,在文学版图和音乐版图上却是大国;它拥有的世界级的现代主义文学家和现代主义音乐家都在一打左右,这一点世界上任何国家都不能望其项背。

亲爱的同行们、朋友们,我们所研究的德语文学是如此丰富,又如此富有青春活力。不管它离我们多远,我们依然感觉到它离我们很近,因为它不断焕发着现代精神,抗衡着消极的"现代性"。德语文学之所以具有这种魅力,除了德意志文学本身的特质以外,还同德国同时是个头号的哲学大国和头号的音乐大国分不开。这是德语文学深厚的思想源泉和美学源泉。让我们更加热烈地拥抱德语文学,让德语文学在我们国家焕发出更加绚丽的光彩,以推动日耳曼学这一学科在我国的不断发展。

亲爱的同行们、朋友们,今天我的这个发言,对于我们的年会是开幕词;对于我们的学会则是告别词。大家很容易看出,在这个会上我是年纪最老的一个了,再过三周,我就74周岁!早已经过了古稀之年。按照我们学会的挂靠单位中国社科院的最新规定,超过70岁就不再担任学会的领导工作。我完全拥护这个科学的规定,在明天召开的理事会上,我就要高高兴兴地宣布从会长的岗位上退下来,由比我年轻的同行来接替。青出于蓝而胜于蓝,我相信新的会长一定会比我做得更出色。生老病死、新老更替,这是宇宙法则。因此我一点都不感伤,只是有点遗憾,有点内疚。我从1994年起接过学会的工作,4年秘书长,12年会长,虽然多少做了点工作,但由于我的奉献精神不够,常常偷懒,没有把工作做得更好,我不要求原谅,我愿意听取同行们尖锐的批评。俗话说,活到老学到老。任何时候都要严格要求自己,不得懈怠。

最后,我衷心祝愿新老同行们在教学和研究中取得更好的成绩,为推动中国的日耳曼学的发展作出更大的贡献!

亲爱的朋友们,再见!

2010 年 10 月 29 日于西安

两位异国诗人的隔世合作

——海涅的《哈尔茨山游记》及其中译文

海涅是德国文学史上最伟大的几位文豪之一,若以生活在 19世纪的作家论,他堪称首屈一指。他不仅是杰出的诗人,而且是笔锋犀利的政论家、辞采卓绝的散文家,甚至还是见解独具的乐评家和画评家。

在海涅的全部作品中,散文占了相当大的比重。因为从小就受到法国大革命洗礼的海涅是个激进的、战斗的诗人,他把散文看作更便于战斗的武器。无怪乎,正当以诗人的身份名扬欧洲的时候,1826 年他却宣布,他作为诗人"已经结束",而散文正将他"拥入怀抱"。就在这一年他在柏林的《伴侣》杂志上发表了他的第一部游记名作《哈尔茨山游记》,引起很大反响,并于同年把它与《归乡》以及《北海》的第一部分作为开始编纂的四卷本《游记集》的第一卷(直到 1831 年)。而《哈尔茨山游记》在这部集子中居于核心地位。

哈尔茨山位于德国中北部,它与穿越德国南部的欧洲大动脉阿尔卑斯山(其最高峰为海拔 4 800 米)遥相呼应。它虽不如后者那样宏伟壮观,但由于它周围有许多名城古镇相伴,民俗风情浓郁；其本身不仅有诸多峡谷清溪奔流，"高高的枞树笼荫"以及众多的珍禽异兽竞逐，更有丰富的矿藏如银、铁、铅、铜等；主峰布洛肯海拔不足 1 200 米，不太高也不算低，且山势并不陡峭，便于徒步攀登，就连其时已年近花甲的本人 1996 年夏天也徒步登上了它的顶峰。所以自 19 世纪初它就成为人们旅游的热点风景区。由于同名大学所在地的历史文化名城哥廷根就在它的附近，像青年海涅这样的浪漫诗人和大学生游览哈尔茨山并攀登其主峰布洛肯就不足为奇了！

海涅是于 1821 年去哥廷根大学法律系上学的，不久因与人决斗而被学校处分，中断学习。1824 年他重返学校，并于同年九十月从哥廷根出发徒步游览哈尔茨山。他途经诺尔特海姆、奥斯特罗德、克劳斯塔尔和高斯拉尔，最后登上布洛肯顶峰，并游览伊尔塞峡谷（就是在这次游历的归途中，他绕道魏玛，拜访了他尊敬已久的年迈歌德）。这部游记即是他这次游历的文学特写，并加入了大量的社会批判成分。

禀赋敏感的海涅，由于犹太血统，从小就感受到鄙俗的德国社会的歧视。故当带着自由思想的拿破仑军队解放了包括他的家乡杜塞尔多夫的莱茵河左岸地区时，他曾和这一地区的许多人一样欢欣鼓舞。但好景不长，1815 年以后，随着拿破仑的失败，欧洲的封建专制秩序纷纷复辟，在浪漫主义思潮影响下开始创作的青年诗人海涅备受压抑。爱好自由的天性使海涅带着不屈的情怀进入他的创作状态。这就是说，他把他的讽刺才能融入他的战斗风格，去对付那些形形色色的政治上和思想上的敌人：封建统治者、新闻检查官以及奴才主义、狭隘民族主义、市侩习气等。离开这一崇高目的而单写自然风光和个人游历对他是毫无意义的。正如他自己在《哈尔茨山游记》出版前写信对朋友说的："孤立的诙谐是毫无价值的。只有当它建筑在一个严肃的基础之上时，我才觉得诙谐是可以忍受的……平常的诙谐只是理智的一个喷嚏，一只追逐自己影子的猎狗，一个身穿红色夹克在两个镜子前面呆视的猴子，只是疯狂和理智在大街上跑过时产下的一个私生子。"因此，与其说游记是海涅审美的需求，毋宁说是他鞭笞社会的载体。难怪游记一开始就以一首晓畅而泼辣的诗打头，开宗明义表示他要"登上高山去"，到那有"微风吹拂"的自由之地，让"胸怀自由地敞开"，以与那些油嘴滑舌、"装腔作势"的男男女女"分手"，拒绝与他们同流合污：

> 黑色的上衣，丝制的长袜，
> 净白的、体面的袖口，
> 柔和的谈话和拥抱——
> 啊，但愿他们有颗心！

> 心在怀里，还有爱情，
> 温暖的爱情在心里——
> 啊，他们的滥调害死我，
> 唱些装腔作势的相思。

> 我要登上高山去，
> 那里有幽静的房舍，
> 在那里，胸怀自由地敞开，
> 还有自由的微风吹拂。

我要登上高山去，

那里高高的枞树阴森，

溪水作响，百鸟欢歌，

还飘荡着高傲的浮云。

分手吧，油滑的人们，

油滑的先生！油滑的妇女！

我要登上高山去，

笑着向你们俯视。

然而，游记里记叙和抨击的显然不全是作者厌恶的现实。除了大量"日光作响，野花跳舞"之类的自然景色的描写以外，还有相当多的篇幅是赞颂他一路上所接触到的山区劳动人民的，即那些勤劳的矿工、淳朴的牧童以及诸如那位"轻轻地细语"的天真可爱的小女孩。因此与上述那首诗相对照的还有下面这样优美的民谣式的诗篇：

"我是个胆小的姑娘，

我害怕，像一个儿童

害怕凶恶的山灵，

他们在夜里蠢动。"

小女孩忽然沉默，

像怕听自己的言语，

她用两只小手儿

把她的眼睛蒙住。

枞树的响声更大了，

纺轮不住嗡嗡地转，

胡琴声掺在中间

古老的歌儿不停断：

"不要怕，亲爱的孩子，

不要怕恶灵的威力：

日日夜夜，亲爱的孩子，

小天使都在保护你！"①

可以说，海涅在这部游记中对恶（反动、腐朽、庸俗、污潴的社会现象）的讥讽与嘲弄和他对善（普通劳动者的勤劳与质朴）与美（自然景物）的赞颂是交替进行的，故他的笔锋所向不断"换景"，笔调也时而抒情、时而抨击，口气时而缓和、时而激烈，文体时而散文、时而歌谣，宛如一首和风细雨与急风暴雨不停交响的乐曲，鲜明反映出诗人那战斗和慈善的双重与统一的情怀以及挥洒自如、不拘一格的风貌，表现了他杰出的讽刺才能与幽默情趣。这种文风在此前，尤其在古典主义盛行时期是很难见到的。实际上海涅在这里完全为了适应内容的需要，创造了一种新的文体，一种新的游记文学风格。其特点用作者自己的话说是"一种自然描写、诙谐、诗歌和华盛顿·伊尔文②式的观察的混合物"。这用当时正统的审美眼光去看是得不到承认的。所以，作者干脆模仿古典主义者的腔调自嘲说，他的这本游记新作"基本上是乱七八糟杂凑起来

---

① 所引诗行均为冯至所译。

② 华盛顿·伊尔文（1783—1859）：19世纪美国短篇小说家。

的破烂货"。有人根据这句话以为海涅对他的这部作品自我"评价不那么高"。误读了！海涅当时正值血气方刚,是个创造活力正盛的浪漫主义新潮诗人。浪漫主义是因反叛古典主义而兴起的。对传统的不屑与创新的自信是他们的风骨。一个已经蜚声欧洲文坛的新锐诗人,如果真认为自己的新作是"破烂货",他还会拿它去发表并把它编入集子吗？须知,韵文向散文的转化是18世纪末以降文学自身变革的一种趋向。君不见,当年席勒在一封信里就对歌德说过,他感到有一种"散文性的东西"向他袭来。这与海涅感觉到的散文正将他"拥入怀抱"何其相似。而这种"散文性的东西"当时在一向习惯于用韵文写作的人看来自然是"乱七八糟"的。但经过近180年的时间考验,《哈尔茨山游记》仍占据着文学发展史上的一席高地。

《哈尔茨山游记》的第一个中译本是1927年诞生的,为当时刚由北京大学毕业的青年诗人冯至所译。年轻时即诗名卓著、后来更成为学贯中西的一代宗师的冯至先生,是公认的德国文学研究和翻译的泰斗,也是海涅著作的权威译者。他本人既是诗人,又是散文家,更有大学"科班"出身和德国留学5年的德文功底,可以说,由他来翻译像《哈尔茨山游记》这样的诗文"二重唱"作品是最合适的了！此外,冯至先生素以"文如其人"著称,他的散文和许多诗歌均具朴实无华的特点。所以他极为赞赏布莱希特那素朴、明达、简洁的文风。他翻译的原则首先以"信"为上,从不追求华丽的辞藻,也从不为了押韵而忽视"信"的前提。他的这一翻译原则显然得到广泛的认同,你看他先后翻译的《海涅诗选》《德国,一个冬天的童话》以及这部游记迄今仍是在我国流行最广的海涅读本。

作为学者的冯至先生一向坚持"知之为知之,不知为不知"的科学立场。他同样以这样严谨的治学态度对待翻译，对译文精益求精。凡是早期的译文，时隔多年再版时，他都要经过严格的核对和加工，务使译文让自己满意。《哈尔茨山游记》在 1954 年由作家出版社再版时，就经过了他这一道严格的"工序"。故他的这部译文也像他的其他大量的译文，包括歌德、席勒、诺瓦利斯、荷尔德林、里尔克、布莱希特等人的作品的译文一样，都经得起时间的考验。

2005 年冬于北京

以诗为子弹的射手

——析海涅的《德国，一个冬天的童话》

　　在 19 世纪的德国文坛上，海涅居于突出的地位。他既是伟大的诗人，又是杰出的政论家、艺术评论家和思想家，是当时德国革命民主主义者的主要代表。

　　19 世纪 40 年代，德国和欧洲其他国家一样，也孕育着一场革命。海涅完全站在斗争的前列，宣称"我是剑，我是火焰"，与下层群众共呼吸，并和青年马克思结下亲密的友谊。在工人运动和马克思的影响下，他的思想和创作都达到了新高度，写出了政治诗集《时代的诗》和长诗《德国，一个冬天的童话》等杰作。恩格斯认为《时代的诗》中有一些是"宣传社会主义的"，其中最有代表性的是《西里西亚的纺织工人》一诗，作者不仅描写了工人阶级被压迫、剥削的苦难，而且塑造了正在觉醒的抗衡资本主义的工人阶级形象，曾得到恩格斯的好评。

　　政治讽刺长诗《德国，一个冬天的童话》是海涅的代表作，这是诗人于 1843 年冬和 1844 年秋两次回国探亲时由旅途见闻触发灵感而写成的作品，也是他与马克思开始建立友谊后的第一个创作成果。

这是一部现实与幻想交织的作品,长诗的题目就标明了这一特点:"德国"是现实的;"童话"是非现实的。但是现实的事物如果是不合理的,终究要失去它存在的理由,变为非现实的;而暂时是非现实的事物只要是合理的,终将取得它存在的权利。作者通过鲜明的艺术形象,阐述了黑格尔的"凡是现实的都是合理的,凡是合理的都是现实的"这个命题的辩证关系。诗中用了大量的篇幅来否定现实的、却是不合理的德国。为此诗人巧妙地运用童话、传说、梦境等虚幻的手法,将把反动势力当作"合理"的现实而竭力加以肯定和维护的德国写得光怪陆离、虚虚实实,揭示了它非现实的本质和不应存在的根据。这方面诗人否定的对象有 3 个:一是普鲁士的反动统治者,诗人抓住普鲁士国徽上那只恶狠狠地向下俯视的鹰的形象,作为普鲁士敌视人民的象征,并以愤怒的激情进行声讨,宣称要把它系在长竿上,"唤来莱茵区的射鸟能手,来一番痛快的射击"。此外对普鲁士的其他方面,如关税制度、书报检查令、反动而愚蠢的士兵和宪兵、虚伪的宗教等,诗人都给予辛辣的讽刺与抨击。二是所谓"反政府"的自由主义派别,诗人通过传说中的"红胡子皇帝"这个反面形象,揭露和讽刺了自由主义派这些"冒牌的骑士"所宣扬的民族主义、浪漫主义、国粹主义等思想秕糠。三是庸俗的资产阶级市侩。长诗的最后几章里,作者通过汉堡守护神汉莫尼亚这样的畸形人物及其满足现状、迂腐、保守的说教,作为一切市侩的象征,指出了弥漫在德国 36 个小邦国里的市侩习气犹如"三十六个粪坑"那样臭气熏天,从而得出结论:这样的德国现实非把它摧毁不可。

在否定的同时,诗人对未来必将成为现实的德国作了设想和预言,他唱出了"一首新的歌",歌中宣布要在地上建立起"不再挨饿"的"天国"。最后一章又总结性地断言："伪善的老一代在消逝"，"新的一代在生长"。显然，长诗中寄托了诗人乌托邦式的社会主义的朦胧理想。

与丰富的内容相适应，《德国，一个冬天的童话》在艺术表现上多彩多姿。虽然内容具有严肃的政治性，但毫无宣传品的意味或任何令人枯燥的感觉，用作者自己的话说，这是"一篇极其幽默的旅行叙事诗"，"是一个崭新的品种，诗体的旅行记，它将显示出一种比那些最著名的政治鼓动诗更为高级的政治"。诗人充分发挥了他的讽刺特长，尖刻而俏皮，笔锋所向，一针见血，痛快淋漓；节奏服从内容需要，整齐而短促，有如鼓点；譬喻机智巧妙，善于捕捉具有本质特征的形象，无不恰到好处；民间传说和个人奇妙幻想的穿插使作品趣味横生。可以说，海涅的诗歌真正做到了思想性和艺术性的统一，很值得欣赏和借鉴。

1982 年春于北京

诗意的小说艺术

——简论杰出的德国小说家施托姆的叙事技巧

如果说,19世纪的德国文学在长篇小说的创作方面不如欧洲的其他文学大国如法国、英国和俄国那样蔚为壮观,那么在中篇小说的创作方面则是毫不逊色的。有一批作家,像霍夫曼、冯塔纳、拉贝以及瑞士德语作家凯勒、迈耶尔等人的长篇和中篇都赢得世界声誉。又有一批作家,如艾兴道夫、夏米索、默里克、施托姆、海泽等人,他们虽然没有在长篇小说方面施展过特殊才能,但他们在中篇小说方面的突出成就也为这个世纪的德国文学在世界文学中争得了地位。这些人中的佼佼者当推《溺殇》的作者台奥多尔·施托姆,他一生中写的小说几乎全部是中篇,有58篇之多,其中有许多是脍炙人口、具有世界影响的名篇。如他的成名作《茵梦湖》自1850年问世后,至1915年再版79次。这篇以优美的文笔描写封建包办婚姻扼杀青年男女的爱情和幸福的小说在我国民主革命时期也曾轰动一时,新中国成立前先后至少有过4种译本,像郭沫若、巴金这样的大文豪都竞相翻译介绍。

施托姆出生于德国北部石勒苏益格—荷尔斯泰因地区的小城胡苏姆的一个律师家庭。他年轻时学习法律,后在家乡当律师。

1848 年他积极参加当地人民反抗丹麦统治者的斗争,起义遭到失败。1852 年他的律师执照被丹麦当局取消,遂被迫流亡到普鲁士谋生。1853 年在波茨坦法院当推事。1856 年去海利根市任县法官。1864 年丹麦人被迫撤走,施托姆回乡当了本县的行政长官。1867 年至 70 年代他都在法院做事。他反对普鲁士的吞并行径,谴责"俾斯麦的强盗政策"。1881 年起他宣告引退,迁居乡村,直至逝世。

施托姆早期的创作主要是抒情诗,数量固然不多,但它们被认为属于德国最优秀的抒情诗之列,具有民歌的风味,也带有牧歌的情调,其中也常伴有哀音。

随着生活经历的变化和政治思想的成熟,施托姆的创作从抒发个体进到描写人生,从抽象的"人类"转向具体的"人";从题材到体裁都发生了相应的变化。自 1850 年《茵梦湖》获得成功以后,他的创作开始转向中篇小说,而且越到后来,作品的思想内容越丰富、越积极,艺术上也更臻完美。因此他生命的晚年,恰恰是他创作的盛年。从 1876 年的《溺殇》到 1888 年,即他逝世那年的《白马骑者》,几乎每年都有 1—2 篇名作问世,水平往往超过《茵梦湖》。尤其值得一提的是,恰恰在他的自然生命的烈焰行将熄灭的时候,他的艺术生命闪出了强光——最后的那部《白马骑者》成了作者的压轴之作。这部中篇比起施托姆以前的所有小说具有更积极的主题,更明朗的基调,篇幅也最长。主人公不再那么哀伤,他具有改造自然、造福于人民的崇高理想,又有实现这理想所必备的行动力量——他的知识和才干。但他脱离群众,孤军奋战,因而终于对付不了反动势力和社会偏见的包围。小说的基调是资产阶级启蒙运动的进取精神。

然而从艺术上看，更能代表施托姆作品特色的是《溺殇》。小说发表后受到一致的好评。著名小说家保尔·海泽当即兴奋地写信给作者："这是您的登峰造极之作。"当时住在德国的俄国小说家屠格涅夫认为"这篇小说细腻而又有诗意"，他还指出这是施托姆的"杰作"。施托姆本人也把它看作是自己的得意之作，手稿交出后，他在给出版商写的信中说："我确信，我交给您的是我在散文（在德语里散文一词也包括小说）创作方面迄今所写下的最好的作品。"

《溺殇》是施托姆"纪年史小说"中的一篇，作者把时代背景上推了两个世纪，但它反映的却是当时的现实，即 19 世纪下半叶，以容克地主为基础的封建贵族阶级仍然牢牢保持统治地位的德国现实。和《茵梦湖》一样，《溺殇》写的也是以反封建为主题的爱情悲剧。但比起前者，《溺殇》中对封建贵族阶级人物的刻画更具体，抨击也更有力。像容克地主武尔夫和里希这样的花花公子，不啻是土豪和恶霸的形象，是农村中封建反动势力的中坚，他们带着根深蒂固的门阀观念和阶级偏见，敌视一切民主思想和人与人之间的正常感情，包括男女的正当爱情，哪怕自己的同胞手足也要加以无情的摧残。他们自己则荒淫无耻，为所欲为。小说对这类反面人物的描写虽然着墨不算太多，但可谓淋漓尽致。反对等级制度和社会偏见，是施托姆创作的普遍主题，而《溺殇》是其中最尖锐的一篇。

在欧洲，封建贵族势力与反动教会从来是两位一体，狼狈为奸的。因此那些具有人道主义思想的作家，都把两者作为共同的打击目标。施托姆也没有忽略这一点，在《溺殇》中他通过女主人公的遭遇（从地主恶霸手里落入反动牧师的手里），刻画了一个思想反动、面貌阴沉、心肠冷酷的牧师的形象,既烘托了女主人公命运的悲惨,又揭露和控诉了教会的罪恶。

与此相反,像约翰内斯这样的具有新兴资产阶级特征的人物,作者予以充分的肯定,并把他同贵族阶级的人物加以对照,写出前者在精神上优于后者:一个勤奋好学,有艺术才能;一个不学无术,只知享乐作恶。同时,作者通过对卡塔琳娜的刻画,勾勒出了旧营垒中的叛逆者(尽管是柔弱的)形象。此外,在门房狄德里希身上,作者以赞美的笔调,写出了劳动人民善良、忠直、爱憎分明的优良品质。这一切都反映了施托姆的民主主义思想和人道主义精神。

但施托姆的小说在思想内容上也有明显的弱点,主要表现在他把握社会矛盾的复杂性和深刻性方面还缺乏驾驭的能力,因此19世纪下半叶出现的新的阶级关系始终停留在他的视野之外。在人物塑造上,他的正面主人公大多是不能掌握自己命运的弱者。他们虽不乏才智,心地也善良,但除个别外,一般都拿不出行动的力量,因而往往成为悲剧的角色。《溺殇》中的男女主人公为了自己的幸福虽然表现了一定的勇气,但他们在严酷的现实面前,还是采取了退缩、逃避的态度,最后以悲剧告终。施托姆创作中的这一思想倾向,一方面反映了德国资产阶级的软弱性,另一方面也应归于作者自己的思想缺乏高度。

但是施托姆是一个在艺术上极有造诣的作家,这是他至今仍然拥有广大读者的根本原因;他在文学史上主要也以这方面的卓越成就闪耀着光彩。他的艺术特点归纳起来大体有以下三个方面:

首先是基调的抒情性。德国是一个富有抒情诗传统的民族,这一传统的源泉深深渗入19世纪的德国小说。上面提到的那些小说家,无论是艾兴道夫和凯勒,还是默里克和施托姆,他们的文学生涯都从抒情诗开始,这一特点影响到他们一生作品的情味。如果说施托姆早期小说的抒情气氛是清新的,那么他晚期小说的抒情气氛则是凝重的,而无论早期还是晚期,哀伤的音调是一以贯之的,这是德国浪漫主义诗歌留下的余音。读者时时感觉到,作者仿佛怀着沉郁的心情在叙述一件他亲身经历过的事情,并深深地倾注着自己的同情,好像他在借他的人物慨叹自己道路的不平。因此在小说中,作者与主人公常常合而为一,彼此难分。如《溺殇》中约翰内斯在他主人的府邸的厅堂里,从这家祖先的画像上寻找卡塔琳娜兄妹一恶一善的遗传因素时,那一番抒情性的议论使人很难分得清究竟是主人公的,还是作者自己的。

施托姆小说的抒情性通常是通过下列几种手段实现的:一是通过回忆。在故事导入以前,作者或主人公的回忆往往像一首散文诗,它有时有着牧歌般的清新和宁静,有时又如梦幻般地把人们的思绪撩拨。《溺殇》中那同窗共读的童年令人神往,那周围的风物又让人身临其境。二是通过诗意的象征。《溺殇》中死男孩手中握着一朵白色的睡莲,象征着这个忠贞的爱情的产物像洁白的鲜花一样纯洁、美好,起到语言难以表达的作用。三是通过景物描写。在《溺殇》的故事背景中有大海、沼泽、荒野、森林与花园,可谓汇集多种自然景物于一面,仿佛作者要在这广阔的天地里尽情驰骋自己的诗情。但作者对景物的描写从来不游离于故事情节和人物心理活动的要求之外,而是作为它们的衬托。例如,约翰内斯在林中等候情人赴约,那金色的阳光与百灵鸟的鸣啭与此时主人公的欢快和甜蜜的心情交相辉映。作者在描写大海的波涛时,追溯到它吞噬过几千居民的生命,这又与小说"溺"的主题互为呼应。这些描写,有的是赞美自然界的美好,有的是慨叹自然力的无情,

悠悠衢江

既写景、又抒情,情景交融。第四是通过气氛的渲染。这是造就施托姆作品动人魅力的重要因素之一,被称为"气氛艺术"。施托姆常常使用伏笔,层层暗示事件的发生,并往往赋予某种淡淡的神秘色彩,使作品具有浓郁的气氛。例如对男孩淹死时的气氛渲染,作者先通过一个讲迷信的老太太,她自称"看到三条白尸布飞过牧师的屋顶",渲染出不吉利的阴森气氛。后来只听得"一声刺耳的喊叫划破外面的空寂",可是"朝外面听了听,却再也没有任何动静"。无疑,这种描写比直接使用"晴天霹雳"一类的用语更能收到艺术效果。再如,小孩淹死后,作者再也没有让卡塔琳娜露面,也没有从正面去描写她的悲痛,而只是从侧面去烘托、渲染。但他绝不让他的描写超出合乎情理的范围而带上真正的神秘性。这样的艺术技巧不能不说是别具匠心的。

施托姆小说的第二个主要艺术特点是情节的戏剧性,尤其是他的晚年作品。1881 年他说过这样一段话:"当今的小说是戏剧的姐妹和散文创作的最严格的形式。同戏剧一样,它处理的是人的生活的最深刻的问题;同戏剧一样,它自始至终以矛盾冲突为中心,组成有机的整体,因此它是最严谨的形式和一切非本质东西的禁区;它不仅容许,还提出艺术的最高要求。"这是施托姆的理论主张,也是他的创作实践的概括。他的小说的情节都围绕着一个主要矛盾展开,串联着一个个大小故事,设置层层悬念,起伏跌宕地发展。《溺殇》之所以动人心魄,原因之一就是它的情节围绕着合理的爱情与不合理的封建等级制度这个基本矛盾,又由一个个"巧"与"不巧"构成的小的矛盾和悬念推动着向前,犹如多级火箭的推进那样。男主人公约翰内斯从荷兰学画归来,照理可以得到抚养他的主人的加倍喜爱,但不幸适逢主人去世。这个"不巧"的遭遇带来他与情人卡塔琳娜跟武尔夫男爵之间不可克服的矛盾。后来约翰内斯去修道院向卡塔琳娜的姑母求助,事情本来是会有转机的,谁料却被他的情敌里希发现。这个"不巧"的倒霉事件引起他与武尔夫之间更大的冲突。接着,他在被武尔夫的恶犬紧追中,偶然逃进情人的卧室,这一意外的"巧"遇使他俩终于把彼此的命运终身联系在一起。但此后几年之久卡塔琳娜下落不明。约翰内斯出于万般无奈,为了谋生应邀去乡村为一个牧师画像,正巧这牧师的妻子就是卡塔琳娜!他第一次见到了他和卡塔琳娜所生的孩子,真是"山重水复疑无路,柳暗花明又一村"!然而这一绝处逢生的巧遇却又产生了新的戏剧性冲突:约翰内斯与卡塔琳娜之间合乎天理的爱情同牧师与卡塔琳娜之间合乎法律的婚姻陷入无法解决的矛盾之中,以致这对久别重逢的情人的见面,必须通过幽会的方式来进行。而就在他们几分钟的幽会之际,不巧他们爱情的唯一产物和见证,那个可爱的男孩子一时失去看管,失足落水溺殇了!这一不幸的事故,不仅造成巨大的悲痛,而且泄露了他俩的关系,使卡塔琳娜永远摆脱不了牧师的手掌。于是这对为了爱情饱经忧患的情人和真正的夫妻终于被活活拆散了!小说中这一系列巧与不巧的戏剧矛盾都是在读者毫无思想准备的情况下发生的,它们时而让人喜出望外,时而使人伤心惋惜。最后,男女主人公特别是卡塔琳娜的命运如何?这个悬念的余音永远萦绕在人们的脑际。这种艺术力量不能不归功于作家在安排故事情节方面的出色技巧。

施托姆小说的第三个主要艺术特点是独特的结构形式,即所谓"框形结构"。无论早期和晚期,他都没有放弃过这一形式。制作框架的常用手段是回忆,往往由于作者眼前的偶然经历、见闻、景物唤起对往事的追忆,从而引出故事。有时除作者回忆外,还有人物的回忆,于是大框架又套一个小框架,变成"多框结构"。如他的另一篇小说《雷纳特》就使用了三层框架。《溺殇》使用的是双框形结构:一开始作者从"御花园"回忆到学生时代,当时他在一座教堂中见到一个面貌阴沉的牧师怀抱一个死男孩的画像,从而激起他探求来龙去脉的欲望;许多年后他因偶然机会发现一盒子发黄了的手稿和一个美丽的男子怀抱一个死男孩的画像,于是找到了打开他多年来牵挂在心头的关于这个死男孩的秘密的钥匙。这种框形结构在施托姆笔下的成功之处是,它使读者跟随作者回忆的思路不知不觉走入故事的氛围之中,从而增加了故事的真实性幻觉。

关于施托姆的艺术特色,尤其是他的《溺殇》的成就当然不止上述这些,限于篇幅,这里就不细说了。

这里必须提及的是,施托姆之所以在艺术上取得这样可观的成就,与他创作态度的严谨和艺术上的刻意追求是分不开的。他这样说过:"一个诗人要成为经典作家,就必须在作品中把那个时代的基本精神内容以完美的艺术形式反映出来。"这位大师很谦虚,他认为自己的创作成就只配占有"剧院两侧的厢中的位置"。但他对自己的评价之低,正好说明他的要求之严。德国现代文学的两位巨匠——诺贝尔奖获得者托马斯·曼和赫尔曼·黑塞都对施托姆有极高的评价。黑塞曾这样说:"在我二十岁的时候,我多么喜爱施托姆! 现在,当我岁数大一倍的时候,我仍然以毫不减退的感激之情经常回到这个可爱的源泉去,这同人们重新寻找自己年轻时代那些着魔过的地方是一样的。"这段言简意赅的话充分反映了施托姆的艺术对后人的影响之深。

（原载《小说界》1981年第2期）

孤独成就高贵

——《卡夫卡哲理随笔选》序

西方现代主义文学思潮兴起以来，文学内涵的一个显著变化是文学与哲学"联姻"。

在西方文学史上，文学与哲学最初是没有界限的。但随着时间的推移，后来就渐渐分道扬镳了！公元前4世纪亚里士多德的美学论著《诗学》的问世，是这一变化的标志。但过了2 000余年，到了欧洲启蒙运动时期，也许是"否定之否定"规律所使然，两者又出现互相趋近的倾向。狄德罗就明确提出："诗人应该是哲学家。"（这里的"诗人"是广义的，泛指文学家）事实上启蒙运动的一些重要扛鼎人物，除狄德罗外，还有诸如伏尔泰、卢梭、孟德斯鸠以及德国的莱辛等都是哲学与文学"双肩挑"的巨匠。19世纪上半叶，存在主义哲学创始人、丹麦的克尔凯郭尔更是集哲学、文学、美学于一身，其《勾引者的日记》就是自觉地用哲学去"勾引"文学并试图与之联姻这一过程的譬喻。19世纪下半叶，德国的尼采在《查拉图斯特拉如是说》一书中，也是借古波斯拜火教创始人之口，通过瑰丽的语言和一系列精彩警句来表达自己崭新的哲学观点。这也是一部"三合一"的名作。德国另一位大哲学家海德格尔提倡"思与诗"的结合,很有时代性。法国的"无神论哲学家"萨特也是竭力融合文学与哲学的一位,他创作了不少小说、戏剧来演绎其哲学思想。如果单就理论语言的文学色彩来说,则恩格斯和叔本华都是有口皆碑的。

　　哲学与文学的这种关系是双向的,事实上文学对哲学也仰慕不已。捷克的昆德拉说:"尼采使哲学与文学接近,穆齐尔则使小说与哲学接近。"这一判断很是中肯。奥地利的这位堪与卡夫卡齐名的小说家穆齐尔曾经这样说过:"人们需要哲学就像人们需要宗教一样。"加缪的文学成就比萨特高,是真正的文学家,他说:"伟大的文学家也是伟大的哲学家。"大戏剧家布莱希特有好几部戏剧代表作致力于哲理性与辩证法的追求。在他的重要理论著作《娱乐剧还是教育剧》中,他明确说:"戏剧变成哲学家们的事了。"意大利表现主义戏剧家、诺贝尔奖得主皮兰德娄在谈到一批作家的时候曾这样说:"他们之所以写剧本,是因为感到一种深刻的精神上的需要……更确切地说,这是一些富有哲学意味的作家,不幸的是我就是这样一个作家。"美术界也有这样的现象,德国表现主义画家奥托·米勒有句名言:"有朝一日要为哲学家建造天堂。"这意味着艺术作品也要讲求哲学的品位。可见,在现代主义思潮中,哲学与文学乃至艺术双向合流的倾向确实十分明显。

　　德意志民族是一个善思考的民族,所以德国成了一个公认的哲学大国。这一特点不能不反映在本来就与哲学难解难分的文学之中。何况德国的一些哲学巨子们几乎都是美学家:康德、黑格尔、谢林、叔本华、尼采、海德格尔直至哈贝马斯莫不如此。于是德意志文学中的哲学浓度几乎就成了它的宿命,又是它的长处。歌德、席勒、赫尔德、施莱格尔、荷尔德林、托马斯·曼、布莱希特、穆齐尔、保罗·策兰等莫不如此。

从小就接受了德意志语言文字和文化教育的犹太人卡夫卡自然就成了文学与哲学联姻现象中突出的一个，而且这也是他的自觉追求。他的叙事作品、随笔、箴言乃至日记、书信普遍融入哲思，尤其善于运用悖谬思维，使其作品涵义深邃，令人回味不尽。卡夫卡的《城堡》是一个悲喜剧，很有象征意味。主人公 K.急需一张临时居住证，这样一件小事情，却奋斗终生而不得，等到他奄奄一息不需要时反而送到他手中了！这种悖谬性的黑色幽默岂不叫人啼笑皆非？而这正是他的那条有名箴言的写照："目标虽有，道路却无。我们谓之路者，乃彷徨也。"他的短篇小说《在法的门前》，写一个农民想进法的大门，门警却告诉他："即使我让你进去了，下一道门岗也不会让你进去的，而这样的门岗里面还多着呢！"结果这个农民等到老死也木能进入法的大门！这与荒诞派戏剧《等待戈多》有异曲同工之妙。由于找不到路（即便有路，那无数道有人把着的门也把它阻断了），人的许多为实现某种愿望而作的努力都成了徒劳！存在主义哲学家萨特无疑在卡夫卡的作品里看到了人的生存的"粘兹"性和令人"恶心"的处境，把卡夫卡引为同道而大加赞赏。

哲学思考贯穿着卡夫卡一生的始终。除了长短篇小说、随笔、书信、日记以外，他还备有一种所谓"八开本笔记"，随时记录他的思想火花式的杂感、轶事、小品构思等文字，这样的本子一共记了"八部"。其中他自己辑选了哲学意味深奥的箴言 109 条，作为他思考的结晶。写箴言也可以说是德国文学史上的一个传统，不少人都写过，如歌德。他在他的长篇小说力作《威廉·迈斯特的漫游时代》就"植入"一组与全书故事情节并无直接联系的格言，以增加其小说的思想含量。

　　我想卡夫卡勤写哲理随感和箴言,其用意无非也是如此吧,即增加他的文学作品的思想深度。那么,把他的有关篇什加以选萃,集成一册,既吸取作者的思想精华,又满足读者的需要,作为一个卡夫卡研究者,也算尽了一点应尽的义务了。此为我编选这本《卡夫卡哲理随笔选》的初衷。

2014 年元月

世界文坛冲出一匹"黑马"

——耶利奈克研讨会开幕词

女士们、先生们：

　　首先让我以德语文学研究会的名义对大家的光临表示热烈的欢迎和衷心的感谢。

　　今年秋天，世界文坛冲出一匹"黑马"，这就是奥地利女作家埃尔弗里德·耶利奈克，她出人意料地被诺贝尔文学奖评审委员会宣布为该奖得主。此事连我们这些专业研究者也感到突然，因此一时被媒体弄得手忙脚乱。

　　其实细想起来，这并非偶然：100余年来，在100多位获奖者中，属于奥地利血统的仅有两位，而以国籍论，这才是第一位！比起奥地利文学对于现代世界文学的贡献，这个数字太不成比例了！须知，位于中欧的奥地利在地理版图上固然是个小国（人口只有700多万），但在文学上乃至整个文化版图上却是个大国！这是个尽出文化奇才的国家。你看，音乐神童莫扎特是它贡献的，"交响乐之王"贝多芬是在这里成气候的，谱写《皇帝进行曲》和《蓝色多瑙河》的施特劳斯家族是它耀眼的明星，海顿、舒伯特、布鲁克纳尔都是它忠实的儿子……如果从现代主义角度看，则奥地利更让人刮目相看,创造十二音系的勋伯格是公认的现代主义音乐奠基者之一,他的学生阿尔班·贝尔格更被认为是现代主义歌剧作曲家的高峰,马勒、艾内姆、施密特、卡尔·波姆、卡拉扬等都是重量级的世界现代音乐大师。再来看文学,小说家卡夫卡、穆齐尔、勃洛赫、多德勒尔、卡奈蒂,诗人里尔克、霍夫曼斯塔尔、特拉克以及戏剧家施尼茨勒等有力地改变了文学的表现方式和审美习惯。而在这方面起了推波助澜作用的是他们的同胞、心理学怪杰弗洛伊德及其弟子荣格,这拨奥地利作家与学者一起对世界文学产生深远影响。20世纪60年代后半期以来,德语文学普遍发生了美学转型,至少有5位作家在这方面起了决定性作用,其中有3位都来自奥地利,这就是已故的贝恩哈特、健在的汉特克以及这里要讨论的耶利奈克。他们都是小说家兼戏剧家。他们颠覆了固有的文学话语方式,提出了"反戏剧""反小说""反诗歌"的新理念,其影响远远越出了奥地利甚至德语国家,在整个欧洲引起反响和争论。三个人在对世界的否定上基本是一致的,但在角度和程度上又各有不同。耶利奈克更介入现实包括政治,因而也更形而下一些,更具社会批判锋芒。作为有着17年共产党员党龄的左翼激进人士,她时刻关注着现实的政治斗争;作为女性作家,她善于使用女权主义的话语捍卫女性的权利;作为犹太后裔,她随时与眼前的法西斯残余势力展开战斗。总之,文学在耶利奈克手里不是单纯的审美游戏,而是战斗的武器。这武器具有特殊的杀伤力,而这武器又是她自己别具匠心锻造的,这就是说,她在艺术语言、艺术表现方法上也进行了别出心裁的革新和创造,因此她在美学上也是有特殊贡献的。

诺贝尔文学奖终于轮到了奥地利,而且奖给了一个政治倾向鲜明、先锋色彩强烈的作家,尽管晚了些,还是值得庆幸的。相信通过讨论,不仅在文学创作上,而且在理论观念上我们都能获得有益的启示。谢谢诸位。

2004 年 12 月 24 日

中国德语文学的现状与展望

尊敬的来宾们、同行们：

对于我们整个德语文学界来说，今天是一个可喜的日子：上海外国语大学德语文学研究中心的成立，是我国德语文学研究不断发展壮大的一个标志。这个标志意味着德语文学研究在越来越多的外语院校被提上了议事日程，被当作一门专门的学科，有了专门的研究机构。而这个研究机构首先在上海诞生，由上海外国语大学来挂牌，也是理所当然、合乎逻辑的事情。作为中国最大的城市，上海的兴起可以说是中国现代化全过程的缩影。它是中国现代出版业的发祥地，也是外国文学包括德语文学传入中国的最早和最大的翻译阵地。上海的这一特殊的历史，理应有相应的、规模较大的机构来传承。现在，这样的机构应运而生了！

大家知道，我国德语文学研究的主要力量始终在高等院校。20世纪50年代，社科院文研所除了钱钟书先生做点附带的工作，专职的德语文学研究人员一个都没有。那时冯至先生所在的北京大学和张威廉先生所在的南京大学各有一支力量。但直到70年代末，像北外、上外这两所重要的外语高等学府好像都有不成文的规定：只管语言教学，不管文学研究。从80年代开始，这两所学校加上四川外语学院都出现了新的气象,即北外来了个谢莹莹,上外冒出个余匡复,四川外院则有杨武能。他们开辟文学课程,发表研究论文,开始改变这几所学校重语言、轻文学的固有形象。90 年代以来,除了这几所外语学院继续朝着这一良好势头发展以外,北京对外经贸大学和西安外国语学院也加入了我们的队伍,涌现了好几员新生力量。21 世纪以来,某些综合性大学也开始重视德语文学的课程,新建或加强德语文学的教学与研究机构,比如浙江大学、中国人民大学、南京师范大学、同济大学、复旦大学、四川大学、武汉大学等。因此,阵地扩展、队伍壮大堪称是我们日耳曼语言文学发展和繁荣的最主要标志。

中国的日耳曼语言文学日益发展的第二个标志,是我们有了一个日益健全和健康发展的全国性的统一组织,即德语文学研究会。这个学会在我们的前辈冯至先生的倡导与组织下,于 1982 年成立,迄今已有 26 年的历史。我们至少每两年召开一次为期 3 天的学术性年会,到今年 4 月已经开了 13 次年会和多次小型研讨会,会议质量一次比一次提高。此外我们学会还对一些重要作家举办了大型纪念会和研讨会,如布莱希特逝世 40 周年、诞生 100 周年,歌德诞生 250 周年,席勒逝世 200 周年等,有多个部级单位和 250—300 名社会名流参加。这些活动的档次和质量都是相当高的。布莱希特 100 周年我们动员了中国青年艺术剧院参与,使活动更加有声有色。著名导演陈颙凭着她的地位和名望亲自向文化部申请了几十万元,在我国首排了《三个铜子儿的歌剧》,在会议期间演出,让大家通过舞台形象领略了布莱希特这一不朽的早期代表作,取得很大的社会反响。歌德 250 周年我们动员了中央音乐学院的交响乐队无偿演奏了《哀格蒙特序曲》等与歌德作品有关的乐曲,给纪念会增添了色彩,反响也很好。有位北大名教授会后跟别人说:"我参加了那么多的同类活动,都没有这次纪念会搞得那么隆重而高雅。"柏林自由大学的克里蓬道尔夫(Ekkehart Krippendorff)教授会后主动为这次活动写了报道。可以说,在中国外国文学学会所属的 9 个分会中,我们学会所组织的这类活动就次数、档次和规模而言,都是比较突出的。这是各位理事和身边的同行们同心协力的结果,当然与外文所的支持也分不开。明年将是席勒诞生 250 周年、歌德诞生 260 周年,我们正策划围绕德国文学星空中这一对最耀眼的双子星召开国际性的研讨会。

我们历来希望国内有越来越多的人接受乃至与我们一起传播德语文学,因此我们学会的每次活动都采取开放态度,真诚欢迎那些非德语科班出身,但有志于德语文学或对某位德语作家、某个德语文学现象有兴趣的同行积极参与。这些人除了从事西方文学研究的人员以外,还有大学中文系从事外国文学教学的教师。他们的长处是中文底子较好,视野较宽,知识面较广。吸收他们的参与,双方可以取长补短,只有好处,没有坏处,完全符合我们的宗旨。

我们学会的再一个特点是队伍比较团结。大家都是为了学术目的而相互联系,共同讨论问题,迄今没有出现内讧、内耗性的另立山头、拉帮结派、互相对峙等不和现象。这种团结合作的亲和力,是一种可贵的人文精神,搞文学的人尤其需要这种精神,希望我们学会能够永远保持下去,尤其在我离开这个学会以后。

我们这条战线良好发展的第三个标志是队伍结构日益更新,中青年一代占据了主导地位,并发挥了主力军作用。我的这个结论不仅是从这几届年会的学术质量的不断提高得出来的,也不仅是从我平时阅读同行们新出版、发表的论著中得出来的，更是从自己的切身体验中得出来的。这个体验就是切实感到"青出于蓝而胜于蓝"这一至理名言。比如，考证工作我就很佩服卫茂平，因为他的《德语文学汉译史考辨》一书从一个我所关心的问题让我看到了他的考辨功力，这就是卡夫卡最早到底是哪年被介绍到中国的。曾经有一位从英文研究卡夫卡的中年朋友查到是 20 世纪 40 年代，不久卫茂平的这部著作让我知道，早在 1930 年 1 月，卡夫卡就由赵景深通过《小说月报》，用了五六百字的篇幅介绍到中国。我也钦佩生龙活虎的青年才俊黄燎宇，第三届鲁迅文学奖翻译奖只评出一名获奖者，这位幸运者就是他。去年第四届鲁迅文学奖让我充当翻译奖的评委会主任，知道了评奖的全过程以后才切实明白，获得这唯一的奖项多么不易。我也赞赏风貌与黄燎宇迥异的内秀型学者王建，他从来不露锋芒，但内存丰富。人民文学出版社年度最佳外国小说奖评选时，都是他看的作品最多，而且多半都以他推选的作品获得奖项；每次颁奖评语大多由他撰写并译成漂亮的德语。我作为这个奖的评委会主任每次都感到自愧不如。我也欣赏北外新秀王炳均，有一次我请他就卡夫卡的《在流刑地》写一篇赏析文字。他的独特的视角、深入而生动的剖析让我击节赞赏。当然，我对身边的晚辈如叶隽也不掩饰我的欣喜：我从头至尾读完了他最近出版的《史诗气象与自由彷徨》一书，作品视野开阔、敢于突破、资料翔实、注释详尽而准确，让我感到这一代真是"后生可畏"。

刚才提及的几位只是跟我有过某些具体接触的一部分，其实在中年一代的日耳曼学者当中，有才华、有前途的人才不是几个，而是一大批。如今，当我们这一代人即将历史地、遗憾地走完全程的时候,看到你们蓬勃地崛起,感到由衷的喜悦。因为我从自己的经历中深切地感到,中国的人文科学,特别是靠外文运作的人文科学像我们这一代人的状况是绝对没有前途的。我们这一代人年轻时绝大多数都没有出国深造的机会,吸收的信息和资料十分有限而且片面,思维都根据某一种意识形态单轨运行,更何况从1957—1977年这20年间至少有十二三年的时间都被政治运动糟蹋了!科学要成为科学,必须综合全人类的智慧结晶,在多元视野下自由选择和探索。没有这个前提,就休想成为真正的学者。

第四个标志是德语文学的基础研究工作取得了明显进展,主要表现在范大灿等5位教授编写的《德语文学史》已经告竣。此外学术论文和专著日益增多,学术水平日见提高。这方面呈现出良好的态势。学者们在繁忙的教学工作之余,仍坚持刻苦钻研,很值得嘉许。

同行们、朋友们,大家知道,德语文学是一座富矿,含金量极高,足资与欧美其他任何一个文学大国媲美。何以见得?以一段小史料为证:

1985年欧洲(西方)5个文学大国——英、法、德、意、西的媒体举行了一次"已故欧洲十大作家"排名的民意测验。结果评出的前十名排序是:莎士比亚、歌德、但丁、塞凡提斯、卡夫卡、莫里哀、托马斯·曼、普鲁斯特、乔伊斯、狄更斯。其中英语和德语各有3位。但从总排名的平均值看,德语作家的名次显然高于英语作家。这个排名当然未必是绝对科学的,但它基本上反映了一个事实,即德语文学的"含金量"确实很高。这个含金量就是人文含量。这其实并不奇怪,正如恩格斯所分析的,德国由于历史上长期处于分裂状态,第一流知识精英在政治方面发挥不了作用,他们的智慧便都往文化方面集中了！这是中肯之言。所以德意志不仅成了世界上首屈一指的哲学大国，而且成了首屈一指的音乐大国。作为哲学大国，马克思、康德、黑格尔、叔本华、尼采、海德格尔、维特根斯坦、耶斯佩尔斯、伽达默尔、本雅明、卢卡契等人无与伦比。作为音乐大国，则巴赫、亨德尔、莫扎特、贝多芬、勃拉姆斯、舒伯特、海顿、瓦格纳、勋伯格、理查·施特劳斯、A.贝尔格、埃内姆等也无与伦比。文学与哲学自古是一体的，它与艺术从来是姐妹。介于这两者之间的文学在世界上同样首屈一指也就不奇怪了！而这三者的互相交汇，又使德国成了首屈一指的美学大国！难怪日耳曼文学显得格外博大精深。你要把歌德、席勒、赫尔德尔、施莱格尔、荷尔德林、里尔克、穆希尔、卡夫卡等人研究透彻，不懂点哲学，还真不行；你要把托马斯·曼研究得比较深入，不懂点音乐也是有困难的。这些固然会增加我们工作的难度，但它也可以激发我们挑战困难的激情和勇气，使我们的工作充满张力。

同行们、朋友们，我们的研究对象是那么丰富，又那么富有挑战性，但从整个国家来说，我们虽然已经走了100余年的历程，可是取得的成果比起面临的任务还是非常有限的。我们面前仍然摆着诸多的空白点。大家都承认德国文学的古典时期是德国文学史上的高峰，但真正在国际上取得响亮发言权的，恐怕还谈不上。我们说对德国浪漫派过去有偏见，应该为它正名，我们为此开了一次年会，确实也这样做了。但真正能够为它正名的，还是要靠坚实的著作。而这个我们目前也还付诸缺如。欧洲的表现主义是一股广泛的思潮，波及文学艺术的各个领域，而它的策源地就在德国和奥地利。然而，我们到目前还拿不出像样的东西来。此外，在中南欧，17世纪是巴洛克的世纪，这也是波及面十分广泛的审美风尚，德国的巴洛克文学就十分繁荣。格里美尔斯豪森的《痴儿历险记》被誉为"欧洲巴洛克小说之冠"。巴洛克的"基因"直接催生了表现主义运动。德布林、格拉斯甚至布莱希特、贝歇尔等都是巴洛克的追随者。我本人虽然对巴洛克关注了若干年，但除了两三篇论文外，也没有能拿出专著来。

此外，在德语文学中，理论是一大块部分。这方面我们的力量也很单薄，只有个别同行在从事这方面的工作，显然不够。德语文学的各有关单位，首先是专业研究机构如外文所、北外的外国文学研究所、上海今天成立的这个研究中心，应当适当安排人力。这方面应该有个相对的分工，尽量避免过多的重复或撞车。

最后衷心祝愿上外德语文学研究中心日益发展、壮大。谢谢大家！

（2008 年 8 月 29 日在上海外国语大学德语文学研究中心成立大会上的主题报告）

追踪一个世纪的文学"脸谱"

——苏宏斌《现代小说的伟大传统》序

　　人类的文学,自有文字记载以来,至少有 3 000 多年的历史了!而随着时间的推移,文学的面貌也不断发生变化,故每隔一些时候就有"什么是文学"这类的疑问一再被提出。因文学的形式和风格,也就是审美特征都和以前不一样了,人们自然要怀疑,这还是不是文学。须知,人们对文学的欣赏口味或审美趣味是长期养成的,一旦受到冲击或破坏,很难接受另一种审美形态的东西,反而要求恢复甚至夺回原来的东西。无怪乎,一部文学发展的历史,可以说就是伴随着不休争吵的历史。

　　一个令人注意的现象是,文学"脸谱"的这种变化,在古代至中世纪需上千年甚至是几千年才发生一次,而自文艺复兴以降,它的刷新就频频发生了,而且几乎是加速度地进行的:先是几百年,而后是几十年、十几年、几年,尤其到了 20 世纪,一个接一个似乎都来不及了,于是彼此争先恐后地重叠出现,例如,表现主义(1910—1924)、未来主义(1909—1923)、达达主义(1916—1920),就像"变脸"一样!不难理解,人们已经无法把一个时代授予某个思潮或流派,而只能将它们统统塞进"现代"的筐子里去!其实,筐子又何尝够用？不久又不得不划出个"后现代"来。任何一个大的时代都有自己的"现代"，然而这个"后现代"则是 20 世纪特有的事情。

这就难怪不少搞文学的人，甚至包括有些原来也想"弄潮"的人，面对这种高潮迭起、"险象环生"的景象，不敢轻易认同，贸然投入，而宁可后退一步，采取"隔岸观火"的态度。于是评头论足者有之，指手画脚者有之，恶言相加者有之。这样，20 世纪的文学史就不好写了！尤其在长期封闭的我国，更把这种奇异的新事物视为要不得的东西而拒之。曾记否，早在鲁迅当年以大无畏的精神放胆"拿来"的年代，它就被某些人加上"帝国主义文学"的恶谥了！20 世纪 80 年代以前的 30 年间，也被以"颓废主义"一言以蔽之；以后情况好转，但仍褒贬不一。在这种情况下，当我读到苏宏斌的《现代小说的伟大传统》的时候，就不能不感到由衷的高兴！因为 80 年代以来，以上述两种态度看待现代主义文学的，公开的固然不容易看到了，但字里行间仍是"犹抱琵琶半遮面"，既想肯定，又不敢过多肯定，唯恐难避"全盘接受"或"全盘西化"之嫌，因而不得不同时作一些批判。这种言不由衷的做法，自然难于切中肯綮。现苏宏斌先生则一扫上述风气，不仅大胆而系统地肯定了西方现代、"后现代"主义各代表性作家的经典地位及其对现当代世界文学的重要贡献，而且还指出了他们的"伟大"！这种"不入虎穴焉得虎子"的态度，不禁令人想起当年毛泽东指导王海蓉读《红楼梦》时的告诫："先进去，再出来！"苏宏斌的这本书就让我们看到他确实"进去"了，他的书就是他从"虎穴"里面向我们发来的报告；他跳到各流派的思潮里去，遵循着它们的轨迹，对一个世纪的纷繁复杂的文学现象进行追踪和梳理，并着重从小说流派的演变角度——向我们报道，让人感到真实、可信，而不像某些隔岸观火的人那样隔靴搔痒。

当然,勇敢是需要实力做支撑的。苏宏斌的实力就建立在他对西方现代主义文学思潮和书中所涉及的每个流派的代表作家的认真研究基础上。固然我不敢说他对每个流派和每位作家的全面情况都作了透彻的研究,但可以断定,他对每位作家的代表作是做过切实探讨的。从"现代"到"后现代"的 6 个重要流派,从卡夫卡到卡尔维诺等 12 位小说家的代表性作品,作者的分析是比较中肯的。如果说,像卡夫卡、萨特、加缪、福克纳、加西亚·马尔克斯这样一些作家国内的评论并不鲜见,但像乔伊斯、普鲁斯特、伍尔芙这些意识流作家和罗伯·格里耶、克劳德·西蒙这些法国新小说派作家,国内对他们的研究和评论则是不多的。而关于福尔斯和卡尔维诺这些所谓"后现代"小说家国内的出版物更少。而恰恰是在我国学术界基础比较薄弱的地方,见出了作者的功力,尤其是意识流和"后现代"部分,包括它们的思想基础、艺术特征和发展概况,结合作品的实际,写得相当详尽和在理,足见作者在学问上所下的功夫。作者毕竟是从事外国文学的教学工作的,书的篇目和章节的设置以及深浅程度的把握显然考虑到了接受者的层次,而赋予它的体例以"史"的特点和教科书的性质,与严格意义上的学术著作有所区别。

这里需要探讨的一个问题是,书中所涉及的这些流派和作家有没有资格享有"伟大传统"的地位。因为在文学领域,"伟大"这个闪光的字眼在我们这里向来是习惯于授予像鲁迅、高尔基这样一些革命政治色彩很强且是顶尖级的作家的。西方的现代主义作家我们不再称其为"颓废派"已经足够宽大了,若再授予"伟大"的光环岂不走过了头?但我的态度是倾向于作肯定回答的。

文学作为"人学"的语言艺术的表达,每个时代都有其特定的审美形态和人文内涵。而这两种内容的信息的最早传递者就是人们俗称的"先锋派"。他们传达的是"上帝死了"的惊闻和新、奇、怪的审美信息。这对于那些仍在"上帝保佑"的田园梦境中酣睡的人们不啻是一声炸雷!这些不要上帝的狂徒和把"恶"当"花"的疯子与洪水猛兽有何二致?在这种情况下,那些现代文学的先行者的处境是可想而知的:他们不被人理解,他们的探索和努力被人看作"非文学"。无疑,在时代的审美意识和人文观念普遍觉醒以前,他们注定要经历一段孤独的时期,有的甚至变成"孤独的狼"。君不见,乔伊斯的《尤利西斯》写成后穿梭了几十家出版社,历经十几年才得以出版,甚至还吃了官司;卡夫卡死后30来年才开始被普遍承认……这些肩负着时代使命的先驱者和艺术的探险者,他们在寂寞的探索征途上,付出了巨大的牺牲。然而他们"从文学外"走到了"文学内",最后成为一个时代文学的经典作家,从数以万计的同道者中被历史筛选出来。正如美学家桑塔耶那指出的:1 000件创新作品中,999个都是平庸的制作,只有一个是天才的产物。所言极是。苏宏斌为之"立传"的这"一打"成功人物,是千千万万参与刷新20世纪文学面貌脱颖而出的凤毛麟角,是时代选择出来的最杰出的精英人物的一部分。无怪乎二战后他们一个个走上诺贝尔文学奖的领奖台,而那些在现代审美意识普遍觉醒以前而被诺奖"漏掉"的作家如卡夫卡、乔伊斯、普鲁斯特等,则是被公认为有资格与欧洲最伟大的文豪如莎士比亚、歌德、但丁、塞凡提斯等相提并论的作家。80年代中期欧洲五大文学国的一次民意测验证实了这一看法。

作者显然是个踏实而谨慎的青年学者,他只是在各流派代表作的文本范围内兴致勃勃而又严肃认真地进行解读,而不想在文本之外引申出一个什么"振聋发聩"的观点,或挑出一个具有"轰动效应"的话题。他也不像有的年轻人,脚跟尚未站稳,就心浮气躁,四处寻找挑战对象,甚至武器操作都没有训练好,就迫不及待地向目标出击,想一举击倒对方,首先是资格比他老的人,以一举成名、一蹴而就。其结果反而暴露了自己的浅薄,贻笑大方。本书作者与这种学风显然是判然有别的。做学问除了刻苦和肯花时间以外,是没有捷径可走的。希望他能一贯坚持这样的学风。

现代主义文学的产生有其深刻的时代文化背景。自 19 世纪下半叶起,不仅文学,艺术领域的几乎各个门类——美术、建筑、音乐、舞蹈、电影等都急剧地、几乎同步地发生变革。再扩大开来看,哲学等人文科学乃至社会科学的许多学科也都发生了深刻的变革。本书如能单辟一章或至少能在序言中对这一点作一番阐述,说明现代主义文学思潮的产生不是偶然和孤立的现象,则此书当会让人感到更加充实和完善一些。此外,在论及"后现代"的时候,既是"后现代"的著名理论家又是创作家的埃科(意大利)和他的长篇小说《玫瑰的名字》是应该提及的,甚至德国的聚斯金德及其《香水》亦不应忽略。因为文学上的"后现代"明显存在着两股不同的流向,一股以探索为方向,一股则以大众为目标;前者出于知识精英的天性,后者则为文化观念所使然。

掌握外文的同行或读者也许还会感到有点不足,即书中引用的所有材料都是翻译的文本,作者不掌握任何第一手资料。这难免给全书内容带来一定的缺陷。它首先表现在对奥地利的忽视。诚然,奥地利在地理版图上是个小国,但它在现代文学版图上一如它在现代音乐版图上是个"大国",在现代世界文学史上具有举足轻重的地位,至少有"半打"作家可以归入世界级的大师之列。其中长篇小说《没有个性的人》的作者穆齐尔几乎与卡夫卡并驾齐驱;长篇小说《维吉尔之死》的作者赫尔曼·勃洛赫亦有资格跻入经典意识流大师之列。只因为这些作品有的才刚刚被译介,有的则尚无人翻译而在作者的视野之外。然而,事物往往有两面,作者显然知道自己的不足,所以他在搜集翻译资料时格外用心,以至于他引用的某些翻译书籍我都没有见过!这说明外文科班出身的文学工作者也有他的短处,而且这短处其实还不止这点:在理论功底、汉语表达诸方面,一般学外语出身的人比起学中文出身的人要略逊一筹。故彼此当取长补短为是。

　　苏宏斌先生这部渗透着多年心血的著作标志着他学术生涯的良好开端,谨以这篇短小序言为贺。

2004 年 5 月 1 日

搭一座文化桥

——《扬子—莱茵：搭一座文化桥》后记

　　这本书里收集的，几乎都是报刊上发表过的东西。它们是我研究工作的副产品，也是自己兴趣驱动下的产物，姑且就称它们为散文随笔吧。

　　我的研究对象是德语国家的文学，即德国、奥地利和瑞士的文学。流经这些国家的主要大河是莱茵河与多瑙河，它们是这些国家文化的发祥地，一如中国以长江黄河作为中华文化的象征一样。这两地的江河远隔万里，分别代表着不同地域、不同民族的文化，也可以谓之东、西文化。两种文化形态不同，内涵迥异。初次接触异域文化，不免有些新鲜感，便有一种将它们记录下来的愿望，陆陆续续便有了这样一些篇什。

　　这仅仅是对中欧"两河流域"某些文化现象的随意摘取，并没有精心探究它们的底里，更谈不上系统。因为我的本行毕竟是文学，而不是文化。文化研究也不是我的专长。但试图通过文学笔法描述那些引起我兴趣的文化现象的特征，借以引起国人的注意和思考，从而促使两种文化交流和交融，确是我的本意。

　　中国和欧洲都是人类文明最古老的发祥地之一，我们称为欧洲"古希腊"的那个时代,也差不多是我们的春秋战国年代。那时他们的哲人如群星灿烂,我们的诸子百家也毫不逊色;他们的建筑技术和艺术达到很高的水平,而我们的陶器、青铜器技术和艺术也遥遥领先……但从那时起,彼此在文化形态方面的差异也明显地表现了出来。如在思维方式上,他们重逻辑,我们重阐发;在建筑形式上,他们采用坚固、沉稳、永久性的石构建筑,我们则一直采用轻巧、易朽的木构建筑;在艺术形式上,尤其在雕塑方面,他们重写实,我们则重表现;在文学上,他们的辉煌体现在叙事(即史诗)和戏剧,我们则是诗歌。至于政治,也表现出差别,虽然都是奴隶制,但他们当时就有了现代民主制的雏形,我们则没有。从文明发展的进程来看,欧洲人抢先一步开启了工业时代,对世界表现出占有的兴趣,形成一种"外向型"的文化;我们则久久走不出农耕文明的阴影,形成一种封闭自足的"守成型"文化。这两种文化形态的差异,若用另一种词汇来表达,也可以叫做"阳刚文化"和"阴柔文化"。在"地球村"日益缩小的今天,这两种不同类型的文化,显然应该互融互补,刚柔相济,使双方都能焕发出新的、更有活力的生机。正是出于这样的心愿,我不揣浅陋,就经历所及,陆陆续续写了这类文字,想以它们为材料,在长江、黄河与莱茵河、多瑙河之间架起一座桥梁——文化的桥梁,好让两国读者更便于往来,更乐于接近,更容易沟通,从而在两地人民乃至各国人民的友好往来中,起个"文化使者"的作用。

当然,这样的初衷,若靠我一个人的能力,是很难实现的。何况我们这一代人的绝大多数都有一个共同的短处:年轻时没有出过国。到我们有机会出国时,生命只剩下"半截子"了!这个年龄段的人吸收新事物的敏锐性已经不如年轻人了!加上我们这些以访问学者身份出国的人一般都不是"长年累月",而是三个月、六个月,所见所闻,难免浮光掠影,很难谈得上深入观察,所获印象可能并不能反映本质。这方面还有赖于那些在国外呆得久的同行们不吝指教、匡正,并希望他们能写出更多、更有分量的东西来,使我们搭起的这座"文化桥"更坚实、更宽广,因而更持久。

2008 年春

重视经典，谨防经典主义

　　人类在文明发展的实践过程中不断创造着灿烂的文化。这些文化随着时间的推移，有的其生命能量很快或渐渐消耗殆尽，有的却长期焕发着生机，因而经得起时代检验和时间的筛选，成为了精华和经典。

　　文学是文化的重要组成部分，在几千年的积累中，文学拥有了一批十分可观的经典性著作，是我们非常可贵的精神财富。作为文学研究者，尊重经典是我们的本色；探掘经典的固有价值和潜在价值是我们的天职；发扬经典作家的创造精神更是我们的神圣使命。

　　在对待经典的问题上，文学艺术史上有一条重要经验值得吸取，即重视经典，但要避免滑向"经典主义"：把经典封闭起来，加以顶礼膜拜，不许有不同的解读和诠释，否则就是"亵渎经典"；产生排他性，不许别的形式和风格出现。在欧洲文艺史上，差不多从17世纪起，就产生了这种现象，叫做"古典主义"。尤其在法国，先是宰相黎塞留，接着是"太阳王"路易十四，他们对文学艺术的各个门类，从题材、体裁、各种技术原则都作了具体的规定，以此作为万古不变的美学原则和艺术训条，让人永远遵循和仿效，并通过理论家布瓦洛的《诗艺》进行广泛传播，影响极为深远。古典主义的文学和艺术，在一定时期内确实取得了相当可观的成果，像文学中的拉辛、高乃依，音乐中的海顿、莫扎特，绘画中的大卫、安格尔，建筑中的苏佩尔曼、勋克尔等，这些人的名字在历史上是不会磨灭的。然而，美会随着时代的变更而流动、消耗，因为人的审美意识是不断变迁的。雨果说，再美的东西，重复一千遍也会使人厌倦。何况，在同一个时代同一个时期内，由于作家艺术家的个性、气质、性情千差万别，非要他按照某几种固定的格式来写作，势必限制他想象的自由，束缚他个性的发挥。正如席勒所说，理性要求统一，自然要求多样。这里的自然也包括人本身的自然，人就其内在的本性来说，是要求多样的，而且总是喜新厌旧的。

尽管古典主义的做法现在看来那么荒谬，但它在维护文艺复兴传统的名义下，在强大的政权的支持下，成为官方的也就是封建贵族阶级的意识形态，在欧洲广大范围内，牢牢统治了200余年！甚至直到20世纪它还试图卷土重来。与此同时，它把17世纪盛行于中南欧一带的富有创造活力的巴洛克文艺扣上"文艺复兴的反动"的帽子，使其在19世纪末瑞士艺术史家沃尔夫林为其正名之前，一直得不到官方艺术史家们的承认。

不过，凡是违背事物规律的事情终究是不能持久的。古典主义称雄于一时则可，称霸于永远则不可。事实上在古典主义开始走向僵化、成为欧洲文艺进一步发展的障碍时，就不断有人起来与之抗衡和论争。这些论争，其中大的、具有划时代意义的大致有3次。第一次发生在18世纪的中期，代表新兴市民阶级新的审美要求和革命朝气的欧洲启蒙运动主将狄德罗、莱辛等人通过理论和创作主动向古典主义发难。狄德罗反对古典主义的清规戒律和矫揉造作,他强调自然,甚至"粗野"。针对古典主义大写王公贵族、大写宫廷官府的流弊,狄德罗强调书写普通市民、普通家庭,以与之对抗。针对古典主义作家往往为宫廷所豢养,他号召作家"住到乡下去,住到茅棚里去,访问左邻右舍,最好去瞧一瞧他们的床铺、饮食、衣服等"。他把戏剧由古典型和封建性转为话剧型和市民性,从而催生了易卜生式的现实主义话剧。莱辛也是从理论和创作两条战线向古典主义发难的。他首先批倒了比他年长一辈的理论权威戈特舍特。戈特舍特曾宣传人文主义,对德国早期启蒙运动有过贡献。但在德国要振兴民族文学究竟该向谁学习的问题上,他紧步布瓦洛的后尘,写了《批判的诗学》一书,竭力主张向法国古典主义学习,并激烈抨击瑞士"苏黎世派"学者波特默的论著《论诗中的惊奇》,受到对方以及该学派的另一位少壮派学者布莱丁格的有力反击。莱辛指出,骄傲和僵化阻碍了戈特舍特更大的成就。莱辛通过《汉堡剧艺学》(一译《汉堡剧评》)一书的阐述,指出了德国文学的榜样不是在法国,而是在英国,是莎士比亚、弥尔顿他们。同时他通过对雕塑《拉奥孔》和维吉尔的史诗《拉奥孔》的分析,阐明了造型艺术与诗即文学创作的区别,从而廓清了空间艺术与时间艺术的界限,并批驳了德国另一位古典主义理论权威温克尔曼把两者混为一谈的错误。莱辛的观点和主张受到他的后辈歌德的支持和发扬。歌德一方面主张以古希腊文艺为榜样,一方面又对英国文学特别是莎士比亚的作品推崇备至。歌德和席勒联手把德国古典文学推向了高峰,却避免了陷入古典主义的窠臼。

古典主义遭受的第二个重创,也是致命性重创,即浪漫主义战役。战场仍然是古典主义的本土法国。法国浪漫主义各个主要文艺领域的代表人物诸如文学中的雨果、美术中的德拉克鲁瓦、音乐中的柏辽兹等都披挂上阵。导火线是 1819 年法国浪漫派画家籍里柯的绘画《梅杜萨之筏》在沙龙的展出,引起古典主义守护神、学院派代表安格尔的暴跳如雷,他号叫:"我不要这样的'梅杜萨'!我不要在解剖场上耀武扬威的天才!他们画的不是人,是死尸。他们就喜欢畸形,喜欢恐怖。不,我不要这个!艺术应当美,艺术应当教人美。"其实哪个艺术家不认为自己是在创造美呢?只是时代不同了,美的观念变更了,古典主义者的悲剧是不识时务,不能与时俱进,因此他的肝火将是发不完的!

后来,现实主义画家库尔贝和印象主义开山祖马奈都让古典主义者痛心疾首,拿破仑三世甚至用鞭子对着库尔贝的《浴女》猛抽。1874 年印象派举办同仁画展,更被古典主义者骂为"一座疯人院分号",甚至是"艺术上的无知暴徒与政治上的暴徒串通一气"。

对于古典主义者来说,整个 19 世纪都是"动乱"的世纪。美术界如此糟糕,文学界也不安宁。1827 年,雨果的《克伦威尔》序言就是一篇讨伐古典主义的檄文。他公开责难古典主义"把车辙当道路",他反对古典主义在文坛、艺坛充当典范和坛主,指出:"诗人只应该有一个模范,那就是自然;只应该有一个领导,那就是真理。"雨果身体力行,他通过自己的创作大胆去破坏古典主义的艺术秩序和美学规范。例如他的剧作《欧那尼》,公然用两个捣乱的下等人充当主人公;他的小说《巴黎圣母院》有意用一个奇丑无比的卡西莫多充当男主角。这些都是掷向古典主义的重磅炸弹。

（原载《文艺争鸣》2009 年第 12 期）

斜阳下的呢喃

——《卡夫卡及其他》后记

本人工作时间并不短(1961—　)，但真正从事学术研究的时间却不长，除去10年"文革"、1年"四清"和8年编辑工作，剩下的不过30多年时间。这期间还写了四五本散文、随笔、短评一类的文字，译了一些东西，编了不少书籍(共30多部)，用于研究的时间就更少了！

虽然自1975—1977年借鲁迅之名为外国文学抢救了一条生路，曾与冯至、戈宝权、陈冰夷等前辈以及黄宝生等同辈搞了个集体项目——《鲁迅与外国文学》的研究(这个论题在当时的鲁迅研究中是颇有创意的，可以说填了个空白)，然而当时工人阶级已登上"上层建筑"，知识分子的学术活动必须与"工人理论队伍"相结合。虽然那些被派来的工人理论骨干都是有才华的知青，但毕竟没有受过专业的基本训练，所谓"结合"不过是徒有形式而已。不过我们倒是扎扎实实把《鲁迅全集》至少通读了一遍，而且好歹也写出了十几万字的篇什，其中一部分也得以发表，在研究能力上受到一定的训练，算是热了热身吧。

真正的研究是从1978年开始的。从这一年起，我左右开弓，决心把心仪已久的两位所谓"颓废派"德语作家——卡夫卡和迪伦马特尽快介绍给我国读者。我又译又写，不断在报刊上有关于这两位作家和布莱希特的论文或译文发表，并很快引起很大反响。至 20 世纪 80 年代末，就分别出版了迪伦马特戏剧的译文集《迪伦马特喜剧选》、关于卡夫卡的专著《现代艺术的探险者》和编著《论卡夫卡》。此外还有不少长短不一的有关这几位作家和与他们有关的文章，后也编辑成一本集子出版，题为《现代审美意识的觉醒》。该书反映了我对西方现代主义文学的接受过程。

20 世纪 90 年代以来，特别是 21 世纪以来，随着学术视野的扩大，戏剧、建筑与艺术对我的吸引，出版社的约稿和社会义务的加重，我越来越感到拿不出那么多时间用于上述几位作家的研究了。除了为编纂《卡夫卡全集》和一个尚未完成的有关卡夫卡的课题，比较集中地花了四五年时间，此外就没有那么集中过专一的项目了。尽管如此，我职业的"根据地"毕竟在德语文学，近 20 年来还是断断续续地写了一些有关德语文学，包括上述几位作家的论著。虽然经过了一定的选择，现在收集在这个集子里的著作已包括了一多半这时期所写的有关德语文学的内容。至为痛惜的是，有几篇 10 多年前写的有关卡夫卡的长文，共约 9 万字，储存在 3 张软盘里（可惜那时还没有光盘），后须用时发现：全没了！这使我极为痛心和哀伤。由于当时正担任着一份额外的社会工作（两届共 10 年的全国政协委员），这一损失再也没有时间去弥补了！这不能不说是我的学术生涯中的一个不幸。

本集中也收入了两三篇 80 年代发表过的论文，主要是关于布莱希特的，至今仍有争论意义。学术界有一种观点认为，布莱希特是马克思主义者，是公认的社会主义作家，不应该把他与资产阶级的现代主义相联系。我则认为就基本的艺术观而言，布莱希特固然是认同"社会主义现实主义"文学的，但在美学上他与现代主义是相通的，因为现代主义作为一种时代的艺术形式和审美风尚，它并不是资产阶级的专利。否则，就解释不了同一个布莱希特何以在两个不同意识形态的世界同时受到欢迎和崇高评价的事实。凡是真正伟大的作家，往往能超越政治疆域，在人类视域中放射智慧的光芒。这正是布莱希特高出于一般马克思主义者甚至包括卢卡契的地方。再一个分歧围绕布莱希特的一个戏剧术语的译法展开，即 episches Theater。一部分学者译为"史诗剧"，另一部分认为应译为"叙述剧"。我倾向于后者。因为按照我的理解，"史诗"在我们这里是一种"宏大的叙述"，而现代主义的总的趋向恰恰是要"解构"宏大叙述。布莱希特要摧毁的正是以环环紧扣的故事情节为要旨的亚里士多德式的"戏剧性戏剧"，通过一个不一定紧张的故事的叙述，暗示或启悟一个道理。这是布莱希特以"陌生化效果"为其戏剧美学特征的一个根本法则。"史诗剧"则堵死布莱希特戏剧与现代美学之间的通道，将其锁定在传统戏剧的范畴之内，从而导致对布莱希特戏剧美学的误解和对他戏剧革新精神的否定。

德意志民族是一个智慧出众的民族。它在科学技术方面对人类作出了巨大的贡献，在人文科学，尤其在哲学、音乐、文学和考古学等方面的突出成就也举世公认。如果本书有助于读者增进对德语国家文学和文化的了解，从而激起进一步向它求知的欲望，以吸取更多有益的精神养料，那就是我最大的欣慰了。同时恳求读者，如发现书中有观点上、材料上乃至字句上的错讹，亦请不吝指出和批评。

2009 年秋于北京

从歌德学院看德国人的文化自信

　　众所周知,日耳曼民族是欧洲一个强悍的、富有进取精神的民族。早在公元 5 世纪,它就瓦解了欧洲历史上第一个超级大国——西罗马帝国,后来建立起了自己的"日耳曼民族神圣罗马帝国"。只是由于长期战乱和分裂,它在文艺复兴时期表现平平,除了大画家丢勒,就数不出其他恩格斯所说的"巨人"了。在一个拥有 60 多万平方千米的土地、却分裂成 314 个小"公国"的国度,民族精英的智慧很难在政治、经济领域施展,于是就往传播性较强的文化领域集中了! 于是从 16 世纪马丁·路德的宗教改革在欧洲惊起一声春雷开始,德国人在思想、文化方面的表现就连连令人瞩目了!

　　首先是 17 世纪的巴洛克时代,出身强大音乐家族的巴赫以及他的同胞亨德尔成了这个时代巴洛克音乐的杰出代表,而巴赫还因此取得了欧洲"音乐之父"的地位。其后,18—19 世纪的古典主义和浪漫主义音乐时代,同属德意志文化的德奥两国音乐家如海顿、莫扎特、舒伯特、贝多芬、勃拉姆斯、舒曼等在欧洲音乐星空中占据了主要位置。而在 20—21 世纪的现代主义和后现代主义音乐时代,德奥两国仍独占鳌头:理查·施特劳斯、勋柏格、贝尔格、埃内姆等都是欧洲现代乐坛的扛鼎人物。再看哲学,从17世纪的莱布尼茨起,18—19世纪初的康德、黑格尔奠定了欧洲的古典主义哲学;19世纪的尼采、叔本华开创了现代主义哲学的先声,20世纪的海德格尔、法兰克福学派、韦伯、维特根斯坦、胡塞尔、伽达默尔、哈贝马斯等更使现代主义和后现代主义哲学蔚为壮观。德国成了无可争议的哲学大国!再看文学,它原来很弱势,是不独立的,但也是从17世纪起有了起色:其巴洛克文学与别国相比毫不逊色。格里美尔斯豪森的"流浪汉小说"——《痴儿历险记》甚至夺得了"欧洲巴洛克小说之冠"!18世纪以法国为中心的启蒙运动,德国也有不凡的表现,其代表人物莱辛的思想高度和文学成就堪与狄德罗等人比肩。到了他的下一代即歌德、席勒的崛起,终于使德国迎来晚到的"文艺复兴",从而结束了德国文坛不是学英国就是搬法国的不良倾向,从此德国跻入了欧洲文学大国的行列。德国文学的这一强劲势头,经过19世纪的浪漫主义运动、20世纪的表现主义运动,至今方兴未艾。甚至可以说,世界现代主义文学的代表人物,有一大半都集中在德语国家:卡夫卡、穆齐尔、里尔克、布莱希特、格拉斯……

无疑,日耳曼人(包括奥地利和瑞士德语区的人)几个世纪以来所创造的这一宏大的文化气象和资源,成了他们民族凝聚力的最坚韧的纽带,最终导致了这个碎片化国家的统一(1871)。当然,这也导致了他们一度头脑膨胀,连摔两个大跟斗!所幸,这是个懂得反省的民族,取得了全世界的谅解。现在它在政治上特别是军事上受到抑制,经济上则表现出强大的创造力(这里不谈经济),特别是文化上依然保持着对世界的兴趣。比如,以它的民族文化英雄歌德的名义建立的"歌德学院"在70多个国家中就设立了150

多个！它们不像我们近年来在国外建立的孔子学院多半只挂个牌，而是切切实实的半官方实体文化机构，包括德语培训、文化项目交流与合作以及图书普及等，并且为此签订了与对象国之间的政府协定。不消说它在中国也建立了一个机构。就从歌德学院在我国的诞生过程及其工作方式，我看到了德国人的文化自信和进取精神。

我国改革开放初的 20 世纪 80 年代前期，联邦德国（即当时的"西德"）就与我国有关部门交涉在我国建立歌德学院的问题，但未能成功。德方并不灰心，后来西德总理科尔访华会见邓小平时，直接向其提出这个要求，终于如愿以偿。不久，这个异国文化机构就在北京应运而生了。院长阿克曼先生是 70 年代北京大学留学生，汉语很好，是张洁小说《沉重的翅膀》的译者。他凭着出色的交际能力，很快打开局面。歌德学院经常从德国邀请一些思想新锐的文化学者或文学艺术专家来做专题报告，常常让人如沐春风、醍醐灌顶；它赞助的一些带有先锋意味的戏剧演出和绘画展览，也令人耳目一新。不过当时毕竟改革开放才不久，从官方角度看，对这些新鲜玩意不免有些疑虑。90 年代后期，在庆祝歌德学院建院 10 周年的宴会上，当时一名中国政府官员在致辞中旁敲侧击地提到，希望歌德学院严格遵守中德两国的相关协定开展工作。这篇用词讲究的讲话明显透露出当时中国方面对歌德学院的工作还存在某种程度的保留看法。但歌德学院并未因此而缩手缩脚，它对自己的民族文化和现代思潮有充分的自信。随着中国开放程度的加深，人们对原来某些感到新、奇、怪的文化现象慢慢习以为常，再也见怪不怪了。这拨德国人，凭着他们对自己民族文化的自信和踏实有效的工作，20 多年来取得了显著的成绩，故从 2008 年起，歌德学院一分为三,在上海和广州建立了两个分部。

德意志民族是一个举世公认的具有高度文化的民族,而且还是马克思主义的发祥源头。我相信歌德学院在中国传播德意志文化,对中国来说肯定是利大于弊的。因为中国自我封闭的时间实在太长了! 对于仍须继续开放的中国来说,通过中德文化交流,各种先进的德国文化思想可以给中国带来很多启迪。要促进思想解放,光靠自身主观去解放是不够的,需要有外来文化的参照,需要有外界的冲击、碰撞和压力。歌德学院这 20 多年来在文化各领域,包括文学、戏剧、美术、音乐、电影、设计等方面都组织了一系列的活动,这些活动都是以国际上比较先锋的观念为指导的,对于中国的思想和文化观念的开放都起到了积极的促进作用。有了歌德学院的参照,相信中国在国外办的孔子学院也会越来越好、越来越完善。

2015 年 7 月 12 日

艺坛纵横

艺术的娱乐属性

　　文艺的功能是多方面的:娱乐功能、审美功能、教育功能、社会功能等。就其本源来说,它是娱乐的,布莱希特就强调过:"戏剧的使命从来是娱乐",而且"这一使命使它享有特殊的尊严"。艺术的这一特点在远古时期尤其如此。"历史"开始了,阶级形成了,社会矛盾日益频繁了,这才被拉进人类的是非领域,被用来作为解决社会矛盾的手段。自欧洲启蒙运动起,这又成为一种自觉的行为了。狄德罗甚至号召作家"住到乡下去",与下层老百姓同吃同住。所以后来发展到"必须为政治服务",也就不足为怪了。

　　总的来说,文艺的功能是随着时代的发展而变化的。20世纪下半叶以来,世界局势开始走向缓和,物质财富迅速增加,小康社会日益扩大,越来越多的人生活得更轻松、更舒适,文艺自然也顺应了这样一种大趋势,其所承载的社会使命明显减轻了,呈现出向其本体——娱乐回归的趋向。我看这也是一种历史的必然。

　　比起以往,目前我们的文艺和文化领域娱乐成分显然大为增加了,既然要把文化作为产业来追求,也就是说拿文化来赚钱,就得容许一定量的娱乐性内容的存在。即使你想赋予教育功能或道德使命,那也要首先使它变成娱乐,俗话说,"寓教于乐"吧。况且,我国是个有着健全的、有效的文化管理机制的国家,我们在文艺乃至文化领域一直坚持思想性和艺术性相结合的创作原则,像《我爱你,中国》《党啊,亲爱的妈妈》《怒吼吧,黄河》这样一些"重"艺术作品,始终代表着政府大力提倡的"主旋律",也是广大听众普遍喜欢和演唱的作品。诚然,像所有的人类群体都是良莠参差一样,我们的文艺和文化队伍中自然也难免有一些职业道德较差的人,但我相信与他们相反的人要多得多,不足为忧。

（原载《人民日报》2001 年 8 月 7 日）

艺术是一种疯狂的感情事业

我用于题目的这句话是吴冠中先生当年决定回国时,他的教授想挽留他而挽留不住时说的:"艺术是一种疯狂的感情事业,我无法教你……你确乎应回到自己的祖国去,从你们祖先的根基上去发展吧!"我想,未必每个艺术家都会为艺术而疯狂,但吴冠中先生确是这样的。早年按照家长的旨意,他本来应该学理工的。但一个偶然的机会,接触到杭州艺专,他就"疯狂地爱上了艺术"。从此,这种对艺术疯狂的爱与他终生结缘。初到巴黎时,他说:"现代艺术中敏锐的感觉和强烈的刺激多么适合我的胃口啊!我狂饮暴食,一股劲儿地往里钻。"后来在国内外出写生时,这种精神上的贪婪,却变成生理上的禁欲:一整天"不吃不喝",所备干粮,"总是在作完画回宿处时边走边啃,吃得很舒服"。这种忘我状态,当然也会表现在生活上。曾记否,一次吴先生去长江流域写生,一条裤子居然穿了43天才想起把它换下!如果不是由于对艺术的迷狂,怎么会让物质生活处于这种被忘却的状态?原来,孕育他成为大画家的那决定性的"三十个寒暑春秋中",他"背着沉重的画具踏遍水乡、山村、丛林、雪峰,从东海之角到西藏的边城,从高山古昌到海鸥之岛",他常住的那些"大车店、渔家院子、工棚破庙"等让他"锻炼成一种生理上的特异功能"。难怪当我最后一次即今年初春去他家看望的时候，他依然安详地住在芳古园那座局促的住宅里，连一个较大的画室都安排不了！若是一个生人，相信他怎么也理解不了，一个画作创天价纪录的大画家怎么会安于这样的居住环境！

对艺术的这种迷狂也锤炼了吴先生的风骨。1950年，他怀着对乡土的一片感情，怀着对新中国的向往，毅然离开现代艺术的滥觞——巴黎回到祖国。想不到他学会的现代艺术的理念，特别是几年中培养起来的对现代艺术的兴趣，遇到的却是独尊现实主义的强大壁垒！海归派们和"土著"现代派们为了饭碗或为了不失去绘画的机会，大多数都归顺了，唯独吴冠中先生痴心不改，于是成了"形式主义堡垒"，被批判、被歧视，直至被调离名牌学校的教学岗位！他委屈，但他决不放弃。他忠于真理，接受别人的批判中可能包含的积极的东西，比如"走民族化道路"。他在不放弃现代理念的前提下，真诚地"在祖先的根基上"掌握并探索本土艺术，结果他成功了，从而使现代性与民族性水乳交融，创造出一种具有国际竞争力的新风格，令世界瞩目。

还是出于对艺术的"疯狂感情"或曰痴迷，进入老境的吴冠中先生，仍然十分关心本民族艺术的整体提高，在绘画之余，常常发表凝结着他毕生艺术体验和思考的美学卓见，振聋发聩。它们引起争论，更发人深思，帮助许多人开启了新的思路，破除了旧的观念。不少人从疑忌他最后变成感谢他。

吴冠中先生以91岁的高龄，通过他的彩笔和文笔，痛快淋漓地宣泄了他一生的对艺术的"疯狂感情"，说完了他几乎所有的真知灼见，最后从容地、完美地离开了我们。他让我们欣慰啊！

（原载《光明日报》2010年7月）

美育的力量

——在两岸少儿画展论坛上的发言

北京的新老朋友们：

大家上午好！

今天发言的几位都是专家，唯独我不是，因此讲不出专业性的话语了，只能讲一下自己的感想。

周樱女士，我认识大概有三四年了吧，我觉得她很善于组织大型的、具有公益性价值的文化活动，她的创意很多。4年前她在厦门举办中德艺术家的联谊活动，我也参加了，我觉得办得很丰富多彩，从那个时候开始对她有很深的印象，而且对她举办的活动抱有信心。比如她前年举办关于"蓝调"主题的活动，就获得了文化部的奖励。今天看完了这个展览——我前天就来看了，我觉得它也是非常有创意的。把那么多海峡两岸儿童的绘画拿到北京、拿到首都来举办展览，非常有意义。

这些孩子的爷爷，这些孩子的父辈，为了中国的前途，为了中国的未来，发生了意见分歧，发生了很大的争吵，甚至大规模地动了枪炮，这是一件很不幸的事情。这样的事情，希望在我们下一代的这一辈孩子身上不要再发生，过去那些争吵、那些怨声希望不要让他们再听到,免得污染他们的心灵。通过这样的绘画展览,既有利于海峡两岸少年儿童的美育熏陶和身心健康,又有利于海峡两岸的交流与和解,有利于同胞间进一步的团结,这是非常有意义的事情。

第二点我想讲的是,这些孩子正处于人类童年时期最富有想象力的阶段。我们成人的想象虽然丰富,但是受到既定观念、观点的束缚,儿童则无拘无束地想象,可以说,潜意识、无意识在孩子身上最活跃,可以看到我们成人不曾有过的想象力,这些想象力扩大开来讲,有可能补充或激发成人的想象力,就像梦有时会启发一个科学家的发明那样,所以不能小看孩子的幻想或奇想。

我们中国人,从智慧来讲,我觉得是世界第一流的。所以思想方面有过诸子百家的辉煌,科学上有过四大发明。但是近代中国人的想象力,却不是第一流的,甚至还是比较落伍的。这几年中国参加了世界贸易组织(WTO),几年功夫上上下下都得到一个共识,就是我们的创新意识还明显滞后,我们的创新能力还相当薄弱,因此我们的国内生产总值(GDP)虽然到了世界的前头,自己创造的品牌却还很少很少,包括文化这个领域。很明显,中国人的想象力长期受到封建专制主义统治的束缚,带来很大的负面影响。我们古代几千年,一直严格地奉行所谓"礼制"的约束,什么"非礼勿视,非礼勿听,非礼勿言,非礼勿行"。你看统治者规定的言论和行为准则把你的头脑全都箍死了,还谈得上什么发明创造!所以,鲁迅用非常简练的语言总结过我们中国人的思维习惯跟西方人的思维习惯的一个重大区别,他说,中国人习惯于"摸前有"——前人有过的东西,向他膜拜、向他看齐就是了;西方人则习惯于"探未知"——不管前人有多大成就,都要超越他,要去探索不知道的东西。我觉得"摸前有"与"探未知"这6个字概括得非常精要,区别了两种思维的不同的结果。所以从近代以来,中国跟西方相比,我们中国人的人口比他们多得多,但是我们的想象力比人家差得多。整个工业时代的大品牌、大专利几乎全为西方人所取得。西方人从开展工业革命以来,随着物质文明的巨大发展,科学技术突飞猛进,从万有引力定律的发现,到蒸汽机的发明、电的使用、原子能的使用,再到现在的电子数字技术的发明,围绕这些推动生产力巨大发展的重大发现和发明,诞生了千千万万的具体发明,即无数机器、生产工具和生活用具,从天上飞的飞机,地上跑的火车、汽车以及电影、电话、摄影机到现在的电脑、电视、手机等,这么多的发明,属于中国人的一样也没有!所以现在GDP上去了,好多人就翘尾巴了,甚至要做世界的主人了!我觉得很可笑,也觉得很危险。如果电脑或者手机这样的发明都是我们中国人的专利,得意还可以理解,现在得意,那就太不知天高地厚了,太浅薄了!

儿童的想象力之所以有时比成人丰富,是因为儿童都有好奇的天性。好奇心这东西是非常重要的。不少诺贝尔奖获得者都提到,他们的发明来自好奇心。所以儿童的想象力可以启发成人的想象力。这方面我想到一个例子。曾经有人问杨振宁美国的教育制度跟中国的教育制度有什么差别。他想了想说,中国的教育制度有利于85%的中上等智力的人的发展,而美国的教育制度有利于5%比较杰出的人的发展。要85%,还是要5%?就是说我们要多数还是少数?我想了想,若这两个硬要取一,我宁愿取5%。因为这个5%意味着天才的想象,他能够创造新的产品,而只有新的产品才能推动生产力的发展,从而推动历史的进步。85%中虽然有勤劳的甚至勇敢的人,但他们所做的是主要是重复的劳动,重复劳动总的来讲是不能推动时代进步的。现在看看，如果没有瓦特发明蒸汽机，这个世界会怎么样，没有电的使用、电子和数字技术的发明又会怎么样？答案不用我提了！

我觉得我们中国人除了被古代的制度束缚了思想以外，现在的某些制度继续束缚着我们的思想。我们中国人急于要出成果，采取短期行为，教育制度把学生弄得非常死、非常紧张。我有个10岁的孙子，我经常想带他去看看戏，可是他的母亲总是讲没有时间，排不出来；有的时候想带他出来看个画展，又说时间排不出来。后来我一打听，许多高中生连一次剧院也没有进过！这使我想到，我经常到国外走走时在国外老百姓家里住过，发现国外小学生非常舒服，上午上课把作业就做完了，下午回来都是玩，从来不做作业的。我们的孩子现在回来晚上10点还在做作业，把脑子弄得疲惫不堪，没有娱乐、没有休息。青少年时期考试成绩也许不错，但没有长劲，没有后劲，智力透支了！过早疲劳了，哪还有充沛的智力爆发出一个天才的想象！

第三点，我觉得现在这个绘画展览，能够促进少年的审美思维，促进他们审美心理的健康，从而有益于精神素质的提高。这个审美在人的心理成长中的作用是不可小视的。我是搞德国文学的，我知道在18世纪末至19世纪初，德国有两大文豪：歌德和席勒。这两大文豪都很有抱负，一心要把德国的文学提上一个高度，使德国跟欧洲其他文学大国、艺术大国平起平坐。但在这个过程当中，他们发现，文学要提高，不仅仅是一个文学本身的问题，关键是国民的精神素质要提高。因为他们从法国大革命的暴力中看到人在精神层面的负面东西，也就是不能服从约束，不能约束人性中的原始情感，即兽性的东西。于是他们想到，首先应通过美育——

当然文学从广义上也是美育的范围——来提高群众的精神素质。席勒为此写了本书，叫做《审美教育书简》，这是一本通过书信形式展开的重要美学著作。

在 20 世纪二三十年代，北京大学校长蔡元培曾经对席勒的美学著作十分重视，因为他受到很大的启发，于是在国内也提倡审美教育。但当时中国内乱，审美教育没有得到很好的贯彻，新中国成立以后也没有受到很好的重视。你看 80 年代以前盖的房子都是什么样！恐怕有的人知道我对建筑有些兴趣，为什么感兴趣？因为我觉得我们中国建筑面貌太不像样，特别是新中国成立以来，我把它们归为两类，一类火柴盒式的，一类冰棍式的，太单调。要知道建筑是大地的艺术，也可以叫做大地的雕塑，它在无形中影响着国民的精神素质和审美情操。因为你 出门，不管你愿不愿意，你面对的就是一个"雕塑品"，美的丑的对你自然产生一种潜移默化的熏陶。这是一个不可忽视的问题。

80 年代特别是 90 年代以来，我们中国的学术界也非常重视美育了，像现在的清华大学就有一个庞大的美术学院，它把原来的中央工艺美院搬过去了。北京大学近年来也成立了艺术学院，最近还成立了画院，都在做这方面的努力，希望通过审美教育迅速提高中国人的精神素质，再也不要出现"文化大革命"那样粗暴的行为。今天这个画展，也在这一方面汇入了这样一个潮流，因此是很有意义的。谢谢大家。

2009 年季春于北京今日美术馆

环境艺术刍议

　　提倡环境艺术意义很多。但我首先想到的是它与人的陶冶的关系。环境时时刻刻都与人如影相随。环境的优美与否，直接影响着人的精神气质和审美情操。艺术化的环境有形、无形地成为人民群众陶冶性情，接受审美教育的大课堂。然而，目前我们这里有关精神文明的教育还只停留在宣传上，宣传多半诉诸标语、口号或粗浅的出版物（这当然也有必要），关于环境对人的精神情操的影响——它的潜移默化作用，显然还没有引起普遍的注意。例如在一个市政施工普遍不讲文明的城市环境中，无视公众利益的种种现象只会刺激人们的粗暴心理和恶劣情绪。在对大自然的保护方面，我们多半恐怕还只是着眼于生态平衡的考虑，怎样使山川艺术化、原野田园化，还没有提上议事日程。而这在经济文化比较发达的国家已成为常见的事情。例如联邦德国的"黑森林"，那森林非但不"黑"，而且很讲究各种树木的色彩配置以及树木与草坪的间杂，整体上很富有图案感。慕尼黑郊区的森林一团一团地配置在田野间，显得很有规划，很讲究美观。显然，这样优越的自然大环境，对人们优美的精神气质的形成，影响力是不可低估的。而要做到这一点，就需要投入。

　　还是回到城市吧，讲环境艺术，这里更现实些。就讲建筑景观，这是环境艺术的重要内容。我们的许多城市，甚至像北京，它们的大部分区域都是新建的，有的全部是新建的，规划时应有全面眼光，在宏观建筑美学上应有一个主题，应讲整体性和艺术感。整个城市是一座大型的艺术雕塑品，它由许多个局部（卫星城或群建区）的"小艺术品"构成，这些"小艺术品"应有个性，避免千篇一律，从而呈现其多样化。此外，它还应具有丰富性，即除实用建筑外，应有相当数量的"虚用"建筑，也就是各种题材和形式的独立的或附属的雕塑品和装饰物。一座大型城市，尤其像北京这样的新、旧相接的首都和文化名城，不妨把它想象成一座特大的露天艺术陈列馆！建筑无论从内部陈设和外部景观看，它与人的关系都最为密切，它在陶冶人的审美情操，培养人的精神素质乃至在建设精神文明中的作用是显而易见的。

　　　　　　　　　　　　（原载《环境艺术》1987 年创刊号）

秘境奇葩

——大型音画史诗《秘境青海》观后感

人类从原始的秘境中走来，始终有美丽的神话和传说相随。神话也因此成了各民族文学艺术丰富的源泉。

雄踞于西部高原的青海是祖国的三江（长江、黄河、澜沧江）之源，又是巍巍昆仑山系的故乡。在工业化的垃圾普遍污染大地的今天，这里是一片相对圣洁的净土，连这里众多美妙的神话也久久躲在深闺无人识，以致像东方最瑰丽的神话之一、昆仑山系的神话之母——西王母，也是在千呼万唤声中，最后才被一位同样来自神奇土地的有身份的诗人从"秘境"中请了出来，走上舞台。她虽为"王母"，但作为艺术的载体，却是"处女"。《秘境青海》就是以这位神话人物为贯串主线编织成的六幕大型音画史诗，堪称秘境奇葩。编创者没有按照常见的编剧套式去演绎关于西王母的具体故事，而是以现代理念为观照，把西王母作为和平与和谐的化身，赋予她以神的威力和人的情感以及大爱精神，在巨大的时空中让她作为天地万物的统摄力量，成为人与自然之间恩恩怨怨关系的调停者和各民族之间共生共融关系的沟通者。你看，万般柔情的生命之源——水，有时也会暴怒肆虐；给万物带来光明与温暖的东方阿波罗——火神,有时也会杀气腾腾……每逢这样的时刻,就有西王母率领众神出现,顺利地把他们降服,并予以救赎。她有时又是哲学的化身,引领生命从必然王国向自由王国飞升,带着轮回的信念重返秘境。

在文化层面上,《秘境青海》不是某个民族或地区神话的阐释,而是多元神话类型的综合。她以神话中蕴含的永恒人性为引线,追溯东方文化首先是华夏文化的原始根脉。因此在服饰和歌舞的设计上都不照搬现在生活在青海的六七个民族的原型,而是认真吸收这些民族文化中的元素加以艺术提炼和整合,体现华夏文明中的固有精神特质。这出象征剧不仅让观众领略到昆仑神话既神秘又大气的魅力,而且让人感受到中华民族的包容精神和凝聚力。

《秘境青海》的最大亮点是作者吉狄马加以诗人的博大胸怀和丰富想象成功地改造了神话原型,而且融入了他对人类生存与前途的哲学思考,从而将文学、哲学与美学熔于一炉,使之升华到一个崭新的境界。演出的再一个亮点是它的现代性。无论总监赵季平、导演胡雪华、作曲赵鳞等都是放眼世界的艺术家,他们熟悉现代艺术语境,对国际现代艺术要素为我所用,广采博纳,在舞台调度、音乐创作、灯光和服装设计等方面都能观照现代理念,协调一致,不落俗套。由于这两个亮点,《秘境青海》获得了原创价值,从而提高了青海的文化形象和文化影响力。作为观众,衷心祝贺这台大型演出的成功。

(原载《人民日报》2009 年 2 月 26 日)

从小蝉到小禅

——复归与升华

　　她原名叫张斌。小蝉是她用了 10 年而刚结束的笔名。小禅则是她最初的笔名,她走了一条否定之否定的路,现在叫小禅倒是恰逢其时,既是复归,又是升华。

　　第一次认识她的时候,她正当而立之年,刚刚出版了一本花卉集和一薄本诗集。画集中竟有我国艺术界两位评论名家——邵大箴和郎绍君写的序言,而且不短。这引起我的注意。再进一步了解,她大学里却是学林业的!这更使我刮目相看。因为无论历史上还是现实中都有不少例子向我证明,那些毅然甩开原来的专业或行业而胆敢"半路出家"的人,往往都不同凡响。就从文学领域来说,大文豪鲁迅、郭沫若原来都是学医的,大作家巴金原来是学工的,现代小说的开山祖卡夫卡是学法律的,而享誉世界的戏剧家迪伦马特是学哲学的……这些人中哪一位不是个性鲜明,独领风骚?我把他们的成就看作是天性的胜利。

　　当然那时的小蝉还只能说"小荷才露尖尖角",其最后结局尚难预料。但就从那本画集看,她画风的个性特色已见端倪。

　　首先是它的率真性。中国的花卉画数量很多,但大多匠气十足,因而我是不怎么喜欢看的。但小蝉的初期花卉画恰像刚刚破土而出的新苗,虽然略显稚嫩,却带着一股生命的朝气和童真,清新而鲜活。它们没有传授者留下的痕迹,没有教科书染过的印记,一切都是从画家的心灵中映现出来的,可谓自然天成。这令人想起鲁迅的那两句名言:"血管里流出来的都是血,喷泉里流出来的都是水。"渗透在小蝉绘画里的"血"和"水"是什么呢?她丰富的情愫和淡定的精神气质。正是这种情愫和气质,执拗地把她从林业大学的课堂上拽了出来,将她抛向色彩世界,让她与之融而为一。我们常说某某作家"文如其人",我们也可以说小蝉的作品"画如其人"。诚如她在一首诗里所表白的:"美有野心吗?可我看到的美总那么心平气和,它无意于爱情的狂热。"这就是"原生"的本色。因此这样的作品不是那种训练有素的匠人雕琢出来的,而是灵气的产物。灵气这东西是颇为神秘的,它甚至对作者自己也是一个谜;它往往传达一种不可言传的信息,这信息到了艺术中变成一种如克莱夫·贝尔所说的"有意味的形式"。就是"有意味"这3个字常常让批评家煞费苦心而仍然说不清道不明,以致吃力不讨好,频遭作者的唾骂。但一件艺术品如果没有"有意味"的奥秘,就很难取得原创的价值。对此小蝉分明有自己的体验,她说:"对于别人秘密本身就是美,明晰可见,又琢磨不透。"小蝉画中那种特有的率真和童趣(包括她给画作题写的仿佛出自小学生的字形),本身就是一种艺术的"味儿",所以她的画一开始起点就较高,很快获得业内的承认。她甚至一开始就让我想到了米罗。

其次是它的抒情性。艺术家与匠人的主要区别之一,是后者只关心技术的完成,却并不投入感情。小蝉则不属于这一类。她看起来淡泊如水,其实是个感情丰富而内敛的人,她不全是"心平气和"，她常有心中那"颇为不平的块垒"或"内心那不可克制的东西"，诸如："强劲的雨云就活跃在时空交错之际。"这赋予她以诗人的情怀。事实上这个内秀的才女在画画之前就开始写诗了！她以花卉为题材，主要不是为了单纯呈现花的世界的美，个中奥秘还是托物寄情，抒发她种种微妙的情致，通过画笔营造一种诗的意境和氛围。像《你说》《当我把笔探向秋季的花园》《有时候梦像云》等画作都是诗意盎然的佳作。再看《已是夏天》这首诗，那正在绽放的绚丽的石榴花在作者心目中却是"火红的孤寂"，透露出眼前的辉煌依然冲淡不了内心的落寞和忧伤。因此她没有在技术上刻意追求，而着力在绘画的意蕴上、"能指"上独运匠心。她常常情不自禁，通过文字把她的诗情，把她对生命和生活的感受透露出来，让诗与画的交谈更通达、更默契。这里她把作为抒情画家与抒情诗人的特质融而为一了。

第三是它的思想美。取得了博士学位的小蝉不仅是个善于抒情的诗人，也是善于思考的学人。她的这一禀性又作为一种"血液"融化在她的画幅中，因而使她的画作承载的意蕴更丰富、更醇美，有了更多的值得咀嚼的东西。随着她的人生阅历的日益丰富，思考的日益深入和成熟，她的创作的内驱力也日益强烈，艺术表现空间也随之不断扩大。难怪她的画越到后来题词越多，显然，单凭色彩语言已不足以承载绘画的思想容量。《我们》《墙角有一片记忆》《有人说那是海》等读了都让人沉思、遐想。在现代，思考成了知识者的一种乐趣，哲理被赋予了美。因此对于任何文学、艺术作品来说，思想都是灵魂。一个作品有思想，有哲理，只要不是表面的张贴，而是融入艺术之中，则这个作品肯定是有品位的好作品。因此小蝉的绘画趋向抽象是一种必然。

　　凡有抱负的现代艺术家都以重复为耻：他既不重复前人的，也不重复他人的，甚至不重复自己的。自己的创作风格一旦形成，他就必须考虑逃离它，去另辟蹊径。小蝉的早期绘画随着她的博士论文的完成，随着她的研究生涯的开始，特别是随着她两次被邀出国讲学和办展，基本告一段落，而从2008年起步入一个新的里程。在这个里程中无论她的人文观念还是审美观念都获得了更新，甚至连她的笔名也改换为桐溪——新阶段的代号。桐溪走出了花房，走向山川田野，她开始画一些"大画"。桐溪显然没有理会国外的透视法，也没有遵循中国水墨画的规矩方圆，她用的是无师自通的现代派方法：打破时空秩序，用类似"蒙太奇"的手法，在等距离的空间，创设一种超现实、超经验的画面。实际上她在用画笔做一种表意性的审美游戏，在这游戏中，花卉依然是画面的母题，但由昔日的花枝变成了高大的花树，依然处于视线的中心。2008年突现的这许多画面，是"金蝉脱壳"后"涅槃"出的桐溪的心象、意象和想象。而这些"象"似乎都朝向一个"所指"——"禅定"的境界。因此它们具有一种"佛性"的美。其中《远足》《棋局》特别是《声音里的梦》在我看来是比较典型而且比较成熟的几幅。那种田园的静谧，那种天空的宜人，那种心境的宁静，那种彼此的友善……天地与尘世之间是如此的圆融，这正是"禅"的意境也，不啻是"诗意栖居"之佳境。在这里桐溪接通了我国道家文化和美学的血脉，值得为之欣慰。

　　事实上多年来小蝉一直都在修炼她的佛心。最初认识她的时候，就听她谈起她和妹妹一起去西藏的经历（她妹妹至今仍在西藏从事慈善事业），谈的多半是她对佛的兴趣。近年来我惊奇地发现，她真的吃素了！这使我深为钦佩。在我们这个浮躁的时代，一个人要树立信仰已经不易,要为这信仰去修身养性就更难了,尤其是向佛门迈进。但小蝉确实是在身体力行,不仅在饮食中戒了荤,而且在创作追求中日益明显地体现出"禅"的精神,做到了人与画的统一。因此小蝉向桐溪的跨越实为"蝉"向"禅"的复归与升华。鉴于桐溪无论在信仰上还是艺术上都还是刚刚"得道",故仍称"小禅",算是与"小蝉"异义同音。相信这也是一个短暂的过程。桐溪或小禅必定还会用第三、第四个笔名来标志她不断更新的艺术里程。

若不是从技术层面,而只是从创作层面讲,艺术的本性是"无法无天"的。因此希望已经走上研究道路的桐溪注意,要让理论成为创作的支撑,而决不可让创作成为理论的附庸。因为创作与理论的关系,一如实践与理论的关系:前者是第一性的,是决定理论的有无的。因此艺术史上的每一个重大突破,总是创作先行,然后理论跟进;而在一定时间内,理论还会成为绊脚石。其次,既然艺术的本性是不守规矩的,则希望画家桐溪在未来的征途中还须大胆些:大胆逃离已有的,大胆探索未知的;题材还须扩大,想象可以"不着边际",审美取向尊重多元。第三,诗情画意是一种美。但画中题词、题诗要注意含蓄,切忌直露。有时艺术的魅力就在于含混,点破谜底会变得乏味。要给观众留有琢磨的余地,甚至多重解释性。

(2009 年春于北京,原载《市长》同年 8 月号)

幸遇苏笑柏

　　人间有许多倒霉事或幸运事都是在偶然中发生的。比如我跟笑柏的相遇和相知这一幸事就属于这种情况。你看，他留德 20年，而这 20 年来我也去过德国多次，却因职业不同而无缘相见。没想到 1 年多以前却在国内的武夷山相遇了！这使我有机会 1 年后领教了他独树一帜的漆胶画展和他于 2005 年出版的漆胶画集《苏笑柏 2005》。它们的原创话语一下就摄住了我的审美灵犀，让我耳目一新，从而觉得与作者相见恨晚，以至于我在武夷山拍摄的数以百计的照片中，我和他一家三口在城村拍的一幅合影竟成了我电脑桌面上唯一的一张照片！然而毕竟是外行，直到 1 年前才知道，作为油画家的苏笑柏自 20 世纪 80 年代中期即以获奖作品《大娘家》崛起于中国画坛，只是不久他去了外国，名声没有很快传播开来。

　　80 年代以来的出国潮中，基本上有两类人，一类是讨生活的（多数），一类是学真本领的。苏笑柏显然属于后一种。这是个战略性的重要决策。艺术这东西一要靠天赋，二要靠痴迷，三要靠环境。油画这门艺术，它的发祥地毕竟在欧洲，而且至今方兴未艾。只有到了那里，只有看到那无数的真迹，才能看到它的顶峰，才能感受到它肥沃的土壤,从而才能激励雄心,激发灵感。欧洲又是一个创作自由的王国,可以任凭自己的兴趣和想象自由驰骋,而不必听那些"必须""应该"之类的紧箍咒,背着沉重的包袱走路。再一点是,欧洲是现代(主义)艺术的滥觞。作为一个生活在现代的艺术家,可以不接受现代主义,但必须了解它。而如果愿意接受它,那么,不身临其境经历十年八载的观念转型、审美转型的"炼狱"是不行的。于是苏笑柏到了丢勒的故乡——德国。这里是以美术界的桥社和"蓝骑士"为先锋的、对20世纪欧洲文艺产生深远影响的表现主义运动的策源地。笑柏首先选择实力雄厚的丢塞尔多夫艺术学院作为他深造的理想学府。在这里经过多年的苦练,他基本上完成了脱胎换骨的蜕变,也就是完成了上述两重"转型"。这个转型是个艰难的过程,是向自己的过去告别的过程。这使我记起了1999年我在柏林与中国"第五代诗人"代表杨炼的一次谈话,其中他说的让我印象最深刻的一句是:"出来许多年后我才知道,1987年以前我写的那些诗根本就不算诗!"笑柏是否说过同样的话我不清楚。但出去10年后,即自1996年起,他的画风来了一个根本性的变化:从具象变为抽象!迄今又过了10个年头了,他义无反顾,再也没有往回走,向前走得更加执着、稳健,思考得更加深沉。而快到第二个10年的时候,他又来了一次跨越:从油画转向"漆胶画"。他收住了普通油画的亮色,让漆胶略透微亮,而带点浓稠、古朴乃至稚拙的味道。他采用的是有名的福建原漆,即生漆,把它泼洒或涂抹到麻布、藤编、木板、陶片上。他发狂似的进行着大胆的尝试,越干越来劲!理由很简单,正像当年他在情感中遇到了张军,在旅途中找到了"诗意的栖居",如今,他在艺术追求途中发现了一个崭新的、大有作为的天地!在这里他将豪爽地让漆胶来消耗他的智慧和才华,而不愁收获不到如意的果子!经过两年来的刻苦实践,笑柏干得得心应手,而且日见长进、日臻成熟。漆胶刺激了他的诸多灵感,给他带来可观的收获。只要对比一下他分别于2005年和2006年所作的漆胶画,谁都不会怀疑,苏笑柏先生这几年来大踏步走的是一条成功之路。

这不是一般的材料革新,而是一个艺术的大创意。这意味着,苏笑柏经过多年的探索和追求,终于找到了一条合适的途径,可以将他的情怀和思考与他的表现形式熔铸于一体,从而使他的作品有了灵魂(有没有这样的灵魂,这是艺术家与匠人的最大区别)。有不少朋友认为,笑柏的画是追求一种"形式美"或"唯美"。这个判断无疑有一定道理。搞抽象艺术如果不讲形式,那是容易失败的。但我认为苏笑柏的艺术追求,着重点还不在形式本身,而在形式中的思想容量和情感容量。大家知道,一般的抽象绘画往往都以"无标题"或序号命名。但笑柏的漆胶画,就我所看到的而言(共137幅),绝大多数都有标题。而值得注意的是,2005年的那些画,多数标题的含义都比较笼统、抽象,如某某红、某某蓝之类,是"能指"性的。可2006年的画,其"能指"性的标题大为减少,而"所指"性的标题明显增加。就是说,2006年作品的标题,其含义都比较具体、明确。如《鸿蒙初开》《俯仰天地》《盖地铺天》《悠悠乾坤》《心碑》《楚宫》《秋痕—1》《秋痕—2》《弦月》《道生一》《君行健》《风雅颂》《离骚》《结庐人间》《天作之合》《相濡以沫》……把这些画稍加收拢,就会觉得心、眼不够用:它们纵横古今中外、乾坤宇宙、人伦道统,包罗万象!哦,这是一个视野开阔的现代人在作深沉的思考,文理的、伦理的、哲理的思考!无怪乎在观赏这些图画的时候,经常不敢轻易离开,唯恐没有把它的奥蕴看透。现代艺术是重主观、重想象的,它打破了传统艺术的画语系统,每位艺术家都力求掌握一种独特的画语方式,摆脱现实生活的模式,呈示一幅他心中的审美图像。因为是他"心中"的东西,所以有一定的秘密性。他在完成一幅画的构图、设色、空间布局等程序的过程中,往往要布设某种"天机"或"密码",就是说他让你看的画面不过是给你提供一个"谜面","谜底"可得由你自己去破解,这就是为什么我们在观赏抽象艺术的时候,常常感觉到挑战(对笑柏的抽象画这次也有评论家这么说)。要迎接这个挑战,只有跟这类作品反复接触,和它们混得透熟,直至把作者藏"密码"的那把"钥匙""偷"来,然后你就自在了!我接触现代主义文学代表作家卡夫卡几近30年。开始阶段我是硬着头皮读他的作品的。时间长了,读得多了,慢慢地就悟出了他作品中有个"玄机",即"悖谬"(paradox):一个事物逻辑上处于自相矛盾或抵消的情境。再往后我又进一步明白,现代文学家和哲学家(主要是存在主义哲学家)合力把原来属于逻辑范畴的哲学概念变成了美学概念,这时我豁然开朗了,再读卡夫卡乃至别的某些现代派的作品就能读出味道来了。

现代主义思潮兴起以来文学与哲学的互相追逐与攀附是个普遍现象。作品哲理内涵的有无与深浅成了衡量一个作家及其作品的重要价值尺度。我想艺术也不例外,至少自康定斯基起就开始了这一趋向。因此才有20世纪上半叶德国艺术家奥托·米勒的这句名言:"有朝一日要为哲学家建造天堂。"抽象主义绘画的形成,可以说就是这种思潮发展的结果。难怪有人说,现代文学艺术是人类智能的高消耗,作者和他的读者或观众都得费脑子!

笑柏在德国多年的艺术实践中掌握了抽象艺术的理念和方法,但渗透在他作品中的文化"基因"和人文情怀还是中国的。这里倒可以借用"中学为体,西学为用"这一说法。中国的文化形态从整体上看是一种农耕文化。古朴的、敦厚的、宁静的、田园的、慢节奏的,这些都可以看作农耕文化的外部特征。我一看见《腰鼓红》,马上就与这些意念联系了起来。它在中国民间特别是农村太常见了! 作者为什么不用赤、橙、黄、绿、青、蓝、紫这类自然原色? 他为什么舍弃油画的鲜亮而宁要漆胶的涩亮(被抑制的亮)? 他为什么那么喜欢使用麻布、藤席这类农家常见的编织品作画?《绿上两块红》,标的分明是"红",为什么依稀看到中国山水画的影子?(这类画作还有《出版物》《大写的"T"II》等)这一切我想都是作者的中国文化情结的自然流露。这说明,笑柏虽然身在异国,但他的"魂"即文化情怀仍留在中国。这是笑柏的作品能吸引中国观众兴趣,唤起中国观众情感共鸣的主要原因。

(原载《苏笑柏画集》,上海书店出版社 2007 年版)

詹宇宏水墨印象

　　詹宇宏的父亲是我的同村和莫逆之交,詹宇宏三兄弟自然都成了我的忘年交。尤其是老三詹宇宏,由于他的职业与我的兴趣相投,关系就更非同一般了。可以说,我是看着他长大的。其父生性好学,勇于拼搏,从一个雇农成长为一名高级工程师,叹为传奇!而且为人忠直,清正廉洁,对事业的追求执着。这些优良品质在老三詹宇宏身上都有明显的表现。当然毕竟时代和成长环境不同了,儿子的青少年远不像当年父亲的那么沉重,这使他有条件闯入色彩世界自由驰骋。

　　从小爱好绘画的詹宇宏,到决定人生职业方向的当口,顺利地步入了中国美术教育的重要学府之一——中央美术学院。他就读的教育系有个特点,不分国画、油画,水墨画或西洋画,什么都学。这使他有机会掌握各个画种的基本功,从而为他提供了选择专业方向的余地,以及在创作中随时融合各个画种技法的可能性,防止过早"偏食"的倾向。事实上詹宇宏后来的审美取向证实了这一预设。

　　艺术重在创新,最忌重复,重复乃是匠人的习性,创新才是艺术家的本色。詹宇宏先后从事中高等艺术院校的教学工作,既有丰富的绘画实践,又有基本的理论素养。故在写实与意象这两条基本的审美取向中他选择后者。他作了正确的选择。因为以写实为旨归的"模仿论"美学在欧洲统治了约 1 700 年以后,19 世纪开始迅速被"表现论"美学所突破并取代。中国艺术的革新家历来就有写意的倾向。这就不难理解,詹宇宏的审美取向与中国近代绘画史上的革新派相投合,因此他赞赏石涛、八大山人尤其是齐白石。齐白石是个天才艺术家。他的一系列关于艺术表现的至理名言都不是来自书本,而是出自他的艺术实践的心得。诸如"学我者生,似我者死""不似为欺世,太似为媚俗。艺术当在似与不似之间"等,这些真知灼见为詹宇宏一再引用,说明它们已成为詹宇宏心中的星斗了!

艺术乃是一种审美的游戏(这一定义与艺术的教育功能并不矛盾),它表现的是另一种可能的生活样式。正因为这一特性,艺术才蓄有无穷的美的因子。不是吗? 实际上的虾有 10 条腿,而齐白石偏偏只画六七条腿。然而恰恰是这少几条腿的虾看起来比腿齐全的虾更真实、更生动、更强烈,因而更美! 这就是艺术与生活的区别。无怪乎吴冠中说:"美是一种邪气。"只有窥探到艺术的最深邃的奥秘的人才能说出这样的惊人之语。因此,美的探寻是一种悟道的功夫。从这本画册可以看出,作者詹宇宏在其中所透露的审美取向,花了他半辈子求索的心血! 你看他笔下的人物,包括风景画中用来点缀的"小人物",它们像"我们",又不像"我们"。然而恰恰是这种既像又不像、既不"媚俗"也不"欺世"的图像才产生幽默感和戏剧性,从而产生美感。这就是审美的游戏。诚然,玩这样的"游戏"并不是一件容易的事。除了技艺的要求以外,更需要人文素养的积蓄。

若把背景扩大来看,这种像又不像的审美法则并不限于美术界,汹涌于 20 世纪的现代主义思潮中奔腾着一条"蛟龙",叫"魔幻现实主义",活跃于拉丁美洲文坛。它吸引眼球的地方是"似是而非，似非而是"，这与"是又不是"岂不是来自同一条审美思路？再把视线移到欧洲，那里有个被称为"现代文学之父"的卡夫卡，在他笔下也常常出现若即若离、似有若无的意象，这是不是又让我们这些谈论"是又不是"的人觉得卡夫卡与齐白石原来是近亲？同一时代不同地域、不同民族出现的这一相同现象，反映了现代人类审美灵犀的"共振"，说明了这种审美情趣的普遍性与时代性，从而证明了它的前途。

詹宇宏显然不属于激进的先锋派，他是个稳重的求索者。在中西画风的侧重上，他显然立足于本土，用一句套语的说法：国画为体，西画为用吧。不难看出，他的功夫主要用在水墨上。他无疑也很在意创新，但很慎重，认为创新"是在尊重笔墨规律基础上写自己的感受"，以守住"美是内在的永恒"这一理念。他认同艺术的美体现在"意象"这一普遍的看法，认为"意象表现"当以"神韵为重"，他认为那是一种"独与天地精神往来"的"沉若雄浑的内美境界"。而欲达此境，人当"恬淡"，以让"笔墨随心"。这是宇宏的美学追求，也是他的精神修炼。

大凡具有现代意识的艺术家都有一个不成文的意识——以重复为耻，他既不重复前人的，也不重复他人的，他必须走自己的路；在创作上，他的每件作品都应该是独创的。难怪，我们发现，詹宇宏虽然十分崇尚齐白石，但他只是接受齐的美学信条，并没有悉心去模仿他的技法。再扩大开来看，在他仰慕的众多的古今名家中，你可以发现他是在博采众长，而没有一味地在步某人的后尘。例如他提到南朝的谢赫，他只强调谢的"力度、沉稳、厚实"；提到宋代苏轼，他尤其欣赏苏主张的"君子可寓意于物，不可留意于物"和"我书意造本无法，点画信手烦推求"。他从倪云林那里学习的是

"逸笔草草,卿写中心逸气";他欣赏黄宾虹的"运笔天趣";他更钦佩石涛、吴昌硕等人画中的"诗意"。很明显,詹宇宏积极地在这些中国第一流的绘画智慧中发现和吸取他所需要的、符合他美学原则的一切艺术养料。不难看出,他尤其关注前人在"空灵"方面的主张和造就,他所继承的是中国画史上革新派的传统和精髓。

功夫不负有心人。詹宇宏在学习和消化前人和他人经验的基础上,经过 30 余年的追求与实践,终于形成了自己的风格。这种风格的特点,是在轻度变形的审美观照下,注入禅和道的精神,用基本常规的线条和色彩营造一种"有意味的形式"。詹宇宏的画,意在劝善,以减轻世界的重负,增添人间的乐趣。他画的那位笑容可掬、似僧非僧的大肚皮,明明白白写上"大肚能容世上难容之事",多么宽宏的肚量。《刘海戏蟾》,描绘出一位艰辛劳动者的乐天情怀,可谓妙趣大成。至于那幅标明的《老夫与牛》,堪称中国农耕文明的缩影,分明是作者童年时期那段农村生活的遗梦。不奇怪,关于牛的题材画集中有多幅。轴画《人筑谢名利,深山幽事多》,厌弃人间名利追求或诱惑,追求恬淡心境。这类作品无疑都有醒世价值。宇宏的山水画大多线条清晰,色彩醒目,而意境幽深、恬淡。如《南山晓霭》《烟岚海捕》《日暮持竿何处归》以及《渔樵耕作》四屏画都是我所赞赏的佳作。他的水墨功力在小品画方面也很出色。如《春江水暖》《落木风萧肃》《此山白云里,隐者自怡悦》等。宇宏的生活风情画不多,但见到的几幅都别有风趣,如《为朱(猪?)造像》《牧羊人物谱》等。

艺无止境,法无定法。詹宇宏还在追求的路上,相信他不会停下。

2015 岁末

译彬的抽象画

　　人类在艺术上的表现最初是从抽象艺术开始的，无数洞窟绘画和雕塑以及摩崖石刻证明了这一事实。但从艺术发展的历史看，人类艺术走了个S形，即最早多抽象描绘，后来则重具象写实，到现代又以抽象为尚。但这个否定之否定的过程却不是简单的重复，而是螺旋形的上扬。这意味着，艺术作为人类精神活动的一种形式，其想象的空间和法式前后是大异其趣的。如果说，远古人的想象多见之于"外宇宙"的天马行空，则现代人的想象常在"内宇宙"自由驰骋。于是艺术的密码变得更复杂、更奥秘了！

　　常见的绘画初学者多从具象描摹开始。但本书的作者译彬的出道却令人瞩目，她一开始就对抽象画情有独钟，并全身心投入而一发不可收拾，以至于把她自己青春时代标志的文学学士身份抛到九霄云外，而将云游色彩世界作为她的"真爱"！她就这样握着油画的彩笔率性出发了！毕竟有数年的文学功底，有灵动的天赋相随，很快，只见赤橙黄绿青蓝紫，纷纷来到她的画笔下报到，任凭她的调遣。苍天不负有心人！几乎没有产生多少废品，一幅幅构成"有意味的形式"的画作诞生了！很快获得有关专家、学者的关注和鼓励。几年下来，译彬首次个人画展于2011年在北京今日美术馆展出了！紧接着，在有关专家帮助下，一本题为《烁》的译彬画册亦相继问世。此为译彬起跑阶段的标志。

从此她觉得有了一点底气，但同时又感到心虚：作为一个半路出家者，她是在缺乏"装备"的情况下闯入这个领域的！在她的智力被色彩消耗了一段时期以后，她需要"充电"，需要补课；她应该去一所正规的艺术院校进行理论武装，接受名师指导和同学参照。于是她毅然进了中央美院进修班。第一年自然学油画，第二年她转学国画。但这并不意味着她要转向。不！她认为国画作为世界上的一个重要画派，必有可以滋润油画的质素，这是我国不少有成就的画家如吴冠中等证明了的事实。也只有这样，油画这一外来的画种才能在中国深深扎根。应该说，这是个有见识的选择。

在中央美院学习期间，译彬并没有中断画画，只是她暂时中断了色彩画，而埋头于黑白画。她认为正如摄影中的黑白照、电影中的黑白片和中国画中的水墨画那样，某种程度上更能见出艺术的真谛和功力。在题材上，依然是绚丽多彩、千变万化的大自然在她心中唤起的强烈印象。她尤其对云彩最为陶醉。是的，云彩是宇宙间最伟大的画手，它顷刻之间可以魔幻出种种绝妙的、神奇的图像。难怪我乘飞机向来强调靠窗，除了锦绣山河，就是为了激赏云彩的变幻。译彬绘画中画得最有激情、最能体现她的美学亮点的就是那些被云彩激发灵感而下笔的画。她的这次个人画展中有不少这类的作品，尤其那幅标为 image1 的画作，黑、白、灰三色构图，突出天地、黑白与动静的三重反差效应，形成一种既有乱云飞渡、江海横流的动势，又有相对静止的、带动不了的恒定意象。这幅画的审美价值在于多重解释的隐喻性。

艺术讲究"空灵"，抽象画尤其如此。它尊重作者充分的想象自由和内心的独特感受，追求一种"有意味的形式"和可意会而不可言传的审美意趣。译彬除了对艺术巨大的兴趣和一定的天赋，还有文学的参与，"空灵"至少在目前是不会缺席的。她现在在立意、构图、设色等方面都较熟练。当然在技艺的基本功方面仍须继续下苦功。除此以外，作为长辈还想提两点希望，以为勉励。

一是学会及时逃离，力避重复，随时保持创新意识。我说过，重复乃是匠人的习性，创新才是艺术家的本色。一个现代艺术家，既不重复前人的，也不重复他人的，甚至不重复自己的，他的每一件作品都应是独创！

二是对艺术终身相许，对它爱到痴迷的程度，坚韧不拔，义无反顾；其次要像牛一样吃苦耐劳，忍受苦难，做"艺术的殉情人"。这两点是吴冠中先生的经验之谈，堪称成功的秘诀。

2015 年春于北京

追寻包豪斯的足迹

　　"包豪斯"是一座建筑学院,也是一个建筑学派,更是一种艺术精神。作为学派和学院,它存在了不到 15 年,但作为精神,它是永恒的! 正因为如此,它成了现代主义建筑的奠基者,揭开了世界现代建筑史崭新的一页。无怪乎,近年来被联合国教科文组织确定的几个最年轻的建筑遗产中,就有包豪斯的丰碑——位于德国小城德绍的包豪斯教学楼。

　　"包豪斯"是德文 Bauhaus 的音译,意译为"建筑之家",也有人认为应该把这个由 Bau(建筑)和 Haus(房屋)构成的复合词倒过来重新复合,变成 Hausbao(房屋建筑)予以理解。但作为一个术语,它是不能拆卸的。何况这个 Bauhaus 具有双重含义:它既是一个从事建筑教育的学府,又是一个建筑同仁们的"家"。

　　我早在 20 世纪 60 年代前期即接触到"包豪斯"这个术语,但没有细究它的含义。直到 80 年代对建筑美学产生兴趣,才对它有所了解,并开始重视,很想去实地感受一番。两德统一后的 1991 年,我终于如愿以偿。

　　那年我有赴德学术考察半年的机会,其间我用了两周的时间访问了欧洲历史文化名城魏玛,这是德国两位大文豪歌德、席勒成气候的地方,也是包豪斯的滥觞。

这个滥觞的所在地就是至今仍完好无损的"魏玛建筑学院",一幢长长的四层坡顶建筑即是它的全部教学楼。在 19 世纪下半叶,以美学变革为主旨的欧洲现代主义建筑思潮开始兴起,它在这个学校也引起反响。该校的前身为"魏玛实用美术学校",系 20 世纪初由多才多艺的"青年风格"的领袖人物亨利·凡·德·韦尔德所创办。这位来自比利时的艺术家和理论家是一位富有革新精神的人物。他的学生中就有瓦尔特·格罗皮乌斯。格罗皮乌斯是一位具有社会理想的艺术革新家。他在 1915 年回到这里,并于 1919 年当了工艺美校的校长。作为建筑设计师他追求功能的合理性与形式的新颖性;作为美术教育家,他主张建筑与工艺相结合;建筑师不仅设计房屋,还要为工业的批量生产设计生活用品;建筑师不仅会技术,还得懂艺术,以使建筑成为各门艺术的综合体现;学生必须手脑并用,既会设计,又会制作,因此教学要与生产实践相结合。为此,他于 1919 年把他管辖的实用美术学校与魏玛美术学院合并,成为"公立包豪斯学院"(Staatliches Baohaus)。当时正处于德、奥表现主义运动的后期,参与这个运动的大多数文学艺术家的思想都比较激进,要求改变旧习,追求新风。因此在格罗皮乌斯周围集合起一批当时第一流的新锐艺术家,包括华西里·康丁斯基(他于 1922 年受聘直到最后)、里奥尼·费宁格尔、保尔·克利、密斯·凡·德·罗、奥斯卡·施莱默、希尔波斯海默、马采尔·勃劳伊尔、约瑟夫·阿尔贝斯、赫贝尔特·巴耶尔、尤斯特·施密特等大师级人物。他们中既有建筑设计家、装饰设计家,也有画家、雕塑家乃至色彩学家等。

然而包豪斯的同仁们也不是铁板一块。它的激进思潮也受到内部逐渐强大起来的右翼思潮的有力狙击,加上依靠本身的设计来维持生计的办法也难以为继,这个学院不得不于 1925 年 3 月 31 日宣告解散。这是包豪斯的第一阶段,即魏玛阶段,是与表现主义运动相呼应的意气风发、激情澎湃的时期。作为博物馆,现在这座教学楼通过图片和实物,展现当年包豪斯在这里反对复古、求新创新的追求以及学生实习的场景。看了摆满学生们设计并制作的款式不俗的家具、炊具的工场,思绪一下闪回到当年我们这一代人经历过的"教育与生产劳动相结合"的年代,历史竟然存在这样"惊人的相似之处",令人惊奇,也发人深思。近年来人们又在民族剧院斜对面设立了一个新的包豪斯博物馆。

正当包豪斯的艺术精英们陷入困境的时候,位于易北河畔的又一个历史文化古城德绍传来了佳音:该市的社会民主党在选举中狄胜,新上任的市长弗利茨·黑塞先生想必与包豪斯的政治倾向一致,故他表示,如果包豪斯同仁们愿意,可以立即迁往该市,甚至可以得到一座完整的校舍,包括 7 位大师的住宅。这岂不是正要过渡而船来? 于是,格罗皮乌斯亲自设计的、划时代的包豪斯教学楼就这样于 1926 年应运而生了! 天意使然也。

尽管现代型的建筑已经见得不少了,但当我走近包豪斯校舍的时候,还是感受到一种视觉的冲击。首先是教学楼的外部造型显得那么简洁、大方、明快。再看整个校舍楼群的各部分结构显得那么合理而别致,它们各自的不对称构图却达到大整体的统一与协调,可以说,设计者把他的功能意识和审美意识都发挥到极致。正如有关辞书上所概括的,这"是一个多方向、多立面、多体量、多轴线、多入口的建筑",不愧是现代建筑的杰出典范,对 20 世纪以来的建筑产生深远影响。无怪乎联合国教科文组织确认其为最年轻的"世界遗产"之一!

虽然包豪斯校舍自 20 世纪 70 年代以来就作为文物保留了,但房屋仍然作为学校使用着。我想拜访一下校长先生,请他谈谈学校的今昔和今后。可惜那是一个周六的下午,校长根本没有来。他的一位秘书接待了我。互相交谈了半个多小时后,他强调,两德统一了,现在学校正面临着改革,具体方案还没有出来,前景如何,他也不知道。接着他领我参观了几个展室。在一个展室里,一台轻便的机器正伸展着它的长臂在自动描图;在另一个展室里,无人操作的机器正在做一种非常绚丽的色彩实验;在一个家具设计展室里,一张轻巧、简洁而别致的金属片椅子让我眼睛一亮,前后左右欣赏着,流连忘返。后来知道,这张椅子原来是格罗皮乌斯主政时期在工艺美术设计方面的一个标本!所见的这一切向我传递着一个共同的信息:当年的包豪斯确实是一群极富创意的、追求实用而美观的艺术革新家,令人肃然起敬。

原来,包豪斯迁往德绍后,画家兼雕塑家施莱默的建筑理念进入格罗皮乌斯的视野,即以实用为主要目标,追求功能合理而形式优美的标准化设计,学校因此改名为"设计学院",从此开始了包豪斯的第二阶段。照理这应该是一个稳定和繁盛的时期。然而时运不佳,随着德国政治上的右翼势力在 1924 年选举中获胜,美学上的表现主义运动也于这一年宣告结束,格罗皮乌斯等人着眼于平民的社会意识和艺术革新的努力为这一形势所不容,艰难地坚持了 3 年后,不得不于 1928 年 3 月 31 日宣告下台。随着新院长汉尼斯·迈耶尔的上任,包豪斯进入第三阶段,即放弃艺术革新时期。这位新院长厌恶任何唯美的努力,只顾追求经济效益。不过,他在其他方面也取得了成绩:《包豪斯》期刊在匈牙利作家卡莱的主持下取得了国际影响；请来了著名建筑师希尔贝斯海默，讲课备受欢迎，而且还因此创了收；期待已久的摄影厂也建了起来。然而由于迈耶尔放弃了美学追求，使得像康丁斯基、克利、施莱默这样一些大艺术家"大材小用"，只上一些基础课。原来所谓的"缪斯课""缪斯房"这类追求和口号对他们都成了嘲弄，因而人才开始流失。同时意识形态的矛盾也日益紧张。最后在康丁斯基的力促下，迈耶尔不得不于1932年下台。根据格罗皮乌斯的推荐，又一位国际大师——密斯·凡·德·罗接替了他，包豪斯从此进入第四阶段，也是最后一个时期。罗院长针对右翼势力对学生的煽动，首先设法使学校"非政治化"。这位"少即是多"的建筑理论的倡导者，在有关同行的支持下，力求将包豪斯建为一座"纯建筑学院"。但在要不要继续坚持"缪斯课"的问题上，他与康丁斯基发生了冲突。但这不构成对包豪斯的威胁，主要威胁始终来自政治方面。由于包豪斯面向大众的社会倾向，它一直是右翼势力的眼中钉。1931年，法西斯色彩日益明显的右翼势力终于以多数席位控制了德绍市议会。鉴于日盛一日的政治压力，翌年即1932年夏天包豪斯的中坚们不得不宣告结束在德绍的教学与研究，不久电话车间被当局接管，他们无奈地离开德绍，迁往柏林。然而这只是权宜之计。几个月后希特勒上了台，上台后第二个月即1933年4月，盖世太保就查抄了德绍的包豪斯。同年7月19日教师委员会悲愤地作出决定：关闭包豪斯！

　　包豪斯作为一个团体从此解体了，但它的精神不死！包豪斯的同仁们大多流亡到当时比较安全的美国，包括格罗皮乌斯（在哈佛大学）、密斯·凡·德·罗（在芝加哥伊利诺伊理工学院）等，他们在不同的城市，不同的部门，但仍然从事本行工作，而且依然坚持原来的理念和革新精神,在建筑界和学生中继续传播。如拉兹罗·莫霍利-纳吉在芝加哥建立了"新包豪斯"(后称"设计学校")。

马克斯·比尔二战后在德国乌尔姆作了恢复包豪斯的努力(1955—1969),但比尔的努力未能持久。这是不难理解的,任何学派或流派都是特定时代的产物。时代变了,必须有新的思维和模式去适应它,重复前人的老路是不会有前途的。1968—1969年的欧洲学生运动文化上标志着"后现代"的兴起,一个世纪的现代主义突然被置于"重新审视"的"后现代"的语境之下,包豪斯自然不能例外。事实上20世纪70年代人们就对包豪斯的某些理论和实践提出质疑,主要是包豪斯的标准化、模式化的设计思路导致建筑的千篇一律。这个批评无疑是对的。但如果问一问当年包豪斯提出这个主张的历史背景,也许又会认为当年的包豪斯是对的。因为一战以后,欧洲经济普遍萧条和衰退,尤其是在战败的德国,老百姓缺房现象相当严重。像包豪斯这样的具有社会责任意识的建筑学派自然要考虑如何更快、更便宜地满足大众的要求,而按标准化预制构件的方法建造房子,确实是达到这一目的的最佳选择。但时过境迁,半个世纪以后,经过20年的"经济奇迹",那样的千篇一律的"标准房"遭到厌弃,也是合乎逻辑的。

无疑,包豪斯是值得学习的,也是可以超越的。我们看重的不应是它的具体理论和方法,而应是它的基本精神,那种根据需要讲求合理追求审美的人性化精神。因此在新的时代条件下,恢复包豪斯是不太必要的,完整地、妥善地保存它的遗产更有价值。正是在这个意义上,二战后一些与包豪斯有关的有识之士作了大量努力。首先是汉·M.温克勒于1960年在德国达尔姆施塔特建立了"包豪斯博物馆",1971年迁往柏林。1979年按照格罗皮乌斯生前的计划,在原西柏林的动物园附近盖了新馆,称"包豪斯档案馆",负责收集并展出包豪斯自 1919 年到 1933 年活动的全部资料以及 19 世纪以来的历史资料。其中除了某些建筑模型和包豪斯设计的工艺品、日用品等实物外,还可以看到许多包豪斯的建筑师和画家的绘画与建筑速写,依然能看到德绍的那些绚丽色彩的展示。影像馆里不停地播映着各种资料,包括包豪斯缔造者生前的活动。该馆还包括一个藏有 12 000 册书籍的图书馆。档案馆的房子低矮而简洁,毫无装饰,体现了包豪斯的风格,其造型有如一册册卷宗排列。

看完包豪斯的这三处遗迹以后,脑子里一直盘旋着一个问题:现在建筑界还有人像包豪斯的同仁们那样把社会与美学结合起来进行追求的建筑艺术家吗?

(2007 年仲秋,载《文景》同年第 11 期)

建筑七美

　　要欣赏建筑,首先必须认定,建筑是一门艺术。这在国外尤其在欧洲是普遍的共识。但在国内还有争议,尽管否认者是少数。

　　那么什么是艺术呢? 简单地说,艺术乃是一种能使人们在视觉上、听觉上或情感上产生愉悦或曰审美情趣的东西,包括语言艺术、音乐艺术、造型艺术等。建筑即属于造型艺术。

　　在人类生活的四大要素——衣、食、住、行中,建筑占有特殊的地位,它既是物质的实体,又是审美的载体。人类自告别穴居和树巢以来,对建筑中的这两种功能的追求就从来没有停止过,而且随着时间的推移与日俱增。

　　世界上的建筑——这里指的主要是纪念性的大型建筑——迄今为止主要有两种形式,即以石头为基本材料的石构建筑和以木头为基本材料的木构建筑。前者遍布于世界上绝大部分地区,后者仅见于东亚的个别国家,主要是中国和日本。这是个值得研究的现象:世界五大洲都不缺木头,而东亚地区也不缺石头,为什么唯独东亚人特别是中国人拒绝石头而偏爱木头? 探讨这一原因不是这篇发言的任务。这里只想指出一点,这一现象跟中国的传统哲学精神是一致的,即中国人倾向于"天人合一"的宇宙观。中国人亲近自然,因而离不开木头,并在同木头的长期接触中,创造了独一无二的、审美价值极高的木构建筑艺术。

近年来的考古发掘表明,以"大屋顶"为基本风貌的中国传统建筑早在秦代就已形成了它的基本美学特征。2 000多年来,它一直在这一风格的基础上缓慢地、渐进式地发展和完善,其间经历过3次高峰(除秦代外,是宋代和清代),至清末形成了这种形式和风格的固定模式,有人称之为"超稳定结构"。以中庸和沉稳的文化心理为旨归的炎黄子孙们,在这种基本固定的模式中对上述两种功能进行了长期的、精益求精的追求,从而把人类在这一领域的建筑艺术推向了极致。如果说"大屋顶"是中国建筑美学的主要符号,那么木构建筑堪称是中国文化的重要符号了。

自19世纪中期以降西方人在建筑方面有了革命性的发展。他们用更加坚固耐用的钢筋水泥取代了石头和灰泥,建筑理论和建筑美学也有了相应的发展,形成了所谓"现代主义"和"后现代主义"思潮,推动了世界建筑的迅速发展。这股思潮自20世纪初以来也涌入了我国,很快成为我国的建筑主潮。因此我今天把中西建筑作为一个整体来讲。根据我的知识背景和领悟能力,我将建筑的审美特性归纳为七点,也可以叫作"七美"。

一、建筑的雕塑美

无论石构建筑还是木构建筑都不乏这一审美属性。这既体现在建筑物本身的造型,也表现在附属于建筑物的各种雕塑和陈列品。比较起来,这一点外国的石构建筑包括现代的钢筋水泥建筑有较大的优势,直到现在虽然它们在总体上已背离了以往的传统,却依然有小部分风格甚至比以往更强烈,如悉尼歌剧院、伦敦"小黄瓜"(瑞士再保险总部)、迪拜帆船宾馆、新加勒多尼亚首都的文化设施、纽约古根海姆博物馆、法国的里昂火车站、巴西议会大厦等这样一些雕塑感极强的建筑杰作。雕塑美虽然不是中国建筑的长处,但中国建筑也具有雕塑美的特点。与外国的石构建筑多半以几何造型出现的特点相反,中国建筑主要是以曲线造型为特征的。而且中国人对建筑的这一审美理想很早就萌发了,早在3 000年前,《诗经·小雅》中就有"如鸟斯革,如翚斯飞"(像鸟那样激动地拍打着翅膀,急欲腾飞)的说法,要求一种富有动势的、生机蓬勃的建筑。后来我们按照曲线原理建造的飞檐翘角的"大屋顶"和点缀性的亭台楼阁,生动地实现了这一浪漫性的建筑美的理想。不说北京的一些大建筑,外地许许多多较小的建筑,如太原晋祠的圣母殿、四川绵阳的过街钟楼、贵州黔灵山的洪福寺、上海嘉定的真如寺、峨眉山清音阁的牛心亭、云南的剑川石窟乃至丽江的许多民宅,都可以看到这种特点。

中国的封建统治者为了突出自己至高无上的地位和威严,他们的皇宫及其所属的大型寺庙建筑一般都要衬以高大的台基或须弥座,有的非常宏伟壮观,像北京故宫太和殿和天坛祈年殿的基座,它们的墙体和栏杆的造型十分讲究,雕刻非常丰富,其雕塑美的品格堪与外国的石构建筑相媲美。

二、建筑的结构美

这一点中国的传统建筑明显优于外国的石构建筑。外国,首先是欧洲的建筑主要表现为雕塑的美,而中国建筑则主要呈现为结构的美。欧洲的石构建筑除哥特建筑外,其重量几乎都由外墙承载,而中国建筑的重量全部都由梁柱负担,就是说墙与建筑物的结构是分离的。因此中国建筑的匠师们在追求建筑美的时候,都不把注意力放在墙的造型上,而集中在建筑的结构体系上,这个体系是一个框架结构,它全部是暴露在外的。不难理解,要使建筑物具有审美价值,就必须让那些主要的木头构件在结构过程中体现出美感。众所周知,中国建筑的梁柱结构,是由梁、柱、枋、檩、椽等主要构件组成的,它们按照结构所需要的形状、大小和间距组合在一起,在合乎目的的明确性和合乎逻辑的合理性中体现出理性与秩序,产生美感,从而达到技术与艺术的浑然统一。在这方面尤具审美价值的是斗拱和外挑的屋檐(包括重檐),特别是那种反曲向上的翼角,其曲线或弧度完全是由斗拱和椽木构制出来的,真可谓匠心独运。北京的团城承光殿、雍和宫万福阁,山西的应县佛宫寺释迦塔、万荣县飞云楼、五台山佛光寺,河北的蓟县独乐寺观音阁、正定县隆兴寺摩尼殿等,都是结构既精妙又美观的建筑杰作。

中国建筑结构美的另一个体现是藻井,这里又一次表现出技术与艺术的协调一致。我想,凡看过天坛的皇穹宇、故宫养心殿和承德普乐寺旭光阁藻井的人,对此都会有深刻印象。

此外,中国建筑匠师善于用不同的色彩区别各种构件的不同作用。例如,用蓝、绿两种颜色分别表示梁木、枋子、椽子、斗拱等那些着力的构件,用红色来标示垫板、望板等起填充作用的构件,因而使结构的脉理一目了然。

因为建筑属于审美范畴,所以凡是好的建筑往往引起文学家的兴趣,中国建筑的结构美就曾经受到汉代文人王延寿的赞赏,他写了《鲁灵光殿赋》大加赞颂。

西方现代建筑兴起的时候,否定了以往石构建筑时代以造型为主的传统美学原则,而追求以钢筋水泥玻璃为基本构件的框架结构,现在常见的悬索结构、壳体结构、篷帐结构等都是这一新的美学理念的产物。这方面,中国建筑的结构美显然激发过他们的灵感。事实上,有的现代建筑大师,如美国的赖特对中国建筑就大为赞赏。我想,像巴黎蓬皮杜艺术文化中心和慕尼黑奥林匹克运动场这样一些结构完全暴露在外的建筑物会使人想起中国建筑的结构特点。我国奥运体育场"鸟巢"明显吸收了我国传统建筑中结构外露的这一重要审美元素。

三、建筑的装饰美

就像人需要穿戴一样,建筑除了它自身的造型和结构所体现的美以外,还需要经过装饰才能更加美轮美奂。外国的建筑装饰以豪放、明朗为特征,中国建筑的装饰则以精细、隐借显示其长处。无论外国还是中国,其建筑装饰美的构成都包括两种成分,一种是建筑物自身的某些构件被赋予的视觉美,这方面我们的曲线美学又显示了它的长处,建筑师首先对木构件的形状做文章。例如,把横梁加工成微微拱起的月牙形,使其更好看、更富张力;把顶在上下梁之间的短柱加工成瓣状的瓜柱;把上下梁之间两端的垫木做成各种式样的驼峰等。同时,建筑匠师们在制作零件时也不忘装饰美:每块屋檐下作支撑用的"撑拱"和"牛腿"都是美观的雕刻件;梁枋穿过柱子的出头部分被雕刻成各种动植物图案的小品,有的叫蚂蚱头,有的叫麻叶头、菊花头等。由于中国建筑的屋顶都是坡顶,所以顶上的形象也是匠师们所关心的:凡是两面相接或是三面相交的地方都由美观的动植物图形加以掩饰,因而有"鸱吻""宝顶"这样一些名称;屋脊两头加上一系列形态生动的各类动物(叫"脊兽"或"吻兽")作为点缀品,为屋顶增色不小。中国的宫廷建筑强调宏伟与威严,所谓"高台榭,美宫室"是它的美学追求。故室内的雕梁画栋、水门窗格,室外的台基雕饰都是极为讲究的,只要看一看天坛祈年殿与故宫太和殿就够了,尤其是保和殿后面的那块16.75米长、250吨重的云龙石雕,不由让人吐舌惊叹!另一类装饰不属于建筑物本身,却为建筑物锦上添花,如壁挂地毯、金石雕刻、陶瓷制品、帛书字画、珠宝玉器等艺术陈列品。外国建筑作为装饰品使用的这类陈列品如雕塑、绘画等多半以人像为主,中国建筑的装饰品人像不多,但题材要丰富得多,如象征雄健、威武与吉祥的飞禽走兽,尤其是龙、凤、狮、虎、仙鹤、寿龟等生动形象随处可见,它们丰富多彩,令人赏心悦目,具有独特的把玩价值;其他如屏风、卷帘等则产生一种含蓄、幽密的意味。

四、建筑的韵律美

建筑不仅是空间的艺术,也是时间的艺术。因为建筑的美是在人的运动过程中逐步展现的。所谓"建筑是凝固的音乐"这一为古今的欧洲哲学家、建筑学家、文学家、美学家所论证和议论不休的命题已为越来越多的人所领悟和感受。故歌德曾经对人说,当他在罗马圣彼得大教堂前的椭圆形柱廊里散步时,就仿佛在享受音乐的节律。建筑的这一特性,首先是在建筑的空间序列中体现的,是在一定的比例关系中取得形式的韵律感时完成的。文艺复兴时期最有名的建筑学家阿尔柏蒂曾经研讨过建筑与音乐的这种关系,他说:"宇宙永恒地运动着,在它的一切动作中贯串着不变的类似,我们应当从音乐家那里借用和谐的关系的一切准则。"(《建筑十书》)关于这一点,中国建筑较之外国建筑有较大的优势。大家知道,外国的建筑大多是以单体的存在来显示其美的韵味的,而中国建筑则不同,它是以群落为单位的,而且往往是由多重院落组成的。当你随着时间的推移走进一个院子又一个院子的时候,由于有规律的重复,节奏感和韵律感便油然而生,从而让人获得一种音乐的美感。不妨回忆一下游览北京故宫的体验,或者去浙江东阳的卢宅走一走,也会获得同样的感受。

建筑的韵律感不仅在水平方向产生,它在竖立方向同样存在。中国的古塔就十分突出。像我国最早的密檐式砖塔——河南登封嵩岳寺塔、云南大理崇圣寺的千寻塔、北京的天宁寺塔等都是有名的实例。著名建筑学家梁思成先生甚至为北京天宁寺塔的韵律记了谱。现代的高层建筑也不例外,特别是与中国古建有关的上海金茂大厦,它是根据中国古塔的特点设计的,具有很强的韵律感。

建筑作为实物的存在是具象的,但作为艺术的存在它是抽象的,因为它不摹写任何实物,它反映的不是具体的东西,而是抽象的东西,即人的情绪:庄严肃穆的,沉重压抑的,活泼轻松的,明朗豁达的……在这一点上它也是与音乐相似的。

五、建筑的诗意美

这也是中国建筑的特色。外国的"后现代"建筑现在很强调建筑与环境的关系和对"人性化"的呼吁,甚至提出"诗意的栖居"这样的口号。除了合理的空间布局外,它讲的多半是建筑与环境的关系问题。长期生活在农业社会的中国人,向来就醉心于田园的风味和情调,在建筑环境的营造中讲究"风水"。除去其中迷信的部分,这风水与今天的环境意识是能携手的。有的风水学家甚至认为,风水学乃是一门包含许多学科的学问。我国学界公认的风水学的经典著作是晋代郭璞所写的《葬书》,它对于阴宅阳宅都是适用的。书中主要内容是四点,共 8 个字:一曰"觅龙",即寻找有"龙脉"的山脉;二曰"察砂",即大山下护以较小的山;三曰"观水",即考察周围水源水质是否上乘;四曰"点穴",就是确定房屋或墓穴的位置。这部著作的科学部分可以概括为 12 个字:群山环抱、负阴抱阳、背山面水。这当然是符合"诗意栖居"的人性化要求的。清康熙皇帝《御制避暑山庄记》也强调:"度高平远近之差,开自然峰岚之势。依松为斋,则窍崖润色;引水在亭,则榛烟山谷。"这段话的精神与《葬书》是近似的。我国明代末年计成所写的《园冶》一书也强调取景的重要性,主张"得景随形","巧于因借,精在体宜",讲的是因景置宜。你看,我国建筑史上关于建筑本身的理论著作很少,而且内容单薄,但对于建筑与环境关系的理论著作倒不少,而且内容很具体。可见中国建筑对诗意美的追求是很强烈的。难怪,在没有山水的情况下,就挖湖造山来"因借"。于是我们有了承德山庄这样的宫苑、颐和园这样的皇家园林、灵隐寺这样的佛庙,或者像花家山那样的幽院、汪庄那样的别墅以及苏州那众多的私家园林等。

六、建筑的反差美

性质相反或形象殊异的两个事物构成审美效应是根据哲学上

的二元对立的命题而成立的。所以追求反差美的文学、艺术作品在现代主义兴起以前就存在了。例如在欧洲,早在 17 世纪,在巴洛克审美风尚流行的中南欧地区,在当时涌现的"流浪汉小说"中,身份卑微而心智高超的"流浪汉"总是与身份高贵却行为愚蠢的人物周旋在一起,难怪在《堂·吉诃德》中那位又高又瘦的吉诃德先生偏偏与又矮又胖的桑科·潘扎形影不离。后来的浪漫主义继承了这股遗风,于是在雨果的笔下我们看到了那位美丽非凡的女主角艾丝米拉达偏偏与那位奇丑无比而心地善良的男主角卡西莫多难解难分。在绘画中则是崇高与卑下、圣爱与俗爱、美景与废墟、黑与白等并置于一图,后来我们还看到早期印象派马奈那幅题为《野外的早餐》的名画——衣冠楚楚的男士们与一位一丝不挂的裸女一起席地而坐。不过这类现象那时多半见于文学和美术作品,建筑中虽然也能举出一些例子,但都不是出自同一作者(建筑师)的统一构思。例如圣彼得大教堂的主体建筑是古典式的,而内部的主要装饰出自贝尔尼尼之手,是巴洛克式的;主体建筑与其大门前巴洛克式的椭圆形广场(亦为贝尔尼尼设计)也形成不同风格并置的景象。再看法国的凡尔赛宫,它的主体建筑是古典主义的,但它的后花园布局以及某些内部装饰,尤其是华丽的镜廊却是巴洛克式的。这类现象在当时是"违规"的,只是欧洲古典主义的官方总代表路易十四偶尔也未能经受住巴洛克这位泼辣"美女"的诱惑才发生这样个别的事例。但 20 世纪以来,特别是二战以后的"后现代"思潮兴起以来,建筑中追求二元反差美学效应的现象就频频出现,并日见其多了!

　　较早进入人们视野的这类建筑当推耸立于柏林市中心的那座新旧并立而又风格迥异的威廉皇帝纪念教堂。这本来是 19 世纪末皇帝威廉二世为纪念其父威廉一世而建造的近似于哥特风格的新浪漫主义建筑,高 113 米,二战中毁于战火。战后,即 1957 年,人们想按原样修复它。但承担这项设计的建筑师埃冈·埃伊尔曼却没有铲除废墟,也没有按原样重建,而是聪明地保留了它所剩的 71 米高的主体残躯,作为战争的警示,而在它的一侧新建一座几乎与它等高的多边形的筒式建筑与之并立,作为新教堂的象征;另一侧再建一座 20 来米高的空荡荡的大厅作为功能性的教堂,供信徒们祈祷,从而鲜明地反映出两个时代的不同建筑理念。尽管起初充满了争议,但后来越来越受到赞誉。另一个事例发生在 20 余年后欧洲另一个大国的首都巴黎。美籍华裔建筑师贝聿铭应法国总统密特朗之邀负责卢浮宫扩建工程的设计。贝氏几度奔赴巴黎,考察场地,并反复琢磨:如何在这三面古典建筑环抱的有限空间内插入一座新的建筑?最后决定以反差的美学原理处理这一空间难题,即把功能性建筑引入地下,而地上只占一个入口的地面,从而最大限度地控制住了新建筑对古典建筑的挤压,而且门面建筑采用钢骨玻璃结构,排除了砖石、水泥等建筑材料,这就虚化了建筑的物质性,最大限度地保持了固有空间的广度和亮度。其门面采用金字塔造型更是一个天才灵感的产物,金字塔乃是人类四大古文明之一——埃及古文明的象征,而卢浮宫内就藏有丰富的来自埃及的古文物,这一门面造型恰好是卢浮宫这一重要内涵的透露。

然而,正像文学艺术史上任何一种新的审美现象刚刚出现的时候,几乎都伴随着一阵大喊大叫,贝氏玻璃金字塔以及 70 年代诞生的蓬皮杜艺术文化中心也不例外。但是,凡是天才智慧的产物往往都具有征服力,故随着时间的推移,束缚着多数人的审美惰性渐渐地被化解了,而变成一片叫好!这一审美经验虽然无法在不同时间和不同地域移植,但却有一定的规律性。君不见 20 年后,当北京的国家大剧院的设计方案刚公布的时候,也爆发了激烈的争吵,甚至有数以百计的专家学者(其中包括 49 名院士)联名上书中央,试图依靠行政力量来推翻这一经专家评审委员会通过的设计方案。他们主要的反对理由是该设计与人民大会堂和天安门等建筑"不协调"!这些在自己的专业领域学富五车的知识里手在现代审美领域失语了!殊不知,欣赏现代艺术或建筑,不仅需要知识,还需要实践和体验。我说过,一个经常接触现代艺术的出租车司机和一个很少涉猎这一领域的科学院院士,在对同一件现代艺术作品或建筑发表意见的时候,前者的见解可能比后者要在理!是的,在传统的审美概念里,特别是按照欧洲古典主义的美学原理,"协调"是一条重要的原则。但如前所说,这条原则早在 17 世纪就被突破了!20 世纪以来,"不对称"更成了现代美学理论的一条新的原则。这是 1970 年分别在罗马和威尼斯举行的两次跨学科的国际学术会议得出的共识。难怪,国家大剧院的设计者安德鲁曾强调:"我要的就是一条弧线!"很明显,他追求的就是一座没有棱没有角的、与周围建筑"不争不吵"而形成"反差"的建筑,以避免跟"有棱有角"的人民大会堂、天安门等建筑争锋。因此安德鲁的这一条"弧线"实际上成了两个不同时代、不同建筑理念的分界线。从现代建筑学角度去看,安德鲁用这一条弧线,也就是用反差的美学原理来处理人民大会堂和天安门附近的空间难题是可取的,它体现了建筑学在"后现代"语境中形成的一个新的理念,即"对话意识":首先在态度上既尊重古人或他人的既定存在,同时也不掩盖自己的时代标记和价值取向;其次在行动上对前人或他人在体量、高度和色彩上不采取"争"的架势,而表现出"让"的姿态。20世纪末德国科隆大教堂近旁新建的一座二层楼的艺术博物馆就是这种精神的体现,我国近年来诞生的奥运体育场即"鸟巢"身边"低矮"的"水立方"游泳馆也是设计师自觉之所为。

在国际上,所谓"后现代"建筑的最近表现是"嵌入式"建筑的思潮,即在传统建筑中插入一座风格与原建筑毫不相干的新建筑;有的从外面"开膛嵌入",有的则从"腹中撑开"。前者如伦敦的维多利亚与阿尔伯特博物馆即为有名的一例;后者如柏林新改建的德国国会大厦中的议会厅及其楼顶耀眼的"玻璃罩"堪称典型。这类现象在小型建筑改造中更不乏其例,近年来我在中欧一些国家如德、奥、瑞士等国就目睹过不少。其实在我们国家现在也不少见。如北京大学燕南园56号,原是一幢教授别墅,现在在保持外观不变的前提下,被改造成一座明亮、别致而实用的艺术学院的办公室,采用的就是"挖腹换脏"式方法,广受好评。现在北京古城内许多有年头的住宅或四合院的改建,采用的多半是这种方法。

七、建筑的怪异美

美与"怪"相联系,这本身就是一件令人吃惊的怪事。是的,当带有一种新的时代特征的美刚露头的时候,总要让人经历一段惊异、摇头甚至咒骂的过程。君不见,在17世纪的南欧和中欧,当一种"怪怪的"的艺术风尚即我们现在所说的"巴洛克"出现以后,被艺术史家们冷落了将近200年!因为这期间,美的形态和法则被以法国为中心的古典主义垄断了!好在事物有它自己的法则,即作用与反作用。后来在浪漫主义兴起的时候,反击古典主义最有力的事件恰恰也发生在法国的土地上,如美术中的德拉克鲁瓦、音乐中的柏辽兹,特别是文学中的雨果。雨果向古典主义者发难时最有力的一句话是:你们所认定的美只有一种,而丑(即没有被古典主义者划入美的范畴的审美对象)则有千百种! 20 余年后德国的美学家罗森克兰茨于 1853 年出版了一部论著,叫《丑的美学》,从理论上为怪诞的美鸣锣开道,惊世骇俗。再过 30 余年,即 1886 年,瑞士的艺术史家沃尔夫林经过对文艺复兴与巴洛克的深入研究,出版了一部重要论著《文艺复兴与巴洛克》,雄辩地论证了巴洛克非但没有背叛文艺复兴的传统,相反,恰恰是它继承了文艺复兴的"艺术创造精神"。又过 10 年,美国美学家桑塔耶纳新出版的论著《美感》也为"怪诞"正了名,指出怪诞的价值在于它是一种"重新创造",它"背离了自然的可能性,而不是背离了内在的可能性。然而,正是内在的可能性构成这些创造的真正魅力"。因此"出色的怪诞也是新的美"。这等于为怪诞从旁门左道走入美学殿堂开了通行证。

这期间无论文学艺术还是建筑领域都开始出现破常示异的作品,就激烈的程度而言,尤以建筑为甚,其最杰出的代表当推西班牙的高迪。如果说,他的始建于 1883 年的巴塞罗那圣家族教堂的设计已是石破天惊,那么落成于 1912 年的同样位于巴塞罗那的米拉公寓则更令人目瞪口呆! 设计者以曲线手段颠覆了通常以几何造型为原理的欧洲建筑的一切要素,彻底破坏了人们的审美习惯;它仿佛是在一块巨大的海绵上雕刻出了许多的阳台、过道和天井,而它们本身没有一个是相同的,连每件室内陈设都不一样。不难想象,这个完全陌生的"天外来客"立即引起巨大的争议,而且遭到最难听的谩骂。然而这座包含天才智慧的怪诞建筑,随着时间的推移,却以经典的身份牢牢荣登在世界现代建筑史上,即使到了"后后现代"的今天,它依然是经得起推敲的先锋之作,以至于联合国教科文组织来不及等到它的百岁华诞,就于 2005 年将它连同包豪斯教学楼和悉尼歌剧院一起列入"世界遗产"名录,从而使它成为现代美学殿堂里的一座不朽的丰碑。

二战后,创作风格的多元格局成为更广泛的共识,在所谓"后现代"的语境里,艺术家的想象更自由了,同时个性色彩也更鲜明了,凡是具有现代意识的艺术家(包括建筑师)都以重复为耻,即既不重复前人的,也不重复他人的,甚至不重复自己的;他要求每件作品都成为"我"的"这一个"。不难想象,这就不可避免地导致了现代建筑景观中的千奇百怪现象。但这是人类建筑史发展的一个不可避免的阶段,而且人类为其投入了可观的天才智慧,留下了不少里程碑式的建筑,仅就 20 世纪下半叶而言,至少下列 5 座建筑都值得一提。

朗香教堂。位于法国西部一个较偏僻山区的同名小镇,建成于 1955 年。这座只容纳 200 人的小教堂(外加一个万人广场)解构了欧洲历代教堂的一切特征,你看它那沉重的屋顶好像一床快掉下的厚厚的棉被又被翻上去了;它的墙壁无不弯曲甚至倾斜;它的窗户高高低低,而且形状和大小各不相似。一般人很难解读它的哲学或宗教寓意,好像它被作者赋予了一种神秘性或曰多重解释性。但它出自赫赫有名的法国建筑师勒·柯布西耶之手,他是国际公认的现代主义 4 位建筑大师之一,而且他设计之前曾不止一次去当地考察过地址,并进行了认真的构思。这座建筑以结构复杂、细处简洁为特征(与传统教堂相反)。作者构想出了一种"视觉领域的听觉器件",它"像人的听觉器官一样的柔软、微妙、精确并不容改变",从而"成为人与上帝之间沟通的渠道"。

悉尼歌剧院。它始建于 1957 年,竣工于 1973 年;施工的难度极大,工期整整延长了 10 年,造价追加了 11 倍,以致国会屡屡争吵不休,甚至还迫使设计师中途拂袖而去,再也没有回过东道国。设计师是丹麦的伍重。他是 32 个国家 233 个竞标方案中的曲折胜出者。这座不同凡响的建筑奇观最早大胆地使用了巨大的壳体,一举抹平了顶和墙的界线。但它看起来并不"丑",甚至可以说很美,因为它像群帆归步,很有韵致,富有诗意(但作者晚年坦露,其创意来自橘子的橘瓣)。然而它一看就不像是一个剧院,因而颠覆了以往所有剧院的样式和规范。从这点上说,它就变成很"怪"的异类了!作为"世界遗产",它是所有拥有这一身份的建筑物中最年轻的一个——刚过而立之年即进入了"遗产名录"(2007)!它的诞生使悉尼埠头出现一座绝妙的巨型艺术雕塑的奇葩,它与周围环境——海面、大桥、高楼浑然一体,相映生辉,是建筑与环境相得益彰的典范,成了悉尼这座国际名城的一道绝美的风景线,从而极大地提高了澳大利亚的文化形象,并且有力地为"后现代"建筑争了光!此外它也是我心目中的建筑皇冠。

蓬皮杜艺术文化中心。它位于巴黎塞纳河右岸,是个彻彻底底的裸露建筑,无数用于建筑结构的钢骨铁梁与数不清的水、气管道交错在一起,看起来很像是个炼油厂或化工厂,与巴黎的传统建筑形成强烈的反差。作为一座由总统蓬皮杜亲自主持建造的、承载四大文化功能(图书馆、艺术馆、工业创造中心和音乐研究所)的国家级巨型建筑物,以这样怪的面貌出现,在当时看来,在世界建筑史上还从来没有过。但它是从 681 个投标设计方案中遴选出来的,经过国家最高领导人批准,建筑师是享誉世界的皮亚诺(意大利)和罗杰斯(英国),这可不会是儿戏吧。但尽管如此,当它破土而出时,还是冲击了许多人的审美经验,骂声不绝。然而这种喧闹声后来还是被时间沉淀下来了。今天任何人写现代建筑史都无法绕开它。

西班牙古根海姆博物馆。古根海姆是美国的一位富翁,他的财富专门用于世界连锁博物馆经营,故世界各地现在有许多家同名博物馆,其中最先享有国际盛誉的是纽约古根海姆博物馆,为第一代现代主义经典建筑大师赖特所设计。西班牙的这座古根海姆博物馆建在西班牙的一个本在衰落的城市——毕尔巴鄂。这座建筑的"怪"处在于它是由一系列的双曲面的体量组合而成,曲线是它的基本造型原则。它的外立面乍一看根本不见门窗。设计师是当代最负盛名的先锋建筑师弗兰克·盖里(美国)。它毕竟离我们很近(1997年建成),人们已经见怪不怪了吧,故当它横空出世的时候,并没有引起多大的负面的舆论爆炸,而毕尔巴鄂这座原本已沦为"破落户"的城市一下子又光鲜了起来!可谓一个"怪"建筑救活了一座"病"城市。

时间和空间离我们最近的一座举世皆知的"怪建筑"当推国人最熟悉的北京奥林匹克运动场即"鸟巢"了!它的天才奇想来自仿生学。设计者将这座举世瞩目的国际大型体育场设计成一个巨大的"鸟窝",一个生命憩息的家园。当万千运动健儿从五洲四海飞来、济济一"巢"的时候,立即唤起全球几十亿不同民族、不同信仰的观众的和平温馨的宽慰感!在美学上它采用大曲线,极富运动感,这与欧洲17世纪十分流行的巴洛克审美风尚相呼应。结构上它让所有看似杂乱无章的钢条衔接裸露在外,这又与中国传统建筑惯于外露的结构特征相谐和。而场内的碗状大贴面更是采用了大面积的"中国红",这就最大限度地减轻了东道主观众的陌生感。这座石破天惊的建筑物不仅为首都北京中轴线增添了一座新的地标,它的天才的创意也为世界当代建筑史书上了新的一笔。此外它的两位杰出建筑师即瑞士的赫尔佐格(建筑界"诺贝尔奖"——普利兹克奖获得者)与德国的德·梅隆也有一段佳话,两人从幼儿园起就是好友,这次合作的成功堪称这对建坛双璧不朽的友谊纪念碑了!

一般公众的审美趣味往往带有惰性,需要有人在他额头上击一猛掌,才能使他猛醒。这就是为什么现代主义文学艺术兴起以来,创作中常有人提倡"间离法"或"陌生化效果",就是要你换一个角度,引起你对那些习以为常的事物的惊异感,以便重新认识那些熟悉的事物。先锋艺术家或建筑师的价值就在这里:不断震撼你的视觉、听觉和感觉,让你醒悟到,世界上好看、好听、好读的东西远远不止你所熟悉的那些,山外有山天外有天,只要勇于探索,美的天地大着呢!

以上就建筑的一般审美特性谈了一点粗浅的看法,意在扩大大家的思路和眼界,以便有更多的机会参与一些涉及文化和艺术问题的讨论或建设。

(这是一篇演讲稿,刊载于《中国艺术报》2013 年 7 月 17 日)

西方历代建筑风格欣赏

　　自从人类摆脱穴居以来,建筑就无处不在,而且随着时代的发展日益完善,其功能和审美越来越讲究。世界上人所共知的几个文明古国除中国是木构建筑外,其余都是石构建筑,坚固持久。但后来这些文明古国中的多数都陆续衰落了,唯独受到两河流域和埃及文明熏染的爱琴海文明即希腊文明虽经中世纪上千年的压抑,至欧洲的近代却获得了复兴,日益发扬光大。仅就那里的建筑风格而言,随着历史的推移不断更新换代,而且每一种风格的技术和艺术都推进到极致,以至于每一种风格的建筑都有一个至多个成为人类共同的"世界遗产",其中多数我都目睹过,激动的心情久久难宁。作为这份遗产的接受者和继承人,我们有义务、也有必要识别并学会欣赏它们,以丰富我们自己的建筑智慧。目前我国建筑正处于蓬勃兴起的时期。本文就想通过西方建筑史上多种风格的展示,让国人接受一番审美享受的同时,也看看人家活跃的创新思维尤其是"工匠精神",从而激发我们自己的创新意识和能力。此外也给越来越多的出国旅游者的审美视觉热一热身。先看欧洲建筑的滥觞——

古希腊建筑风格

古希腊是欧洲文化的摇篮。与繁荣的哲学、文学、戏剧、雕塑等一样,古希腊也是欧洲建筑的始祖,始于公元前 7 世纪。前 5 世纪希腊战胜了波斯,建筑达到鼎盛,建成了宏伟的雅典卫城,包括多座神庙,其中以名扬古今的帕特农神庙最为巍峨壮观,成为整个时代的建筑标志。

欧洲建筑无论技术和美学都以 5 种柱式为基础,其中前 3 种就是古希腊时期产生的,即多立克圆柱、爱奥尼圆柱和科林斯圆柱。以此为基础,后来罗马人又创造了塔斯干圆柱和综合性圆柱,并使其精益求精。这 5 种柱式成为欧洲建筑技术的基本构件,也是欧洲建筑美学的基本要素,直到 20 世纪初叶。在古希腊时期最早创造并普遍使用的是多立克柱式。它的特点是粗壮雄健,其高度是柱脚直径的 5—5.75 倍,柱头高度是柱身的三分之一。它没有柱础。周身有很多凹槽,形成 20 个左右锐利的棱线。多立克柱式的美主要体现在柱头,柱头的主要部分是檐部,包括额枋、檐壁和檐口。其中精华在檐壁,那里有精美的雕刻。

爱奥尼柱式是多立克柱式在技术和艺术上的发展。这主要表现在 3 个地方:一是柱身比多立克收起一些,柱高是底径的 9—10 倍,檐部也相应减低,为柱身的五分之一,因而显得苗条些了;另一个是它有了柱础,穿上"鞋"了,柱头底部也增加了两个对称的涡旋,戴上了"耳环",讲究装饰;再一个是柱身上凹槽的槽沟变成圆弧形,槽背也不再是锋利式,而变成平和的带状式了! 两种柱式,若是拿人来做个比喻,恰好是一对男女:一个是"彪形大汉",一个是"窈窕淑女"。这是古希腊人对人体美特别是女性美的追求在建筑上的生动表现。难怪除了这些柱式外还特别附加了一种柱式,即"女像柱"。这更喻示了女性美是柱式美的灵魂。

第三种柱式叫科林斯,它是前两种柱式的继续发展,主要是柱头更讲究雕饰,整体像个花篮,那花是一棵忍冬草的写照。因它产生在科林斯,因而得名。

古希腊人对艺术美的总体要求是庄重、完美、匀称、崇高。用亚里士多德的话说:"美是由度量和秩序所组成的。"所以一般纪念性的大型建筑如神殿,只有门,没有窗,四周都是柱廊,柱与柱之间距离都不超过两根柱子的柱围直径。东、西两头各有山花,以雕刻装饰。山花下的檐部亦是精致的雕刻。四周的檐壁都是精美的浮雕。这就不难理解,欧洲人从一开始就讲究建筑的审美要求。

古希腊的戏剧很繁荣,是三大悲剧作家的故乡,喜剧也了得。所以剧场也是重要的建筑之一,不过都是半圆形、漏斗式的露天剧场,有的规模很大,能容纳几万人。其他大型建筑还有斗技场、广场以及敞廊等。它们持续了约 700 年,其后历史把这顶辉煌的桂冠戴在了罗马的头上。

古罗马建筑风格

罗马不仅是个合格的继承人,而且是个有为的创新者!这个新崛起的欧洲统治者,在军事上把希腊打败了,但在文化上却被希腊的软实力即文化征服了!然而它不是被动地被征服,而是主动地接受过来,创造性地加以改造和提高,自公元 1—3 世纪达到极盛!罗马的贡献主要表现在 4 个方面:

一是发展了希腊柱式,使其永远定格在 5 种形态上,作为建筑美的基本形制在欧洲建筑史上大放光彩。

二是发明了拱券技术,从而为创设巨大的内部空间及不同层次、不同形态的空间组合提供了可能。这一成果尤其在中世纪教堂建筑中得到广泛的运用和发展。

三是在丰富的建筑实践基础上及时作了理论总结,公元前 1 世纪就由建筑师维特鲁威写出了《建筑十书》这一不朽论著,它要求建筑师须拥有 11 门知识;它最早提出"坚固、实用、美观"的建筑三原则,至今依然是金科玉律,尤其是其中蕴涵的"工匠精神"历久不衰。

四是兴办建筑教育,从公元 228 年起就创办了建筑工程技术学校,以规模形式系统地培养建筑人才,摆脱了狭隘的师徒传授方式,为培养高水平的人才开拓了广阔的道路。

罗马于 1 世纪前后开始崛起。作为在人类历史上第一个创建了地跨欧亚非三大洲的"世界帝国"的民族,罗马是个气魄宏大并且懂得享受生活的民族。这时期的建筑以恢宏、豪华为特色。鼎盛时期的罗马留下的宏伟而丰富的公共建筑遗产,就技术和艺术而言,最重要的依然是"神"的建筑,其中首屈一指的当推建于公元 2 世纪的罗马万神庙。这是个大型圆形穹顶建筑,地面直径和高度均为 43.3 米(这个记录保持了 1 800 年),顶端是个圆形天窗,直径 8.92 米,墙厚 6 米。穹内 140 个方形凹室,分 5 圈排列。正立面是一座秩序端庄的柱廊。站在殿内,置身于一个宏大而单一的圆形空间,感到格外宏伟、庄重、和谐,具有一种巨大的美的震撼力,不啻是"高贵的单纯,静穆的伟大"。

古罗马的皇权势力很大,皇宫建筑无疑也很壮观。就形制之典型而言,当推图密善皇宫:一头宫殿,另一头花园,中间是住宅。讲功能之齐全,则是哈德良离宫:朝政、住宅、浴场、剧场、图书馆、神庙、花园等应有尽有。但以上都已成为废墟了。

古罗马时期商业已有相当发展,人们追求享受。所以浴场很受青睐,浴场的建筑也十分讲究,结构复杂,拱券技术大显身手,供暖技术十分高超。就建筑之精致而言,当推图拉真皇家浴场;论规模之宏大,则非戴克里先浴场莫属,可容 3 000 人之众。与此相关,斗技场作为娱乐场所也很普遍。其中最有名的是以罗马命名的罗马大斗技场,椭圆形平面造型,最多能容纳 5 万人,偌大的梯形观众席是以复杂的拱券结构支撑的。外墙由四重叠柱建成,十分壮丽。

再一类重要的公共建筑当推"大会堂"了,希腊文叫"巴西利卡",意即"王者之厅",一般用于法庭或大市场。这种建筑通常都是以长方形作为平面,系单向纵深空间,外立面加一圈突现的线脚,作为装饰。此外广场和凯旋门也是古罗马重要的建筑景观,前者如现在罗马城内的那处市场废墟,依然能辨别出当年周围的建筑气派;后者如哈德良凯旋门,那是以券拱门洞为特征的双层建筑。

拜占庭建筑风格

罗马帝国从公元 376 年开始分裂为东、西罗马帝国。1 个世纪以后西罗马帝国灭亡,欧洲历史开始进入教会统治的"中世纪",直到 14 世纪!这千年中思想文化受到严酷的禁锢,唯独建筑——宗教建筑——依然兴盛,先后流行过 3 种建筑思潮,即拜占庭建筑、罗曼建筑和哥特建筑。拜占庭是君士坦丁堡的古代称谓,即现在的伊斯坦布尔。东罗马帝国兴起后,通过战争,其版图一直扩展到巴尔干半岛、小亚细亚、北非、两河流域等地区。建筑上在罗马发明的拱券技术的基础上吸收了这些新地域的伊斯兰教的建筑风格,形成一种盛行了六七个世纪的新风格,叫拜占庭风格。

拜占庭建筑摆脱了希腊、罗马时代以墙作为屋顶或穹顶承重的载体,改用墩座或鼓座经由舣拱来发挥这种作用。穹顶可以是群体式的,即中心的最大,周围簇拥着 4 个较小的穹顶,形成集中式形制,借以扩大内部的空间。平面改为正方形或圆形。穹顶的外壳则鼓出许多,形成葱头的模样。这种风格影响到俄国和巴尔干乃至南亚、西亚一带的建筑。

拜占庭建筑最辉煌的代表作是直到现在仍耸立在伊斯坦布尔的圣索菲亚大教堂。它诞生于公元 6 世纪 20 年代,由查士丁尼皇帝与大主教亲自督造。查士丁尼多才多艺,为了建造属于自己时代的建筑纪念碑,他特地从小亚细亚请来了最有名的两位建筑师,亲自参与设计。受小亚细亚建筑的启示,该建筑不再重复巴西利卡的长方形造型和封闭式的承重墙,而采用巨大穹顶覆盖下的集中式和复杂的拱券平衡技术相结合的形制,在穹顶周围的承重部位开设了 40 个狭长的拱券式小天窗,从而使穹顶显得宏大而轻盈,起到庄严的纪念性效果。而它的横向直径为 33 米,高度则为 60 米。后来土耳其即奥斯曼帝国灭亡拜占庭帝国后,将其改为清真寺时,在其四周又增设了 4 根高耸的尖柱,叫授时塔,更加强了它的审美效果,堪称技术和艺术完美结合的建筑典范。

圣索菲亚大教堂之后比较辉煌的拜占庭建筑当推威尼斯的圣马可大教堂了。这座教堂的特点是由 5 个穹顶组合成正堂空间,并由正立面的 5 座拱形门宙加以暗示。其正立面辅以纷繁富丽的雕饰。

拜占庭建筑所创设的穹顶技术为后来的西方国家以穹顶为标志的城市天际线开了先河。

罗曼建筑风格

我们若把欧洲建筑史的画面全部展现出来，就不难发现，拜占庭建筑是个混血儿，是西方父亲和东方母亲的共同产儿。但西方建筑的第四代产儿就没有按照第三代的共同基因传承，而主要是按照"父亲"，也就是罗马建筑的基因发展，所以罗曼建筑也叫"罗马式建筑"或"罗曼风格"建筑。这一种建筑盛行于 10—12 世纪。它采用了拉丁十字（即在长方形的"肩部"伸出两个袖堂或耳堂）的平面造型原则，进一步发展了罗马时代的拱券技术，放弃了对鼓式穹顶美的追求，而崇尚半圆形拱券。总体上它以厚重的墙体、连拱的墙面、修长的躯体、狭窄而密集的窗户和高耸的钟塔为特征。美学上它的外部形象指向高空，有一种意欲奔向上帝的动势；内部则以大殿的简朴装饰衬托圣坛的华丽。技术上它进一步发展了拱券力学，也继承了拜占庭以墩柱为承重的支点，并开始使用后来哥特建筑常用的扶壁。因此严格讲，罗曼建筑是罗马建筑向欧洲建筑史上的一个重要阶段即哥特建筑的过渡。从宗教角度看，则是基督教势力从伊斯兰教势力手中夺回了在欧洲的主要建筑阵地。

罗曼建筑大多见于教堂、修道院和古城堡，其中最有名的是位于意大利比萨的比萨大教堂。它始建于 1063 年，拉丁十字的造型，长 95 米，纵向 4 排共 68 根科林斯圆柱，中堂和耳堂覆以椭圆形拱顶,外墙以醒目的密集拱窗著称。前面的洗礼堂和后面的筒形塔(即斜塔)均为12世纪所建。其中斜塔直至14世纪才完成,费时176年! 塔高54.5米,重1.42万吨,倾斜2.1米。

罗曼建筑另两座公认的经典建筑均在德国,一座位于德国西南的小城施派耶,就叫施派耶大教堂,也是拉丁十字形建筑,以半圆拱和十字拱超越了古罗马的木结构;为使拱顶适应于不同的尺寸和平面,它创造了骨架券以取代原来的拱顶,并首次使用了扶壁,且将多个尖顶钟塔组织进前后主体结构中,还在拉丁十字的交点处也融入一座主塔,从而使沉重的结构与垂直向上的动势结合起来。中堂大小立柱有韵律地交替设置;所有窗口狭小,室内幽暗而神秘;装饰朴素,而圣坛则十分华丽。中堂与侧廊的分割打破了古典的"均衡"规则。总之,施派耶大教堂无论技术上还是美学上都是通向哥特建筑最近的桥梁。而且它在宗教界和政界影响也很大,建成后的300年中,历任教皇、大主教和8位皇帝都葬在这里。20世纪80年代末,苏联领导人戈尔巴乔夫访德时也特地来这里参观。

另一座经典建筑沃尔姆斯主教堂位于德国莱茵河上游,建于1171—1240年,其结构与装饰都与施派耶大教堂大体相近。它继承了罗马精神中的宏伟强劲的神韵。

哥特建筑风格

作为审美风尚,哥特建筑盛行于欧洲中世纪晚期即11—14世纪,这一时期也是欧洲中世纪建筑的高峰。它将前面讲过的技术和风格不断改进、创新,把拱券技术改进为更先进、更美观的尖拱、勒拱形式并发明了"飞扶壁",从而创造了高旷、挺拔、庄严、神圣的空间形象;同时它把罗曼时期出现的钟塔改进为挺拔俏丽的尖塔,营造出一种直奔上帝的意象。堂内使用高耸俏丽的束形柱,空间幽暗,梯子狭窄且盘旋而上。但它的花窗绚丽夺目,描绘的都是《圣经》故事;它的内外雕刻丰富精美,也都是宗教题材。因此可以说哥特建筑使宗教与建筑、技术和艺术、结构与风格达到完美的结合,是西方古建筑史上华彩的一笔。

哥特建筑多见于基督教教堂,多姿多彩,琳琅满目。它首先在法国兴起,早期的代表作当推巴黎圣母院,通过雨果同名小说的描写,广为人们所知。巅峰时期的代表作至少有两座:一是法国的亚眠大教堂,位于巴黎附近的亚眠市。它始建于1220年,直到15世纪才全部告竣。这是一座三堂式的大型教堂,拉丁十字长133.5米,宽65.25米,中堂高42.3米。正面有两座钟塔,最高的钟塔耸立于中堂与侧廊的交叉处,高达112米。12米高的彩色玻璃窗绚丽夺目。墙壁上的雕饰都是《圣经》中的人物和故事。主体建筑使用巨大的束形柱。教堂上下共分三层,巨大的连拱几乎占了一半。唱诗台由4个连拱构成,整个建筑布局严谨,结构轻盈。教堂的三座门宙里的雕刻内容包含各种宗教训条、圣人传记以及《创世记》故事,被称为"石头上的百科全书";三座门均饰以雕塑,分别以圣母生平、殉道者和最后的审判为主题,被称为"亚眠圣经",乃艺术杰作。该教堂是最早被列入"世界遗产"的哥特建筑。

另一座是位于莱茵河畔德国科隆市的科隆大教堂。其最显著的外部特征是双塔高耸(高157.35米,一说161米)而巨大,且塔身起点很高(113米),是世界上最高的哥特建筑之一,仅次于德国的乌尔姆大教堂(161米)。科隆大教堂始建于1248年,因战争等事件断断续续,直至1880年方全部竣工,耗去石材40万吨。教堂依然是拉丁十字造型,东西长 145 米,宽 86 米,五堂式。内设 5 座礼拜堂和 5 口吊钟。内外雕饰丰富浩繁,雕刻作品达 4 000 件,花窗玻璃共达 10 000 平方米。教堂藏有许多珍宝,其中有两件金器均为无价之宝,一件是藏有从东方而来朝拜耶稣的"东方三圣王"遗骨的金盒子,另一件是保存名贵珍宝的金神龛。这座教堂于1996 年被列入"世界遗产"。

哥特建筑的晚期代表作也有两座,即意大利的米兰大教堂和英国的伦敦西敏寺。米兰大教堂始建于 1386 年,后也因战争等事件,直到 1897 年才告竣。这是一座全部使用大理石的建筑,正立面为少见的三角形。此外它还有 3 个显著特征:一是体大,为罕见的五堂式教堂,长 157 米,宽 92 米(一说 109 米),面积达 11 000 平方米,可容纳 35 000 名信徒,其规模仅次于圣彼得大教堂,而在哥特建筑中居首位;二是塔多,共有 135 座大小石塔,最高塔达 108米,每座塔都是一件独立的雕塑,构成一座壮观的雕林,且每个塔尖都耸立着一尊石雕信徒的立像;三是窗大,它有 24 扇巨大花窗,创世界之最! 此外雕饰浩繁,各类雕像有 2 245 尊,有关圣者和使徒的雕刻达 3 159 件。

伦敦西敏寺为英王亨利三世于 1245 年撤旧所建,也是断断续续,直到 1745 年才建成两座标志性的钟塔。19 世纪又多次扩建、装修,才形成现在的面貌。其雕刻艺术亦甚丰富。它是包括各行各业 4 000 名民族精英的安息地。

文艺复兴建筑风格

文艺复兴作为一个历史阶段存在于 14—16 世纪。其策源地是处于古罗马版图上的意大利。随着科学技术和生产力的发展，人的自我意识开始觉醒，人在神的面前站立了起来，成为"宇宙的精华，万物的灵长"。这时人们厌弃了神权时代那种表现追慕上帝的峭拔的建筑风格，而想起了古希腊罗马时代那种富有人文精神的建筑。于是"战战兢兢地请出古代的幽灵"，从古代拾回希腊、罗马时代体现规整、稳重的"十字"平面造型原则和体现人体美的柱式的基本形制，采用以圆拱代替尖拱的技术手段，吸收力学上的新成就以及绘画中的透视原理，强调秩序和比例，遵循 1.628∶1 的所谓"黄金分割律"，因而以均衡、端庄、典雅、精致为美学追求，从而创造出多种空间效果，来标示属于自己时代的、富有活力的崭新风格。但建筑上的早期已是文艺复兴的盛期，即 15 世纪。早期最有代表性的建筑是成为佛罗伦萨显著城标的佛罗伦萨主教堂，尤其是它的穹顶。那是文艺复兴时期最杰出的建筑师之一勃鲁聂列斯奇精心设计的杰作。设计者让穹顶坐落在八角形的墙上，又巧妙地在墙与穹之间加了 12 米高的鼓座——神来之笔，并在穹顶下方周围开了 12 扇狭高的拱形窗，使穹内透亮；又在穹壁内外加套壳，使穹体体形饱满、俊俏，显得刚健有力，绝妙地反映了那个时代的精神风貌。它以 118 米的标高在佛罗伦萨这座古城如鹤立鸡群，格外醒目。

　　文艺复兴的巅峰之作诞生于天主教的大本营罗马梵蒂冈，即圣彼得大教堂。它自 1506 年动工兴建，直到 17 世纪头 30 年才竣工，也就是从文艺复兴后期到巴洛克前期，四五代当时最杰出的建筑师和艺术家先后参加了设计，如大建筑师勃拉孟特、大雕塑家米开朗基罗、大画家拉斐尔、大建筑师兼大雕塑家贝尔尼尼等，可以说集中了世界历史上人类顶尖级的建筑智慧！但这是个内外矛盾体,即主体建筑是属于文艺复兴的,内部装饰则是巴洛克的,后者出自贝尔尼尼的大手笔。祭坛前的华盖是贝氏设计的杰作。与华盖上下对应的是米开朗基罗设计的穹顶,这是举世公认的世界上最美的穹顶之一,是这位文艺复兴巨人在人类建筑史上贡献的天才一笔。

但文艺复兴是个经济蓬勃发展、思想文化和艺术创新意识十分活跃的时代,各种世俗建筑的风格多种多样,甚至连那些杰出的建筑理论家都常常离开自己的理论进行设计,手法迭出,如山花的变化、立面的分层,叠柱、双柱、券柱、隅石、拱廊的普遍使用等,产生了如佛罗伦萨育婴院、维琴察圆厅别墅、美第奇府邸、卢奇兰别墅等经典建筑。与此相适应,广场的样式也灵活多变,如纪念性广场、装饰性广场、复合式广场、集市广场等。

这也是个建筑理论大有建树的时代。著名建筑理论家至少有3位是必须提及的:较早的如阿尔柏蒂,其《论建筑》(1485,又名《建筑十篇》)最早提出把建筑技术作为艺术来追求;其他如帕拉提奥的《建筑四书》(1554)和维尼奥拉的《五种柱式规范》(1562)也都是欧洲建筑学校几十代人的教科书。从这时候起,欧洲建筑师开始结束了"匠人"的身份而步上了建筑师或艺术家的新台阶。

巴洛克与洛可可建筑风格

文艺复兴后期,属于这个时代的建筑美学思潮开始消退,但它的创造性能量开始分化,向两个方向发展或延伸。一个方向似乎是"叛离"的,后来被称为"巴洛克"的方向,17世纪以后形成"巴洛克"风尚。"巴洛克"一词始于葡萄牙语 barroc,意为不规则的椭圆形,是对这种风格的贬义形容,即"不规范的""怪怪的"意思。这是一股几乎涉及所有文化艺术领域的审美风尚,首先兴起于精神比较放纵的南欧与中欧,以意大利、西班牙、德国、奥地利等国为盛,后波及俄罗斯、拉美一带。古典主义占统治地位的法国对此是抵制的,但也受到一定程度的浸染。

巴洛克不遵循文艺复兴的"理性"原则,而强调个性的张扬。它在美学上的一个最突出特点是追求动势。为此建筑师喜欢运用曲线造型、曲体穿插和涡旋形立柱等手段,装饰性绘画也采用相应的题材;第二个特点是追求空间的开阔和视线的畅达;第三,追求华丽,为此装饰成了建筑的重要组成部分;第四,追求综合的艺术效果,这与第三点有关,即把多种艺术门类诸如雕刻、雕塑、绘画、壁画等,或者作为装饰,或者作为陪衬恰到好处地布设在建筑内外,琳琅满目;第五,追求戏剧性效果,即从二元对立的哲学思维出发,通过强烈的甚至是反差性对比,在建筑造型和装饰中透露出一种谐谑的、令人惊异的甚或冷嘲热讽的审美情趣。

巴洛克的重要建筑多见之于教堂建筑。早期的巴洛克建筑首先出现在意大利。其代表作是罗马的耶稣教堂,它使用双柱和不同形状的山花以及顶部两侧的双涡旋,因而与文艺复兴的传统背离了。巴洛克盛期的大型建筑代表作当推圣彼得大教堂的广场,它由左右两排弧形柱廊合成一个巨大的、跨 198 米直径的椭圆形,广场中间竖立着一座 25.5 米高的整石方尖碑,碑的左右各有一座喷泉,柱廊顶部的女儿墙上排列着 96 尊圣徒和殉难者雕像。广场由一段台阶过渡到圣彼得大教堂,使两者成为一体。这样就造成一种宗教意象:上帝站在台阶上拥抱他的圣男圣女们。这是技术与艺术、宗教与美学的绝妙结合,是巴洛克时代最杰出的建筑师兼雕塑家贝尔尼尼的旷世杰作。难怪当年歌德沿着广场两排壮丽的柱廊漫步的时候，觉得"仿佛在聆听一首美妙的乐曲"。

意大利以外的巴洛克建筑一般要晚于意大利半个世纪，比较典型的多在德奥地区，主要表现在宫廷和宗教建筑。德国最重要的巴洛克建筑是宫廷建筑，首推维尔茨堡宫，被称为"万宫之宫"，建于 1729—1744 年，由建筑师 E.诺伊曼会同意、奥、荷、比等国各类艺术家共同协作设计而成。它在一个凹字形平面上由一座主殿、两座翼殿以及一座花园组成；主殿中心三层，左右配殿两层。中心包括大厅和教堂，前者装饰金碧辉煌，后者更华丽非凡，其波浪形立柱、曲面、曲线完全是非理性的组合。楼梯间宏大的天顶绘画系威尼斯画家泰波罗的罕见杰作。

德国另一座巴洛克杰作位于易北河岸的艺术名城德累斯顿，叫茨温格宫。其最精彩的一笔是所谓的"王冠大门"，系由古希腊粗重的多立克柱式元素加上巴洛克华丽雕饰以及洛可可偏爱的蔚蓝色调组成鲜明特征。它也因此成了洛可可建筑的先兆。

奥地利的巴洛克代表作至少也有两处，即维也纳的卡尔大教堂和多瑙河畔的迈尔克修道院。前者以标有螺旋形浮雕的柱塔、椭圆形的中堂与穹顶以及丰富的、动势强烈的壁画与雕塑标示出它的鲜明的巴洛克风格。后者内部的豪华装饰和丰富壁画以及穹顶和塔顶的造型特征等则使这座宗教建筑成为巴洛克的宝贵遗产。

巴洛克建筑之风吹到东欧和西欧已是 18 世纪中期，出现了俄国圣彼得堡的冬宫与英国的霍华德城堡和圣保罗大教堂，但不久都被改成了巴洛克与局部古典主义的混合体。可见，巴洛克拥有的历史，或曰"青壮年"时期大约有 1 个世纪即 17 世纪，此后就开始式微了，而且向另一种样式发生异变，形成一种叫"洛可可"的风格。它不像巴洛克那样粗犷有力，而是倾向柔弱；线条比较纤细，习用弧角，爱好蔚蓝色和粉红色，亦喜装饰，但过于繁复。它的最优秀代表作是德国波茨坦的"无忧宫"，这是普鲁士国王腓特烈二世的遗产，现是唯一被列入"世界遗产"的同类建筑。

　　自 17 世纪至 19 世纪上半叶，在古典主义占统治地位期间，几乎所有的欧洲艺术史家都认为巴洛克艺术包括建筑违背了文艺复兴的传统，因而不予肯定。直到 1886 年瑞士艺术史家沃尔夫林挺身而出，说："我经过对文艺复兴和巴洛克的深入研究，认为恰恰是巴洛克继承了文艺复兴的'艺术创造精神'！"可谓一语中的，振聋发聩！这为巴洛克的历史地位正了名并为其在 20 世纪的复兴揭开了序幕。

古典主义建筑风格

　　古典主义建筑盛行于 17 世纪下半叶至 19 世纪上半叶，其尾声直到 20 世纪 30 年代。第一阶段的思潮持续了 100 来年，这时期主要强调继承文艺复兴诸经典建筑师们的理念和理论，如阿尔柏蒂、维尼奥拉尤其是帕拉提奥。他们从"唯理性"出发，认为建筑和一切艺术均须有像数学一样明确的规则和规范。法国古典主义建筑理论家 J.F. 布隆代尔认为"美产生于度量和比例""古典柱式给予其他一切以度量规则"。这是古典主义建筑纲领性的指南。因此古典主义建筑师在建筑设计中均以古典柱式为构图基础，强调轴线，讲究对称、协调、比例以及主从关系，注重端庄等。上面提及的"高贵的单纯，静穆的伟大"似乎是古典主义者的最高美学追求。

　　巴洛克的兴盛依赖于教会势力的强盛,所以其最辉煌的建筑多见之于教堂;古典主义的繁荣则由于王权势力的扩张,故古典主义的建筑多见之于王宫、剧院、银行、交易所等权钱显赫部门,唯独与教育无缘。法国的王权在欧洲大陆是比较突出的。17世纪后半叶意大利巴洛克最热闹的时期,正值法国国王路易十四当朝时期。路易十四是欧洲最煊赫的统治者,自称"太阳王",在位长达72年。他爱好文艺包括建筑,亲自参与和钦定各文艺领域具体条规的制订。法国成了古典主义的大本营,因为古典主义强调的理性、秩序、规范等正符合专制统治者的需要。卢浮宫的改建拒绝了贝尔尼尼的设计方案,其东立面也就成了古典主义建筑典型的一例。巴黎的凡尔赛宫是路易十四亲自主持建造的,古典主义无疑是它的主要格调,首先是主体建筑的诸立面和内部的空间格局。但这位王者毕竟爱好艺术,还是经不住巴洛克这位"妖女"的诱惑,让人塞进了不少巴洛克的东西,首先是作为王宫亮点的那座华丽镜廊,其庞大的后花园也离开了几何结构原则而采用了巴洛克元素。

　　约1个世纪以后,随着对古希腊罗马建筑遗址的深入发掘和研究,古典主义者获得了更丰富的实物依据,重新强调尊重古典的原创性,于是兴起了一股"新古典主义"的思潮。在坚持理性原则、坚持柱廊法式的前提下,采用新的材质,把古典形制的建筑搞得更精致、更漂亮,从而使古典建筑更具古代神韵。如巴黎先贤祠,其柱廊、山花都没有变,但它把中间那个鼓座加高了,这就使整个建筑更秀气、更精神了! 后来华盛顿的美国国会大厦步了它的后尘,取得骄人的效果。巴黎的拿破仑纪功碑即雄狮凯旋门、柏林的勃兰登堡门、伦敦的大英博物馆等都是新古典主义的代表作。德国最杰出的新古典主义代表勋克尔,在原来的山花上再加一个山花,如柏林菩提树下大街的席勒话剧院和波茨坦的西翠利恩宫等。到此,古典、新古典主义在欧洲 200 年的发展和统治,把古代的古典美推进到极致,这是它的历史贡献。但它犯了个幼稚的、致命性的错误,即把这种美的形态和法则当作永恒不变的金科玉律而加以垄断,使之僵化,这就触犯自然法则即人类的创造天性了!之后孕育了一场浪漫主义的飓风,把它击打得摇摇欲坠。

浪漫主义建筑风格

古典主义曾建立了艺术学院,以规范和捍卫它的美学原则,故人们曾以"学院派"为荣。但正如席勒所说:"理性要求统一,自然要求多样。"所以古典主义的绝对化必然引起反弹。事实上自 18 世纪末、19 世纪初起,反弹的思潮就开始萌动和爆发了,这就是波及各个文学艺术领域的浪漫主义运动。浪漫主义者崇尚自然,厌恶工业化对自然的破坏,缅怀中世纪的田园,爱好奇想,追求神秘和异国情调,所以中世纪的哥特建筑引起他们的怀念。当然他们并不是要像古典主义者那样严格将前人的风格当楷模,而是吸收哥特建筑的某些要素,比如峭拔的身材,直插云天的气势等。但第一阶段主要见之于一些中世纪古堡式的府邸,甚至东方式的建筑小品。第二阶段即 19 世纪中后期,声势扩大,形成一股追慕中世纪哥特式建筑的潮流,出现了不少带有这种建筑符号的官府、学校和教堂等建筑。

英国是整个文学艺术浪漫主义运动的中心,所以浪漫主义建筑主要流行于英国乃至盎格鲁—撒克逊地区,位于伦敦的英国国会大厦是首屈一指的代表作,其次是塔式的伦敦泰晤士桥。教堂建筑则有伦敦的圣吉尔斯教堂。学校建筑的表现首推美国,耶鲁大学的古堡式校舍,特别是它的图书馆和法学院堪称典型。欧洲大陆的表现主要在德国。德国的中世纪城堡本来就多,而且德国的文学浪漫派有很重的中世纪情结,所以建筑中也表现出这股复兴思潮。近年来名声大振的那座位于阿尔卑斯山的新天鹅石堡和柏林市中心那座毁于二战炮火的哥特式的威廉纪念教堂都是这时期的产物。

折中主义建筑风格

在 19 世纪,随着时代的发展和技术手段的进步,由于多种建筑语言和美学元素的参照,孕育了折中主义的建筑思潮,出现了历史上各种建筑风格在许多城市中纷然杂陈的局面。这是 19 世纪上半叶至 20 世纪初在欧美一些国家流行的一种建筑风格。折中主义建筑师任意模仿和撷取历史上各种建筑风格或自由组合各种建筑形式。他们不追求属于自己的风格,不讲求固定的法式,只讲求比例均衡,注重纯形式的美。

折中主义建筑在 19 世纪中叶以法国最为典型,巴黎高等艺术学院是当时传播折中主义艺术和建筑的主要阵地。而在 19 世纪末和 20 世纪初期,则以美国最为突出。折中主义建筑最典型的代表作是法国的巴黎歌剧院,这是法兰西第二帝国的重要纪念物,剧院立面仿意大利晚期巴洛克建筑风格,掺进了繁琐的雕饰,它对当时欧洲各国建筑有较大影响。巴黎的圣心大教堂,它的高耸的穹顶和厚实的墙身呈现拜占庭建筑的风格,兼取罗曼建筑的表现手法。

罗马的伊曼纽尔二世纪念建筑,是为纪念意大利重新统一而建造的,它采用了科林斯柱廊和希腊古典晚期的祭坛形制;芝加哥哥伦比亚博览会的建筑样式则模仿意大利文艺复兴时期威尼斯建筑的风格。显然,折中主义建筑缺乏自己的美学标记,因而很难留下时代遗产。

现代主义建筑风格

现代主义建筑发轫于 19 世纪中期,1 个世纪以后又转型为"后现代",至今余波未歇。这一历久不衰的思潮波涌是一次思想革命运动,也是一次美学革命运动;不仅涉及哲学等人文科学,更席卷文学艺术各个领域,包括建筑。

这股思潮的兴起有它的历史必然性,直接原因是科学技术所推动的生产力的发展和欧洲王朝倾覆所引起的思想解放以及人的审美意识的变迁。工业化的出现带来了崭新的建筑材料如水泥、玻璃、钢铁等。同时,科学的发展导致了诸如"结构力学"等相关技术理论的更新。从美学方面看,当时的复古主义和折中主义倾向以及历史建筑特别是洛可可的堆积式的装饰风尚使人厌倦。再从功能方面看,随着神权的削弱、君权的失势与资产阶级的兴起,教堂建筑、宫廷建筑、贵族官邸等建筑不得不让位于商业建筑、金融建筑、工矿建筑、文化教育建筑等。于是一股既意味着美学革命又包含着技术创新追求的思潮开始涌动。如果说 1851 年英国为首次世博会建造的玻璃"水晶宫"是它的最早标志,那么 1884 年以流派形式在布鲁塞尔出现的"新艺术运动"则意味着这股思潮已经以运动的形式开始自觉起步了！它在高潮时期的中坚流派则是以格罗皮乌斯为代表的德国"包豪斯学派"。

现代主义建筑结构更复杂也更科学，但在美学上的要求却是去繁从简。当时甚至有人提出"装饰是罪恶"的责难，与之相呼应，"少即是多"的口号也随之而生。所以现代建筑的造型在兴起阶段都要求与功能紧密结合，顺应抽象美的时代大趋势，追求一种简洁而符合形象逻辑的美：平顶、洁面，采用灵活均衡的非对称构图，不要装饰性的线脚甚至浮雕，尽量吸收视觉艺术的新式美等。由德国格罗皮乌斯设计的包豪斯建筑学院的教学楼是现代建筑的典范和奠基者，已成为现代建筑中最年轻的三项"世界遗产"之一。

现代主义建筑公认的代表者有4位：除格罗皮乌斯外，其余是德国的密斯·凡·德·罗、法国的勒·柯布西耶和美国的赖特。

格罗皮乌斯（Walter Gropius，1883—1969），是个既面向大众又不降低美学追求的建筑师，他主张功能、技术和经济效益的一致，提倡设计与工艺相结合，技术与艺术相统一。他主持的包豪斯建筑学院集中了多位世界级艺术家。他的建筑设计新颖、漂亮，艺术含量很高。他有多件建筑设计都成为经典之作，如德国法古斯鞋楦厂、哈佛大学研究生中心乃至他的私人住宅等。此外他还是美籍华裔建筑师贝聿铭的导师。

密斯·凡·德·罗（Ludwig Mies van der Lohe，1886—1969），就是"少即是多"的倡导者和践行者。这句话体现在设计上就是精巧的框架结构和"流动的空间"，即用轻便的建材分割室内空间，根据需要随时变换；抛弃墙体承重的功能，代之以玻璃这一新材料。他以檐口深挑的手法减去传统建筑的沉重感，并让骨架外露。因此他的设计思想与中国传统建筑具有某些同构点。

勒·柯布西耶（Le Corbusier，1886—1965），法籍瑞士裔建筑师，其名言是"房屋是居住的机器"。他自学成才，还成了诗人和画家，后来与格罗皮乌斯等人一样具有面向大众的社会担当精神。他的艺术想象力丰富、先锋，他的城市规划和建筑设计独具个性。他的理论代表作《走向新建筑》影响巨大。他的小型建筑一般都有底层的独立支柱、屋顶花园、横向长窗、自由立面等。其特点最完整的体现是他设计的萨沃依别墅。除闻名遐迩的法国朗香教堂外，他还有不少传世名作。

赖特（Frank Lloyd Wright，1867—1959），是个美国建筑师，还是个有哲学见解的作家，1918年曾来过中国。其建筑设计带有深切的人文关怀，以经济、实用为原则。故他的建筑作品四分之三都是住宅建筑，既面向下层居民紧迫的居住问题，又高度重视与自然环境和美学的结合。这方面诞生了他的艺术杰作即"流水别墅"，在一块最宽处不足12平方米的山体上背崖临溪、跌宕起伏，惊险而又安稳，系设计者"有机建筑"之典范，无与伦比！赖特的公共建筑设计的代表作当推纽约古根海姆博物馆（古根海姆是一家跨国的专营艺术博物馆的基金会），远看像个倒立的弹簧形巨型雕塑，富有韵律感。各展厅盘旋而上至六层，参观则自上而下沿挑廊游动，走完130米后落脚在中庭休息或交谈，别具创意。

除以上4位经典大师外，如果还有第五位他们的同时代人值得一提的话，那就非芬兰的阿尔瓦·阿尔托（1898—1976）莫属了！他是人情化、地域化建筑的提倡者，也是城市规划和家具设计大师。

后现代主义建筑风格

现代主义思潮从发轫到高潮再到退潮恰好 1 个世纪。但那股推动它的能量却并没有消歇,而是转型为一股新的思潮继续往前运动。这个交替发生在 20 世纪五六十年代,开创并引领现代潮流的那一代杰出精英已呈强弩之末的时候,新的一代正血气方刚。由于现代人的审美意识的变迁大大加快,他们已不愿步前辈的后尘,相反,觉得前辈那种审美风范令他们厌倦。须知后现代建筑的举旗人物文丘里早在学生时代就向声誉正隆、曾提出"少即是多"的大师密斯·凡·德·罗发出挑战了,宣称"少是乏味"!后来他的追随者都认为,现代主义同行们将千百年来的建筑装饰风尚一撸到底,赤裸裸的钢筋水泥让人感到冰冷,太缺乏人性了!因此他们要在建筑设计中寻回传统建筑中那些被现代主义建筑丢掉的东西,尽量加入某些传统建筑的元素或符号,以使居住者留住传统的记忆和温馨。

"后现代"建筑拥有一批有实力的理论家,他们互相补充和丰富。其中美国的文丘里(Robert Wenturi, 1925—   )是他们的领军人物。他的早期著作《建筑的复杂性和矛盾性》(1966)很有代表性,他宣称:"我喜欢建筑要素的混杂,而不要'纯净';宁愿一锅烩,而不要清清爽爽;宁愿要歪曲变形的,而不要'直截了当'的;宁愿要暧昧模糊,而不要条理分明、刚愎而无人性、枯燥和所谓的'趣味'……"和其他文学艺术门类的"后现代"思维一样,解构建筑本体的所有固有要素,另起炉灶!其他理论家如菲利普·约翰逊和查尔斯·詹克斯都有相当大的影响。"后现代"建筑较有影响的设计师还有米歇尔·格雷夫斯、查尔斯·摩尔、矶崎新、特里·法列尔、弗兰克·以色列等。其中建筑创作较有代表性的是英国建筑师詹姆斯·斯特林和美国建筑师弗兰克·盖里。

斯特林(James Sterling，1926—1992)，其建筑代表作是德国斯图加特的国家美术馆。它将新旧各种建筑符号和元素杂烩于一锅，从古希腊多立克柱式到当代的波普艺术无所不包。但其最突出的视觉冲击力是那动势极强的、向后倾斜扭曲的翠绿色玻璃幕墙与造型规整的、焕发着花岗石的柔和色调的古典立面并置在一起。而这正是欧洲17世纪巴洛克与古典主义对峙的写照，是对一种嘻嘻哈哈与一本正经互相组合的"滑稽模仿"，这其实是一种巴洛克手法，取得诙谐幽默的审美情趣。此外整个建筑色调明快、线条流畅，具有一种形式美的效果，1984年竣工以来获得广泛好评。

盖里(Frank Owen Gehry，1929—　　)，美籍犹太建筑师，其代表作是西班牙的古根海姆博物馆。它坐落于毕尔巴鄂市的一条河边，设计者使用贴了钛合金的不规则双曲面组合成一座正昂首疾驶的船形意象的建筑物。设计者舍弃任何几何肌理，曲面滚动起伏，充满张力。阳光经由玻璃天窗射入中庭，经过钛金属的反射作用，营造出"将帽子扔向天空的一声欢呼"的欢乐氛围。这座建筑的风格新颖独特，它见证了这位建筑师非凡的艺术想象力，为"后现代"建筑争得了很高荣誉。

此外有几个特例须说明一下，即西班牙建筑师高迪的米拉公寓和圣家族教堂以及丹麦建筑师伍重设计的悉尼歌剧院。高迪(Antoniao Gaudi，1853—1927)的两件天才建筑均产生于现代主义前期(米拉公寓竣工于1912年；圣家族教堂始建于1883年，迄今未竣)，属于"超现代"建筑，亦可归入超前的"后现代"范畴。悉尼歌剧院设计于 1957 年,竣工于 1974 年,属于"后现代"早期杰作。关于这几项建筑物的划时代成就,我在本报 2012 年 11 月 30 日的版面上已有文章论述,此不赘述。这里只想指出一点,即这几座建筑加上前述格罗皮乌斯的包豪斯学院教学楼,21 世纪以来均被联合国教科文组织列入"世界遗产"! 这充分说明国际社会对人类建筑智慧的这一现代成果是充分肯定的。

(原载《光明日报》2017 年 4 月 21 日、28 日)

废墟之美

　　废墟是指建筑被毁后的断壁残垣或瓦砾堆，包括有价值的和无价值的。我们这里谈的当然是有价值的，即有纪念价值的建筑遗存或文物。我们国家传统的大型建筑都是木构建筑，毁坏后很快荡然无存，不像国外的石构建筑，毁坏后几千年仍有断壁残垣，成为后人的历史记忆。特别是经历了上千年禁欲主义统治的欧洲人，对古希腊罗马那些体现人的伟大和人性美的神殿建筑和世俗建筑以及雕刻艺术的废墟遗址，无不充满敬意和欣赏。这就形成"废墟文化"，"废墟美"的概念也由此而来。

　　我们没有废墟文化，并不意味着我们没有废墟资源。相反我们拥有比任何其他国家都丰富的废墟资源，因为我们是个具有强大的"墙文化"的国家，不仅全国有万里长城，而且每个府城和大多数县城都有城墙，它们主要是石构建筑。此外我们的宫廷建筑都有壮观的须弥座或石基、柱础、拱桥等。至于帝王和贵族的陵寝主要也都是石构建筑。只是由于我们没有废墟文化，不懂得它们的价值，任凭国人偷拿搬抢而大量消失。

　　显然，我们的文物保护意识觉醒得比较晚。直到 1962 年，由专家们提出、经国务院批准的全国重点文物保护单位才 180 个（现在则有 4 295 个)。曾记否,正当国际上一个个有关文物的国际公约、特别是 1972 年关于世界遗产登记的巴黎协定签订的时候,正是我们拆毁城墙、城门热火朝天的时候,我的家乡衢州古城那完整的城墙和城门也在那时毁于一旦! 10 年以后即 1982 年,我们终于有了第一部国家文物保护法即全国人大通过的《中华人民共和国文物保护法》。这标志着我国人民文物保护意识开始觉醒,但觉醒须经历一个"睡眼惺忪"的过程。在这过程中出现吊诡现象:知道要保护,却不知道如何去保护;保护的结果反而是破坏! 常见的现象是,简单地将旧建筑修葺一新! 更有甚者,干脆将旧建筑或废墟遗址铲除重建,用整齐、崭新的"美"取代残缺、沧桑的美,甚至许多地方极具沧桑美的"野长城"被一条条崭新的长城所取代,攀越崇山峻岭。这种现象被新闻媒体讽为"假古董风",我则称之为"文物保护幼稚病"。

这种幼稚病的思想表现是什么呢? 有的人甚至学者说,现在是假古董,100 年以后不就成了真古董了! 他们以为古董是由时间熬出来的。非也! 建筑的价值从来都与功能相联系。没有功能需要的建筑就没有了文物的 DNA,1 000 年以后也成不了"真古董",相反,它们只会成为历史的笑柄!

在假古董成风的时候,闻名遐迩的国耻纪念地圆明园遗址也被推上风口浪尖。一般群众自不必说,有的相关的专家学者也主张复建圆明园,以"重现昔日造园艺术的辉煌";有的企业家更主张用房地产开发的思路来解决重建资金问题。这时候我认为事情不小,决心介入这场争论。于是公开在报纸上发表文章《废墟也是一种美》,并强调"美是不可重复的",呼吁保护这块侵略者的"作案现场",这块"民族苦难的大地纪念碑",认为"记住耻辱比怀念辉煌更有意义",因此被新闻媒体称为"废墟派"的代表。这场争论持续了20余年,主张复建者从多数逐渐变为了少数。最后随着2012年国家文物局将圆明园遗址确定为全国12处"考古遗址公园"之一而告终。

我原来对废墟的认知与多数同胞一样处于懵懂状态。当年在北京大学念书时与圆明园遗址仅一墙之隔,常去那里溜达或陪友。凝望着破碎的西洋楼残余就想到民族的耻辱,也想一旦国力强盛就呼吁把圆明园重修起来!改革开放以后,由于职业的关系我有较多机会去国外尤其是欧洲走走,看到人家对废墟的态度与我们大不相同,而且特别尊重废墟原状的历史真实性,甚至连景区路上的一块绊脚的石头都不能随意挪动!当我第一次乘火车从斯图加特去波恩,经过最险峻的莱茵河河段时,见崖壁上一座座古堡废墟从车窗外掠过,就问邻座:"这些旧建筑有这么好的基础,为什么不把它们修起来加以利用呢?"人们笑答:"让它们留着多好!让人们想起中世纪的骑士们如何在这里习武或行盗,想起古日耳曼人如何在这里抵御罗马人渡河……"后在阅读中发现欧洲浪漫主义诗人和画家的笔下废墟成了热烈赞颂和不懈描绘的主题,甚至连洛可可的著名画家如布歇和华铎都热衷于此事。尤其是在德国浪漫派首领和美学家F.施莱格尔的笔下,"这些废墟将莱茵河两岸装点得如此壮丽非凡"!哦,欧洲人毕竟自古就有欣赏悲剧美的情致。这一幢幢昔日的"岩上明星"是当年人类中多少能工巧匠智慧和意志的结晶,如今被岁月折磨成这般模样!什么叫悲剧?"悲剧是将美好的事物毁灭给人看。"尽管今天没有多少人会追问摧残它们的那一股股力量(在这里时间也是一种力量)遁向何方,但它们留下的这些遗迹却引起人们的"恐惧和悲悯"。鲁迅和亚里士多德的这两句话加起来可以看作是悲剧美或废墟美的完整定义。

一次在游览德国历史文化名城魏玛的梯浮公园时,见浓荫深处隐现着一幢断壁残垣的"烂尾楼"。我不禁问陪同人员:"为什么不把它修完整呢?在这美丽的公园里耸立着这样一幢破房子多么煞风景!"对方不以为然地回答:"这不是'破房子',是一处人造废墟。它是这样的英式公园里不可或缺的审美元素,起点缀作用,意味着这公园的古老。知道吗,废墟在我们这里是一种文化。"哦,文化!人的某种行为方式或思维模式一旦形成文化,那就成了须臾不能离开的东西。难怪,没有废墟也要假造一个,以"画饼充饥"。

在欧洲游历过程中心灵最受震撼的是3个场合。一是1981年在游览德国海德堡那座醒目的古城堡废墟时,见一座长满青苔的圆筒形碉堡斜倚在一垛厚墙上,我就对陪同的那位德国助教说:"让它这么斜倚着多难受呀,为什么不用吊机把它扶直呢?"他笑了笑,说:"这是文物了,应该尊重它被毁时的历史原初性。"我的脸唰地一下红了,觉得一个中国学者竟然在问一个小学生才会问的问题!二是10年后与一群德国人在意大利参观罗马的古市场废墟,我把路上的一块"乱石"顺脚踢到了一旁。想不到后面的一个同行的德国旅伴马上跑过去把那块石头捡起来放回到原处,说:"这是文物呀,是不能挪动它的位置的!"我又脸红了,觉得一个中国教授在接受一个德国普通老百姓的教育,引起我内心深深的反省。三是第一次参观卢浮宫雕塑馆,当我从一个展馆的楼梯下来在转梯间准备往左走向另一个展馆时突然被震住了!只见眼前一尊约两米高的女性雕塑,她没有了头颅,但体态极美,正振起羽毛浓密的双翅,向前飞奔,气势非凡!周围的人互相推拥着,试图从各个角度欣赏她——啊,这不是有名的胜利女神么!奇了,世界上最有名的卢浮宫美术馆的三件"镇馆之宝"(其他两件是断臂维纳斯和绘画《蒙娜丽莎》)竟然有两件都是形体残缺的!什么叫废墟文化和废墟美?这就是!这时才对鲁迅所译的厨川白村的《缺陷之美》开始有所领悟。

就像欧洲的大学普遍比我们早了五六百年一样,欧洲的考古学也比我们早了那么多年。我相信欧洲人的废墟观是科学的。这就是我最初写《废墟也是一种美》的知识背景。但将废墟作为一种审美对象,光凭知识的支撑似乎还不够,还得靠感悟,靠诗性的想象。在这点上我所从事的专业——(外国)文学研究帮了我的忙,毕竟"文学是人学"。搞文学的人对人情、人性乃至历史的某些情境的领悟可能要深些,也细致些,并易于感动。有了以上知识和经历的储备,再去看圆明园的西洋楼废墟,就不只是浅层次的气愤,而是一种深层的悲剧美的震撼!这时我的目光透过泪眼看到的是一位沧桑的历史老人在发出无声的永恒的控诉!这可能就是三岛由纪夫静静地坐在希腊废墟前所感到的"悟性的陶醉"吧。

(原载《人民日报》2017年7月10日)

保护废墟，欣赏废墟之美

　　我所谓的"废墟"，是指含有一定历史文化信息、具有文物价值的建筑遗存，跟那些没有时间距离的、遭受天灾或人为破坏的瓦砾堆与废弃地没有关系。废墟这两个字目前在我国绝大多数同胞的心目中还只是一个跟文化和美学不相干的贬义词，一个被人厌弃的场所，甚至《现代汉语词典》对"废墟"一词的解释也仅仅是"城市、村庄遭受破坏或天灾后变成的荒凉地方"，《辞海》的解释也是简单的一句"受到破坏后变成的荒芜的地方"。连个主语都没有，是什么遭受破坏？是一块稻田，还是一条水渠，抑或一片树林？这些东西遭受破坏的结果只能叫荒地。诚然，按照中国文化去理解，现代汉语词典的解释并没有错，但若用世界知识来衡量，这样的理解就很不够。须知欧洲自近代以来，"废墟"这个词语的含义有了明显的丰富和扩充，被赋予了文化和美学的内涵，变成了学术概念。

从文艺复兴到"断臂维纳斯"

　　"废墟"的词义变化是从欧洲的文艺复兴开始的。早在 15 世纪，人们从偶然的废墟挖掘中发现古代希腊、罗马时代那些生机勃勃的壁画、雕塑等绝妙艺术品，受到极大的震撼和鼓舞，于是决心以古代为榜样来复兴文学和艺术。古代那些巍峨的神庙和宫殿，尽管多半都在战火和天灾中沦为了废墟，但它们依然令人肃然起敬，不仅让人们发思古之幽情，更激发人们对艺术创造的热情。随着人的自我意识在"神"面前的觉醒和对古代伟大哲学思想的发掘和发扬，这样一种宏伟的追求成为了可能。这使得文艺复兴时代的各个领域都产生了"巨人"。在这样一个充满朝气的时代氛围里，人们对伟大前人创造的历史证物，哪怕只是一方断壁残垣，一堆碎石瓦砾，也刮目相看了！

从这时候起，欧洲人也就渐渐养成了对所谓"残缺美"的欣赏习惯。于是各地残破的古建筑遗址越来越成为文学艺术家描写和表现的对象，"文物"的意识也在人们心中萌发了。如文艺复兴时期的意大利作家薄伽丘，就最早将古希腊伯罗奔尼撒地区带有废墟的田园风光写入作品；后来越来越多的画家把废墟作为他们绘画的重要题材或主题。16世纪的弗兰德（现比利时北部以及与之相交的荷兰、法国的一部分）画家勃利尔（1554—1626）的名画《罗马遗迹》《风景与废墟》和《古罗马神庙废墟景色》等首先引起反响。17世纪法国的两位大画家普桑（1594—1665）和洛兰（1600—1682）都有这方面的癖好。前者的名作《阿卡迪亚牧人》《圣马太与天使》《花神帝国》和后者的名作《意大利海岸风光》《特洛伊战士告别迦太基女王》《罗马瓦希西诺小广场》等都将优美的景色与残破的废墟景观融为一体，以自然之美衬托人文景观的魅力与崇高，成为不朽的传世之作。再往后1个世纪，即18世纪，意大利的几位建筑师兼画家就描写废墟的兴趣和数量而言，都比前人有增无减。

马尼亚托(1667—1749)和卡纳莱托(1697—1768),他们画笔下的废墟已不是仅仅作为点缀或陪衬,而是作为主题来表现了。如前者的《盗匪的巢穴》和后者的《古代遗迹的幻想》等都表现了他们对古代遗迹的陶醉。但就数量和水平来说,当首推杰出的建筑师兼艺术家皮兰尼希(1720—1778),他以铜版画见长,以表现建筑内景为爱好,创作了大量的建筑画作品,有"建筑伦勃朗"的美称。《罗马大斗技场景象》《哈德良庄园中的阿波罗神庙》《哈德良宫中的阿波罗神殿遗址》《马尔萨鲁斯剧场废墟》《圣海伦陵墓遗址》《喷泉与洞室的废墟》《萨路特的神殿遗址》《尼禄金宫的餐厅遗址》等规模宏大的室内铜版画都是他留下的杰作。需要指出的是,以上这些艺术家画笔下的废墟都不单是整个城市或村庄的遗址,而主要是单体建筑的残留。即是说,欧洲人的废墟概念比我们宽泛。

废墟的美学价值及其品位提升的另一个重要进程是18世纪末、19世纪初的浪漫主义运动。欧洲人经历了1个多世纪的工业发展,工业化运动的弊端已开始显现出来,加上启蒙运动中提出的"返归自然"的主张,这些都在浪漫主义运动中引起反应,尤其在德国浪漫派那里引起强烈的反响。他们厌恶工业化的喧嚣,缅怀中世纪的田园生活和情调,创作中喜好远古的题材,追求神奇和神秘,爱好废墟的景象。欧洲常见的古堡遗址很符合他们的审美理想。德国浪漫派画家以卡斯帕尔·大卫·弗里德里希为代表,他创作了很多以废墟为题材的绘画,如分别于1807年和1834年画的同题作品《冬天》《雪中的修道院墓地》《冬天的橡树》《艾尔登那教堂遗址》《艾尔登那废墟夜景》以及水彩画《残堡》等,在欧洲画坛产生很大影响。

第三股推动力量是1820年爱琴海米洛斯岛上的女性雕塑阿

芙罗狄忒，即"断臂维纳斯"的发现。这尊被认为世界上最美的女性雕塑，多少人想复原她的双臂姿势都以失败告终，但无损其作为艺术品的审美价值——她依然与无头胜利女神以及蒙娜丽莎一起成为卢浮宫三件镇馆之宝，作为残缺美的经典永远定格，也为废墟的残缺美进入美学殿堂提供了有力的依据，使保护废墟遗址成为一种文化行为。

"废墟"何以是美的？

一般来说，一个有机生命体或一个无机物体残破了，总是不美的。但如上所述，偏偏有那么些古建筑、雕塑乃至日用品的残体被认为是美的，这又该如何解释呢？依我之见，至少有以下几个因素：

首先，具有审美价值的残体的原生体具有贵重的价值，或者由于它可观的规模，或者由于它实用功能的重要性。如宏伟的宫殿、陵寝、庙宇、城墙、古桥、古塔等，包含着前人非凡的智慧和巨大的辛劳，不管它毁于兵燹或天灾，都会引起人们的痛惜，抚残体以思整体。被联合国教科文组织列入"世界遗产"的项目中有一大批这样的项目，诸如中国的长城、希腊的帕特农神庙、柬埔寨的吴哥窟等。

其次是时空的距离。对于一件文物来说，时间和空间的距离都包含着价值，而且与时间长短和空间远近成正比。一只刚出品的陶罐，你不会太爱惜它；但一块 3 000 年前的瓦片，你就要放在玻璃橱里珍藏了。所以美学家朱光潜说："年代的久远常常使一种最寻常的物体也具有一种美。"无怪乎世界上那些第一流的大型博物馆都无不自豪地展出那些远古的坛坛罐罐的残片。

第三是围绕废墟有故事。即那里历史上曾发生过重要事件或让人乐于经常谈起的逸闻趣事等,如古罗马的斗技场、土耳其的特洛伊城、中国的圆明园遗址等。它们都经历过无数腥风血雨、惊心动魄的事件。

第四是出于人性对再创造的兴趣。一个残破的贵重物体马上会引发人们想象它完整状态的面貌,想象就是一种再创造,往往比实际的状貌更丰富、更美好。德国大哲学家、美学家康德说,"审美的意象是指能引人想到很多东西,却又不可能由任何明确的思想或概念把它充分表达出来,因此也没有语言能完全适合它,把它变成可以理解的"事物。因此想象可以"根据现实所提供的材料,创造出仿佛是一种第二自然"。

第五是文化传统的因素。欧洲的文化源头在古希腊。古希腊有过非常辉煌的悲剧艺术——不仅出现了三大悲剧作家,还产生了亚里士多德的悲剧美学理论,这包含在他的不朽著作《诗学》中。这部《诗学》后来指导欧洲的文学艺术达 1 700 年之久。欧洲各国先后产生了无数优秀的悲剧作品,如莎士比亚的"五大悲剧",以及歌德的《浮士德》、席勒的《阴谋与爱情》、奥斯特洛夫斯基的《大雷雨》等。关于悲剧,鲁迅概括得相当到位:"悲剧是将美好的事物毁灭给人看。"一代又一代欧洲人在耳濡目染的悲剧艺术中培养起了悲剧意识。毫不奇怪,19 世纪 70 年代产生了尼采的《悲剧的诞生》这一重要著作。具有悲剧意识的欧洲人一旦面对古代那些宏伟建筑的残躯或废墟,自然会产生心灵的震撼和共鸣,而这种震撼和共鸣就是一个审美的过程。

第六是对废墟美的欣赏程度取决于一个国家的文明发展程度

及其国民的文化水平。对废墟美的欣赏是一项高级的审美活动，需要国民有一定的文化素养，而这种素养又有赖于他所在的国家的文明发展程度。日本著名作家三岛由纪夫在观赏希腊卫城废墟的时候，发出这样的惊叹："那种想象的喜悦，不是所谓的空想的诗，而是悟性的陶醉。"近见我国作家赵丽宏旅欧时也兴发类似的惊叹："看到一座古堡废墟耸立在多瑙河畔，就像看到了600年前塞尔维亚人的智慧和力量。"

把废墟当荒地，一见残破就碍眼，不惜工本修葺一新，甚至铲平重建，那是一种愚昧的行为，是缺乏文化素养的表现。当年拆毁宏伟的古都城墙毫不痛惜，今天又以重修的行为破坏伟大的长城废墟，修了一段又一段，孜孜不倦，还自以为荣。然后把这些新长城当作旅游热点，吸引游人来看这假古董。这种幼稚的对文物的破坏，是对国民文物意识的严重误导！殊不知这种"除旧布新"、以假乱真的做法，对那些稍有文物意识的游客来说是倒胃口的。我曾多次陪同来自欧洲的朋友游览长城，人家往往事先就提出要求："可不要领我们去看新的长城哦！"一次我陪4个德国人游览司马台长城，起初我也不知道它是"修旧如旧"过的，以为是被岁月特赦了的。直到走完最后一个完好的岗楼时，眼前突然出现乱石满地的残破的长城遗迹。大家"啊"的一声不约而同喊了起来："长城在这里呢！"两对夫妇不顾一切地攀爬了起来，直到我喊"吃不消了"为止。不难理解，人家要瞻仰和领悟的是那尽管残破，却带着岁月沧桑，因而能唤起"悟性陶醉"的伟大长城废墟，而不是任何用钱就能换来的崭新建筑，包括以"修旧如旧"的方法复建的长城。

联系近年来重修圆明园的呼声，再联系"文革"中种种破坏文物的行为，特别是20世纪90年代以来无数大拆大建事件，不难看出,我们这个号称拥有 5 000 年文明的民族,甚至是一个教授、学者、文物专家,也可能表现出"有知识而没有文化";他们迄今仍没有从"断臂维纳斯"那里受到应有的启悟,有的资深教授竟然说:"我认为圆明园遗址不是文物,是文化!"这一匪夷所思的观点说明,关于废墟美的意识在他那里还是"零"! 这对文物保护来说,是个严峻的形势。

我国的废墟遗址

无论东方还是西方,世界上有许多国家历史上都曾经辉煌过或局部辉煌过,或多或少留下了壮观的古建筑遗址或废墟,而这些国家都以保留和保护这些遗址为荣,还没有听说有哪个国家表示要修复这些古建筑,以"重现昔日的辉煌"。由于它们对这些废墟的原真性保护得好,所以有好些都被列入"世界遗产"。且不说希腊、意大利、法国、西班牙、德国等这些文物大国,单说亚非国家,就可以举出不少。比如与我国毗邻的柬埔寨,国家虽小,但它留下的 15 世纪被暹罗(今泰国)人的战火毁掉的吴哥窟废墟却非常庞大和壮观,占地 45 平方千米,面积相当于四分之三个旧北京城。据我亲眼所见,不要说十分之一,连 1% 的重建项目也没有! 大型遗址被列入世界遗产的,像巴基斯坦、埃及、叙利亚、突尼斯、土耳其等国都有两个或两个以上,那里只有为更好保护而进行的正常的维修,而不见有任何的重修现象,且不说它们都没有经历圆明园这样痛苦的命运。

有人说,我们中国与世界上大多数国家不同,人家的大型建筑都是石构建筑,而唯独中国是木构建筑,一毁坏就荡然无存,留不下废墟遗址。此话甚为片面,实际上我们并不缺乏"石头的史诗"。且不要忘了,我们拥有世界上最宏大的建筑——蜿蜒于辽阔平原和无数崇山峻岭的长城,它长达 21 196 千米(2012 年国家文物局公布的数据),加上数不清的城墙,其工程之浩大,恐怕比世界上其他所有大型建筑工程加起来还要恢宏!它的残迹大部分仍清晰可见。

其次,我国有历代帝王陵寝以及无数王公贵族的墓冢,它们都是砖石建筑,无论工程之宏大,还是数量之众多,都堪称世界之最。不要说秦陵、汉陵、茂陵、乾陵这些特大的陵寝,单说明清这两代的皇陵就让别国望尘莫及。再次,就说我们的大型木构建筑,特别是宫殿建筑,它们一般都有高高的石质台基和柱础。君不见北京故宫太和殿和天坛祈年殿的须弥座多么壮观!相信遍布全国的古代都城的众多历代宫苑建筑都有类似的遗存,问题是我们历来没有善待它们。现在好像知道要保护了,可惜却往往步入误区:本意的"保护"变成了实质的破坏,包括目前圆明园遗址上正在进行的修复工程。另外还有不少有待发掘和清理的重要遗址,如两年前国家文物局确定的 12 处大型考古遗址。

呼唤废墟审美意识的觉醒

众所周知,文物的外部特征通常是以陈旧或残破的面貌出现的,而这恰恰与人们"喜新厌旧"的审美习惯相悖。文物的这一特性往往使它"藏在深闺无人识",甚至因此遭遇厄运:要么被人弃如敝屣,要么被人涂脂抹粉,华丽打扮,失去本色。近 20 年在以房地产为主导的建筑业的空前大发展中,这种情况屡见不鲜。我曾不止一次亲聆年届 92 岁高龄的文物专家谢辰生老先生痛述：仅 1994 年、1995 年这两年，我国因"建设需要"而遭受毁坏的文物就超过"文革"。这是个触目惊心的信息！产生这一现象的原因不外乎两个：一个是利益的驱动，即部分官员为了仕途追求政绩，部分开发商为了金钱，两者沆瀣一气，在文物身上动"大手笔"；二是决策者文化素质的缺席，即部分官员对建筑遗存缺乏残缺美、废墟美的意识，视废墟为废物，普通群众有这样的盲点和误区就更不足为怪了！相形之下，在那些文化发达国家，历史废墟成为一种普遍的审美追求。即使像德国魏玛这样的小城，在其"英国式"公园里，哪怕原来没有废墟，也要建一座废墟的人造景观作为点缀，说明废墟美已成为人们心目中园林美的必要元素。地跨欧亚的土耳其算不上发达国家，但它懂得完整地保护横亘于伊斯坦布尔的长城废墟。这说明在这些地区，保护废墟并欣赏废墟美已成为一种文化。

也许有人会说，这是东西方文化的差异，难道这也要趋同或"接轨"吗？是的，保持各民族文化的差异性和多样性一般来说是正面的，但文物保护是科学，而科学是没有国界的，是必须人人遵循的。怪不得一战以后，特别是二战以来，鉴于战争对文物的严重破坏，国际上曾召开过一系列会议，签订过一系列公约或协定，为的就是寻求国际共识。例如 1931 年的《雅典宪章》就强调了保护文物周边环境的必要性；1964 年的《威尼斯宪章》指出了保护文物的实质是保护文物"原真性"的原则；1972 年在巴黎通过的《保护世界文化和自然遗产公约》，除了对遗产申报作了规定以外，还对文物遗产的历史、艺术和科学价值作了诠释。这一系列概念和原则都是文物保护的国际共识，是每个签约国在文物保护方面必须遵循的原则。联合国之所以成立教科文组织，就是为了规范、普及并掌握这些共识。

培养废墟审美意识的途径主要不是靠知识灌输,而是靠文物保护过程中的工程实践。文物破损或濒危,免不了维修,但"修旧如旧",还是修葺一新? 这是个原则问题。前者是国际公认的通则。可在我们这里,后者却成了常见现象,包括天安门、天坛祈年殿以及长城(个别的如司马台那一段除外)等大型建筑概莫能外。难怪我曾经像许多同胞一样,在很长时间内都欣喜于那种灿然的"新",而对古朴的陈旧建筑不屑一顾。可见这种对文物认知的错位明显延缓了国民文物意识,特别是废墟审美意识的觉醒。这一现象值得有关专家反思。

（原载《光明日报》2013 年 12 月 20 日）

再谈废墟之美

关于废墟之美的话题我曾以《保护废墟，欣赏废墟之美》为题初步谈论过，引起许多读者的兴趣。但在文物保护的实践中，虽然看到不少部门已经注意到这一问题，却仍然发现有些地方在对某些废墟遗址的保护性维修中明显违背常识，以致造成对重要文物遗址的严重破坏。究其原因，显然跟缺乏废墟美的意识有关。故觉得对这一问题有再谈谈的必要。

石构建筑与废墟文化

从历史上看，世界上的建筑——这里指的主要是大型的、有纪念价值的建筑——大致有两类：一类是主要用石头建造的，叫石构建筑；一类主要是用木头建造的，叫木构建筑。前者遍及除东亚以外的世界各大洲，包括我国周边的东南亚和西亚诸国；后者主要只有中国和日本等。石构建筑由于材质，不易腐朽或毁坏；即使因客观事件如雷击或战争等毁坏了，也能留下断壁残垣或曰废墟，几千年而不灭。木构建筑则不同，即使没有天灾人祸，也容易朽蚀。故随着历史的变迁，千年以上的木构建筑遗存极少。

由于这些,国内外的建筑遗存就形成两种结果:石构建筑毁坏后留下的废墟,多少年后仍历历在目,好像真的成了"凝固的音乐"。它们辉煌的过去越来越勾起人们的怀念,而它们的悲剧性遭遇也越来越唤起人们的叹息。随着时间的推移,那些断壁残垣在人们的心目中不是垃圾,而是宝贵的精神遗产,受到普遍的尊重和珍惜,这就形成一种文化,即"废墟文化"。废墟因受到尊重并受到保护,从而成为审美对象,继而产生"废墟美学"的概念。这在欧洲,于 15 世纪前后的文艺复兴时期获得一个契机:经历了上千年禁欲主义压抑的欧洲人,从新发掘的古希腊罗马时期的建筑、雕塑、壁画、马赛克图案等艺术品的废墟中看到了人性美的光辉和人体美的魅力,从而对废墟产生欣赏和爱惜之情。因此,不难想象,欧洲历史上许多重要的建筑毁坏后,极少有原地重建的现象,而都将它们作为一个珍贵的时代标志予以尊重和保护,乃至一块妨碍走路的"乱石"都不许随意挪动。而一座古老的城市若不见一处或几处废墟遗址,仿佛是它的缺陷或遗憾,哪怕在公园里也要建一座象征性的人造废墟来满足这种心理要求。

与此相反,我们中国的宫殿或庙宇毁掉了,就得赶紧在原址修复或重建,否则即使留下断壁残垣,也会很快被民间搬抢一空(这里指的是需要宫殿的时代)。无怪乎,在明代以前的几千年间,我们那么多辉煌的宫殿建筑都没有留下像样的废墟遗址!因此我们的建筑文化中缺乏"废墟文化",从而也缺乏对废墟美的认知和欣赏,就不足为怪了。

珍惜我们的废墟资源

我们中国不见废墟文化,但并不意味着我国没有废墟或缺乏废墟资源。须知,我们是个有着强大的"墙文化"的国家!不仅全国有万里长城,我们古代的几乎每个府城、多数县城都有城墙,可以说数以千计!它们可都是石构建筑,至少都有 500—2 000 年的历史,大部分已沦为废墟。作为建筑单体,仅仅长城的原始工程量就不仅超过国外任何其他古代的大型单体建筑,甚至超过任何一个其他国家的大型建筑之总和!再说,我国历代的皇家建筑和贵胄府邸并不全是木构建筑,像天坛祈年殿、故宫太和殿的须弥座以及天安门前的金水桥等是多么壮观的石构建筑!相信我国历代的宫廷建筑都有此类石基或石质构件。这从某些"复建圆明园"的热心人近年来先后对圆明园含经堂和九州清晏的开挖(不是发掘)也得到证实。至于历代的帝王和贵族的陵寝更不用说也都是石构建筑,甚至他们的墓前都有可观的"石人石马"一类的阵式。只是由于我们的国民缺乏废墟文化的观念,不把这一以点、圈、线的形式遍布全国的建筑废墟看作价值无比的巨量文化遗产,加上以往历代政府管理的松弛,导致大量砖石被盗挖流散。特别是在某些特定年代例如"文革",更以"反四旧"的名义、以群众运动的形式予以大规模的摧毁,不计其数,我的家乡衢州城那完整的城墙和城门即在这样的劫难中毁于一旦!

20 世纪人类经历了两次世界大战,深为痛惜文物遗产破坏之严重,先后召开了多次国际会议,讨论并明确了一系列相关的保护理念和方法,签订了一系列相关的国际协定和条规。出于众所周知的原因,许多重要场合我国都缺席了!1981 年以宋庆龄为首的1 500 多名社会贤达关于保护圆明园遗址的呼吁书和 1982 年《中华人民共和国文物保护法》的公布标志着我国人民文物保护意识开始觉醒。然而觉醒必然有一个"睡眼惺忪"的过程,在这过程中出现吊诡现象，即"知道"要保护，却不知道"如何"去保护；"保护"的结果反而造成破坏！常见的现象是，很好的建筑遗存，只要按照"修旧如旧"的原则予以加固即可，但却被修葺一新！更有甚者，动辄铲除重建，仿佛古董也可以"涅槃"！甚至有的教授说出这样的高论："现在是假古董，100年以后不就成了真古董了！"这位教授天真得可爱，他以为古董是靠时间熬出来的！难怪有人说："我们没有废墟文化，却有假古董文化！"这当然是风凉话。我倒更愿意以"文物保护幼稚病"来概括这一令人感慨的现象。殊不知，废墟的文物价值就在于它的残破过程的历史真实性。正是这种真实性具有一种震撼人心的力量！因为它包含着丰富的历史文化讯息，是活的历史化石或活的历史教科书。它能令人"发思古之幽情"，以至于"怆然而涕下"！比如每次当我从飞机上看到那蜿蜒于崇山峻岭中的长城废墟，脑子里就立刻浮现出一个个朝代的一支支劳动大军从遥远的四面八方奔向茫茫大漠和高山险坡去挥洒血汗，多少个"孟姜女"拖儿带女哭奔寻夫，更有多少中华男儿的金戈铁马凭恃长城的屏障与入侵的敌人拼命厮杀……长城是中华民族保卫家园的伟大意志的体现，也是这个民族以"防"为主的爱好和平的有力见证。长城原本是由石头垒砌起来的，但作为历史文物的长城，它象征着中华民族的魂魄！因此，那绵延22 000余千米的巍巍屏障饱含着中华民族的血液，它的每处断壁残垣上的荒草杂树都是它身上鲜活生命的脉温的表征。然而现在有许多热爱长城的好心人，恨不得让整个长城返老还童，重建了一程又一程，仿佛秦始皇们在转世，在造一座新的万里长城！殊不知，时间不会倒流，历史不可能重复。正像宇宙间的任何事物包括星球有生必有灭一样，长城的遗迹最后也会消失的！我们的责任是尽可能地延缓它的这一过程：出现裂缝的，立即予以弥合；发现有垮塌险情的，设法予以加固，并尽量保持它的年龄的刻痕，即沧桑感；已经荡然无存的，不要紧，铺上碎石，保持它的历史轨迹即可。至于大量已经垮塌的，那就由着它吧，因为这无损它们存在的价值，正像卢浮宫里那有名的断臂维纳斯和无头的胜利女神并不因残缺影响它们与完美的蒙娜丽莎一起成为卢浮宫的"镇馆三宝"！而如果给它们分别安上头、接上臂，它们还有这个地位吗？再从建筑科学讲，任何建筑都是服从功能的需要而存在，不与功能相联系的建筑只是废土一堆！长城只有在冷兵器时代才有一定的防御价值。这些新建的长城不是出于国防的需要，没有了古长城防御功能的 DNA，1 000 年以后也成不了文物，相反，它只会成为历史的笑柄，即"文物保护幼稚病"！至于为"开发旅游"而狂热地修建新长城，那不啻是在犯罪了！

尽管不少有品位的专业或业余摄影师不辞千辛万苦，千里跋涉，拍摄下很多隘口、险峰的"野长城"的珍贵照片，但却有更多的主流媒体摄影师对新长城兴致勃勃，精心选好角度，拍摄下那翻山越岭、蜿蜒浩荡、蔚为壮观的新长城，刊登于各类新闻媒体、宣传广告，仿佛这才是伟大世界遗产的载体！殊不知这是对世界上最伟大的"人类遗产"的严重歪曲，更是对国人文物认知的严重误导！它们是伪长城啊！而且，在珍贵的长城遗址上建筑新长城是违法的，《中华人民共和国文物保护法》第 22 条明确规定："不可移动文物已经全部毁坏的，应当实施遗址保护，不得在遗址重建。"（极个别的例外）也许有人辩护说：这是某某领导说了的，那是某某政府批准的。且慢，在全国人民的文物保护意识普遍觉醒之前，在这个"睡眼惺忪"的过程中，任何人都有可能蹈入误区！曾记否，当年北京古城巍巍的城墙、城门说拆就拆了,不也是经过领导和政府批准的吗?须知,在这个"睡眼惺忪"的过程中,甚至连我们的文物专家也在与时俱进(不然,为什么我们的全国文物保护单位,自 1962 年以来的 30 余年从确定的 180 个一连追加了 6 批,猛增到现在的 4 200 余个!我们的历史文化古城也从原来的 24 座追加几批几次,达到现在的 127 座。甚至我们的国家文物保护法也在不断修改)。诚然,为了让今人领略一下当时长城的形制,如烽火台、城堞等,修复一两段未尝不可。然而,现在复建的数量和规模完全超过需要,造成对贵重文物的严重破坏,引起许多国内外有识之士甚至一般游客的皱眉或摇头叹息。作为炎黄子孙的一员,看到某些同胞用这样幼稚的方式和不惜工本的努力来破坏真古迹、建造假古董,从而引起国内外的负面反响,脸红之余,我深感痛惜!我不想责难有关的当事者胡作非为。找相信他们多数人主观上是善意的。但他们的头脑由于废墟文化的缺位而陷入了误区,这是无疑的!

废墟文化的缺乏和废墟美学的不到位造成的遗址维修加固工程的纰漏更是层出不穷。最典型、最令人啼笑皆非的是 2016 年秋发生在辽宁绥中县锥子山"野长城"维修中的问题:它将一段珍贵的长城废墟简单地用混凝土去浇灌,使之变成一段"豆腐渣"式的"水泥马路",引起全国哗然!检查各涉案单位,都有合格的资质,而且也经层层报批,手续完备。那么问题的症结在哪里呢?除了有关单位的业务水平及其工程技术人员的专业技术水平不到位以外,最根本的问题还是在于废墟文化和废墟美学的缺乏,因而对那段"野长城"的"野"所展现的美无动于衷!这一点应该引起整个文物界乃至各级有关领导层的反思:为什么贸然批准那么多的"野长城"让人修成"新长城"即"伪长城"呢？加入有关的国际公约那么多年了，为什么不严格按照国际通行的理念和技术规则行事呢？为什么不建立一所高等院校或高级培训机构以加强对有关人员的文物认知能力、技术水平乃至人文素质的培养呢？

培养废墟文化和废墟美学刻不容缓

一种文化的形成需要较长的时间。其核心问题是对废墟美的认知和感受。这需要一定的文化基础和人文素质，有时还需要一定的机遇。这里我可以谈点自己的经历。我年轻时对废墟美也毫无感悟。在北京大学念书时，与圆明园遗址仅一墙之隔，常去那里转悠。面对西洋楼的残梁断柱，总觉得是祖国的耻辱，一旦国力强盛，将呼吁复建圆明园。1981 年初次出国访学，游览海德堡那座昔日德法战争期间毁于战火的宫殿废墟，见一座长满青苔的筒式碉堡斜倚在一堵同样长满青苔的厚墙边，就说："这座碉堡让它这么倾斜着多难受啊，为什么不用吊机把它扶直呢？"陪同我的那位青年教师从容地笑着说："这是文物了，文物就应该保持它毁坏时的历史原初性。"我像受到惊雷一击，久久脸红着。10 年后，我和一群德国人游览罗马大市场废墟，在一条砂砾铺成的便道上遇见一块约拳头大的石头，我觉得它碍事，便顺脚把它踢到了一旁。后边的一个同行的德国人马上赶来把它拾回原地，并说："这是文物呀，不能随便挪动它的位置。"我的脸又唰的一下红了，因为我是这个队伍里唯一的教授，也是唯一的中国人，我觉得我把整个中国人的脸都丢了：人家对文物那么神圣，而我却那么无知！尔后我发现这些德国普通的老百姓参观任何废墟遗址，尤其像罗马斗技场、戴克里先浴场、庞贝废墟等这样的名胜，都带着朝圣般的神情，不时向导游问这问那，或者陷入沉思默想。两个星期下来，我好比扎扎实实进了两周的文物培训班。

下面让我们看看人类中感受能力最敏锐的作家们是如何看待和描写这些断壁残垣的吧。刚才提及的罗马斗技场，许多诗人、作家都写过、慨叹过。但写得最动情的当推19世纪英国伟大的小说家狄更斯："这是人们可以想象的最具震撼力的、最庄严的、最隆重的、最恢宏的、最崇高的形象，又是最令人悲痛的形象。在它血腥的年代，这个大角斗场巨大的、充满了强劲生命力的形象没有感动过任何人，现在成了废墟，它却能感动每一个看到它的人。感谢上帝，它成了废墟。"

德国的莱茵河是德国人的"父亲河"（海涅），从审美角度看，其"华彩河段"是从科布伦茨市至宾根镇的那60来千米的航程，其两岸崇山峻岭，时见急流险滩。两岸崖壁上耸立着几十座中世纪的骑士古堡、贵胄别墅或防御工事，但绝大部分都已沦为废墟。起初每次乘火车经过，心中总是不无遗憾地疑问：有这么好的"骨架子"，为什么不把它们修起来加以利用呢？有一次终于向邻座提出了疑问，不想他的回答却出乎我的意料："留着它们多好！让人们想起中世纪的骑士们如何在这里习武或行盗，日耳曼人如何击退罗马人渡河进攻……"后来知道，欧洲人对此的态度普遍与我们不一样！尤其是19世纪初的浪漫主义诗人和画家无不醉心于此。故人们将莱茵河的这一国宝荟萃之地干脆"赠予"浪漫主义艺术家们，称其为"浪漫主义走廊"。不久我读到德国浪漫派首领F.施莱格尔的散文《莱茵行》，其中对两岸废墟果真赞美有加，如："这里是莱茵河最美的地带，处处都因两岸的忙碌景象而显得生气勃勃，更因那一座座险峻地突兀于陡坡上的古堡的残垣断壁而装点得壮丽非凡。"另一处他又赞颂说:"那一系列德意志古堡废墟,它们将莱茵河上上下下打扮得如此富丽堂皇!"你看,在我是歪歪斜斜、破破烂烂,在他却是富丽堂皇、壮丽非凡!

这真是中西方文化的差异。所以赞美废墟的就不只是浪漫主义诗人,一般的作家乃至老百姓又何尝不是如此。你看法国现代作家纪德在《春天》一文里就有这样的描写:"我在回巴黎去领略那料峭北风和愁眉不展的天空之前,先让奥林匹斯山那美丽的废墟半掩在花丛里了。"这是作家的一种深层诗性或领悟性的表达。因此所谓"文化差异"很大程度上是民族总体文化水平的差异。有了一定的文化修养,一个东方人也可以感受废墟之美。我的老朋友和建筑上的学长陈志华教授(清华大学)曾跟我谈及他的希腊之行。他说在只有半平方千米的雅典卫城他就待了三天!我问都干什么,他说:"什么也不干!就在那些残缺不全的神庙前面呆呆地坐着,凝望着,胡思乱想……"后来我在日本作家三岛由纪夫的《希腊》一文中找到了这一精神情状的奥秘:三岛第二次去往雅典时,也在那里久久坐着、凝望着不肯走。面对眼前残缺的废墟,他想象着建筑师当时还考虑过什么。"那种想象的喜悦,不是所谓的空想的诗,而是悟性的陶醉。"因此他认为在废墟面前所受到的感动,超过了其真实的整体所给予的感动。所言极是。当我第一次参观卢浮宫雕塑馆,从一座楼梯下来在转梯处向左转过身的时候,突然被眼前的一尊约两米高的雕像震慑住了!只见一个身材匀称、秀美无比的女性身躯站在疾驶的船头,她的轻柔的衣衫被风刮得紧贴在身躯和肢体的肌肤上。取代双臂的一对羽毛丰满的双翅正雄健地高高振起,再一看,不禁心一沉:怎么看不见脸面——啊,根本就没有脑袋！但这一瞬间的惊异一点没有冲淡刚才的视觉冲击，她依然那么美，那么气象万千！周围的人们互相推拥着，设法从各个角度观赏她的美。于是我想：假如她身首是完整的，那么她的面容该是怎样的呢？于是我作了各种猜想：如果胜败未卜，她正在奋不顾身地夺取胜利，那么她的面容应是刚毅而严峻的；如果胜利在望，那么她的面容应该是紧张而兴奋的；如果是刚刚取得胜利，正在奔走相告，那么她的面容就会像刚刚踢进一个球的球员那么狂喜……这尊残缺的雕塑至少在我的欣赏过程中多了这么三重想象空间，确实给予我更多的感动。这就是废墟美的魅力之所在吧。

　　废墟的特征是残缺，因此欣赏废墟美的前提是欣赏残缺美。这在一般情况下有违于人们的视觉感受。这就有必要对美的概念加以外延，即美的对象不仅属于视觉、听觉或味觉，它还属于心灵的感觉和领悟。这是触及人的深层智性的一种反应。这样，美就不仅跟视觉、听觉的欣赏习惯有关，还跟哲学思维有关。大家知道日本有位现代作家叫厨川白村，鲁迅译过他的一部很有名的著作《出了象牙之塔》，其中有一篇文章，题为《缺陷之美》。厨川认为缺陷乃是人的与生俱来的宿命，因为"人类所做的事，无瑕的事是没有的"，他甚至认为，"人类是满是缺陷的永久的未成品"，而"这才好"。为什么呢？"正因为有暗的影，明的光这才更加显著。"厨川还用自然水与蒸馏水做比拟，然后说："水之所以有甘露似的可贵味道者，岂不是正因为含有细菌和杂质的缘故么？不懂得缺陷和罪恶之美的人们，甚至用了牵强的计策，单将蒸馏水一般淡而无味的饮料，要到我们这里来硬卖，而且想从人生抢了'味道'去，可恶哉他们，可诅咒哉他们！"这几句话用在那些竭力用假古董来"硬卖"，抢了欣赏真古董的"审美眼光"的人们身上不是再恰当不过么？

须知缺陷美的观点并不是厨川白村的空谷足音，从 2 000 年前的古罗马诗人奥维德到当代的钱钟书，都是他的先声或知音。前者就认为"脸蛋生疵则更加俏丽"。后者在读到奥维德的这一观点时，颇有共鸣，随即旁征博引，指出中外文学和文献中许多人对此英雄所见略同，其中 19 世纪英国著名散文家威廉·哈兹利特的一句名言颇可玩味："任何事物若不带点儿瑕疵，很快就会显得无趣，要么就像是'蠢善'。"（何谓"蠢善"？ 修建新长城的行为是也）这使我想起画家吴冠中先生的一句石破天惊的话："美是一种邪气。"不是吗，那比萨斜塔的美不正是在于它的"斜"吗？

残缺美是废墟美的哲学前提。而废墟美是废墟文化的核心。一旦废墟文化在我们周围蔚然成风，我们无数的废墟遗址就有了牢固的保护墙。所幸我们处在一个急速发展的时代，随着文物保护意识的不断加强，国人的废墟审美意识也在日益觉醒。就以对待长城废墟为例，如果说以"修旧如旧"的名义修复的司马台长城对于修旧如新的八达岭长城或慕田峪长城来说是一个进步，那么目前正在以"修旧如旧，随旧随残"的理念修缮的京郊箭扣长城则又超越司马台长城而向前迈了一步。但我们必须清醒地看到，目前我们的文物保护意识的觉醒依然处于"睡眼惺忪"阶段，离完全觉醒显然尚需时日。就以刚才提及的箭扣长城为例，首先从报道和照片看，确实有个别工人在用旧砖头砌墙，但每天有"数十名工人"和"30 余头骡子"来回背负着新砖头上山。如果坚持"随旧随残"的承诺，遵循"历史真实性"的原则，用得了那么多的新砖头吗？其次，从照片看，那一垛垛整齐的城堞矮墙分明是刚刚用新砖头砌成的；其"旧"的颜色也是就地取材，用附近的泥土和成泥巴抹上去的。这样的做法和工艺显然离"随旧随残"的理念相去甚远,而且也不符合国家文物法"最少干预"的规定。从美学角度讲,看来事主还是不愿看到遗址的"残"和"破",或者说不以其为美,而尽量让新修的遗址"像"长城。

残缺美的养成不仅是个理念的问题。它跟经常的耳濡目染和人文素养的提高密切相关。这不仅需要个人的努力,还必须等待环境的成熟,即这种审美意识的普遍觉醒。这就需要耐心,不要急于把事情都做完。有鉴于此,奉劝那些关心长城遗址命运的官员、专家和同胞,暂时克制一下急切的"维修冲动"!让"修长城热"冷一冷,放一放,到一定时候,也许会感到,中华民族伟大创举的这一不可再生的历史见证,保留它残破的历史真实性或曰遗址的原生状态也许更有价值!那时会觉得,那蜿蜒于崇山峻岭、隐现于荒草杂树中的"野长城"是多么美!那时甚至愿意用毕生的精力来保护这种美,而不是一味地修!

（原载《光明日报》2017 年 7 月 21 日）

建筑设计与现代语境

　　建筑作为艺术的一门，它的设计也是一种艺术创作。但建筑又是一门公共性很强的艺术，一旦耸立而起，就成为赞誉或批评的目标。由于它的成本巨大，谁都不愿意它失败。故长期以来，国际上就形成一种惯例：凡大型建筑往往都实行国际招标，择优而建。但我国长期以来却遵循单位委派制，一座大型建筑的命运往往取决于一个人或几个人之手。不过近 10 年来我们终于打破了这一思维定式，实行越来越广泛的国际招标。然而却招来不少人的心理不平衡，包括某些权威人士。一个主要非议是，这会让外国人把我们的建筑当作他们的"试验田"。

　　外国设计师的中标确实使我们暂时失去许多份额，但我国最富活力的中青年一代建筑师却并不气馁。他们认为，这是我们融入国际建筑潮流的开始，就像当年加入世贸组织一样。只有暂时的付出，才有我们将来在国际竞逐中胜出的一天。我认为这才是民族自信的表现。

　　实践很快证明这些建筑精英们的态度是正确的。国家大剧院的竞标设计第一轮评审后，我国参与竞标的一个设计组回来就惊呼："我们自愧弗如！"——看到差距了，这意味着内驱力的启动。

因此,此后几轮设计竞赛就采取了中、外建筑师(组)一对一合作设计,以锻炼我们的人才。最后法国设计师安德鲁的方案中标后,在不断完善设计和施工的过程中,中国建筑师也始终在其中发挥作用。如"水立方"的设计原来也是中外联合进行的,但最后拿出成功方案的是中方建筑师,并在2004年威尼斯建筑双年展上获得大奖。说明中国建筑师一旦融入国际氛围,很快就进入状态,并取得成就。最近,坐落在天津的350米高的中钢国际大厦就是由中国建筑师马岩松中标的。

近年来我国实行国际招标的那些大型建筑,中标的绝大多数都是国际第一流建筑师及其建筑事务所。建筑作为艺术,他们自然是按照国际通行的新的建筑理念即"现代"或"后现代"主义来构思他们的作品的。而现代建筑师的一个基本信条是以重复为耻——既不重复前人的,也不重复他人的,甚至不重复自己的。因为重复是匠人的习性,而创造才是艺术家的本色。不难想象,在这样的时代特点下,新、奇、怪的建筑层出不穷就成为不可避免的现象了。

无疑,现代艺术(包括建筑)的美不等于新奇怪,但无数新奇怪的总体中必然包含着现代的美。举世闻名的悉尼歌剧院就是从众多的"后现代"建筑中脱颖而出的佼佼者,它的崭新的建筑语言与多意象的美受到全世界公众一致的赞誉,以至于刚到"而立"之年就被联合国确立为"人类遗产"了,成为世界建筑界最年轻的人类遗产。

这十几年来,我国请外国建筑师设计的建筑物数以百计,显然不可能每个设计都尽如人意(对他们的得失作出恰当的评估,还需要相当时间来考验和过滤)。但在我看来还是有一小部分值得称道的。如上海浦东的金茂大厦，它的灵感显然来自中国的古塔，又是古塔概念的延伸，令人想起古巴比伦建造"通天塔"的奇想。又如"鸟巢"奥运体育场，它至少有 4 点让我赞赏：首先，在动物世界中，鸟的世界是相对和谐的世界，鸟也是人类最亲近的朋友，用"鸟巢"作为奥运主体体育场的造型是最能体现"四海之内皆兄弟"的奥运精神的；其次，鸟巢是飞禽的安稳栖息地，它能唤起人们温馨而安详的情怀；第三，体育场建筑用的是外露结构，这既是鸟巢构造的写意，又是对中国传统建筑结构特点的呼应；第四，体育场整体造型采用扭动形大曲线，富有运动感，这既与体育场的功能完全契合，又与中国建筑的传统造型相照应。因此我认为"鸟巢"的灵感不愧是神来之笔。

国家大剧院的外部造型引起较大争议，主要意见是认为它与周围建筑"不协调"。但我认为，设计师用"反差"原理来处理这一特定场合的空间难题恰恰是合理并巧妙的。如果他从"协调"出发，以一座金碧辉煌的"中国式"的高大建筑与人民大会堂并立，势必与大会堂这座标志性的政治建筑形成"争"的架势：争高、争大、争辉煌，这显然是不合适的。现在国家大剧院采取"让"的姿态，以一个弧形的"大鹅蛋"静卧一旁，单门独户，与周围不争不抢：向东，它没以高大垂直的立面挤压人民大会堂，而且它主动向南后退100 米，从而把主要视线让给了人民大会堂；向北，它足不出户（四周是水），而且没有窗户，因而与中南海的宁静保持和谐。它静卧水中，以园林相护，这又与古都从后海、什刹海、北海到中南海的整片园林水系融为一体。此外它把大半体积藏入地下，腾出地上大量空间，从而与长安街的整体美学特征——疏朗——保持协调。因此我称之为"不协调中的大协调"。它焕发着新的时代气息，与周围建筑近邻们形成古今"对话"的格局,成为"后现代"建筑理念的体现。

自从"现代""后现代"思潮兴起以来,许多固有的美学信条都改变了。比如,"对称"是过去一条重要的美学法则,但现在国际美学界普遍认为"不对称"也是一条重要的美学原理。因此对待现代艺术,需要宏观的文化视野,还需要"微观"的艺术经验。在这方面,与学问多寡不一定有必然联系。一个经常接触现代艺术的出租车司机与一个不经常接触现代艺术的院士在对待同一件现代艺术作品时,前者发表的意见,可能比后者更在理。同样,一个经常接触或专门从事古典艺术包括建筑研究的专家,他的大脑被固有的审美信息占据了,对现代艺术也会格格不入,以致形成"泥古、厌新、拒外"的惯性思维。对于这类朋友的争论我是向来不奉陪的。因为,说得再多,他的大脑已进不去别的信息了。

(原载《文艺争鸣》2010 年第 10 期)

经典名著的舞台演绎

欣闻上海芭蕾舞团近日携改编自英国女作家夏洛蒂·勃朗特同名小说的舞剧《简·爱》,在伦敦英格兰国家歌剧院连演5场,受到来自简·爱故乡人们的赞许,不禁联想到中外戏剧史上有关经典改编的一些逸闻趣事。

"经典"指的是经受了时间考验而久读不厌、久演不衰的典范性名作,具有权威性。随着人们思想观念和审美意识的变迁,任何经典著作都要经受我们这个经受了现代主义思潮洗礼的时代的再审视、再考验。与"接受美学"密切相关的文学经典名作更是如此。这样就有了"经典改编"的话题。

经典改编再成经典

改编经典著作的事多半发生在现代名家那里。一般是某部名著的题材吸引了他,引起他再创作的冲动。这在德语国家并不鲜见。如歌德根据15世纪流行于民间的一桩故事写成的《浮士德》,早已成了旷世杰作。20世纪40年代,《布登勃洛克一家》的作者托马斯·曼对其中的书生与魔鬼打赌的故事亦很感兴趣,又写成一部名作《浮士德博士》,作者赋予了崭新的内容,著作权当然归作者所有。

托马斯·曼的同胞、公认的戏剧大师布莱希特更是一个常有改编之举的戏剧家。在他还没有成名的时候,就大胆地把18世纪英国作家约翰·盖依的名作《乞丐的歌剧》改写成《三个铜子儿的歌剧》,题意和人物都有很多相似之处,但他赋予了揭露资本家为富不仁的新意,故这不影响该剧成为布氏的成名作。后来,在布莱希特的成熟时期,他又把17世纪德国巴洛克文学的代表——格里美豪森的著名流浪汉小说《女骗子和流浪者大胆妈妈》改编成戏剧,基本上保持了原来的巴洛克风格,但对主题作了新的解释,这就是《大胆妈妈和她的孩子们》。此剧成了布莱希特高峰时期的重头戏之一。此外,布莱希特还常从异域文学中汲取题材,进行再创作。如20世纪30年代初他把高尔基的小说代表作《母亲》改编成戏剧。40年代初又将我国元杂剧《包待制智勘灰阑记》改写成他的《高加索灰阑记》,后者也成了他的经典名作之一。

随着时间的推移和观念的更新,改编经典名作的现象在当代作家那里就更常见了。布莱希特的追随者,原民主德国最有名的剧作家之一彼得·哈克斯就是以改写流行的神话、历史故事和经典名作著称的,如他的名剧《和平》是根据古希腊最著名的戏剧作家阿里斯托芬的同名喜剧改编的;《美丽的海伦》则是根据著名歌剧作家奥芬巴赫的轻歌剧改编的。中国观众较为熟悉的瑞士剧作家迪伦马特也是一个喜欢改编的戏剧家,尤其是在20世纪六七十年代。如他的《约翰王》就是改编莎士比亚的作品,《斯特林堡戏》是改编成斯特林堡的作品,《沃依采克》是改编毕希纳的作品等。

以上列举的这些例子都是从文学到文学,绝大多数体裁没有变,题材也变化不大,只是关照主题的角度大相径庭,注入了现代的人文精神,常让人有焕然一新之感。而且这些人都是卓有成就的艺术革新家,人们一般都能认可他们的作为。

"导演专政"手术大

有争议的往往发生在那些常把名著改编成影视或舞台剧的作者或导演那里。这些人的刀斧都比较厉害,哪怕经典名作,动的手术往往也比较大,不是砍掉几个人物,就是删掉某些重要情节,或使人物性格大走其样。而随着戏剧的发展、影视的普及,导演的势力和权力越来越大,及至提出"导演专政"的理论,把文学置于屈从地位。

前些年我曾在德国看过几出戏,其中一出是奥地利著名作家彼得·汉特克的代表作《卡斯帕尔》,剧中的女主角由一位30开外但尚未结婚的演员扮演,她在导演的要求下,衣服脱得精光,由两位男主角抬上一张手术台似的长条桌,并且由他俩将她时而翻过来,正对观众;时而翻过去背对观众,时而仰天直躺……如此这般持续了约20分钟之久。据说剧团内也有人对这样的处理持有异议。由于与这位导演先前有一面之缘,拜访时我便问他:"这个人物原作中没有脱光衣服,您这样处理作者不会抗议吗?"他大声回答说:"他抗议什么! 这是导演的权力!"

对于这样的"导演专政",某些有实力的剧作家也设法抗衡或抵制,迪伦马特就是其中的一个。他的办法之一是,每个剧作都写上一两千字的前言或跋,对该剧的人物设计、舞台调度、灯光布置等都作了详细交代。办法之二是每个新作的排练他都亲临现场。多数导演都能尊重他,但有时他也碰到了钉子,而且是硬钉子。一次,苏黎世话剧院聘请波兰一位名导演来排他的《同伙》，迪伦马特也在排练期间不时进行干预，可这位导演拒绝接受他的某些主张，结果弄得他拂袖而去。一个更大的钉子是在他去世以后。一向首演他的新作的享誉欧洲的苏黎世话剧院在排他的一出戏的时候，有一处没有按照他生前的规定办，迪氏的第二任妻子凯尔女士提出交涉，未被接受。结果对簿公堂，最后夫人还是败诉了！看来在欧洲，至少在瑞士这个国家，所谓"导演专政"论已经受到法律保护了。

中国舞台的君子风

比起国外来，国内的改编要礼貌多了。除了个别先锋意识较强的导演如孟京辉、林兆华、李六乙等外，一般都比较平稳。孟、林、李等人都对我国舞台的现状不满，想通过自己的探索和实验给它带来一线生机。这种努力无疑是值得赞许的。何况他们在各自实践中都展现了自己的才华。

孟京辉显然对艺术风格方面的发挥兴趣较浓，他在《思凡》中对《十日谈》的改编相当出色。他在《一个无政府主义者的意外死亡》和《盗版浮士德》中的旨归都比较接近戏剧的本体——娱乐。他是个幽默的天才。林和李则侧重于人文精神方面的开掘，使戏剧往"人学"方面趋近。林兆华导演的《哈姆雷特》用了3个演员分别扮演同一个主人公，意在唤醒"人人都是哈姆雷特"的意识；他的《等待戈多·三姐妹》试图揭示人常有的一种可望而不可即的生存处境。李六乙是个很有艺术追求的艺术家，他通过对曹禺名作《原野》的改编和独特的舞台处理，稀释昔日阶级斗争的浓度，开拓舞台的"三维空间"，揭示物质对人的压迫。这样的探索显然是有意义的,不过许多人反映"看不懂",说明艺术的灵犀未能穿透审美惰性的屏障。看来对艺术个性化的追求与过于个人化的要求之间还需要磨合。

21世纪伊始,田沁鑫像从"生死场"上冲出的黑马,令人刮目相看。在根据萧红同名小说改编的话剧《生死场》中,她集改编者与执导者于一身,成功地将现代美术中稚拙的美学原理运用于舞台,取得原创性的魅力,不愧是对戏剧美学的一个小小的但是难得的贡献。如果能将戏的"所指"改为"能指",即将抗日战争泛指反侵略战争,当会使这一成功取得更圆满的效果。在根据老舍同名小说改编的话剧《四世同堂》中,她用"新现实主义"手法,把半个多世纪前的老北京胡同几乎"整体搬迁"到了舞台上,被誉为"没有主角的北平浮世绘史诗"。

前些年人们对鲁迅作品的改编颇可一议。林兆华等人将鲁迅《故事新编》中的《铸剑》等作品加以糅合,隐冷峻于笑谈之中,将严肃的内容通过调侃的轻松形式透露出来,不愧是艺术的高招。与此相反,名角茅威涛当年来京演出的越剧《孔乙己》,却未能把握鲁迅这部杰作"含泪的笑"的黑色幽默式的艺术风格,将一个苦涩无奈的落魄文人的悲喜剧描写成一部革命正剧。殊不知鲁迅这部作品的艺术价值大于它的"革命"价值,因为《孔乙己》这篇小说之所以不朽,首先在于它的艺术,而不是"革命"——一种杜撰的、想当然的革命。我以为,改编鲁迅作品的成功与否,还是在于其是否准确地把握了鲁迅作品的精神实质。

(原载《世界新闻报》2013年8月25日)

迪伦马特及其《老妇还乡》

蓝导慧眼识珠,年逾"米寿"仍壮心不已

著名表演艺术家蓝天野执导的《老妇还乡》久违 33 年后现在又以全新的演员阵容重登首都剧场了！天野先生以逾"米寿"之高龄(虚岁 89),毅然重排这出戏,说明他对艺术之执着,对《老妇还乡》钟情之深。这不奇怪,天野先生以其深厚的艺术素养和灵敏的审美嗅觉,早在"文革"期间,当《老妇还乡》(一译《贵妇还乡》)和其他一批西方现代派文学作品以"供内部参考"的名义面世的时候,他就发现了这出戏高超的艺术价值,并与他的老朋友、著名画家黄永玉私议:一旦条件允许,就把它搬上舞台。无独有偶,我作为专业的德语文学研究者也是那时从这批一律黄封皮的禁书中发现了真东西,一下看中了后来成为我的主要研究方向的卡夫卡和迪伦马特。"文革"一结束,我就紧迫地轮番翻译、介绍这两个人的代表作品,并很快翻译出版了《迪伦马特喜剧选》。天野先生排练《老妇还乡》的时候,恰好我刚从德国、瑞士带着迪伦马特的话音回来,把一张我亲自拍摄的迪伦马特的大幅照片让剧院嵌在大厅的壁龛里(但愿这一珍贵资料没有

丢失)。不久,我和天野先生应邀同赴上海戏剧学院,观看由该院教师张应湘执导、该院一个毕业班演出的迪氏另一出代表作《物理学家》。从言谈议论中确实感到天野先生对迪伦马特戏剧艺术的执迷与追求。他的这一选择见出了他的好眼力。后来的实践证明,迪伦马特是我国改革开放以来被上演得最多的当代外国戏剧家,据不完全统计,迄今至少有 8 出迪伦马特的戏剧被搬上我国各地舞台,而《老妇还乡》更被多家剧院或艺术院校演出。迪伦马特的小说在我国的发行量更以百万计。说来令人深思,瑞士还有一位与迪伦马特齐名的戏剧家兼小说家,即马克斯·弗里施。我也曾做了一定的努力,想让他在我国与迪伦马特并驾齐驱,可惜难能如愿。奥秘在哪里?值得研究。但有一点我是敢说的:迪伦马特的审美情趣更适合于中国观众;或者说他的戏既有哲理性又有可看性;既有现代性又具通俗性。他如何能做到这样?这需要从迪伦马特的哲学和人文底蕴、艺术修养和审美情趣以及欧洲的艺术渊源入手,进行探悉。

10 年草创,剧坛新秀

弗里德里希·迪伦马特(Friedrich Dürrenmatt, 1921—1990)自 20 世纪 40 年代末以来就以戏剧家、小说家和画家的多重身份享誉国际,被认为是 20 世纪"继布莱希特之后最重要的德语戏剧家"。

1921 年 1 月 5 日迪伦马特生于瑞士伯尔尼州的柯诺芬根镇,1935 年随家庭迁往首都伯尔尼。祖父为国会议员和笔锋犀利的政论家,父亲则为基督教牧师。大学期间他先在苏黎世学了几个学期的日耳曼语言文学和自然科学后,又回伯尔尼一连学了5年的哲学(直到1946年),主攻柏拉图和克尔凯郭尔,接受了存在主义哲学。这期间他对文学和绘画的兴趣亦日趋强烈,颇受表现主义创作的影响。工作初期从事美术编辑。1943年他写下处女作《一出喜剧》(迄今未上演过)。1946年完成第一部剧作《立此存照》,从此决心专事写作,并于这一年迁往巴塞尔,与女演员洛蒂·盖斯勒结婚。1947年《立此存照》(后改名为《再洗礼派》)在苏黎世话剧院上演,不算成功。但他于1948年写成、1949年上演的《罗慕路斯大帝》在巴塞尔却大获成功。这部"非历史的历史剧"的主人公罗慕路斯大帝鉴于罗马帝国在其500年的对世界的统治中,积累了累累罪恶,现在他经过深刻的反省,要利用他的至尊地位"充当世界的正义法官",来宣判这个"世界帝国"的灭亡。其办法就是在日耳曼军队兵临城下的时候,他采取不抵抗主义,最后恭迎它的首领临朝。这出戏的成功奠定了他的剧作家地位。这期间他间插的小说创作也很顺利,第一本短篇小说集题名为《小城》,于1951年出版。随着生活的改善,他于1952年迁居位于诺因堡湖畔的法语区的美丽小城诺莎特尔居住。这一年他不仅写出了他的小说成名作《法官和他的刽子手》,还完成了他的又一部重要剧作《密西西比先生的婚姻》(曾被拍成电影)。次年他的剧作《天使来到巴比伦》和又一部中篇小说《嫌疑》相继问世。此外他还经常创作在电视机普及以前广受青睐的广播剧,后来曾结集出版,其中不乏佳作,如《围绕驴子影子的审判》(1951)、《赫尔克勒斯和奥吉亚斯的马厩》(1954,60年代改为舞台剧)、《抛锚》(1955,后改为小说和剧本)、《深秋晚暇》(1956)等。

10 年鼎盛，享誉国际

自 1955 年起迪伦马特的创作进入了 10 年鼎盛时期。这一时期是以他的一篇著名演讲《戏剧问题》(1955)为前导的。这篇 25 000 字的富有创见的演讲系统而生动地阐述了他的基本戏剧观点和美学思想，成为他的悲喜剧理论的代表作。同年，体现他的悲喜剧理论的杰作《老妇还乡》(*Der Besuch der alten Dame*，直译：《老太太的访问》)诞生了！1956 年上演后引起轰动。它标志着作者步入世界剧坛的大师级行列。这之后，他创作上依然"三头并进"。1958 年他的代表性长篇小说《诺言》问世。1959 年的喜歌剧《弗兰克五世》亦被搬上舞台。这部作品和《老妇还乡》共同反映了迪伦马特的一个重要的思想指向：反对资本的罪恶。随着国际冷战局面的形成和核军备竞赛的加剧，世界的前途和人类的命运使他日益忧虑，这又激发了他的不寻常的灵感，写出了又一个不朽杰作《物理学家》(*Die Physiker*，1961)：一位核物理学家为了保守他的发明秘密，以免被用于军事目的，装疯躲进了疯人院。两个被东西方集团分别派去争取他的科学家间谍最后被他说服，决心一起永蹲疯人院，以避免世界陷入灭顶之灾。不料这位科学家的发明秘密和他与同院两位"间谍"科学家的密约已被伪装成"院长"而精心照料他们的特拉斯股东所窃取，三位科学家为了保守秘密不得不杀死三位被特务"院长"派去监视他们、结果却分别爱上他们的护士，因而获罪。于是这座疯人院变成了他们永蹲的监狱！1962 年该剧在苏黎世话剧院上演后，又引起轰动。当时国际政治舞台爆发"加勒比海危机"，西方世界笼罩着浓重的核恐怖阴云，这出戏的问世可谓"生逢其时",自1963—1965年的一年半时间内,仅德语国家就上演了1 500多场!此剧与他的早期的《罗慕路斯大帝》反映了作者的另一个重要的思想指向:国际强权争霸构成对人类的致命威胁。迪伦马特10年辉煌的最后一次闪光是他于1965年写成、1966年由苏黎世话剧院搬上舞台的悲喜剧《流星》。如果说,上面提及的作品涉及的都是社会与政治,那么这部剧作涉及的则是人的本体了。作者以富有诗意的笔调描写了主人公——一位诺贝尔奖获得者——为声名所累,求死不得,求生不能。这出戏写出了有成就名人的一种生存境况,讽刺了当代明星崇拜的不健康时尚。

迪伦马特显然想成为一名全面的戏剧家,创作上取得成就后,想在舞台实践上进行一番尝试和探索,于是自1968年起,参与了巴塞尔剧院的领导工作。在这期间他致力于一些经典名家作品的改编,如莎士比亚的《约翰王》、斯特林堡的《死之舞》、毕希纳的《沃伊采克》等。这期间,他发过一次心肌梗塞。1972年,上演他的剧作最多的苏黎世话剧院想聘任他担任经理,他谢绝了。此后他继续写了一些剧作,如《同伙》(1973)、《期限》(1976)、《抛锚》(根据他自己的同名小说改编,1979)以及最后一出戏剧《阿赫特罗》(1983)。但它们都由苏黎世话剧院排演一轮以后就再也没有复排过了。

迪伦马特的小说大多是侦探小说,故有人说:法官、检察官、律师和刽子手是迪伦马特小说中的"经典人物"。晚年他还出版一部侦探小说《司法》(*Justiz*,1985)。他的这类小说的主人公都有一种忠于职守、不甘屈服的人格精神,这赋予他的侦探小说以人文价值。80年代初他为了在创作的"死胡同"里寻找新的出路,出版了一部《素材》(1981年接待我时迪氏即以此书作为"见面礼")。该书包括神话、传说、故事等原始材料，但未引起多大反响。

迪伦马特认为，世界是无法看透的，所以创作不能反映世界，它只能"呈现一种现实"，"呈示一个"他心目中的"世界图像"。他认为艺术无非是"一种审美游戏"，创作凭"一瞬间的癫狂"，因此创作是"不认理论的"。对他来说，创作是主观的。难怪在与我交谈时，他大谈康德，认同康德的重主观的"表现论"美学，不喜欢黑格尔的重客观的"模仿论"美学。他崇尚悖谬思维，偏爱怪诞风格和黑色幽默情趣。可以说，他的创作是独具一格的。德语评论家威廉·雅考普说："迪伦马特喜欢强调、夸张、滑稽、怪诞，同时又写得极为豪放、健康、充满活力。"另一位名叫 M.费勒尔的评论家说："迪伦马特不宣布任何原则，而是揭去原则的假面具。他同所有问题打交道而又不拘泥于它们。他在悬崖的边沿戏耍走动，掀去那藏在大话后面的陈词滥调。他有一种大胆的气概，像歌德所说，没有这种气概任何英雄都是不可想象的。他有一种令人不舒服的思想观点，没有这种观点戏剧永远没有力量和生气。"英国文学批评家考林·威尔逊认为："在我眼中，迪伦马特是一个对未来世界极其重要的先驱者，是的，我预料人们总有一天会把他看作当今活跃在欧洲大陆上的一位最主要的作家……一位艺术家，在他身上汇聚着他那个时代若干最主要的思潮。"这些人的看法，具有一定的代表性。无怪乎迪伦马特先后获得多个奖项，他也是诺贝尔文学奖的被提名者。他的作品被译成 40 多种文字。

《老妇还乡》的艺术成就与此次复排的得失

现在让我们来鉴赏一下他的主要代表作《老妇还乡》。这出戏的成功，从表面看，纯属偶然：1955 年他的妻子动了一次大手术，并留下严重的后遗症，迪伦马特因此背上了沉重的债务，急需钱财。于是他想到，如果把他一度中断了的中篇小说《月食》的构思写成戏剧，也许钱来得更多、更快。小说中的主人公是一位 45 年前去了加拿大而发了大财的男人，现在回来要向当时抢走他的已经怀孕的女友的情敌复仇。为此他悬赏每户 100 万，要求全村 14 户人干掉他的仇敌。结果被他买通的人们把这个倒霉鬼抬到一棵大树下，让树倒下去把他砸死，是因"事故"死亡。在剧作《老妇还乡》中，作者把这一故事情节作了这样的"变奏"并展开：

中欧一个叫居伦的小城正面临着灾难性的经济危机：工厂倒闭，国库空虚，失业和饥饿威胁着全市居民。大家把希望寄托在一个即将回乡探访的美国最富有的亿万女富翁身上。此人名叫克莱尔·察哈纳西安。45 年前她和本地小商人伊尔有情，怀孕后遭遗弃，流落他乡，沦为妓女，后嫁给美国一个最为豪富的石油大王。她这次带着当年使她败诉的假证人、法官和她的总管、扈从，哦，还有一只"黑豹"和一口棺材回乡复仇。她以处死伊尔为条件，宣布"捐助"居伦人 10 亿巨款。她亲自从居伦人中物色了一个作刽子手的运动员和一个替她掩盖死因的医生。市长原来以为伊尔无疑是让这位富婆慷慨解囊的理想的中介，便向伊尔许诺：事成之后，将由他来接市长的班。现在明白对方的来意，市长开始"以人道的名义拒绝接受"。但不久，原来生意萧条、每况愈下的伊尔小百货店突然变得生意兴隆起来，人们纷纷赊账购物，甚至连伊尔的儿子都买了漂亮的小汽车。原来对女富翁想入非非的伊尔明白人们要以他为牺牲，便要求警察局以"挑唆谋杀罪"逮捕她。已镶了金牙的警察局长却借口奉命马上要去进行全市性的"抓黑豹"的围猎活动;伊尔于是转向市长求助,已穿上高档皮鞋的市长矢口否认有这样的迹象。这时他看见市政厅里人们正在装饰他的棺材,制订全市建设的规划蓝图;最后他只得向牧师求助,牧师劝他赶紧逃往国外。但他正要上火车时,全城都来车站为他"送行"。伊尔迈不开步了:他完全明白,这是不许他离开本地……在对他的精神围困的恐怖气氛日益收紧的情况下,伊尔的精神逐渐瓦解。经过几天的闭门思过,他终于醒悟:"一切都是自己的过错惹出来的。"他决心以自己的死来赎回自己的罪过。但当市长亲自给他送来了枪,要他自己了结自己的性命,以对乡亲父老"作出最后的贡献"时,却被他拒绝了!最后在众目睽睽之下,他终于在那位"运动员"面前倒下了。市长在全市大会上宣布了女富翁捐赠 10 亿美元的喜讯,并领呼口号:接受捐赠"不是为了钱","而是为了主持公道"。

从这出戏的构思看,它很快就令我们想起古希腊悲剧家欧里庇得斯的经典剧目《美狄亚》(女方遭遗弃而进行报复性仇杀)。然而,人物形象、思想内容和表现手法都与《美狄亚》大相径庭。欧里庇得斯笔下的女性是个为正义而反抗的女英雄,是个被同情的形象。而《老妇还乡》中的女主角则纯粹是个复仇狂,因而是个令人憎恶的形象。她年轻时就"表现很差"。如果说,逆境中她选择最贱的职业(妓女)可不必多指责,但在得势时,她的丑恶的本质就暴露无遗了!凭恃金钱,她就像扔脏衣一样"每周换一个丈夫",以致第九个丈夫刚"上任",就准备遭抛弃了!凭恃金钱,在收拾她当年的负心郎以前,就以极残忍的手段,先惩罚了那两个假证人:不仅挖了他们的眼睛,还阉割了他们的生殖器!凭恃金钱,她利用家乡的贫困,收买了全城的道德良心。而在处死伊尔以前,她像野狗玩野兔那样,在当年调情的林子里,"温情脉脉"地大玩了一番她的猎物。

　　当然,如果剧本仅仅写了一个性格乖戾、心肠狠毒的复仇狂,它未必有多大艺术穿透力。何况,这个人物并没有现实的根基。作者只是用"假定性"的方法,虚构了这么一个人物。他又同样用假定性的手法虚构了这么一个"小城",进而揭示:当人们陷入某种特定的境遇里,比如在生存受到物质条件威胁的时候,他们会作出什么反应;他们平时,甚至多少年来所建立起来的精神、道德的防线,究竟能起多大的作用。这一演示虽然是假定的,但它以合乎逻辑和情理的说服力,牵动着人们的心,让人清晰地看到,人们对于精神和物质、道德和生活的追求是不平衡的,精神和道德只有在有物质保证的前提下才有可能。这正好验证了布莱希特的那句名言:填饱了肚子再来讲道德。

　　但迪伦马特这一假定性的设置并不是全凭想象,而是有充分的现实作依据的。20 世纪 50 年代中期的欧洲,人们在一片瓦砾堆上经过 10 年的奋斗,经济上基本得到恢复,在这个转折时期,经历了多年战乱而尝尽艰难困苦的欧洲人,对于富裕生活的渴望是可以理解的。现在中欧不同时期的过来人看过《老妇还乡》后恐怕都会会心于戏剧所揭示的这一真实的社会现象:经济腾飞了,道德下滑了! 就像当年巴尔扎克的现实主义违背了他的政治观点一样,这里迪伦马特似乎也违背了他的这一观点:戏剧不能反映现实。

　　从这里出发,作者把笔触指向了他的主攻方向:"钱能通神"的资本罪恶力量;它对个体生命的毁灭性,对人性的腐蚀性与颠覆性。本来,像克莱尔这样的"臭婊子"是人人所不屑的。如今只因为她全身散发出铜臭味,一下子把全城人的灵魂都麻痹了,她在人们心目中俨然变成了大菩萨。10亿巨款的悬赏,不仅几乎把居伦城所有的凡夫俗子们统统醉倒,而且连那些上流社会的"正人君子"们,包括市长、警察局长甚至还有那位校长(最后定稿本中改为"教员"),也跟着她的指挥棒跳舞,出卖自己的灵魂。在背着新闻界召开的公审大会上,谁都清楚,这明明是一桩罚不当罪的谋杀,那位市长却昧着良心领着大家高呼:"为了主持公道!"他们明明是为了钱,却恬不知耻地宣称"不是为了钱"!你看,这笔悬赏就像一阵黑旋风那样,几乎把所有人的人格都扭曲了,统统卑屈地匍匐在金钱妖魔的足下。这是对在金钱诱饵面前的社会众生相的多么辛辣的讽刺!当然,更是对资本罪恶的无情揭露。

不过,有趣的是,"洪洞县里"倒也出了个"好人",这好人不是别人,恰恰是现在被全城人以"公道"的名义宣判死刑的"坏人"伊尔。无疑,这个人物在早期为了金钱移情别恋,并以恶劣的手段抛弃克莱尔是有罪过的。但在这场突如其来的精神围攻中他的罪恶意识被震醒,并准备用几倍的代价即生命来赎回自己的罪过。于是,在克莱尔刮起的这场经济黑旋风中,他是唯一没有被卷走的人,是一个抗衡潮流的"勇敢的人"!他的勇敢不仅表现在敢于去死,而且表现在对于死的方式的选择。看吧,当市长亲自带着装上子弹的来福枪要求他悄悄"了结自己"时,他断然拒绝了!后来市长又提出不开公审大会的要求,也被他顶回去了。这就意味着,伊尔要用自己的死让对方也付出代价,即将这些"正人君子"从"主持公道"的原告地位统统推上谋杀犯的被告地位。尽管法律上他做不到,但道义上他做到了。这里我们仿佛看到了古希腊神话中西绪弗斯的身影。无怪乎作者以赞叹的口吻说:这时的伊尔表现了"一种伟大精神"和"庄严气派"。这一人物性格发展的轨迹,完全体现了作者的这一哲学观点:现实是非常强大的,任何个人想要抗衡现实的努力都是注定要失败的。但不能因为失败就向它投降!因为个人对于整体世界固然是无法掌控的,但对于自身的个人世界是可以把握的。因此迪伦马特笔下的主人公都是"失败的英雄",类似于海明威笔下的"硬汉子"。这次《老妇还乡》中濮存昕饰演的伊尔,他在决心赎罪前所表现的猥琐与恐惧的情状是很到位和出色的,可惜后面"庄严气派"的这一转变未能清晰地体现出来。

　　具有哲学功底的迪伦马特在这个剧里显然也探讨了人的罪恶意识问题。他认为现今的世界人人都变得有罪了(按我们的习惯说法:人之一生,孰能无过)!而因为人人都有罪,就又变得人人都无罪了(按我们的习惯说法:"法不责众"嘛)!因而这是"一个有罪的无罪者的世界和无罪的有罪者的世界"。经历过法西斯统治的德国人和经历过"文革"的中国人对此可能最有体会了。但对于许多人,特别像伊尔这样"头脑简单"的人来说,他们对自己的罪过容易"忘却",必须经过一场巨大的外力的"震动"才能唤醒罪恶意识。无独有偶,同一时期迪伦马特写的得意之作《抛锚》(原是广播剧,很快被改成小说,作者晚年又将其改编成舞台剧)涉及的也是这个问题。一个因汽车抛锚而投宿在邻近旅店里的推销员,与4位每天在这个店里打发时光的司法界退休老人(他们正好是审判的全套人马:法官、检察官、律师和刽子手)玩一场"审判游戏",推销员扮演原告,其他4位各司其职。结果,这4位技巧熟练的职业老手竟然在这位"原告"身上审出了一桩命案!本来嘛,这只是一场游戏而已,老人们谁也没有当真。不想,"原告"却当真了:第二天人们发现他吊死在卧室的窗口,以此赎罪!可见,这段时间迪伦马特经常在思考这一问题。

《老妇还乡》男女主人公性格和命运的互逆变化,决定了这部戏剧作品的基本结构,即赋格曲式的双线对比发展和消长。在情节的设置方面,一条线是由于外力的作用,居伦城的经济繁荣了;另一条线是随着经济的上升,居伦城的道德水平却下降了!在人物的设计方面,一条线是女主人公由原来的受害者,变成后来的施害者,也就是由原来的被同情对象,变成令人憎恶的对象;另一条线是男主人公由原来的施害者变成后来的受害者,也就是由前面的遭唾弃对象,变成最后的被同情对象。

这种结构方式出于迪伦马特的一个创作秘诀:悖谬。这本来是个哲学概念,但许多现代作家诸如卡夫卡、穆齐尔、加缪、约瑟夫·海勒、昆德拉等都把它变成了美学概念或艺术手法:两条逻辑线索的互相矛盾或抵消。迪伦马特很看重这一诀窍,强调"戏剧创作没有悖谬是不行的"。在《老妇还乡》中,首先从主题看,也就是从经济与道德的关系看,好比一根绳子上吊着的两桶水,这一桶升上去了,那一桶却降下来了!再从人物的命运看,前后是决然相反的两极:女主人公离开家乡时,忍辱受屈,哭哭啼啼,而当她晚年还乡时,却是耀武扬威,轰轰烈烈,由受害者变成施害者!男主人公则恰成相反。从情节的安排看,当观众的情绪向着一个方向倾斜到一定程度时,就有一个声音及时将它"唤醒",让它转回来。例如在第一幕,当克莱尔在市民大会上宣布要用 10 亿巨款换取一个人头时,谁都会"啊"的一声,觉得这太过分了!但老太接着又一句:"我要用一个人的生命换取全城的繁荣!"这时观众心头不免一亮,情绪似乎又得到平衡了。后来,当伊尔正在家里闭门思过,许多群众在门口喊喊喳喳,臭骂他"多么缺德""该死"……这时观众情绪也被感染,对这个人物深感厌恶。但这时伊尔却从容地从楼上下来,大度地说:"这一切都是我自己的过错惹出来的……"此时人们的怒火很快又平息下来了。如此等等,仿佛作者随时在调适着观众的情绪,使它像个钟摆,不停地来回摆动——不停地生起悬念又很快开始卸念!

迪伦马特戏剧美学的核心是悲喜剧情趣,按他自己的定义是:"情节是滑稽的,人物(命运)则相反,……是悲剧性的。"(《戏剧问题》)不妨概括为"用'喜'的形式表现'悲'的主题"。这是一种"黑色幽默"的审美特征。《老妇还乡》是他的悲喜剧美学的典型代表作。此后他都按这一原则进行戏剧创作,并将他以前写的也按这一原则反复修改。"黑色幽默"是一种"染上了痛苦色彩的喜悦",是一种果戈理式的"含泪的笑"的艺术,极富艺术魅力。而"悖谬"思维即是迪伦马特取得这一审美效应的重要来源,尤其在表现悲剧性人物命运的时候。有好几位中国剧作家在探索迪伦马特的艺术奥秘中得悟出他的"悖谬"秘诀,在自己的创作中获得成功,例如马中骏、过士行、逻辑等。

由于受表现主义甚至 17 世纪欧洲巴洛克艺术的影响,迪伦马特酷爱"怪诞"的风格。如果说,在人物悲剧命运的构思上他主要得益于"悖谬"思维,那么在戏剧形式的创设上,他依靠的就主要是怪诞手法了。他认为悲剧需要"克服距离",喜剧则需要"创造距离"。而"怪诞"即是创造距离的最佳手段,其来源是"即兴奇想"(der Einfall)。由于迪伦马特的幽默多是"黑色"的,故他的喜剧形式多是讽刺性的(这也不奇怪,因为他的艺术源泉主要来自欧洲文学史上长于讽刺的阿里斯托芬、莎士比亚、斯威夫特等这一脉流,这些都是"进攻性的、善于抓住当前问题"的艺术家)。"怪诞"可以用于主题的确立上、情节的安排上、人物的设计上、场景和画面的设置上等。《老妇还乡》中的女主角克莱尔就是一个经过了极度夸张的怪诞人物:她的不可一世、她的极端残忍、她对男人的占有欲等,都是超乎寻常的。作者在描画这个人物时使用了不少怪诞手法,如说她与第九个丈夫的婚礼是"在仓库里举行的";伊尔活着,她得不到他;把他弄死,带走他的尸体,总该属于她了吧——心理怪诞;还有,她整个躯体"全是用象牙拼装起来的"等。名角陈小艺饰演这个人物略显"文"了些。须知,克莱尔不仅是个复仇的女人,她还是个资本罪恶的哲学化身! 她不仅心肠邪恶,还有"黑旋风"般的气势。树林里重温恋情那场戏是"猫玩鼠"的游戏,还可玩得更加津津有味一些。陈小艺在这一场满可以发挥她的特长,以极度温婉柔情把伊尔玩得如痴如醉,以致真的重温起当年的旧情,甚至忘了他已大难临头!

怪诞与悖谬的结合,就有可能产生绝妙的悲喜剧效果。第三幕就有这样一个场面:当伊尔决心以死救赎的时候,他变得十分泰然,干脆放松一下,偕妻子儿女出去兜兜风,逛一逛新城(这可是他的贡献啊),"幽他一默"! 于是,妻子穿上出卖丈夫得来的貂皮大衣;儿子开着出卖父亲得来的汽车;女儿也因为出卖父亲而新装打扮:一家四口对着一路上的新工厂、新住宅指指点点,赞不绝口——真是"绞刑架下的幽默"啊,可谓《老妇还乡》中的神来之笔。

《老妇还乡》写得诙谐、机智、俏皮,真实的细节描写不时杂以漫画式的夸张,滑稽的场面常常透露着庄严的气氛,轻松的言笑往往饱含着尖刻的讽刺……而它们又交响着古希腊悲剧中经常出现的音调:天命和审判,罪愆和赎罪,复仇和牺牲。这一切构成了剧本动人的戏剧力量和绚丽的色彩。它因此被称为"现代的古典剧"。如果北京人艺的这次排练能将那种"天命"笼罩下的可怖的悲剧气场鼓得更足一些,将悖谬思维作为艺术诀窍理解和思考得更透熟一些,将滑稽、怪诞、夸张、诙谐表现得更强烈一些,此外让音响和音乐也加入怪诞的综合体,则这出戏还会让观众更加拍痛手掌。

（原载《北京人艺》2015 年第 2 期）

第一楼头看月明

——写在何冀平《天下第一楼》演出 500 场之际

近几年来，凡茅威涛率浙江小百花越剧团来京演出，几乎都会见到茅的密友何冀平。上月 25 日的晚上，我们又在国家大剧院观看小百花的《二泉映月》时相遇。戏完一起去台后见过茅威涛后，想共同打个车顺路回家。但走完整条大会堂西路都没有打上车。这却给了我们一次聊天的机会。这时我才知道，7 月上半月这一轮《天下第一楼》（以下简称《第一楼》）的演出就要给 500 场画个句号了！"哦，《茶馆》第二啊！"我脱口而出。但又一想，不对，《茶馆》诞生于 1958 年，而《第一楼》则首演于 1988 年；前者年近"花甲"，后者却还不到"而立"；前者出自已经享誉中外的老作家之手，后者则出自一位初出茅庐的新秀。我立刻惊呼，此事非同小可，中国话剧开创百余年来破天荒第一次，将来在中国现代话剧史上必将书上一笔。我们固然不能仅凭票房论短长，但票房毕竟是衡量舞台演出价值的重要依据之一。

北京人艺一个甲子的岁月留下的最宝贵艺术遗产是所谓的"人艺风格"，这是以焦菊隐为代表的一代北京人艺老艺术家们首创的、以北京市俗风情为人文魂魄的、极具艺术魅力的艺术风格。

《第一楼》和《茶馆》可以说是人艺风格最典型的经典姐妹剧。这"姐妹俩"的共同血缘都是中国特有的饮食文化——茶文化和烹调文化，两出戏的主旨都是以文化为外观反映中国沦为半殖民地时期资本主义生存和发展的艰难。出生于20世纪20年代的"语言大师"老舍对于旧中国的社会生活尤其是北京的市井风俗和当时的政治生态烂熟于心，写开茶馆的、卖苦力的、卖艺的这类题材的戏可谓得心应手。但对于新中国成立后才出生的何冀平来说，不能不说是个巨大的挑战！然而，正如俗话所说，有志者事竟成！毕业于中央戏剧学院戏文系的何冀平对戏剧创作具有巨大的热情，作为北京人艺创作室成员的她深知肩负着重要使命。既然备受赞颂的"人艺风格"的魂魄是古都北京的市民日常生活，那就以北京的第一道传统名菜为题材写一出戏吧！于是北京从此除了前门大街名扬四海的"全聚德"，又有了舞台上驰名天下的"福聚德"！

记得1988年，《第一楼》的第一轮还没有演完，就引起很大社会反响。当时在思想文化界颇为活跃的舒展先生（时任《人民日报》文艺部副主任）立即策划了一次文化沙龙在全聚德举行。戏剧评论家如王育生、黄维钧、童道明等，文学评论家如何西来、缪俊杰、王必胜等都在座。大家边吃边聊，都认为这出戏通过一家名牌饮食店的兴衰相当真实地反映了清末至民国时期中国社会的腐朽已不可救药，显露出大厦将倾的危机。某种程度上它与《茶馆》有异曲同工之妙。不同的是《茶馆》中的政治氛围更浓些，而《第一楼》中经济和文化的意蕴较突出，反映了半封建、半殖民地交织的阴霾下，鄙陋的中国现实已滋生不出适合新兴资产者生存与发展的土壤。即使像卢孟实这样有才干、有抱负的企业家也无法避免悲剧的下场。《第一楼》在这一点上的艺术表现力相当强烈。当时我预料,到 20 世纪末,《第一楼》有可能达到 300 场! 没想到 1991 年即已达到这个数目,1994 年更达 400 场,可谓盛况空前!

最近,7 月 3 日傍晚,原来我打算演出前约何冀平夫妇在附近的餐馆小酌,以示个人对《第一楼》满 500 场的庆贺。不想却被他俩"绑架"到首都剧场对面的王府井烤鸭店,同时他们还约了两位或懂中文或有华裔妻子的外国朋友一起品尝烤鸭。上菜后只见冀平指着那盘削得平平展展且松脆光亮的鸭皮说:"这脆皮儿是鸭胸最好的一块,可别把它与葱、酱一起裹进面皮里吃,而要将它单独蘸点儿砂糖送进口里,这才味美而爽口。"大家一试,立即"嗯"的一声,赞美声一片。她又两手拿起一片面皮,说:"全聚德烤鸭店对面皮的要求,拿起来要能照见对面的人影!"大家又"哦"的一声发出惊叹,赶紧各自拿起面皮来验证。她接着说:"全聚德的合格师傅,一只鸭削片要能削出 103 片肉来!"又是一声赞叹。而我还立刻受到启悟,想:什么叫文化? 就是对某种事物的特定讲究吧! 于是我感慨地说:"哈,在北京稀里糊涂吃了几十年的烤鸭,却连这些基本常识都还不明白,说明对北京的烤鸭文化甚而饮食文化仍一窍不通,看来还不配当个合格的北京市民哩!"引来一阵笑声。

这时一位外国朋友说:"冀平写烤鸭,自己变成烤鸭专家了!"她说:"专家当然还差得远。不过我为写这出戏毕竟在全聚德待了两个月呢。不仅向大师傅们学习怎样烤鸭子,闲时还与他们聊家常,熟悉他们的生活。此外还向管理人员了解这家百年老店的来龙去脉、兴衰更替。总之,两个月下来方方面面记了一大摞!""这是第一手材料,是最宝贵的。"我说。"有了第一手材料,写起来胆气就足了!"她表示赞同。"本人是搞文学研究的,知道素材积累固然重要,但素材选择和提炼的过程却是很难的,是不是这样?"我问她。"您说对了！别看材料一大摞，真正用得上的也不过十分之一左右。写戏是创作，主要靠虚构，生活本身是构不成艺术的。"她说。"你说到点子上了！"我说，"生活经验或生活阅历人人都有，有的人甚至很丰富，但他不一定能写出具有可读、可看价值的作品。关键是他不会虚构。而虚构需要才能，需要天赋。""因为虚构要有艺术，不然，胡编乱造，谁不会！"她颇有感触地说。"对了！"我说，"艺术才是问题的本质。大戏剧家迪伦马特说：'艺术是审美的游戏'，是'美学的虚构'。他说他写戏首先要把材料即素材'捣碎'，让它'发酵、酝酿'，最后才流出'酒'来。这'酒'就是戏剧作品嘛！所以有的评论家说，即使最有经验的警察也不能在迪氏的作品中找出他自己的生活痕迹来。"冀平显然与迪伦马特的观点发生共鸣，说："迪伦马特讲得太好了，毕竟是大戏剧家呀。搞创作难就难在不能简单地把材料捣碎就完事了，而要让它'发酵'！发酵就是苦思苦想啊，就是虚构啊！"我说："冀平不愧是个才思敏捷、经验丰富的剧作家，一点就明白，真是'心有灵犀一点通'。"两位外国朋友听得兴致勃勃。尤其那位美国朋友通过妻子的同声传译不断点头称是。

演出前我们先去贵宾休息室小坐，不想85岁高龄的表演艺术家蓝天野已经等在那里，一见冀平高兴异常。他凭以前的印象对《第一楼》赞不绝口，并且怀着欣慰与感激的口吻说："小何虽然离开人艺20多年，但她始终把人艺看作'娘家'。你看两年前人艺60周年，请她写一出戏纪念一下。她不仅不推辞，而且非常认真地写了一出好戏，展现了我们人艺为追求艺术，大家团结合作、风雨同舟，成为一个和谐、美好的艺术园地，而且剧名就叫《甲子园》，你看多到位啊。"这时另一位85岁的著名表演艺术家卢燕女士进来了！这位定居美国却经常往返于香港、台湾和内地的影视、话剧明星历来对何冀平剧作兴趣很浓，2009 年曾亲自出马，在冀平创作的《德龄与慈禧》中饰演慈禧，光彩照人，在北京引起轰动。今天她亦为祝贺《第一楼》"大满贯"而来，增添了剧场的喜气。

演出后，大家又回到休息室，热烈地议论了一番新的观感。在议论纷纷的热评中，我概括出 3 个"不愧"：一是这不愧是一出富有生命力的现实主义力作，人们依然能从卢孟实这个夭折了的中国新兴资产者形象上读出新的滋味来；二是这不愧是一出堪与《茶馆》《狗儿爷涅槃》等媲美的又一出"人艺风格"的代表作，它在北京人艺多元发展时期加固了传统血脉的中坚地位；三是这不愧是北京人艺的品牌产品，虽然每轮演出的演员阵容都有较大调整，但毕竟人艺代有才人出，每一轮的演出水平都不减当年。这次杨立新担纲主角，给观众留下的印象依然有棱有角、鲜活生动。

何冀平是个才貌双全的剧作家，但在我们这个既"繁荣"又浮躁的时代，她始终保持着低调状态。记得 1989 年初夏《人民日报》在地质部礼堂举办过一次笔会。会场熙熙攘攘，好不热闹。只见冀平一个人默默坐在一张空桌旁，后来黄宗江走过去喊了一声"美丽的何冀平"，才把她从冥想中唤醒。之后她移居香港，行内行外一片惋惜，担心她离开人艺这样优越的阵地，在一个人地生疏甚至连语言都不通的地方还能不能继续搞创作。许多朋友给她鼓励，劝她不要改行。本文题目《第一楼头看月明》就是诗人刘征当时赠给她的一首诗的最后一句，鼓励她不离本行，必有光明。后来一次我去香港讲学，顺便问起冀平，原来她在影视界正火。她多才多艺，适应环境能力很强，戏路越来越宽。除了话剧、影视剧，戏曲甚至音乐剧她也勇于挑战。我大略统计了一下，迄今她写的各类剧作已达 20 来出,共计百十来万字。对于一个剧作家来说,这个数字是惊人的。因为戏剧不像小说,它的字数是有限制的。更重要的是,它们不是应景之作,都是作者心血的结晶,大多脍炙人口。如话剧《德龄与慈禧》《还魂香》《明月何曾是两乡》《烟雨红船》等,影视剧《新龙门客栈》《西楚霸王》《黄飞鸿》《牛郎织女》《龙门飞甲》等,音乐剧《酸酸甜甜香港地》以及与《德龄与慈禧》同一题材的京剧《曙色紫禁城》(与《德》剧均在北京演出过)。这大量不同形式的剧作分别在香港、内地和台湾拥有广大的观众,它们显示了何冀平不同凡响的创作实力。这使她在包括香港、台湾在内的中国戏剧、影视界享有很高的声誉,几乎囊括了所有的重要奖项,诸如中国首届文华奖、文化部优秀剧目展演优秀编剧奖、中央戏剧学院首届学院奖、曹禺文学奖、香港舞台剧最佳剧本奖、香港电影金像奖、台湾电影金马奖最佳编剧提名奖等。此外她还获得"北京人艺荣誉编剧""香港六艺杰出女性"等殊荣。自然,她也成了中国剧协理事、中国作协会员。无怪乎,我国已故著名剧作家吴祖光对何冀平赞美有加,称她为"中国戏剧第一才女"。他甚至埋怨他的儿子"不争气",未能使她成为自己的儿媳妇!埋怨儿子当然未必公正,姻缘这事情不属于理性范畴。但吴老对冀平的赏识跃然纸上,而且我相信他的这一表达会引起很多人的共鸣。

7 月 13 日晚《天下第一楼》演出第 500 场。当天下午北京人艺在本院举行隆重的庆功会,我未能出席。后我问冀平,结果她只给我回答了一句:"北京人艺满 500 场的戏还有曹禺的《雷雨》。"这一句话使我豁然开朗,这三出北京人艺的经典看家戏差不多每 25—30 年才产生一出,每一出代表了一个时代:新中国成立前、新中国成立后、改革开放;它们标示出北京人艺现实主义戏剧发展的

3座里程碑。这样,《第一楼》在北京人艺成长和发展史上的地位乃至它对中国现代戏剧发展史的贡献也就清楚了。于是我对冀平说:"现在线条非常清楚,你正站在人艺最近这一时期的制高点上,你的基地在这里,角色十分明确。相信你将会更加牢牢握紧从曹禺、老舍手上接过来的这根话剧'接力棒',义无反顾地继续向前冲刺,前程非常辉煌!"她停了停,然后郑重地点了点头。

（原载《中国艺术报》2014年8月11日）

历史死结的美学解脱

——看话剧《德龄与慈禧》

　　话剧是一门综合的艺术，一台成功的演出取决于诸多的因素，除了剧本这一基本要素以外，还要看导演的功力、演员的阵容、舞美的创意等。因此在大陆舞台上要想看到一出令人满意的戏是不容易的。这几天香港话剧团给我们送来的何冀平的力作《德龄与慈禧》却使我们眼睛一亮，不愧是精心锤炼的一出舞台精品。它是上述各个单元的强大阵容通力协作共同完成的一个完美的艺术品，各个单元都焕发出光彩。尤其值得一提的是著名演员卢燕女士，她以82岁高龄塑造的雍容华贵、母仪天下的慈禧形象，丰富、生动，十分得体，使得满台生辉。

　　《德龄与慈禧》选取了中国1900年封建专制统治最后的那段岁月，也就是中华民族最痛苦的那段历史作为题材。但这段历史太沉重，人们也太熟悉，而历史本身不能更改（要更改那也是历史学家的事），这是个历史死结，所以作者聪明地避免把它写成吃力不讨好的历史剧，而是把这段可悲的历史当作素材，同时加入一些笑的成分，以减轻沉重的压力，从而变成一出亦悲亦喜、又哭又笑的审美游戏（也可以仿照迪伦马特的说法，叫"非历史的历史剧"）。但这种"游戏"并非无稽之谈,它寓有深意,我认为在下列几方面具有启示价值。

一是在历史层面上,《德》剧用了一个假定性的预设,即清王朝内部如果对外来的现代思潮不是采取排斥、抗拒态度,不是追捕康梁改良派、屠杀维新派,而是如当年日本明治维新那样,对于"蓝色文明"或曰"工业文明"采取拿来主义的态度,那么中国的历史早就不是现在这个样子了。这一层面的内涵对当下仍有现实意义。

二是在文化层面上,《德》剧揭示了中国宫廷文化特别是清代宫廷文化的极端腐朽性。清末统治者之所以无能,原因之一是他们习惯于遵循一种惰性思维,即纵向承袭思维,让前人即祖先的律条来指导并约束自己和别人。中国封建统治者的政治哲学是:"天不变,道也不变,以不变应万变。祖宗之法不能变。"你看宫廷里大小官员、皇后宫妃动不动就用祖规祖训来阻止你去做任何不符合前人规定的事情,这对于有革新要求和创新能力的人不啻是一道道紧箍咒。封建统治者的这种纵向承袭思维严重影响了中国国民的思维习惯。所以鲁迅曾经把中国人和西方人的思维特点概括为6个字:中国人习惯于"摸前有",而西方人则强调"探未知"。

三是在人文层面上,《德》剧掀掉了那种压抑人性的宫廷面具,让他们还原为普通人的本来面目。原来这些王公贵族看起来威严高贵,神圣无比,实际上也不乏凡夫俗子的七情六欲,也能通达人情。这样一来,就让这些政治的傀儡、历史的僵尸回到人的本位,从而也让文学回归于人学。旧时代的宫廷文化用种种封号冠在每个人的身上,同时又用种种清规戒律和繁文缛节限制你的行动,从而使人渐渐丧失生气和活力,变成了僵直的木偶,以致像慈禧这样的"一国之尊",从另一方面看也是"囚犯"。这是人的悲剧。文学有义务越过政治学和历史学的视野,在哲学的层面上来关注这些人的生存状况,不管这些人头上顶的是什么符号,他的自我感觉是苦是乐。因为历史学关注的是事件的结果,而文学关注的则是事件的过程。过程比结果更加丰富而复杂。

现在谈谈《德》剧在艺术上的成就。

《德》剧所取得的思想和文化上的启示价值是通过一种成功的艺术手段完成的,这种手段就是"二元对立"的手法。在陈腐僵化、毫无生气的宫廷里,创作者把一个没有受过宫廷污染的鲜活的生命打进去,让她去激活宫廷的生机,首先是激活最高主宰者的生机。于是这一老一少、一尊一卑、一中一西、一古一今、一新一旧就演起了"双簧"。为什么慈禧愿意把这样一个思想异端、生活另类的女孩当作"搭档"呢?因为她乳臭未干且毫无官职,不构成对她的任何威胁。而且孩子来自使她惧怕又好奇的西方,又尚未学会说假话,可以充当她内心中所渴望的"家庭教师"和生活上的玩偶。诚如创作者所说,这一对反差型的人物的组合,相悖相惜,引发出且喜且悲的故事,以至于取得出色的审美效果。在对清廷主宰者悲剧处境的描述上创作者也运用了悖谬的概念,如慈禧既是"一国之尊",又是"囚犯";光绪"有生的权利,没有活的自由"等;在对话中也有多处体现,如李莲英教导他的手下,在宫廷里"既要长眼,又不能有眼;既要有耳,又不能有耳";有人激动地痛骂李莲英"是奴才",李却从容地反唇相讥:"奴才是我的封号!"让对方哑口无言。这些都是十分精彩的幽默语言。

勤奋的才女何冀平十年磨一剑,终于如愿以偿,《德龄与慈禧》堪称继《天下第一楼》之后的又一个高峰。我们有信心期盼她的下一个高峰。

(原载《北京日报》2008 年 7 月 14 日)

悖谬审美游戏的"黑色幽默"

——观北京人艺《鱼人》的演出

　　《鸟人》《棋人》《鱼人》，林兆华和过士行近年来联袂推出的这"闲人三部曲"，均以我国当代芸芸众生中较常见的3种业余生活为题材，提炼出一种形而上的人生况味，这况味不是表现在这3种娱乐活动本身，而是表现在人的一种"跌入"，跌入人与娱乐的对象发生合二为一的迷狂境地，一种既滑稽又悲壮的处境。

　　上述三部曲中，就构思的奇谲性，结构的完整性，舞台阐述的明晰性和舞美的诗意性而言，《鱼人》都是最出色的。编导们借助一个童话式的故事，以脱俗的现代舞台语汇，酣畅淋漓地玩了一场审美游戏，从而把戏剧的本质——娱乐功能——还给了戏剧。与那些过于沉重的使命相反，《鱼人》的编导竭力在创造一种"有意味的形式"，即使最简单的生活素材，也能变成饶有趣味的视觉效果。例如推石填湖这一场面，平庸的导演很可能处理成用肩挑、用筐抬的一般劳动场面，然而这里却变成了动作稚拙却富有审美情趣的艺术表演。编导多么懂得"玩"的法则。

　　这场审美游戏是在两个"鱼癖"，即钓鱼老叟和养鱼把式间进行的(那位老将军可谓他们的"大提琴伴奏")：一个30年如一日一心要钓出湖中最大的鱼,一个则非保住这保佑四方平安的湖中之魂不可。这是全剧矛盾冲突的焦点。两位主人公经过一番心理较量以后,知道对方绝不会退让一步。于是养鱼把式决心以性命作代价,来保护大湖的命根子。钓鱼老叟呢,当他发现大鱼终于上钩,30年的夙愿和追求眼看就要得到报偿,生命交响乐的华彩乐段尽管来得太晚,但毕竟已经来到,他的兴奋是无法形容的,他甚至反而不急于马上把这个庞然大物立即钓上来,而要趁这个猎物还在钩上的时候,痛痛快快"玩它一把"(此系作者的神来之举)。谁料,刚才湖面上的万丈霞光,是他生命衰竭的回光返照;当他最终发现被钓上来的根本不是他的"大鱼",而是养鱼人的尸体时,他一生的血本一下子全输光了!他合乎逻辑地立刻命归西天了。你看,说是"玩儿",却玩得并不轻松:两条人命!可见,"玩儿"的内里蕴寓着哲理。事实上这两个形象具有象征意义,它们反映了人与自然的矛盾:一个要索取,一个要抗拒。最后死去的养鱼人永远坐在湖滩上,与垂钓者遥遥相对,像一尊雕塑,更像一座化石,因而把矛盾永恒化了。这一舞台效果具有醒世作用。

上述两位老人对自己的职业或爱好都表现出了执着追求,反映了现代人的一种特有的人格精神。卡夫卡有一句格言:人身上是不可以没有一种不可摧毁的东西的。这两位"鱼人"为把自己追求的目标推到极致,不惜以殉道者的姿态出现,以致把自我与客体融为了一体,达到物我统一、天人合一的地步。他们也像那条大鱼一样,在几十年的执着追求中修炼成"精"了,因而成了大自然的一部分。他们其实不是死了,而是被大自然召唤去了。因此在形而下,他们固然都输了,但在形而上,他们又都赢了,因为都成了"佛"。

《鱼》剧刻画了一群栩栩如生的人物，除论及者外，梁冠华饰演的那位老将军可谓满台生辉。作为革命家，他在戎马生涯中已经投入过最宝贵的年华，也实现了最高的人生价值。现在作为离退人员，钓鱼仅仅是他的一种消遣。他阅历丰富，处世达观，谈吐幽默，是个令人喜爱的角色。他在剧中的作用主要是美学上的。钓神的儿子也是一个个性鲜明的人物。作为年轻的一代，他的价值观与父辈大相径庭。他看重的是当下，是生命经历的每一个过程。他再也不把鱼人作为自己唯一的追求，甚至在谈恋爱的时候，也不愿作出"白头偕老"一类的承诺，他的嬉皮士式的处世态度加深了老鱼人身世的悲剧性。其他如鱼把式的养女小燕以及那位带点书呆子气的教授等，虽着墨不多，但性格轮廓分明，都是《鱼人》画廊中给人较深印象的人物，显然与扮演者的出色表演分不开。

《鱼》剧的舞美亦堪称一大手笔，不仅表现在它那超级写实主义的极端逼真，还表现在其空间分割的匠心独运，尤其当舞台转了一圈之后，它更给人以迷人的纵深感，加上灯光和音响效果的妙用，观众简直被带到了大自然的深处……

《鱼人》乃是编、导、演、舞美等各路艺术家通力协作、达成高度默契的产物，是几年来首都舞台难得一睹的佳作。

（原载《北京人艺》1997 年第 4 期）

魅力来自悖谬

——评北京人艺《大将军寇流兰》的演出

　　起初耳闻北京人艺要排莎士比亚作品,立刻想到莎翁的"五大悲剧"和"五大喜剧",那是世界剧坛争相排练并且久演不衰的经典剧目。后来听说是《大将军寇流兰》(以下简称《寇流兰》),不禁一愣。一查原来是 Coriolanus,通译《科利奥兰纳斯》,是莎翁剧作中比较冷僻的、很少有人问津的一出戏。富有挑战精神、又拥有自己剧团的德国伟大戏剧家布莱希特,晚年曾做过尝试,但未能如愿,直到他死后若干年才见演出。现北京人艺不顾"前车之鉴",毅然推出这出戏,可以说是"明知山有虎,偏向虎山行",这是对自己的实力充满自信的表现。首先发起这一挑战的是该院的"三巨头":导演林兆华、主演濮存昕和舞美设计易立明;其中易立明也参与导演,并与林兆华共同担任灯光设计,3 人构成一个紧密的创作整体,合力破解莎剧中的难题。

　　这出戏难就难在对它的诠释上。主人公马修斯在佛尔斯人的进犯中英勇奋战,打败了敌人,捍卫了罗马,获得"寇流兰"的贵族称号,当之无愧地成为罗马最高执政者的候选人。然而他自恃高贵,蔑视民众。具有民主雏形的古罗马,出于民族自卫的需要,民众竟然获得自己的"护民官",堪与代表贵族势力的"元老院"分庭抗礼。由于寇流兰拒绝向民众展示身上作为立功标记的伤疤,在护民官的唆使下,他的高傲引起众怒,从而被"民主地"逐出罗马。寇流兰咽不下这口气,决心联合曾被他打败、但内心里却为他所钦佩的佛尔斯人首领奥菲迪乌斯重攻罗马,以图复仇。眼看罗马重陷战火的母亲,带着儿媳,即英雄的妻子赶来军营,以母子情、祖国泪,百般劝诫儿子,以签订和平协定的良策来挽救祖国,并避免留下叛徒的罪名。寇流兰在进退两难的困境中最后接受母亲的规劝,同意收起干戈,签订和约。但为时已晚,曾一再发誓"不是你死,就是我活"的奥菲迪乌斯发现寇流兰对他不忠,立即将他除掉。罗马陷落了。

　　这无疑是一出悲剧。但这是什么悲剧呢?布莱希特认为"这是英雄的悲剧"。这是讲得通的:寇流兰为国立功,却居功自傲,看不起民众。在最高执政官的选举中,他不想讨好选民,作为政治家这是不高明的,但作为人格这却是高尚的。于是悖谬出现了:在政治舞台上起决定作用的是政治手段,而不是人格展现。在遭到民众的否决以后,不能反省自己,设法调和甚而化解矛盾(这是政治家应有的本色),却采取维护自己的人格尊严、导致矛盾激化的态度。这给护民官以口实,使他们借此把民众煽动起来驱逐了他。挨整以后,他不能权衡得失,却一任自己的情绪驱使,甚至不惜舍大义,以投敌的政治行为,来捍卫他的倔强的个性尊严。这暴露了他的第二个性格弱点:有胆无谋。接下来,在胜败的关键时刻,即在他攻入罗马以后,作为统帅,他的意志经得起金戈铁马的考验,却经不起"软"的武器的进攻,即顶不住亲人声泪俱下的瓦解。鲁迅说,悲剧是把美好的东西毁灭给人看。一个本来堪称伟大的人物,只因个人思想意识的单一和性格的弱点,走向了覆没。构成悲剧的决定性因素,在于悲剧的主人公必须能引起观众的悲悯。那么寇流兰能引起观众的悲悯吗？回答是肯定的：他固然不是善于运筹帷幄的政治家（这不是他的错误），但他是个在保卫祖国的战争中作出过牺牲、立过赫赫战功的民族英雄（这是他的本质所在）；在唾手可得的最高权力面前，只因一个小小的问题他把它放弃了，说明他不想谋求统治者的权力和地位（这难能可贵）；在任何方面都看不出他是个汲汲于私利的权术家或阴谋家。看来他倒更像一个"性情中人"。凭经验知道，这样的人在政治舞台上或官场上多半是要失败的。你看，不是吗，不让看自己身上的伤疤，这算什么问题呀？选不上执政官不是已经完了吗？然而你想完，人家却跟你没完！

但如果说，《寇流兰》是一出民众悲剧也没有错。你看这些民众多么有眼不识泰山：对一位出生入死保卫了祖国的伟人功臣，只因为他的一个思想作风上的缺点（就算缺点吧），不选他当执政官就够了，还要添加拳脚，把他逐出祖国！用这种罚不当罪的粗暴行为对付一个充满英雄气概的人，怎么能不引起对方的"反弹"？既然这个他曾经为之浴血奋战的祖国已经不属于他了，他还有什么义务要忍受这种屈辱呢？须知，他毕竟不是一个"高、大、全"的完人，忍辱负重不属于他的英雄性格。那么，遭到灭顶之灾的结局只能由这群无视"作用与反作用"规律的罗马人咎由自取了。这不能不叫人扼腕叹息。

这个剧的剧情提供的就是这样一种"此亦一是非，彼亦一是非"的"说非若是，说是若非"的悖谬审美情趣。在一般的古典悲剧中，这样的构剧法是不多见的。这是因为莎翁的创作年代已是文艺复兴的晚期（1564—1616）。这时期艺术已进入矫饰时期（16世纪）和巴洛克时期（17世纪），中欧、西南欧除法国以外，偏离传统的美学革新思潮日盛。莎士比亚已不那么遵循文艺复兴的戏剧法则，经常在悲剧中加入喜剧因素，在喜剧中加入悲剧因素。所以现代的巴洛克文学史家们都把莎翁归入巴洛克的早期作家（因此他至少有1个世纪不受正宗的文学史家们好评）。在《寇流兰》这出莎翁的晚期剧作中，他就使用了巴洛克创作爱用的"二元对立"的审美法则。

不管林兆华等主创人员的主观意图是什么，《寇流兰》在舞台上呈现的是一出双重悲剧。我认为，这样的诠释是符合原著精神的。从对原著压缩的舞台脚本看，导演们似乎更倾向于英雄悲剧。但这没有削弱乃至取消另一层面的美学效应，因为舞台上导演强化了民众作为英雄对立面的"群氓"形象。正如高傲的英雄寇流兰不屑与这群没有自己头脑的乌合之众为伍，这群只是别人手中工具的阿斗也不配拥有这样一位不凡的英雄。正是在这个地方林兆华与布莱希特疏离了开来。布莱希特作为马克思主义者，他从历史唯物论出发，试图肯定罗马公民的历史作用和正义性，肯定"平民发明创造的本领令人肃然起敬"。这在世界观上无疑是讲得通的，但在艺术上却绊了脚，因为他强加了剧本中没有的东西，也是莎士比亚那个时代不可能有的东西。这样做势必削弱英雄的悲剧效应（如果驱逐英雄的行为是正义的，那么英雄的毁灭岂不是罪有应得），从而与布氏自己给这出剧所定位的"英雄悲剧"发生矛盾。布莱希特挑战《寇流兰》之所以未能成功，问题就在于他未能像巴尔扎克那样，在艺术与世界观发生矛盾时，宁可委屈世界观，也要成全艺术，即尊重现实（而且在真正的现实面前，布莱希特甚至还遇到尴尬：1953年民主德国发生工人骚乱，平息后布莱希特不得不按照官方的态度表态，引起国际文坛的震惊，声誉大损。直到

1966 年布莱希特逝世 10 周年,格拉斯还写了一出剧,题为《平民试验起义》,对布氏进行讽喻)。我认为林兆华等人对这出难剧的挑战,某种意义上也是对布莱希特的挑战。这方面林兆华等人显然比布莱希特有更大的优势,因为他们对同类的现实,对人类的普遍生存状况有更多的阅历和更深刻的体验。

与敌人结盟后的主人公在伦理上也陷入悖谬的处境:他若拒绝母亲的规劝,固然可以向他的施害者报一箭之仇,但必使同胞涂炭,落得"民族叛徒"的千古罪名;他若接受母亲的劝诫,收兵息戈,则他将背叛与宿敌的新盟约,必遭杀身之祸。这样,他就陷入了"孝"与"义"、"忠"与"亡"的两难选择境地。从审美角度讲,这样的戏剧情境是最扣人心弦的。寇流兰在万般无奈的情况下,最后在"战"与"和"之间选择了违心的"和",也就是选择了他心知肚明的"死"。也就是说,他以"亡"抛弃了与新盟友的"忠"和试图复仇的"义",而维护住了"孝"。于是,一个战场上的英雄倒下去了,一个人格上的英雄站立起来了!从戏剧艺术上说,这一处理是正确的,它既符合主人公的英雄性格的逻辑(不让他死,就构不成"英雄悲剧"的命题),也符合悲剧情境的需要。

凡是伟大的艺术家往往都是人类和人类社会的深刻洞察者和预言者,因此他的作品往往能超越时空,具有永恒的价值。一段古罗马史料,经过莎翁的艺术处理,我们今天看起来仍觉得新鲜,甚至有着切肤之痛!实际上布莱希特也是有此感受的,他在讨论这出戏的时候,也谈到:"我们在自己的周围不是也遇到类似的情况吗?"布氏甚至还说道:"要理解他的(即英雄的)伟大,以及他的伟大使人民付出的代价。"因此布氏对这出戏其实是有矛盾的,并且被他的同仁们发现了,在讨论时 R 就说:"我看 B 对这个戏好像情绪不高。"

《寇流兰》的导演在处理民众与护民官的关系时,把民众看作护民官手下的工具,这是对的。但不应把民众描写得过于阿斗,那样反而削弱了英雄的悲剧性;相反,应让他们在护民官的煽动和蛊惑下,显得具有高度的正义感和严肃性。他们的激昂慷慨既能反衬出英雄的悲剧性,又能表现出民众自身的悲剧性及"受蒙蔽之深"。这当中又有悖谬的道理。在这点上我倒是同意布莱希特的观点:"压在他们头上的不单单是当权阶级,而且还有他们自己的意识。"正是他们那种固有的、简单的"唯上"意识,使他们容易受蛊惑、受操纵,而且往往深不可拔。由此布氏认为,"平民的行动不是戏剧性的,而是悲剧性的"。当然可以用"喜"的形式来表现他们的"悲"的命运。

主人公寇流兰的造型设计和服装设计都堪称得当,濮存昕的表演也相当出色,成功地塑造了寇流兰的英雄气概与矛盾性格。但导演在这个人物的塑造上尚欠复杂和丰富,在他"投敌"那个场面的处理上过于简单。这个环节颇为重要,是个有戏可做的地方,应让英雄在决定"叛国"的那个瞬间发生剧烈的内心矛盾和冲突,敌方也有策反的计谋。与寇流兰相比,奥菲迪乌斯这个人物多少有些"反面"脸谱化,且不要忘了,他是寇流兰内心钦佩的英雄。寇流兰到底看重或欣赏他什么? 需要进一步挖掘一下,并把它表现出来。

战争场面过于简单,毫无审美价值,好比儿童游戏。如果不出现宏阔的战争场面,也应有力量的对峙与较量,因为表演的是"大将军"啊!

舞美设计还可考虑一下:戏开始的时候,仗已经打完了,高大的城墙还会那么完整吗? 而且没有变化。

（原载《北京人艺》2008 年第 2 期）

三位名家一台戏

——观越剧《藏书之家》

　　早就听说两位年龄相仿的浙江才女——小说家王旭烽和越剧表演艺术家茅威涛联手共创了一出新的越剧《藏书之家》,而执导者又是威涛的先生、著名导演郭小男,是真正的才子佳人"三足"鼎力而成,因为是家乡戏,很想一睹为快,可惜一时无此机缘。今秋在首都剧场观赏莫斯科艺术剧院的演出,巧遇茅威涛,恰逢她率浙江小百花越剧团来国家大剧院演出该剧,才如愿以偿。

一

　　观看《藏书之家》的演出时,真如沐浴春风。这不愧是创、导、演等诸多方面几年来竭力打造的一出经典性的戏曲佳作。戏以我国闻名遐迩的宁波天一阁藏书楼为背景,塑造了一个以藏书为终生使命、敢冒风险收藏禁书的藏书家及其红颜知音的动人形象。

　　故事发生在明末清初的战乱时期。主人公范容的哥哥婚礼在即,却在前线抗清难归,范容的姨妈司书夫人欲让范容代行礼仪,范却不从。久慕天一阁的富家才女花如笺过门后一心要上楼阅览,一再被"家规"的守护者姨妈所阻。此时范家故交孙知府透露有被范氏尊为导师的李贽禁书《焚书》出售。范容闻之大喜:这正可与其所藏李贽《藏书》合璧。但十万书款的天价使他心急如焚。此时丈夫已在前线阵亡的弟媳愿以嫁妆为代价替范家博得此书,条件是准她上楼阅览。对花有意的范家故交孙知府以书主身份现身,称战乱年代妆奁贬值只顶七万,所缺三万需范氏向他三跪方能抵销。范忍辱照办。但孙又提出他要娶得花才女方能奉书。这使已对花萌发爱意的范容陷入"鱼与熊掌"的争斗漩涡。花氏为了范家最高利益表示愿意满足孙的欲望,遂使范容更陷入如梦如幻的情感挣扎之中。不料孙知府为抗清兵进甬以身殉国,按其遗书他的万卷书楼包括《焚书》统统由范氏书楼保管,可谓结局圆满。

这户"藏书之家"为传承中华文化,视藏书为天命,400年如一日,代代相传,锲而不舍。范容作为这一家族文脉中的一代,亦被这一家规祖训熏陶出独特的精神人格。他不惜倾家荡产,广收天下典籍卷帙,而且敢冒杀头之罪,收集禁书,甚至敢把明代李贽这样的先进但"危险"的杰出思想家奉为导师,不惜以百亩良田为代价,不惜忍辱负重来收购他的名著和禁书,说明他不仅是一位热爱知识的藏书家,而且是一位追求真理的有识之士;以他为主心骨的天一阁不仅是一座知识宝库,更是一座思想宝库。这就大大增加了天一阁存在的分量,使得它作为中华文化的传承实体有了圭臬,有了价值坐标。也正是这一点让人看到它的"主儿"范容的铮铮铁骨,看到他的非凡形象。

戏剧像其他艺术一样,是戏剧家构筑的一种审美游戏,而不是原型的历史复写。但它取天一阁的创始人及其传人惊天地、泣鬼神的藏书精神之魂进行演绎,使这一传统文化浓缩的精气神强烈地震撼着我们的灵魂。该剧的蕴涵丰富,它至少在 3 个层面上给予我们启示。

首先是历史层面。历史上我国是一个文化遗产极为丰富的国家,这方面它永远值得我们欣慰和自豪;同时我国又是一个有过"焚书坑儒",而且"文字狱"层出不穷的国家,这也永远让我们的记忆承载着痛苦。当年与天一阁有深缘的李贽就是这"文字狱"中的一个受害者。他因超前的卓越思想而为那时的当权者所不容,并以"敢倡乱道、惑世诬民"的罪名入狱。我想,迫害李贽的人就像中外历史上迫害司马迁、孙膑、商鞅,迫害伽利略、哥白尼、布鲁诺的那些人一样,都是振振有词的,或曰"为了江山社稷的稳固"或曰"为了上帝的安宁"等。但曾几何时,随着时间的流逝和沉淀,这些被迫害者的文字闪闪发光,而当年振振有词的那些人如今安在——统统被钉在历史的耻辱柱上! 这一历史经验启悟我们:对于思想者,对于文化人,你要触碰他的时候,务必要当心,历史在一旁监视着呢!

第二个层面是属于知识界的。李贽是一个敢于大力倡言反对封建礼教、反对主流传统的思想家,是一个如鲁迅所希冀的敢于反潮流的"大呼猛进的精神界之将士",他有强烈的社会担当,而且敢作敢为,即使被关进监狱,也依然宁死不屈,自刎身亡。其风骨堪称中国知识分子的脊梁与楷模。《藏》剧以李贽为最高典范,极具战略眼光和现实意义。

第三个层面是属于当下的。经济大潮冲击着精神堤坝,信仰松动,道德退却,文化传承的恒心日减,天一阁再生的环境难寻。在这样世风不振的氛围中,《藏》剧以李贽的《藏书》《焚书》"合璧"为戏剧情节的中心,为舞台的最高音响,鲜明地标示出《藏》剧的价值取向。它让我们看到了一种久违的东西,一种抵御潮流的定力。这对目前流行的犬儒主义的低迷之风和复古思潮无疑是个有力的抗衡!

《藏》剧的艺术魅力来自两难选择,即对书的精神追求与对人的情感追求的难以调和的冲突。应该说。这两种追求的价值都是至高的,而且是永恒的,不过它们表现在范与花两人的身上轻重有所不同:花经过一番内心的矛盾冲突(可惜剧中对其剧烈程度表现得不够),最后决定忍辱负重,离范就孙,也就是说,她对书(精神)的追求压倒对人(情感)的追求。而在范身上,他却在两者之间犯难,最后只得听任天意了——天意让孙在战场殒命,不仅成全了《焚书》与《藏书》的合璧,也成全了精神与情感的理想归宿。

偶涉戏曲创作的王旭烽 10 年来与导演紧密合作,不辞辛苦,不厌其烦,几易其稿,最后获得了成功,足见作者创作上的严肃精神和深厚功力。

二

一曲戏是要经过舞台呈现才能最后完成的。因此导演可以说是舞台之魂,也可以说是"统帅"。《藏》剧舞台呈现的最大亮点是导演郭小男与主演茅威涛的"夫唱妇随",合作默契,真正达到"珠联璧合"的境界。

正值成熟时期的中年导演郭小男是当今我国戏剧导演阵营中的实力派。他怀着宏伟的艺术抱负,眼光远大,戏路广阔,理念新进,技巧娴熟,是个能够得心应手驾驭各种舞台艺术的优秀艺术家。为了《藏》剧,也为了通过"重塑茅威涛"以革新越剧,他殚精竭虑,魂牵梦萦,一手牵着剧作家,一手牵着表演艺术家,十年如一日,坚忍不拔,孜孜以求,反复推敲,甚至修改时不怕伤筋动骨,从头再来,大有"戏不惊人死不休"之宏志! 果然,功夫不负有心人:《藏书之家》在舞台上几经磨炼,日臻完善,终于唱响海峡两岸!

大幕拉开,几个"家丁"(书童)与"管家"(司书夫人)打扫一番"战场"后,"大将"(《藏》剧主人公范容)出场了! 只见他吹着一支长箫,侧坐在舞台右侧深处,几声悠扬的箫声后,他面朝观众由远而近……这一"亮相"设计,可谓妙矣:它让观众在一种诗意的氛围中,对主人公的整体精神风貌获得第一印象——一种雍容大度的美学定位。剧中导演的调度亮点多多,比如有几个立定背向的动作处理得十分得当。如当范容得知花月笺为救《焚书》愿意离开范家时,他情绪几近绝望,因而宣称要学李贽出家,并转身就走,其姨妈扑通一下跪了下去,这时范立即止步,但没有马上转身;而下跪与止步的动作是同时完成的。这一舞台处理很妙,一是范容对姨妈的这一反应感到突然,二是他的一时气话正可借此机会重新考虑,并可借此机会下台。此外这一背对跪姿的双人造型具有一种图画的美。再如在尾声中,当孙知府的仆从(卖书人)追着范容飞报孙阵亡的噩耗并转交其托藏家书的遗嘱时,范又是一个瞬即背向站定,并纹丝不动地将这一大悲又大喜的天外飞鸿倾听到底。这一突然"凝固"的造型包含了一大篇潜台词。悲与喜的情绪互相抵消。故他无须多言,只见他平静地吩咐手下:将《藏书》《焚书》以及(曾经传情的)箫、琴等物一并砌进壁膛! 这一"静"其实蕴含着主人公心中巨大的"动",但不需点破,否则就没有"戏"了,可谓"此时无声胜有声"。你看,导演对这一戏剧情境把握多么准确啊。这就是艺术!

"抄书"那一场面的调度也很独到:书固买不起,但只要我有决心,有人手,我可以抄! 于是看吧,人们有坐着抄的,有站着抄的,有跪着抄的,甚至还有趴着抄的! 一种众志成城、万众一心,不达目的死不休的气概,一种中华民族愚公移山的精神回响着。这一场面真可谓惊天地而泣鬼神,把天一阁那种赖以顽强生存的坚忍不拔的奋斗精神发挥到极致。

但郭小男在《藏》剧中的导演艺术的"华彩戏段"还不在这里,而在"三跪"那一场,这也是创、导、演三股合力最精彩的一场。孙知府从考验对方出发而制造的这"三跪"实际上是一场"逗"戏。但不知对方用意的范容却是怀着忍辱负重的心情对待的。而三跪中的每一跪都有较长的唱段,如果对每一跪没有层层递进的不同表演招数和折服人的身段展示,就会使人困倦。然而郭小男恰恰在这里显示了他的功底和实力:他让双方时即时离地较量,在第一跪前两人拧着转了几圈,然后两人同时在椅背上奋力一拍,接着范容来了一串碎步,一个翻转,一个踢腿,一个跌坐,有了这厚厚的铺垫后,他才庄严地跪下。这一跪真有千钧之重啊! 接着导演又在每跪间使用变化不定的身段,保持着三跪间不断增强的张力,最后使"三跪"成为一气呵成的、可以单独成篇的精彩的"折子戏",妙哉!

小男视野开阔,艺术思维相当全面、现代。他既有高屋建瓴的宏阔,又有描龙绘凤的细腻。除了立足于戏曲,他还执导过话剧、歌剧、音乐剧等不同剧种。各门艺术虽形态各异,但它们的基本要素是共通的,故有"触类旁通"之说。在执导越剧或者说《藏》剧的过程中,他显然把其他艺术门类的某些艺术因子或语汇适当而有机地糅合进去了,甚至把不同的地域文化比如燕赵文化的"苍劲悲凉"也融进去了。这不仅是《藏》剧之大幸,也是越剧之大幸。众所周知,生物界不同品种的嫁接或杂交会产生更优良的品种。艺术亦然。但中国戏曲(岂止戏曲)的革新意识较之话剧要弱,一种固定的模式陈陈相因,代代重复,始终离不开地域文化,难怪有郭小男"重塑茅威涛"的决心。是的,他就是要使越剧这一优秀的剧种,从一贯的"小生小旦"的模式中走出来,开拓更大的艺术空间,并赋予一种儒雅而大气的审美取向,使之既可情意绵绵、风情万种,又可大气磅礴、慷慨悲歌!可以说,《藏》剧是他继《孔乙己》之后,下大力"重塑茅威涛"的再试锋芒。在舞台的其他要素诸如舞美、音乐(首先是唱腔设计)等的有效配合下,不难看出,《藏》剧的厚重与精致均超过了前者。

三

表演在一出戏中的作用是举足轻重的。导演的精妙舞台构想有了出色的表演才能化为艺术。浙江小百花越剧团是近三十年前在水土丰美的钱塘江畔冒出的一朵绚丽的奇葩。那一群灵秀的姑娘如今一个个出落得玲珑剔透,人杰艺精,使"小百花"成为一支享誉中外的优秀表演团队。其中的主要骨干差不多都在《藏》剧中担任了重要角色,如分别担纲男女主角的茅威涛和陈辉玲,饰演司书夫人的洪瑛和饰演孙知府的董柯娣等。她们的出色表演真的使《藏》剧满台生辉。其中最杰出的无疑当推茅威涛了!作为小百花越剧团的团长,她不仅是这个剧团的主心骨和台柱子,而且是目前全国越剧界的"状元"或"皇后"。限于篇幅,本文只能以她为重点谈一谈了。

茅威涛与郭小男这两位英姿勃发的艺术才俊从不同地方走到

一起,生活上结成一对,艺术上构成搭档,堪称越剧的福音。是的,那时无论是"小百花"还是茅威涛个人都处于事业的辉煌时期。但具有现代艺术眼光的郭小男早已洞悉辉煌掩盖下的一个可虑的隐患,即上面提及的"复制模式"。我们毕竟与农耕社会渐行渐远,新的社会生活不断培养着观众新的审美趣味。无须小男太多点拨,敏悟过人的茅威涛很快领悟到小男所诠释的理念,这理念按我的表达即是:重复乃匠人的习性,创造才是艺术家的本色。这就是毕加索一生所作6万件大小不等的作品,没有一件相同的原因!因此艺术家的宿命就是:到达一座高峰后,必须马上逃离,去攀登另一座高峰,就像蛇的生命进程以一次又一次的蜕变为标志那样。这也正是小男所强调的"不断否定自我又再造自我"的道理。而这也正中"永不知足"的茅威涛的下怀。当两人在这一点上达成共识后,在走向爱情的港湾的同时,也开始了艺术探险之旅。经过十五六年的共同切磋、细心琢磨,茅威涛在唱、做、念(可惜尚未看见她"打")方面,特别是在把握人物的精神气质方面,在表达哲理、空灵方面都到达了一个新的境界,也可以说,漂漂亮亮地"蜕"了一层"皮"吧。

与当年孔乙己精神颓废却风骨犹存不同,范容是个承载着400年文化传承重任的精神英雄。他热爱生命,又敢冒风险;他"抄书"时气壮山河,求书时又忍辱负重;替兄迎娶时他唯恐"授受不亲",嫂子"他嫁"时,又"舍不得"到死去活来……表现这样一个多面体人物时,茅威涛的表演跌宕起伏,却丝丝入扣、步步到位:有细腻,又有豪放;既大气,又凝练;既潇洒,又厚重。可以说收放自如,分寸得当。而在这一切之外,又弥漫着一种文化韵味和诗意的情致。我们看到,有许多场合,的确如导演为她量身定做一般,达到"珠联璧合"那样的默契。

如果说,她第一场拜祷李贽那一段不短的道白,让人领略到她的"念"功的水平已是喜马拉雅山的高度的话,那么第五场"连人都保不住,还藏什么书啊"这一句慨叹已是珠穆朗玛峰了!这既不是"说",也不是唱,更不是哭,但这呼天抢地的一句却令人怦然心动,眼泪夺眶而出。因此仅仅这一句就让我有理由把她的念功与当年演出《蔡文姬》时朱琳的某些高超的声调相媲美。如果说到"做"和唱,那么在"三跪"那一段可谓淋漓尽致矣:她那一投足、一举手的优雅和韵致,那翻转身段的轻盈和柔美,那多变而丰富的面部表情以及在多种场合那背手踱步时的翩翩儒雅,那手中舞棒或掌上转盒时的灵巧如簧,无不令人叫绝。

她的歌喉明亮,音色甜美,唱腔婉转动人。那伴随"三跪"的三曲"咏叹调"(借用外国歌剧中的术语,外国人习惯称中国的戏曲为"歌剧")唱得既正气凛然,又如泣如诉,实在感人肺腑,堪称茅威涛在《藏》剧中的"华彩唱段"。又如,当范、花两人听到范迁阵亡的噩耗时,叔嫂那段二重唱也非常动人。由于她的演唱的高超技巧,许多细节也处理得非常精彩。如第一场出场不久祷告李贽后开始了全剧第一句演唱"魂游梦牵"时使用了两个颤音,犹如百灵鸣啭那样美妙动听。有几处当情绪无以复加的时候,则使用异声的声腔造型,获得特殊的听觉效果。例如第三场在唱到为买书弄得"山穷水尽"时,有意让声音低沉而变"白",以与情感的异常相适应。后在第五场唱"舍不得人啊"时又让歌声"委屈"成无比痛惜的化身。这种艺术表现方法没有千锤百炼的功夫和细心琢磨的领悟是难能奏效的。

至此我们可以说,《藏》剧中《藏书》《焚书》合璧的故事,成了

《藏》剧舞台上一对伉俪艺术合璧的象征。在这里我们看到了"一加一大于二"的奇事！

四

打造一部艺术经典究竟需要走多长的路,恐怕谁也说不准。一要看你的要求有多高,二要看时间的考验。我们说某事已获得成功,并不意味着它已完美无缺。事实上,世界上完美无缺的事几乎是没有的。尤其是艺术,对它的追求是无止境的。如果对《藏书之家》再严格敲打一番,我觉得还是有一些值得继续下功夫的地方,主要涉及剧本构思,不妨提出来与剧组朋友们共同切磋。

一是剧中有两件"巧"事,一件是爱书若狂的花月笺过门后,与小叔子朝夕相处,志同道合,且管弦协娱。在观众心目中这才是或必然是天然的一对！恰在此时,传来范迁的噩耗。观众虽有"这么巧"之疑,但还是以"正好"了愿。就是说,这一"巧"在观众心理上还是通得过的。但第二个"巧",即正当范容为佳人和宝书焦头烂额之时,忽报关键人物孙知府阵亡。结局固然皆大欢喜,但一个人似乎只能接得住一个从天上掉下来的馅饼,若连着再掉下一个,恐怕就要滑掉了！难怪观众中有"用死人救活人"之讥和"哪有那么多的巧事""这都是作者一厢情愿编出来的"等议论。须知在旧时代礼仪是非常严格的,是很讲规矩的,像婚礼这样的大事,让别人,哪怕是兄弟去代替,好像还没有听说过。何况让兄弟代行婚礼更具危险性。观众会提一个很简单的疑问:新郎一时回不来,难道不可改期吗？你怎么回答？

二是新婚那天,花如笺身为富家千金,一身凤冠霞帔,却突然从后门"溜"了进来,而剧中未予说明她出于什么心理,她这样做有什么意义。在明末清初,也就是在 17 世纪,在欧洲,反封建的启蒙运动都还没有发生;在中国,贾宝玉也还没有出世;文艺中的浪漫主义则更在后头。花的这种超前几个世纪的浪漫行为即使她自己敢于做,可她的富裕而体面的家庭允许吗?有严格家训家规的婆家答应吗?因此这一出其不意的舞台现象不免让观众惊诧莫名。须知,《藏》剧是根据一个真实的生活原型甚至真实的名楼创作的,花则是此剧主要的讴歌对象。现实主义也好,浪漫主义也好,都允许虚构,但这个题材受到一定的限制,即不能虚构得太离谱、太"表意",而应更多地按照斯坦尼的美学法则,尽量让观众憩在"舞台幻觉"里,却不宜像布莱希特那样,时不时把观众从舞台幻觉里拽出来;他那是属于"表现论"的譬喻剧或"叙述剧"的书写法。

我意:可否让范容人人力力地从大门外将嫂子迎进府里,然后向她说明为什么不举行婚礼的理由?或者范迁是在与花月笺完婚后才去前线的!

为避免第二个"巧",可否让孙知府不死于战争,而因求花不得病亡?

三是花月笺决心离范家去孙家时,似过于匆忙,应有一段内心矛盾挣扎的过程,应让她唱一段"咏叹调",交代完这一过程后再走。但也不能真的让她走成,她刚唱完"咏叹调"时,孙的噩耗来了;一定要让她的"贞操"留在范家,以示精神价值的尊严和纯洁。

(原载《中国艺术报》2012 年 5 月 11 日)

艺术探索者的胆识与勇气

——简评越剧改编本《江南好人》的演出

　　最近越剧名角茅威涛领衔在国家大剧院演出根据布莱希特名剧《四川好人》改编的《江南好人》，令人耳目一新。也有不同反应，但这是正常现象，而且是好现象。

　　布莱希特是 20 世纪德国最杰出的戏剧家，也是欧洲戏剧革新的领军人物。他把一生的戏剧事业都服膺于下层阶级的政治启蒙，并以此去实践马克思主义的这两个基本观点，即任何时代的统治思想都是统治阶级的思想；重要的问题不在于认识世界，而在于改造世界。为此布莱希特打破了亚里士多德的"移情论"或"共鸣说"，创立了以打破舞台幻觉、唤起思考为目的的"叙述体戏剧"，简称"叙述剧"，即通过一个日常生活的故事或事件，暗示或揭示一个道理。他提出的"陌生化效果"是写作这种戏剧范式的艺术技巧，也是美学要求。在希特勒法西斯主义最猖狂的年代，布莱希特在颠沛流离中一连写出的几出名剧诸如《伽利略传》(1938)、《大胆妈妈和她的孩子们》(1939)、《高加索灰阑记》(1945)以及《四川好人》(1941)等都是叙述剧的代表作，而《四川好人》（"四川"是泛指"存在任何人剥削人的制度的地方"）我认为是最典型的。这就不奇怪,仅 20 世纪 80 年代的首都舞台上,就已经出现过两次由国内外不同剧种排练的演出,即日本著名导演千稻是之执导、栗原小卷主演的大型话剧演出和成都四川川剧团的演出。

布莱希特以辩证思维,令人信服地揭示了现代人类社会的悖谬现象:从善的愿望出发,却引来恶的结果;任何个人都是善恶并存的"双面体"。布莱希特本意是在揭示,在不平等的阶级社会里,整个社会成了一只充满剥削阶级思想意识的大染缸,绝对干净的人是没有的。于是他告诫他所同情的弱势群体:你看有钱人的钱是怎么来的,因此你就不能那么傻,以善良的"羊"来面对凶恶的"狼";你必须准备善恶两手,该善的时候善,该狠的时候就得狠,否则你是活不下去的。这就是说,在现实社会里,人与人之间的相互竞争仍是不可避免的! 布莱希特简直是个非凡的预言家,他以假定性的"陌生化"手法,通过舞台演示,把后来的中国人几十年中所经历的啼笑皆非的尴尬处境都道尽了:搞集体化的社会主义(善)时怎样吃"大锅饭"(恶)的亏;允许一部分人先富起来(善)又怎样忍看新老板的冷酷(恶),常常连血汗钱都得跪下来乞讨!

我国改革开放以来的江南地区即江浙一带经济发展一马当先,同时贫富悬殊也迅速拉开,劳资对立有目共睹。这种历史的重现显然引起《江南好人》的两位改编者曹路生、郭小男的关注。毕竟今天的中国现状与当年布莱希特所经历的欧洲现实相去甚远,要将《四川好人》搬上舞台,特别是"歌剧"(欧洲人视中国的戏曲为"歌剧")舞台而又同样取得发人深思的效果,改编在所难免。从脚本看,它依然抓住原剧的悖谬逻辑,循着原剧的情节主线,保留了大部分人物的姓名及身份,更换或加进了某些具体故事细节的内容。总的来说,改编本达到了演出的要求。现在呈现在我们面前的这则童话式故事是这样演绎的：上天为了验证人间有没有"好人"，派了3位神仙下凡到江南考察。好心的歌女（原剧是妓女）沈黛经人介绍解决了他们的燃眉之急，即当晚的住宿问题。神仙们以为这就是他们要找的好人，就奖励她一笔可观的钱。沈黛用这笔钱办起了一爿绸布店。远近的人们都知道沈黛乐善好施，就纷纷前来求助，甚至赖着不走。小店很快就难以为继。为摆脱焦头烂额的局面，沈黛在别人暗示下假扮起"表哥"，起名隋大。隋大以心狠手辣的手段很快使店铺重新发展了起来。恢复了原身的沈黛救助了一个名叫杨森的上吊工人，两人相爱。她为帮助杨君实现他谎称的去北平当飞行员的梦想（需要500元大洋），又使店铺败落下来。于是她再次以"表哥"隋大的身份出现，办起了事业更大的工厂，并让有了改恶从善表现的杨森当上了监工。这时沈黛的知己动员她嫁给有钱的理发师石富。但沈黛仍深深恋着杨森并已经怀孕。可当上监工的杨森对待工人残酷无情，并野心勃勃宣称要当经理，于是被隋大踢出了工厂大门。杨森获悉沈黛怀孕，欣喜若狂，更逼迫隋大交出沈黛，并向警方告发隋大谋财害命。于是3位神仙以法官名义开庭审判。当法官们追问沈黛的下落时，隋大不得不坦白：两人其实是一身！"那你为什么要这样做呢？"沈黛这才不得不道出她的苦衷："我行善不行，作恶也不行，我就不知道，在这世上我怎么才能活下去呢？"众神仙哑然失语。

观看演出时，时时觉得故事就发生在我们社会、我们周围甚至我们自己身上，有着切肤之痛，并引起我们的思考。比如，从整体的宏观看，我们在追求社会性的"善"的时候，却引发多少"恶"的萌生：你克服绝对平均主义，却立刻引起两极分化；你取消群众运动，又使贪腐肆无忌惮；你加快经济发展，却使环境急剧遭殃；你正庆幸物质生活普遍提高了,却又惊呼精神道德普遍下降了。再从个体的微观看,多少好人、能人、英雄、模范,一旦面临外界的诱惑,例如权、钱、色等,顷刻变成坏人、罪人、囚犯,说明一个人身上"善"的因子正在活跃的时候,"恶"的因子也在准备随时作祟。关键是他会遇到什么样的外在诱因!事实上二元对立是宇宙的根本法则,善与恶永远相伴而行,就像一心进取的浮士德始终离不开那个一心捣乱的魔鬼一样。因此历史总是在痛苦中前进的!

布莱希特在《四川好人》中除了表达他的政治观、哲学观和道德观以外,还表达了他的重要的美学观,首先是他的英雄观。他在其他场合说过:"英雄有时也有胆小鬼的一面,胆小鬼也有英雄的一面。"因此在他笔下的科学巨子伽利略"既是伟大科学家,又是社会罪犯"。我们这位受到"神仙"关注的沈黛呢?按神仙们的话说,她是个"恶事做绝,善事做尽"的二重性格的"双面人"。而她自己则说:"我不是个好人,也不是个坏人,我和大家一样,只是个平常之人。"事实上在布莱希特心目中,她不过是芸芸众生中一个不好不坏、亦好亦坏的普通人。但须知,作为人物形象,沈黛不是传统美学范畴的"性格典型",而是属于现代美学范畴的哲学化身;人物只是叙述的载体,不是性格塑造的对象。

其次,布莱希特将哲学范畴的概念"悖谬"即悖论转化为美学范畴的艺术手段——两难选择。在艺术实践中,两难选择的结构形式是很容易产生强烈的审美效应的。从古希腊悲剧直到现在,一直被视为艺术的法宝。迪伦马特甚至说,写戏剧离开悖谬是不行的。布莱希特对此也情有独钟。上面提及的他的那几部代表作都以此为诀窍:《伽利略传》表现为科学良心与道德的冲突;《大胆妈妈和她的孩子们》表现为母爱与牟利的矛盾;《高加索灰阑记》表现为生母与养母对孩子的同等权利。现在沈黛面临的则是好人与坏人同寓一体而不能分开,多么让人犯难!而这就是艺术的魅力。

这出异国的譬喻剧在舞台处理上本来就不容易,要搬上我国的戏曲舞台更是难上加难,初看剧本真想象不出它会是什么样子。但看完演出后还是有意外的欣喜,比我事先想象的要成功得多!导演紧紧扣住布莱希特叙述剧"譬喻"的特点,运用陌生化技巧,始终不让人物或演员进入角色,随时阻止舞台幻觉的产生,一旦有这种倾向时,演员就自觉跳出情境;在舞美设计中,用一座移动丝绸店进行合理的空间分割,化解了空间难题,使人物调度和场景安排得心应手。几个主要人物的造型设计都很到位。第五场心术奸诈的杨森表示改邪归正后被起用,但一旦当上监工,小人得志,不可一世。他一个响鞭,一个工人应声倒下。他连看也没看一眼,就一个侧转身扬长而去。诸如此类细节处理的艺术震撼力十分强烈。西式乐器的采用和乐队编制的扩大及其在乐池的演奏增加了演出的"歌剧"意味,使视觉美与听觉美浑然一体,显著增强了综合的审美效应。

作为一出现代戏,演出的整体协调很好,没有发现明显破绽。虽然舞台风格与通常大异其趣,但毕竟经过半年的排练,大家都已娴熟地适应。开头颇有形式感,这在戏曲舞台上堪称新颖。几个主要演员的表演都很出彩,尤其是茅威涛与陈辉琳这两员生、旦大将,唱、做都不负众望。尤其是茅威涛,身兼生、旦两角亦游刃有余。在扮演沈黛时,对角色所规定的仪态举止都把握得相当准确,尤其在沈黛最无奈时唱的那段"咏叹调"凄楚动人。沈黛与隋大,不仅是性别的差别,更主要的是精神气质和作风做派的巨大反差。在转到男角时,茅威涛的表演没有留下任何过渡的痕迹,完全以一个崭新的形象出现在舞台上,把一个冷血而果断、机灵而霸道的商人角色表现得鲜活、生动,可谓淋漓尽致。这种角色而且是行当的转换是非常不容易的,不仅需要演员的丰富经验和扎实功底,更需要演员的空灵与禀赋。而茅威涛就恰好是具备这诸多素质的身手不凡的表演艺术家。

众人皆知,像全国大多数地方戏曲一样,越剧是以演古装戏闻名的。虽然新中国成立后尝试过不少现代戏,但没有留下几出经得起时间考验的保留剧目。这给了人们一种错觉,似乎越剧只能演古装戏,首先是缠绵悱恻的才子佳人戏。但茅威涛自出道以来,尤其是担任浙江小百花越剧团的团长以来,为了使越剧不断获得更旺盛的生机与活力,她自觉地肩负起改革的重任,并身体力行,自 15 年前毅然削发扮演孔乙己起,她 10 多年如一日带领她的团队,在越剧革新道路上孜孜以求,屡屡"突围",此次甚至穿着"防弹衣"来北京,准备接受密集的"子弹",表现了她宏大的艺术抱负与魄力。看来"天降大任于斯人也",命途中让她得到一位亲密的生活伴侣和志同道合的艺术搭档,即著名导演郭小男!这一对名副其实的"贤伉俪"从革新志向到艺术理念都十分默契,真的堪称"天作之合"。众所周知,郭导不仅视野开阔,戏路亦广,且有理论功底。故他善于将不同地域、不同类型的戏剧元素加以糅合,调制出一种新的样式,而且在偏"柔"的越剧中有意识地融入某种"刚"的成分,使之变得厚重一些、大气一些。这回他俩携"小百花"推出《江南好人》,即以再次"突围"的勇气,志在让异域艺术与"土著"艺术、布氏体系与梅氏体系在以"我"为主的前提下进行对话和嫁接,又一次展示了他们的魄力与胆识。从首轮演出的效果看,我认为是值得肯定与嘉许的。它使越剧又一次焕发出新的生机;让越剧在大视野与新理念的关照下,道路越走越宽广!

当然现在还只能说是成功的起步,还不能说完满的成功。我觉得脚本还有进一步推敲的必要,使台词首先是唱词更凝练、更泼辣、更俏皮,同时增加一些唱段,以避免给人"话剧加唱"的印象。如沈黛现身3次,是否能考虑每次都安排一个重点唱段?某些人物的设计也需要有所调整。例如理发师石富的戏似嫌太多。又如木工林涛,没有必要把他写得那么无赖,原剧中他只是向隋大讨回他在沈黛手上订售货柜的100元合理的价钱,而隋大蛮不讲理地只给他20元,可见在这件事上原剧是为了突出隋大的冷酷与无赖。现在把林涛丑化成这样,反而减轻了隋大的恶行。我认为这个细节不改动效果会更好,它可以令人联想到现在我们这里许多民工向老板讨血汗钱而屡遭碰壁的情景。

一般来说,艺术探索代价很高而收效甚微。因此艺术革新是一种探险:明知山有虎,偏向虎山行。但最后的突破必定属于那些身穿"防弹衣"、义无反顾地向前奔突的人们。愿《江南好人》精益求精,最后成为堪与原剧媲美的越剧舞台上的经典!

（原载《中国艺术报》2013 年 1 月 28 日）

扶不起的天子，还是扶不住的王朝

——喜读霍秉泉的精彩喜剧《阿斗》

历史以进行式运动的时候，往往令无数时代精英与枭雄为之争斗不休，彼此都妄图让历史按自己的意志行进，像中国历史上的三国时期，群雄争霸，以致民不聊生，连人口都减少了！这不能不令后人感慨唏嘘，进而发出疑问：既然每个朝代都免不了灭亡的一天，为什么就没有一个识时务的俊杰，顺应历史的潮流，以最小的代价，主动让出他的宝座，其历史功绩庶几不亚于开国先祖！

这样的事情似乎历史上并没有发生过，于是遗憾于这一缺陷的某些现代艺术家就想通过一出假定性的历史戏说来获得审美解脱。开创人物当推瑞士戏剧家迪伦马特，他于 1949 年搬上舞台的"非历史的历史剧"——《罗慕路斯大帝》就玩了这样一种"戏说"，并成为他的成名作。

西罗马帝国存在于公元 1—5 世纪。其版图横跨欧亚非三洲，是当年的超级帝国。它的灭亡是被日耳曼民族长期蚕食的结果，也可以说是一个王朝强弩之末的自然灭亡。迪伦马特为了有戏可说，把这段历史改造为日耳曼大军攻入宫廷，16 岁的末代皇帝罗慕路斯被加了 20 岁，变成了有统治经验的 36 岁。于是在迪伦马特的笔下,这位皇帝只嗜好养鸡,不事朝政。在敌军兵临城下,满朝文武和全体家属都群情激愤地要求他赶紧动员抵抗的时候,他依然无动于衷地品尝着他的鸡蛋。最后大家忍无可忍举起刀剑要他的脑袋的时候,他才说出不抵抗的理由:罗马帝国在对世界500年的统治中积累了累累罪恶。因此他今天要用他的至尊地位来充当世界的法官,宣判罗马帝国的灭亡! 但当进入宫廷的日耳曼军队的首领见到罗慕路斯大帝的时候,他不是命令对方投降,而是要求对方接受他的投降! 理由是他身后的侄子一旦即了位,照样实行帝国统治,他的脑袋照样落地。当时看了这个剧本一笑了之,觉得这不过是艺术家的一种审美游戏。想不到这出戏诞生40年后,世界政治舞台上一出活生生的《罗慕路斯大帝》果然应验了! 这不能不使我对迪伦马特更加刮目相看。

不过在我读到霍秉泉先生的《阿斗》以前,还只是希望或鼓励某些导演能把《罗慕路斯大帝》搬上舞台,却从未想到我国戏剧界会有人写出中国的《罗慕路斯大帝》,而且比迪伦马特的更生动有趣,也更有历史关联,比我所看到的任何影视中的"戏说"题材的戏都更有意义。因为他写出了一个明知扶不住江山而知趣地自动放弃的君王,从而避免了巨大的历史代价。过去人们都习惯于把汉王朝的灭亡归罪于一个"扶不起的天子"。其实非也! 从历史上看,任何一个国家或民族、朝代或家族都有兴衰的规律。汉代的刘家王朝经过400多年的统治,其政治能量已消耗殆尽了,到了刘备手上显然已经是强弩之末,这时的刘氏家族已经没有任何人能扶住这王朝,力挽狂澜了! 是这个王朝必然灭亡的命运,决定了末代皇帝的命运。你看,三国中的曹操和孙权,哪个不是靠自己的能耐打出江山,唯独刘备,如果他不依赖他人的帮助,即诸葛亮的智慧和关羽、张飞等人的勇敢，他能维持得了三年两载吗？而他之所以能得到别人的耿耿忠心，并不是由于他哭哭啼啼的人格魅力，而是传统的忠君思维。可到了刘禅的年代，像诸葛、关、张这样的一代英豪已经一去不复返了！刘禅非弱智，他从父亲的身上早已看到自己的历史命运：与其螳臂当车，毋宁顺应历史潮流，以和平的方式，取代一场你死我活的大规模厮杀。因此他的结局必定是喜剧的。喜剧这里含有两层意思，一层是讽刺性的，即刘家竟然出了这样的"败类"和"傻瓜"，拱手把祖上守了几百年的江山送给人家；一层是真正戏剧性的，即他不惜承担背叛刘氏王朝的历史骂名，给无数生灵带来和平福音。这令人想起卡夫卡的代表作之一《诉讼》（一译《审判》）的苦涩的结尾。起初当主人公被逮捕时，他那样慷慨陈词，竭力表明自己的清白。但他经过一切努力都证明这样做无济于事，最后当两名刽子手把他逮出去处决时，他非但不挣扎、不反抗，反而帮助刽子手干得更利索些。最初看了觉得不可思议，但往深里一想完全合乎逻辑：既然命运之网已经笼罩住你，你越挣扎，岂不越糟糕吗？这是黑色幽默式的悲喜剧。霍秉泉从刘禅的历史命运中看到了巨大的喜剧因素，即不是刘禅的无能葬送了祖上的基业，而是刘家王朝的寿终正寝决定了阿斗的行为，阿斗的行为就是高高兴兴为自然老死因而再也扶不住的刘家王朝做一场"白喜事"。阿斗预制的那口棺材实际上不是他自己的棺材，而是他整个家族的棺材，整个汉代王朝的棺材！《阿斗》把这一白喜事的"道场"写得欢天喜地、大喜大乐，太有味道了！欢闹的后面蕴含着深厚的人文精神。这是《阿斗》这出戏的最主要的思想价值。

迪伦马特的艺术秘诀是"悖谬"，这原本是逻辑学范畴的一个哲学术语，即对一个事物表述上的自相矛盾或逻辑上的互相抵消。不少现代主义作家、艺术家把它变为艺术手段，获得巨大成功，例如奥地利的卡夫卡、穆齐尔，美国的约瑟夫·海勒，苏联的阿赫马特夫、万比诺夫，捷克的昆德拉等。建筑设计师和画家经常运用的反差审美效果，也来源于这一原理。迪伦马特几乎所有较有名的剧作都运用了这一秘诀。他习惯于运用逆反思维和怪诞的手法取得一种独特的审美情趣。如在他的早期剧作《立此存照》中，一位将军发动 30 万缺胳膊少腿的大军去"打输"一场战争。我国剧作家中有好几位经由迪伦马特悟得此道，受益匪浅，除霍秉泉外，还有过时行、马中骏、逻辑等。陈薪伊曾执导过一出戏叫《西夏王》。这位大王一生穷兵黩武，建立了他的霸业。他多么希望他唯一的儿子将来继承他的大业。然而他的这位"不肖"之子偏偏对武力毫无兴趣，而沉湎于爱之中，从而抵消了他父亲的一切努力。在《罗慕路斯大帝》中，迪伦马特正是通过罗慕路斯大帝的"不作为"来实现他的"有作为"，即利用他的权力的"静卧"来消解一个超级帝国。在《阿斗》中，霍秉泉恰恰通过阿斗的"无能"来实现他的能力：埋葬一个衰朽的王朝。这是一个很有美学意味的构思。

《阿斗》的故事情节安排得恰到好处，尤其是语言运用十分出色：幽默、形象、生动，屡屡让人捧腹，是地道的喜剧语言。如第二幕中阿斗与他的妻子即皇后的这一段对话：

　　阿斗：……人说不见棺材不落泪。见了棺材我也没有在你眼睛里看见眼泪。

　　皇后：流眼泪？——那是你老爹刘备的专利！

第三幕中也有一处提到刘备的眼泪：

　　阿斗：……该流的眼泪我爹早替我流了。

这些对话显然都是有用意的，即刘备在他的儿辈心目中也是一个无能之辈，则江山既倒，非自刘禅始。

《阿斗》显然是近年来我国戏剧创作，特别是喜剧创作的一个重要收获，希望有更多的戏剧团体把它搬上舞台。

（原载《艺术界》2008 年第 4 期）

《杜兰朵》角逐《图兰多》

　　这两出戏作为再创作都是推陈出新，都很成功。但《中国公主杜兰朵》出自富有卓见的作家的笔下，《图兰多》出自善出奇招的艺术家的手中，其侧重点自然不同。如果说，《杜兰朵》重在历史文化的人文意蕴开掘和发现，那么，《图兰多》则重在舞台视觉效果的加强和独创。

　　在《杜》剧中，围绕柳儿的戏加强了，因而整出戏的悲剧成分也加重了，这个单纯、朴实的家奴，宁死也不肯说出关乎主人生死的姓名，不仅出于她对主人一直隐忍着的爱，更出于她对受凌辱的祖国的尊严的维护，这就使原作中备受称颂的女性形象更加光彩照人。同时，作者在对杜兰朵的故事作了深入研究的基础上，还对貌美心毒的公主之所以冷酷无情，利用婚姻报复男性，滥杀无辜的变态心理作了新的诠释：祖国屡遭异邦的侵略和欺凌，无数女同胞遭受过男性入侵者的强暴，她在极度悲愤中心理被扭曲了。于是作者让男主角卡拉夫以宽容的爱去感化公主，使其成为貌美心善的美好形象。可以说，作者是以现代的人文理念为观照，以大爱精神为支撑，对歌剧中的经典公主形象作了重要改造，从而对东西方文化观念的摩擦作了艺术化的"磨合"。如果仔细琢磨还可发现，作者在改编过程中还融入了东方的儒、释、道观念的哲理意蕴,故《杜》剧对于文化层次较高的观众具有更大的震撼力。

张艺谋把"中国公主"一直领到北京城,领进她的"故家",从而把舞台艺术、音乐艺术与辉煌的中国建筑文化融为一体,这实在是一个令人叫绝的奇想。宏伟壮丽的"太庙"大殿既是舞台,又是背景,300多人的演出阵容与之构成极为壮观的戏剧景观。庙前那两座可以乱真的古亭突然舞动起来更令人惊异不已,原来它们既是布景,又是道具。随着剧情的进展,时而是荷叶婆娑的莲池,时而是全身甲胄的兵阵、鼓乐喧天的舞场……在梅塔的指挥下,由佛罗伦萨节日歌剧院交响乐队伴奏的著名女高音歌唱家斯威特、亨德里克斯和著名男高音歌唱家约翰逊等人的出色演唱更成为全剧的主线,折服所有的观众。可以说这是一部中国化了的"多彩的戏剧",其场面之壮阔令人想到电影《泰坦尼克号》,论导演气魄令人想到20世纪20年代的德国伟大戏剧家布莱希特在演出中组织了3 000人的合唱队。这一演出压了20世纪中国戏剧舞台的轴。遗憾的是,主办者并没有考虑到演出时仍处于北京雨季的末尾,结果给新闻界观看的那场彩排因雨停演,而9月7日那场刚演到第二幕就遇到一阵暴雨,使许多观众尤其是那些花了很多美元、千里迢迢赶来的观众损失惨重。如果演出再推迟1个月就不会有如此遗憾了。

(原载《人民日报》1998年9月17日)

徐晓钟执导的《浮士德》

　　我本行是搞德国文学的。把《浮士德》这部巨著搬上我国舞台是我作为德国文学研究者的长期心愿。如今看到我的老朋友和中国戏剧界顶尖级导演晓钟教授亲自来执导这出戏，我再高兴不过了！晓钟是个非常严肃的艺术家，不考虑成熟他是不会轻易动手的。事实上多年来我一直都在鼓励他这样做。这无疑是一个严正的挑战，但若能接受这一挑战，无疑意味着在攀登舞台艺术这一征途上更上一层楼。今年正好是歌德诞生 260 周年，我们德语文学研究会打算开个国际研讨会，原先准备到厦门开的，现在决定回到北京开，好让中外歌德专家们领略一下中国艺术家的风采，看一看他们对《浮士德》解读的角度和理解的深度。《浮士德》毕竟是德国文学史上最伟大的作品，也是欧洲文学史上最伟大的作品之一。歌德是个具有伟大抱负的文学巨匠，他写《浮士德》穷尽一生的精力，达 60 年之久，直到逝世前几个月。他把一生对人类和人性的体验都概括在《浮士德》里了。歌德通常在中国人的心目中是位诗人，可是在欧洲歌德也是被当作伟大戏剧家来看待的。他写过许多出戏剧作品，其中有好几出迄今仍是德语国家重要剧院的保留剧目。按照我对《浮士德》的理解，歌德认为人类是无法达到浮士德所追求的那个完美的境界的,因为世界的发展是无限的,因而人类的追求是永恒的,人类永远到达不了"自由王国",他永远处于"必然王国"的过程当中。因此《浮士德》的思想对于我们这些人非常具有启示价值,因为我们都相信过那个似乎离我们并不遥远的至善至美的明天!《浮士德》告诉我们:人永远无法达到完美境界!但人必须奋斗,不奋斗他的生命就结束了,虽然躯体还在,可是灵魂却没有了。在奋斗中人也许会付出很多,但是在这个过程中灵魂得到升华。歌德是个浮士德式的奋斗者,他一生都掌控着这三个着力点:节制、断念、放弃。人类有天然的惰性,经不起钱财、美色的诱惑,实际上魔鬼随时都在我们的灵魂里面潜伏着。只要我们在这几点上发生松动,魔鬼就会蠢蠢欲动,准备拿走我们的灵魂,那就意味着放纵、堕落!因此让观众明白并接受浮士德精神是非常有益的。

把这样一本巨著搬上舞台是非常艰难的事情。此前我先后看过 4 个国内外不同版本的《浮士德》演出,没有一出完全满意:第一次是电影,外国拍的,觉得剪裁得太多;第二次是在日本,是德国剧团的演出,持续 3 个小时,舞台处理比较传统;第三次是 1999 年,在歌德故地魏玛,演出长达 7 个小时,运用了现代各种处理手段,而且表演得很放肆,有十几分钟的群裸场面,我想中国观众可能会感到好奇;第四次是林兆华的《浮士德》演出,是个比较先锋的尝试。

晓钟这一版处理的是《浮士德》第一部。第一部也是世界上公认的戏剧性比较强、比较适合演出的部分。演出的舞美很好,比较古朴和典雅。调度也很精美,分寸感很强。但也因此受到过多的节制,以致瓦普吉斯狂欢夜那一场节度有余而野性不够,没有放开。其实魔鬼之所以要把浮士德引出书斋,某种程度上就是为了让他释放野性,而这个狂欢夜无疑是个恰当的时机,也可以说就是为他这种需要而设计的。再一个稍感不足的是转台,浮士德时代欧洲工业化还没开始,不太可能用金属,所以转台如果使用木头,质感可能会更好一些,也更符合时代气氛。

2009 年春

满台生辉的"荒原"意象

——王晓鹰执导的《荒原与人》

王晓鹰今年执导的《荒原与人》是近年来我国话剧舞台的重要成果之一,是当代我国两位有实力的艺术家——剧作家与导演十分默契的合作,堪称"珠联璧合"。

剧本写于 1985 年,作者以"心理现实主义"的手法真实而浪漫地写出了他那一代所经历的一段非同寻常的"知青"岁月,并从人的本体出发,进行了严肃的哲学思索,追问存在的意义、生命和爱情的关系与价值、过失与救赎等存在主义哲学所感兴趣的命题。正是这一点赋予剧作以崇高的品位。灼人的真实性、浓郁的抒情性与睿豁的启迪性构成这个剧作的基本特点与价值。因此,尽管戏写得很沉重,但不令人消沉。剧中有苦难,有压迫、诱骗和迷误,但也有追求,有叛逆、反抗和忏悔。并且以作者的思想高度融入积极的人生哲理,如剧末作者通过剧中人这样告诫观众:"世界都是残缺的,活着就是为了弥补世界的残缺,追求完善。但绝对的完善是追求不到的,所以生活的残缺才有意义。"这番哲思道出了一条深刻的真理:追求是生命的价值,痛苦是它的代价。

《荒》剧的哲思是与大量的内心独白相联系的,而且全剧用的是散体结构。这给导演提出了难题,同时对他们又具刺激性。无怪乎我国几位顶尖级的导演无不跃跃欲试,而且先后推出了至少两个版本(就我看过的而言)。

对于晓鹰来说,除了剧本本身的难度之外,上述先行一步的导演们还是他的师辈,有的甚至曾是自己的博导,他们的版本各有千秋,且都获得过好评。但一味敬畏地步前人的后尘,这不是一个后起之秀应有的风范,超越才是他的本色! 这一不可回避的情势对他构成双重挑战。接受这一挑战需要勇气,这勇气建立在他多年的日臻成熟并屡屡成功的舞台实践,建立在他多年来对特定美学理念的执着追求。

剧作标的是《荒原与人》,但其重心并不在表现人与自然的关系,而是人与人、人与自我的搏击与拷问;荒原只是背景或大道具。导演的二度创作需要面对的是频繁的心理场面与闪回的交叉。显然,用一般的写实或单纯的假定性的手法很难取得成功,弄不好甚至会令人感到干涩。艺术是一种审美的游戏,一种"有意味"的形式,其魅力是在似与不似之间。它需要给真实以一定的模糊性。这一美学特性恰好能够包容晓鹰近年来的美学探索和追求:意象性。他的自信,或者说《荒原与人》对他的诱惑力,根源就在这里。

从假定性到诗化意象,正如他的新著的书名所标明的,这是晓鹰 20 年艺术生涯的审美追求的鲜明轨迹。所谓"意象",在 20 世纪美国意象主义创始人庞德那里是这样定义的:一个意象要在一瞬间呈现给人们一个感情和理智的综合体,也就是说意象的形成意味着感情和理智突然结合成一个综合体。后来庞德把他的意象说发展成"漩涡说",称一个意象并非一个思想,而是很多思想纠合成的一个发光的结节、一个漩涡,很多思想不断地从其中升起或下沉或穿越而过。这就是现代舞台上"多景同台""多声同源"的由来。无疑,时空自由是它们的前提,非逻辑、非理性是它们的常规。王晓鹰显然早已深谙此道。他在谈及《春秋魂》的时候指出:"这诗化意象的创造首先取决于舞台演出的时空处理的主观性、能动性和象征性。"在评论徐晓钟执导的《洒满阳光的荒原》时他也明确地说:"人物用语言表达出来的是意识到的理性和情感,而潜意识中的本能性的情感如生存渴望、情欲勃动及种种变态、扭曲、压抑的心理,却可以用非语言、非逻辑的舞台意象进行表达。"现在我们看到,他自己对《荒原与人》的舞台调度正是用这样的理念来处理的。

舞台分成两个表演区,一前一后,一虚一实,通过玻璃纸墙面分隔开。墙面是晃动的,当它静止时,透映着台后的荒原背景;晃动时则由于灯光的作用往往反映出前台的景物,如前台支起的三足钢琴的翼盖在其中变成了"湖"边一卧一立(立者还不时扑打着翅膀)的两只白天鹅。这种变幻不定的空间视觉为整体舞台意象创造了氛围。当然镜后表演区的主要作用是外化人物的心理与愿景,或呈现人物独白中的"闪回"。正因为这种功能,才使那位传说中的达子香姑娘的华美形象的时隐时现成为可能,而这一形象的出现恰到好处地构成舞台整体诗化意象的有机部分。

剧情是围绕两条悲剧性爱情线索展开的。而其中每一个或悲或喜的有关场面或人物命运的轨迹都有"二元对立"的力量和音响互相撞击并迸发火花。当爱读书、思考的苏家琪被千夫所指,斥为"逃兵"的时候,宁珊珊出于爱的本能,不顾一切地挺身而出,保护孤立的弱者。她的这一行动,犹如一个"不谐和音"搅乱了声讨的"革命"气势。后来她在战场上的表现证明她和苏家琪绝不是只会谈情说爱的"懦夫",从而使那场"声讨"变为丑行!后来,宁珊珊的后继者李天甜也以"破鞋"的恶名遭遇"千夫指",但她用了一个弱者所能用的最后方式——自杀来维护自己的名誉,使那场"革命大批判"变成恶行。而当她的灵魂由达子香的华美形象相伴而行的时候,这一美好意象与宁珊珊在鲜红的国旗下倒下的景象相呼应,于是在观众中唤起这样的感觉:这一对以相反方式结束生命的女性,在生的价值和爱的追求上,精神是同样崇高和不朽的。

另一对恋人即马兆新和细草的爱情悲剧也是由一个强烈的"不谐和音"揭开序幕的:小马与细草正在按于大个子预设的圈套猛尝禁果、任生命狂欢的时候,突然传来于大个子的一声恫吓:"马兆新!"这仅有的马—兆—新 3 个字,饱含着多少句潜台词!这个"感情与理智的综合体"一瞬间爆发出多少个意象!对于大个子,我们仿佛看到他脸上那种醋意与得意交织的复杂表情,那种终于越过险关、一块石头从心头落地的宽慰心情;对于这对情人,我们则看到跌入陷阱里的两条鲜活的生命在拼命挣扎,而且听见一个持续不断的颤音始终围绕着他们……

晓鹰要的不仅仅是一般的意象呈现,而且还得在其前面加上"诗化"的定语,这可是高品位的艺术追求了!通过《萨勒姆的女巫》等剧,他取得了成功。在《荒》剧中他作了更加完美的创造,除了前面提及的达子香伴随李天甜灵魂的那一场外,还可举出几个场面。首先是表现马兆新与细草第一次"亲密接触"的场面。在当时的情况下,小马明明知道,这是"禁果",是偷吃不得的。但本能的冲动战胜了理智,一任生命的烈火熊熊燃烧,只顾一路狂奔以至于欢腾而战栗的灵魂冲出了喉咙:"我要犯错误了!我要犯错误了!……"其实,按我们现在的看法,这根本不是什么"错误",他的狂喊恰恰是生命觉醒的礼炮。这一场面唤起的意象是震撼人心的。其次是马兆新与细草和于大个子与细草的第一次性行为的场面处理,用不同的肢体语言传达两种不同情感、不同性质的性爱,让观众在解读这两种肢体语言的过程中体尝到一种只可意会而不可言传的美,一种地道的"诗化"了的意象之美。

舞台上至少有半打人物被刻画得性格鲜明、栩栩如生。最成功的当推于大个子这一角色的塑造。其中有两个场面的处理堪称绝妙,对于成为落马湖王国"国王"的性格发展逻辑具有典型意义:第一个场面是少年时的于大个子眼睁睁地看着父亲把他妹妹欢天喜地地高高挂起的红灯笼一把拽了下来,愤恨地踩得粉碎的那一场,这一因红灯笼悬挂的高矮所生发的不可抗拒的权力威严的意象,使这位不甘屈服于命运的少年第一次萌发了对权力的欲望。第二场是于大个子盖戳的那一场,当上了落马湖"国王"的于大个子现在该用他的权力来报复命运了!首先要掳掠"王国"里的美女来取代那个因屈于父母之命而让他好不窝囊的丑媳妇。当他把目标锁定在细草以后,就向她下达当副指导员的"任命书",于是他要在任命书上盖戳了!这戳是行使和享受权力的最高时刻。你看他,小心而庄严地把小纸包打开,然后将那枚王国的"玉玺"高高举起,在它的底端哈一哈气,接着使劲地把它盖在任命书上,按了又按——好一个行使和享受权力的庄严仪式啊!这个人物身上积淀着历代封建统治者的许多特征,也是现实中许多权迷们的生动写照。

拖拉机是荒原上的"巨人",在这里它是力的象征。它以庞大身躯在隆隆声中的两次出现,在营造舞台意象方面起了极好的道具作用。谁都知道,作为落马湖"王国"里的个体小民,一旦与"国王"对立,那是不堪一击的。然而他们是力的驾驭者,在命运攸关时刻,他们借助自己的"老搭档"的威力来保护自己,这是自然之事。拖拉机的第一次出现是随马兆新而来的,它拉近了马与细草心理对话的时空,并为马兆新后来那"要犯错误了"的狂奔和高举火把"烧房"的怒吼起了铺垫与烘托作用。第二次是苏家琪开来的。自己的情人被活活逼死的弱书生终于奋起了!他傍着他的钢铁巨人,手握冲锋枪(生活中他是不可能有枪的,但艺术中是允许有的),以气吞山河之势,把"国王"吓得步步后退,并以痛快淋漓的一梭子弹,悍然打死了那只向他扑来的于大个子的凶恶狼狗。这时拖拉机这个庞然大物成功地帮助主人把原本的"正不压邪"变成了"邪不压正"的气势,取得了巨大的艺术表现力和感染力。

这里是中俄边境,对岸就有代表异国宗教习俗的教堂。但"神"是不认国界的。每当这边有什么"事儿"的时候,远处的钟声便隐隐响起,有时仿佛是对将要失检的人(如马兆新一度想跨越国境)的劝勉,有时又像是对屈死的灵魂(如李天甜命丧落马湖时)的抚慰。这钟声被运用得恰到好处,它扩大了舞台的意象空间。

演员的表演都很投入,尤其是第二轮的演出(第二轮我看的是录像那一场)。其中侯岩松对于大个子这个人物性格的把握十分准确,表演也相当到位,给我留下难忘的印象,并令我思考。

如果还有什么需要再推敲一下的话,我认为"后马兆新"这个人物的身份的定位不妨再斟酌一下。他不再是 15 年后的马兆新了,而是 35 年后的马兆新,那一段历史经过这么长时间的沉淀可以做结论了,而不应该还在探寻之中。何况陈希光扮演的"后马兆新"这个形象也不像个流浪汉,倒很像个学者。能不能干脆把他改为研究当年知青的社会学家,正在重游故地,进行学术考察呢?

(原载《文艺报》2006 年 12 月 26 日)

一篇艺术形式的"和平宣言"

——话剧《物理学家》解读与观感

　　最近国家话剧院继 1982 年上海戏剧学院之后又一次把现代世界名剧《物理学家》搬上首都舞台，引起观众的广泛兴趣和思考。

　　《物理学家》是享誉世界的瑞士剧作家迪伦马特最负盛名的代表作之一，与《老妇还乡》齐名。它写于 1961 年，翌年首演，轰动一时，在不到两年时间内，仅在德语国家即上演 1 500 多场！剧情自然是虚构的：一位名叫默比乌斯的物理学家发明了一种万能体系，据此可以制造任何当量的杀伤性武器。出于人类良知，他唯恐这一成果落入大国军事集团之手，给人类带来毁灭性后果，便装疯躲进一家别墅式疯人院，由一位有身份的护士长悉心照料。不料东西方军事集团情报机构探听到他的发明并分别指派著名科学家同样装疯潜入这家疯人院，以争取他为自己的集团效力。他们把保守自己的秘密视为神圣的使命，为此不惜忍痛勒死了分别爱上自己的 3 位护士。正当默比乌斯说服了两位同行为避免人类厄运而甘愿永蹲疯人院的时候，平时被称为"博士小姐"的护士长露出真面目：她宣称自己是托拉斯的股东，她已复印了默比乌斯的发明资料，并正在建造一座座大型工厂。而由于 3 位科学家均有"血债"，宣判他们 3 人"永蹲监狱"!

从时间上看,这出戏的问世显然跟当时加勒比海事件(即以赫鲁晓夫为首的苏联要在古巴建立导弹基地,引起美国的强烈反应,宣称要摧毁它,苏联被迫将导弹撤回)导致的西方世界的核恐怖气氛有关。实际上,这也是出于作者长时间的深层次思考。二战后迪伦马特一直对当今世界深存忧虑。他认为,"人类到了原子弹时代,已经没有悲剧可言了,现在我们只有写喜剧的分了"!他所说的"喜剧"是指涉及当代重大问题的讽刺喜剧,亦即他的特定的"悲喜剧"。这位学哲学出身的艺术家,凡他的重要剧作涉及的都不仅仅是一般的社会问题,而是世界性的重大问题、人性的根本问题、历史的规律问题等。因此他的剧作中往往奏鸣着两个强大的音响:国际强权势力的威胁和垄断资本的魔力。如果说,《老妇还乡》还只涉及后者,那么《物理学家》则两大主题都包含了。

科学这个术语本来带有神圣的光环,它戳破了"神"的蒙蔽,催动了人的觉醒,揭开了世界的一个个黑暗领域,从而有力地推动了文明的进步。因此,可以说,科学是和真理画等号的。然而,曾几何时,科学偏离了轨道,发明了越来越多的威胁人类自身生存的物质,尤其是核武器、化学武器、细菌武器的产生和使用。这不能不使人们开始怀疑:以科学为前导的现代文明究竟是进步了,还是倒退了?这是个悖谬性的命题,它使现代科学家处于尴尬境地。

虽然迪伦马特有时强调创作出于"一瞬间的癫狂",但他对这个戏的酝酿至少在 10 年以上。最早的激发当推"奥本海默案件"。奥氏被称为美国的"原子弹之父",第一颗原子弹爆炸后,引起他的良心追问。故 1947 年,当美国政府任命他制造氢弹时,他拒绝了!这使他后来在美国反共的"麦卡锡主义"时期受到长达 9 年的审讯。第二个事件是 1955 年爱因斯坦等人的和平宣言。在法西斯侵略最猖獗的时期,爱因斯坦曾建议制造原子弹。但后来鉴于原子弹的巨大杀伤性威力,他联合多人呼吁禁止大规模杀伤性武器的制造。这是人类良知的又一次闪光。第三个事件是 1956 年迪伦马特读到一本阐述核威力的畅销书《比 1 000 个太阳还亮——原子弹研究者的命运》,引起他巨大的震动,遂即著文大声疾呼禁止这类研究。这种种事件的刺激和积累,使他决心以形象的手段和戏剧的形式发出呼吁,唤起人类良知,特别是科学家的良心,制止大规模杀伤性武器的研发,避免人类自杀。至于《物理学家》以疯人院为题材,这也是由于他的亲身经历:1950 年他应一位身为精神病院院长的朋友之邀,在那家医院生活了一段时间,经常与精神病患者交谈,获得难忘印象。这就不难理解剧中的"疯人"们在他的笔下为何那么活灵活现、栩栩如生。

迪伦马特有个观点,他认为"现实是非常强大的,任何个人欲与之抗衡的努力都必然失败"。因为"涉及一切人的问题,必须所有人一起行动才行"。同时他又认为,人们不能因为失败而向现实投降,"每个人都应做他所应该做的",因为个人对于整体世界固然是无法驾驭的,但对个人世界是可以把握的。因此他笔下的主人公往往都有一种"明知山有虎,偏向虎山行"的悲壮气概,也因此无不成为"失败的英雄",一种西西弗斯式的悲剧英雄。在我们这个不安宁的、歪风邪气随时涌现的时代,很需要有这样一种精神和这样一种英雄。无怪乎最近听到一位戏剧专家这样评价迪伦马特的剧作:看它们的表现形式不像是现实主义的,但看它们的精神实质却是地道的现实主义!尤其在核武器不断扩散、核威胁日盛一日地困扰着人类的今天,阅读或观看这出戏,更能让人强烈地感受到它的现实针对性,它向人类良知发出的庄严的和平呼吁!

在艺术表现上,必须领悟两个重要术语:悖谬和怪诞。悖谬是指一件事物逻辑上的自相矛盾或互相抵消。迪伦马特和其他现代文学高手一样,善于将这个哲学概念变成美学手段。你看在《物》剧中,科学本来是造福于人类的,如今它变成对人类的威胁;科学家不蹲疯人院,整个世界就要变成一座疯人院;"博士小姐"原来以其特有的清醒面对 3 位科学家的癫疯,后来却是 3 位清醒的科学家惊看"博士小姐"的疯狂。怪诞是把正常的事物加以歪曲,使其变得滑稽可笑,取得令人惊异的效果。迪伦马特把这种艺术表现手段视为"一种风格的极致"和诀窍:科学家们不合逻辑的疯言疯语是为语言的怪诞;身份高贵的"博士小姐"却是个驼背老处女,则是形象的怪诞;当过"世界举重冠军"的护士却被病人勒死,那是情理的怪诞。美学家桑塔耶纳认为:怪诞的运用"在于重新创造",这种创造"背离了自然的可能性,而不是背离了内在的可能性。然而,正是内在的可能性构成这些创造的真正魅力"。

自 1987 年中国青年艺术剧院演出《天使来到巴比伦》算起,这是国家话剧院第四次把迪伦马特的剧作搬上舞台。从整体上看,这次《物理学家》的演出相当成功。26 岁的王剑男在二度创作中对迪氏的艺术能把握到这个程度殊为不易,无论对剧本的阐释,还是舞台调度都看不出明显的缺失。饰演默比乌斯的老演员李建义早在学生时代就参与了这出戏的演出。这次扮演主角十分老到、精彩,几乎每个细节都很到位,分寸感很强。舞美也是成功的,比较符合瑞士人那种"袖珍型"的家居风格。

总的来说,中国戏剧艺术家对"怪诞"这一风格还不太适应,不善于夸张,引笑的意识较弱,包括这次《物》剧的演出。例如"博士小姐"的背应该更驼一些,使她美丽的脸蛋与她丑陋的驼背形成更强烈的反差,以便显得更加可笑;再如,物理学家们疯疯癫癫的状貌还可以夸张得更厉害些,以取得更大的引笑的效果。迪伦马特明确说过:"一出戏没有笑的东西我是忍受不了的!"因此,如果在"笑"这一点上能琢磨出更多的名堂来,相信《物》剧下一轮的演出定会更上一层楼。我们期待着。

（原载《光明日报》2009 年 1 月 11 日）

《原野》的舞台新高度

　　新年伊始，由王延松执导、天津人民艺术剧院演出的曹禺名剧《原野》开始亮相于首都舞台，从而揭开了纪念伟大戏剧家曹禺百年华诞的序幕，也敲响了国家大剧院小剧场正式启用的开台锣鼓。我观后十分欣喜，觉得这台演出确实不辱这双重使命。

　　曹禺不愧是 20 世纪中国最杰出的话剧艺术家，他年轻时代勃发期所创作的 4 部剧作——《雷雨》《日出》《原野》《北京人》就已经奠定了他在中国现代戏剧史上的首要地位。而他的这一成就不仅使话剧这门"舶来"艺术在中国生了根，而且也为这门艺术表现风格的多元性开了头。19 世纪末、20 世纪初欧洲文学艺术界经历了一场激烈的美学革命，不少文学艺术家的创作都明显地留下了这一轨迹，即从传统风格变换为现代风格，如戏剧中的易卜生、斯特林堡，美术中的凡·高、毕加索等。20 世纪初中国文艺界的"普罗米修斯"们，带着民族的使命，首先"偷运"欧洲人的现实主义之火，如巴金、徐悲鸿等。曹禺在这点上艺术视野显然比他们更开阔一些，除主要"偷"来现实主义以外，也夹带了少量的革新美学即表现主义。他的这部《原野》堪称这方面的代表作，犹如易卜生的《皮尔·钦特》，是尝试性的，但也不失为经典。只是它生不逢时，在独尊现实主义的年代，《原野》始终被排除在曹禺的经典名作之外，被压抑了将近半个世纪！

20世纪80年代以来，随着外国现代主义思潮的涌入，《原野》很快恢复了它的光彩，几度被人们搬上舞台，甚至被改编成歌剧上演。编导者也注意到了剧本的表现主义和象征主义特点。不过，现代主义艺术在我国毕竟还处于模仿、探索阶段，各个演出版本都还没有达到原作的真正要求。须知，此剧艺术风格的本体是表现主义，"象征"只是其中的一部分，是从属于表现主义的一种表现手段，它本身在《原野》中没有构成"主义"。在表现主义的诸多特点中，重要的一点是强烈的激情，一种"包容一切的感情"。这在鲁迅笔下是闷在"铁屋子"里非把它凿开的感情；在郭沫若笔下是"太平洋提起它全身的力量来要把地球推倒"的感情。现在它在曹禺的笔下，是一个被害得家破人亡的青年农民怀着冲天的仇恨冒死来复仇的感情。原来多年前，这位叫仇虎的主人公，其父被恶霸焦阎王杀死了，他的弱小的妹妹也被逼死了，他热恋着的未婚妻也被夺走，自己不仅被打断一条腿，而且被投入大牢。可谓深仇大恨！这样的仇恨在当年的中国大地上无处不在，不然就不会有那场结束于1949年的斗争。表现这样的阶级仇恨，既是当时曹禺的思想要求，也是他的艺术要求。扩大一点讲，要写表现主义的戏，要表现强烈的激情所具有的美学效应，还非选择这类具有阶级斗争性质的尤其是反封建性质的矛盾事件不可。因为封建阶级已经普遍失去了存在的历史根据，写这类斗争的激烈性和正义性容易引起广泛的共鸣。难怪，19世纪30年代22岁的德国天才思想家和作家毕希纳创作的名剧《沃伊采克》，写一个士兵（无产者）被他的上司（封建统治者的一员）夺走了妻子，并迫使他无家可归，他在忍无可忍之下杀死了妻子,最后自己走向毁灭。该剧由于主人公持久的仇恨激情和突破性的散体结构而获得了表现主义开山祖的地位。刚刚执导过毕希纳《莱昂策和琳娜》的王延松接着又推出与《沃伊采克》在艺术上有血缘关系的《原野》,而他的《原野》的亮点恰恰是抓住了激情的饱满性与持久性。

曹禺为了让他的主人公保持仇恨激情的张力,用了好些技巧来考验它的稳定性。首先是金子为焦大星说情,认为他毕竟是个窝囊废,在摧残仇家的罪行中不起直接作用。但这动摇不了仇虎的决心。他的信条是:你焦家害得我仇家家破人亡,我非得以牙还牙不可!只是策略上有所微调:迫使焦大星先行动手,以便后发制人。这一意图实现后,接着是恐怖的紧张情绪,首先是森林和原野的恐怖,最后是追兵的恐怖。第三幕那5个"景",一景比一景更险恶,像一根绷紧的弦,越拉越紧,直到断裂的一刻——仇虎不得不把匕首刺进自己的胸腔。根据导演的调教,天津人艺演员孙飞在表现人物强烈而持久的激情时突出两颗几欲爆裂的眼珠,它们有一种令人战栗的震撼力。同时他跟"干妈"对话时那扭曲的身段和沉着而冷峻的语调,无不让人感到此人今天非杀人不可!观众的心始终放不下来。而仇虎复仇的激情与爱的欲火是交织在一起的;不毁灭他的仇人,就不能复得他与金子的爱。于是仇与爱的互相交织,保持着激情张力的平衡。

王延松导演《原野》的另一个亮点是假面陶俑群的使用。这8个稚拙而憨态可掬的所谓"陶俑类形象"在剧中起着"多功能"的作用:它们时而似乎是古希腊悲剧中的歌队,控制着人物命运的火候;时而好像是路旁的好事者,随时站出来评头品足、添油加醋,调节舞台的气氛;时而又是某种道具的化身,需要时就出来"上任",

对于充当大森林的任务也义不容辞。再一个亮点是大提琴角色的添加，当语言的功能无以复加时，它就出来如泣如诉，把舞台气氛调得味道更浓。难怪剧作家万方看了也很是兴奋，说这就是她父亲曹禺所要的《原野》。

剧中几个主要角色的表演都堪称出色。只是金子的形象稍嫌不够丰满，总的来说刚毅有余而柔情欠足。当她意外地见到仇虎时，应表现出不可遏止的狂喜，而在合欢时又表现出千般柔情——这场"激情戏"不应该躲在舞台侧面，那么含蓄；而应该放在舞台中间，并且用现代舞的形式来表演，突出原野中的"野"字，又以"柔"来收尾，这样当会收到更为强烈的艺术感染力。但总的来说，这台演出因把握住了表现主义的美学要领，达到了一个新的高度，可以说是我迄今观赏过的几个同名舞台版本中最满意的一个版本。

（原载《文艺报》2010 年 3 月 1 日）

忏悔与宽容的交响

——简评话剧《明天》的精神高度与艺术价值

　　进剧场前看了下《明天》的节目单,知道这是一出励志戏,按照过去类似题材的戏的套路,似乎已经猜到了它的大概。但看着看着还是被它吸引住了!

　　剧情并不复杂:刚入住医院的年轻男子何亮因见义勇为被歹徒打伤,成为全市的新闻人物。市里正安排他出院后向市民作报告。但这时病房里住进一位昏迷的病人。18 年前他因听到一恶作剧少年"救命"的呼叫而跃入水中抢救,却因撞到障碍物而瘫痪。妻子离去时双方有个约定:等女儿长到 18 岁,由母亲带走。如今这位名叫关云年的倒霉人在一位忠心耿耿的老战友余师傅照料下艰难地度过了 18 个年头! 在心肝宝贝即将离去的时刻,他决心用安眠药了结此生,但被抢救了。俗话说无巧不成书。如今这两个当年的有"缘"人 18 年后又在这一间病房里相遇了! 何亮,18 年前还是个小学毕业生,在他见到自己行为的后果时逃走了。但今天,正当鲜花簇拥、新的城建局局长正等着他履职之际,他应该逃走吗? 他陷入激烈的内心矛盾与自省。尽管他刚怀孕的新婚妻子进行安慰与劝阻,他最后还是决心向对方承认自己的过失,表示深深的歉意。

主人公的最后决定——自责和道歉——堪称是全剧的最大亮点之一。它亮出了主人公的精神高度——自审意识。须知,他作出这个决定是不容易的。一般人,包括他美丽、可爱的新婚妻子都会想:小孩的过失是不负法律责任的,一旦承认了,万一人家缠住你不放,怎么办? 尤其是,现在刚刚被戴上"英雄"的光环,突然爆料出这个"反英雄"事件,岂不让世人嘲笑? 更有甚者,市领导正需要你这朵名花为全市争光,为市民鼓气,正如那位秘书兼记者所担忧的,你的自揭老底,岂不令市领导尴尬,让全市黯然? 然而恰恰在这里,何亮越出了一般凡夫俗子的精神境界。在他看来,一切以"我"的私利出发掩盖事实、弄虚作假,都是与他的本性格格不入的,会使他的灵魂感到痛苦:"一个连自己心里都打扫不干净的人,怎么去致力于整个城市的建设?"在他看来,尊重事实,正视自己的缺失,这是一个人的基本道德守则。因此,"今天若不说明真相,我的灵魂会永远匍匐在地上爬不起来"! 甚至"整个城市给我一切我都可以不要,我只希望它能静静听我的心跳,允许我跪在它的面前说一声——对不起"! 他想到,他的道歉今天就可以做到,但受害者的瘫痪却是伴随终身的! 因此他不能道个歉就算了,他还暗暗准备解决关云年的实际困难,为此他接受了女老板聘任他为公司"形象大使"所付的报酬。如果说,何亮在行凶的歹徒面前接受的是"硬"的挑战,那么他在关云年面前主动认错、悔过,接受的则是"软"的挑战,这需要更大的勇气,它需要精神内涵的升华。

现代人文科学告诉我们:人的精神结构是由多个侧面组成的,故它往往不是统一、和谐的,往往需要人本身在社会实践中经常发现、调整自己。西方基督教精神中包含忏悔意识,这有力地推动了西方文明的进步。难怪二战中欧亚两个犯了严重罪过的国家,欧洲那个因为有基督教的背景,能忏悔,所以重新赢得世界的尊敬;亚洲这个没有类似背景,所以不能忏悔,只能继续与邻国摩擦。对于个人也是这样,一个有自审意识的人,知道身后潜伏着"梅菲斯特"(歌德《浮士德》中的魔鬼),随时防范异己者的靠近;一旦失足了,也能及时反省自己,因而往往是精神力量强大、永远立于不败之地的人。现在我们看到何亮对自己儿时不负法律责任的过失的审视和道义上的担当精神,证明他是个无愧于英雄称号的人,是他所在城市当之无愧的"形象大使"。在我们这个见凶就躲的时代,人们多么渴望同胞中有更多的这样的英雄!

《明天》中另一个重要人物关云年的宽容精神代表着另一个精神高度。18 年前,当他还是一位年轻的转业军人的时候,也一样的朝气勃勃、见义勇为。当他一听到有人喊救命,连衣服都顾不上脱就一头扎进水里去了!瘫痪后,为不连累年轻的妻子,他强忍着撕肝裂肺的隐痛,不惜以自杀相威胁,硬逼着妻子离异,自谋出路。18 年后,这位争气的前妻,从打工妹到董事长,现在带着怀念和歉疚看望他来了。他仍关怀地问她建立了新的家庭没有。当他看到对方点头的时候,他露出欣慰的微笑。同样,在病房里,当他知道这位病友就是毁了他一生的那个小冤家,他不是暴跳如雷、要求算账,而是微笑着说:"看到你成为见义勇为的青年,我感到欣慰!"当对方向他袒露实情,他却竭力为他开脱,硬说:"我是喝醉了酒自己一头栽进了水里的!"这是一个普通劳动者多么崇高的思想境界和道德修养,真可谓惊天地泣鬼神!难怪那位 18 年如一日照料他的老伙伴余师傅激动地说:"就凭他抢在我前面往水里那一跳——他就永远顶天立地!"

坐在剧场里的时候,看着这一幕幕场景,有时脑子里不免闪过"高大全"的疑问。走出剧场时,只见前厅里一大群人围在一面宣传栏前争看一大篇文字,我也挤进去一看,哦,原来这出戏有真实的生活原型,这个故事若干年前就发生在武汉!这时我的眼睛一下子湿了,一个高大的形象久久竖立在我的心头!之所以如此,因为我还联想起约40年前发生在北京人民日报社的一个真实的故事:该报的一位工人师傅,他的儿子不幸遇车祸死了!但他不是呼天抢地、大吵大闹,而是把肇事者请来,平静、温和地对他说:"不幸的事情已经发生了!我就是把你杀了,或者说你赔我再多的钱,我儿子也活不过来了!我知道你也很难过,甚至还很紧张。我们将心比心,你不是有意的,我就不为难你了,不会上法院,也不要求赔偿,只希望你以后开车小心些,做事稳当些就是了……"40年来,这位普通工人一直是耸立在我心中的高山!现在我们也可以把他作为《明天》更早的一个原型。

前面提及,人是一个善恶并存的多面体,但它不是一个各面平均的拼合。哪一面占主导,要看具体的境遇。一般来说,我相信,人的善的一面、积极的一面还是占主导地位的。所以尽管浮士德随时都有魔鬼的扯拉,但还是不断前进着、完善着。而随着时代的进步,随着经济文化水平的不断提高,人的善的一面会不断地扩大和稳固。君不见,"后现代"人文思潮的兴起就把人放在中心地位,提倡平等、宽容、自尊、自审等,这可以说是自文艺复兴以来人类对自身价值的再认识。因此正像《明天》向我们昭示的,上述人伦"高山"会与日俱增!而这一前景也使《明天》这出戏更具有底气。

与苦难的老朋友相依为命、共同度过18个艰难岁月的老余也是一座精神高地,他对朋友的至诚并为此表现的牺牲精神,让人真切地体悟到"人生得一知己足矣"的古训。只是作者用在这个人物身上的笔墨不多,有破绽,观众难免会问:瘫痪病人需要全天候照顾,何况起初还有个幼女,老余自己怎么工作呀? 因此需要给老余安排一个妻子,两人轮流照顾。不然观众会往"老余是雇工"那方面去猜测。这就削弱友谊的力量和感人的力度了。

霍秉全是西安戏剧界的实力派剧作家,他在丰富的创作实践中与过士行、马中骏等剧作家一样掌握了瑞士大戏剧家迪伦马特的一个创作"秘诀"——悖谬的审美情趣。他尝试用这个诀窍创作的喜剧《阿斗》一炮打响。从此他对这一艺术手段乐此不疲,包括《明天》的创作,从戏剧结构到语言都如此,并同样取得良好的效果。例如何亮,他从无心的施害者变成热心的援助者;从当年责任的逃避者变成责任的担当者。而关云年,他入水救人,反而自己被人从水里救出;别人的恶作剧是为了一时取乐,他自己的一心一意却带来终身灾难! 再看吴华,18年前她被迫离家时一文不名变成了打工妹;18年后她主动回访时却带着"富婆"的声名。这种种风云不测或时来运转,忽而令观众眉头紧锁,忽而又让他们眉开眼笑,从而使观众两个小时坐下来依然情绪饱满,兴味盎然。取得这样的戏剧效果不能不归因于作者的艺术手腕了。

《明天》是一出写实的戏,由北京人艺的任鸣执导可以说是最合适不过了! 任鸣多年来执着地追求现实主义戏剧美学。事实上就我所知,《明天》作者霍秉全在创作这出戏的过程中就心仪任鸣了! 如今任鸣驾轻就熟地完成了这一任务。他对每个人物的设计及其规定动作的安排和调度绝大多数场合都恰到好处。例如吴华这个人物,她刚上场时我以为是当地的女副市长之类的人物,因为她后面跟着一位忙着张罗的秘书。但很快从她的鲜亮但不厚重的穿戴上看出她很可能是个新富婆——不对,她很想举止得体却又不到位,可能曾是个打工妹。这个人物的复杂心理和做派,导演显然是花了一番功夫的,而且是成功的。

只是关于吴华这个人物的塑造我想跟导演和编剧商榷一下。我认为吴华也应该是个"悖谬"的体现,即她商场上成功了,但情感上却失败了! 就是说,她目前的新家庭是不幸福的。因为根据我对现实的观察,在商场上闯荡而偶尔成功的打工妹很少有幸福的家庭,何况吴华并不是因为感情破裂而离家的。因此吴华回访见到昔日的爱人时,应该有一个催人泪下的场面。可不可以这样处理:当关云年关怀地问吴华:"你建立新家庭了吗?"吴深情地望着关,勉强地微微点头,然后扭过头去偷偷抹眼泪,这时她百感交集,突然一个急转身无法控制地扑到关的怀里,颤抖着身子放声恸哭……我想,如果这样处理,既能加深这出戏的现实主义内涵,又能收到强烈的舞台效果。

还有小卉这个女孩的性格似乎也还需要再琢磨一下。她是在沉重的家庭气氛中和繁重的家务中长大的,又是关云年这个善良的家长教育出来的。她工作应该很麻利,但性格应偏向于持重、朴实。当她知道那个少年肇事者是谁时,她会千头万绪,以失声痛哭来宣泄她长期压抑的悲愤,而不是采取持刀欲杀这种肤浅的行动。那样安排对观众会更具感染力。

周一围及几个主要演员都相应地完成了各自的角色创造,多次获得观众的掌声。舞美设计朴实无华,与剧情协调一致,是不错的。音乐也是成功的,它以舒缓的旋律和张弛有度的节奏始终谦恭地处于陪衬地位,从不喧宾夺主。如果在讲到少年的恶作剧时能用上几个怪诞的音型,也许更有效果些。服装设计也不错,把病号的睡衣剪裁得比通常医院里的睡衣更紧身、更秀气,以便把艺术与生活相区别,也更便于表演,可取。

总的来说,《明天》是一部无论在思想力度还是艺术价值方面都值得肯定的一部戏剧。谨表祝贺。

2014 年清明节

侧议"小两会"

　　自 20 世纪 50 年代以来,中国有传统的"双两会",即政界的人大和政协一年一度的"两会"与文联和作协 5 年一度的"两会"。后者不妨称之为"小两会"。尽管后者的性质不同,功能各异,文艺的形态千差万别,然均以生产审美的产品为职守。故从事文艺工作的人,一般说来都是比较快活的人,他们性格比较开朗,思想比较活跃,感情比较充沛,想象比较丰富。这样的一些人,5 年不见了,一旦相聚在一起,其欢乐的情绪和气氛可想而知,干脆称之为"狂欢节"亦未尝不可。

　　连这一次,本人已是连续第四次参加这一盛会了! 就前三次而言,会议程序基本相似:开幕式两会都在人民大会堂举行,都有中央最高领导层的全体成员参加,有两会代表与中央领导的全体大合影,有两会领导的工作报告;第二天是两会代表在人民大会堂听取国务院总理与外交部部长分别做的关于当前国家经济形势和外交形势的报告,由两会代表分别选举本会的下届领导即委员,最后以两会代表在人民大会堂的文艺联欢晚会结束。无疑,这些活动都是十分隆重的,大家乐于参加。其中大家最感兴趣的是中间的两个中央领导的报告,可以说是大会的亮点。无论是朱镕基总理还是温家宝总理,这两位力倡改革的中央领导都以文艺爱好者和作家、艺术家朋友的名义说话,内容真实、丰富、生动,态度平等亲切,令人感到领导在与自己谈心,听后不仅获益匪浅,亦感到欣慰。

当然,世界上没有十全十美的事情。就我个人的感觉而言,几届大会也有几点不足之处。首先感到没有使每次盛会成为既是聚会的机会、换届的过程,又是交流的平台。从本质上来说,文联和作协都是非政治性的群众团体,是专业性的"学会"。前面提到,作家、艺术家一般思想都比较活跃,在长期的创作实践中往往具有一些独到的体验或见解,都想在自己的同行中有发表和交流的机会。为此至少应该安排一整天的大会发言。发言稿事先就要以"招标"和"投标"的形式进行选拔,让那些最精彩的、确有智慧含量的发言给大家带来启发和教益。它们可能是作家、艺术家成功的经验之谈或失败的教训,可能是崭新的理论构想的阐述,可能是针对文艺界普遍的时弊给予的针砭,也可能是对文艺界领导的工作提出建设性意见或中肯的批评。没有智慧的火花和真理的鞭子,就意味着会议缺乏精髓,就会使人觉得,高高兴兴参加这么隆重的大会,最后却未能尽兴而回,带着遗憾再期待 5 年。

其次,在换届的程序上,就本人参加的前三届即第五至第七届看,也有不尽如人意的地方,主要是未能完全遵循"在民主基础上的集中,在集中指导下的民主"的民主集中制原则进行。候选人均是自上而下,而不是自下而上产生。不过第五届还有 10 名"差额",还有一定的"选"的迹象。但到第六、第七就连这点"差额"也没有了!尤其是第七届,候选人名单差不多有三分之一都是新面孔,且介绍栏里的内容比第五、第六届都更为简单,有的人连一本作品都没有！第五、第六届留给代表们对候选人的审查好歹还有半天的时间,而第七届却变成半个小时了！当然无论半个小时还是半天,本质上讲是一样的:都是走过场！因为下午就要选举了,在上午的这半天里,即使发现有的人有严重问题,也来不及更换了！从这点上看,这些年作协的工作,在其他方面确有很大的起色,但在这点上未能体现与时俱进的精神。

第三点,无论新中国成立前还是新中国成立后,特别是改革开放以来,文学翻译家的贡献是有目共睹的,他们对推动我国现代文学特别是新时期文学的发展起了不可低估的作用,这支队伍在中国作家队伍中的比重也是相当醒目的。但他们在这几届中国作协全委会中的比重却显得微乎其微,相信不会超过 3% 吧。而且如果不是按照官衔来遴选,恐怕连这个微乎其微的比例都不存在！既然翻译家的作用在作协领导层心目中这样微不足道,不知道现在这样雷声隆隆要把中国文学推向世界,主要靠谁去推动。

第四点,大会既然以联欢晚会的形式结束,则演出的任务就不仅仅是文代会专业代表的任务,作代会中也应有代表上台去朗诵诗歌、散文什么的;有表演欲的业余爱好者也应自告奋勇去唱或跳。如果能做到台上台下"互动"起来,那就更加理想了！

以上所谈权当我给第八届作家代表大会的献礼。

2011 年秋

春节晚会风光不再

中央电视台创办的春节电视晚会头几年颇有新鲜感,几乎一口气看到底,觉得它增添了我国年节文化的新形式、新内容,把喜气洋洋的节日气氛送到千家万户,使全国城乡的广大居民在传统的除夕夜晚过得更加愉快而健康,因而对央视的这一首创精神深表赞赏。

可惜这一首创的成功,成了央视一劳永逸的再生模式,一年一年地复制,使我的上述新鲜感丧失殆尽。虽然有时也还漫不经心地瞧它几眼,以免万一错过什么好的节目,但看后多半失望,乃至懊悔。而这种感觉远不止我一个人有,偶尔与周围的人们谈起,大家都有类似的反应。

春节晚会的主办者显然忽视了艺术的这一规律:美是流动的,因而是不可重复的。第一次胜利,那是原创的效应,而原创好比焰火,是一次性的,它不能反复生辉,更不能模仿。道理很简单,人的审美天性是喜新厌旧,正如雨果所说,再美的东西重复一千遍也会使人厌倦。因此把某一种艺术形式或风格,把某一种美的形态当作永恒不变的美学法则,是愚蠢的。昔日欧洲的古典主义者和中国的八股论者之所以走向反面,原因就在这里。春节晚会从根本上说是一种"快餐文化",是一次性的。它也遵循"一鼓作气,再而衰,三而竭"的规律。晚会举办者年复一年地折腾,似乎不知疲倦,可是观众疲倦了! 你看晚会台前幕后总是那些熟悉的面孔、熟悉的名字,而且总是那些招数、那些老套子;从舞台思路到节目构成都形成了一种"晚会新八股"。尤其是小品节目,完全成了赵本山、黄宏、潘长江几个人的专利,这使我们的一部分观众的民族自信心产生了疑问:难道我们十几亿人口的泱泱大国就那么几个笑星? 须知,即使最好的演员,几张老面孔的不断重复也会使人疲倦的。何况最好的演员不一定每次都有最好的作品,反之,二三流演员有时也可能有一流的表现。

其次,晚会从大众的需要和水平出发,节目以通俗为主,这是对的。但根据"在普及的基础上提高,在提高的指导下普及"的原则,节目的水平应该一年比一年提高,品位一年比一年高雅。然而现在的问题正好相反:水平和品位越来越平庸、越低俗! 高雅艺术的节目越来越少,到去年甚至干脆把唯一的一个芭蕾舞节目也给砍掉了! 有的演员显然演"油"了!

第三,舞台出场搞庸俗的利益分配。以唱歌为例,名气大的唱全歌,名气较小的唱半歌,名气再小的则由许多人拼唱一首歌。仿佛这些演员非上台亮相不可!

第四,主持人一大堆,像表演群口相声。有的一会儿换一次盛装,把主持节目的工作变成模特时装表演,仿佛他们竟也需要用这些外在的绚丽掩盖内在的欠缺。

先后看过欧洲某些国家的圣诞或新年电视节目。他们绝对不像我们这里搞得那么隆重,那么豪华,那么浮嚣。场面也没有我们的大,但气氛较为平静,尤其是圣诞之夜。主持人没见过超过两个的。他们当然为观众所熟悉,而且职业水平很过硬:不仅以流利的口齿,而且以机智、幽默、诙谐的谈风折服观众,看其主持本身就是一种美好的享受,所以不时博得观众的掌声。他们对自己的穿着并不怎么在乎,一般都堪称朴素,中间换装的现象从未见过。先后上台的演员也远没有我们的多,但感到他们的敬业精神明显比我们的强,不但技艺娴熟高超,而且十分投入。仅为这点,就足以令我们中国的观众动容。对比之下,觉得我们的晚会非创意的成分太多,非艺术的成分太多,非必需的成分太多。几个"太多"构成一道花钱的风景。

艺术的生命在于不断地推陈出新。然而央视的春节晚会已经被一拨娱乐圈的"大腕"们形成的利益集团所垄断,它必须有一支新的生力军来突破,这支新的生力军依靠竞标的途径产生。

2011 年春节前夕

欧洲戏剧史上的流派纷呈

前　言

　　世界各民族、各地区的文化自古以来就是在互相影响、交流、交融中演化和发展的,作为欧洲文化主要源泉的古希腊文化最初就曾受到过西亚(如古巴比伦)、非洲(如埃及)文化的影响,获得高度繁荣后,为整个现代的欧洲奠定了基础,进而对世界文化产生广泛而深远的影响。就以戏剧而论,中国的现代戏剧即话剧,如同中国的油画、交响乐一样,同欧洲的戏剧有着不解之缘,可以说,它的"娘家"在欧洲。无疑,要了解中国现代戏剧的来龙去脉,不了解欧洲戏剧的历史是不可思议的;同样,要振兴和繁荣中国今天的戏剧,不从欧洲戏剧中寻找"参照系"也是难以想象的。为此目的,1988 年,我曾应《人艺之友报》之约,为其撰写了西方现代诸戏剧流派的轮廓性介绍。今天,该报继续约我对欧洲戏剧史上的一些主要流派作一扼要勾勒,我亦照例应允。自然,西方或欧洲的戏剧史,从有完整剧本出现算起,迄今已有 2 600 年,要对所有流派一一加以介绍是不可能的,何况不是任何时代的重要戏剧现象都以流派出现;要对所有欧洲国家的戏剧都一一涉及也是篇幅所不允许的。因此我们的介绍只能以欧洲为整体,按照一些重要历史时期的戏剧实绩划分若干单元或篇目进行,名称采用史书上常见的习惯提法,例如"古希腊悲剧""古希腊喜剧""中世纪戏剧""文艺复兴时期戏剧""启蒙运动时期戏剧"等,只有当某种戏剧形式或风格以运动状态存在时,才冠以带美学特征或流派性质的名称,如"古典主义戏剧""浪漫主义戏剧""自然主义戏剧""批判现实主义戏剧""社会主义戏剧"等,并根据各个流派的发源地突出某些相应的国家和代表性的戏剧家。由于各个时期或流派的戏剧的重要性不同,各篇目的篇幅也将有所侧重,下一讲,首先介绍古希腊悲剧。

古希腊悲剧(上)

同是奴隶制时期,如果说我们的《诗经》为中国文学史作了灿烂的开篇,那么古希腊的戏剧则为欧洲文学史打开了辉煌的第一页,它之所以成为世界上最早、最完备的文艺理论专著之一——亚里士多德《诗学》——的前提,其重要性即由此可见。它诞生于公元前 6 世纪前后,就其年寿之高、体态之完美而言,在世界戏剧史上恐怕是无与伦比的。这是当时处于奴隶制鼎盛时代的希腊城邦民主议制的开明政治带来的文化繁荣的结果。当时的统治者对戏剧采取积极鼓励乃至给予津贴的政策,戏剧创作极为活跃,几百年里涌现的戏剧家数以万计。

古希腊的戏剧以悲剧最为突出。它是从古代希腊人的祭神仪式——酒神祭脱胎而来的。酒神(狄奥尼索斯)在希腊人心目中是掌管万物生机之神,人们为祈祷丰收,在每年春秋季节举行祭奠。他们打扮成半人半山羊的模样组成合唱队,在祭坛前唱赞美歌,并由队长(即祭司)讲述酒神的种种故事。公元前534年,一个名叫忒斯庇斯的人最先采用一个演员把这一祭祀仪式变成悲剧上演。不久,悲剧家埃斯库罗斯把演员增加到3个。于是原来以抽象赞美为任务的合唱队变成了具体表演服务的"配角",它随时插入表演中间,以歌唱进行故事的串连,或对事件加以评论,或对人物的遭遇与行为表示态度等。悲剧大多以神话故事为题材,表现无辜的人(他们往往以神的面貌出现)由于受着天命的操纵或惩罚而遭遇种种不幸,借此引起人们的"悲悯和恐惧"(亚里士多德),以起警世、喻世作用。保存并流传至今的作品仅有很小的一部分,但它们是人类古老戏剧作品中被保存得最多的珍宝。

众多的悲剧诗人中,最著名的除前面提及的埃斯库罗斯以外,还有索福克勒斯和欧里庇得斯,统称为"三大悲剧家"。

埃斯库罗斯(公元前525?—456)不仅是悲剧家,还是多次参加反侵略战役的老战士,政治上倾向民主派。他一生写了90部悲剧和"羊人剧"(作为悲剧余兴演出以缓解悲剧气氛的笑剧,因演员化装成半人半羊而得名),保留下来的有7部,其中"普罗米修斯三部曲"最有名,包括《被缚的普罗米修斯》《获释的普罗米修斯》和《带火的普罗米修斯》,后两部均已失传。《被缚》剧以普罗米修斯偷天火给人类的神话为题材,并加以升华。主人公被塑造成一个敢于蔑视天神的最高权威,不畏强暴、不惧酷刑、不受劝诱、甘为正义事业而献身的伟大英雄,成为千百年来为人们不绝称颂的对象,马克思甚至称他为"哲学的日历中最高尚的圣者和殉道者"。实际上他是作者所寄托的希腊民主派的化身。这部悲剧写得庄严、宏伟,富有浓烈的抒情气氛,因此最具古希腊艺术的美学特征。

埃斯库罗斯的另一部杰出的三部曲"俄瑞斯忒斯"保存得最完

整,包括《阿伽门农》《奠酒人》和《复仇神》。三部曲的主题反映了奴隶社会父权制对母权制的胜利和法制精神对血族复仇观念的胜利。埃斯库罗斯是希腊悲剧的奠基者,有"悲剧之父"的美称。

古希腊悲剧(中)

古希腊三大悲剧家中,按年龄讲索福克勒斯排列第二。也巧,恰恰这位"老二"雄踞于古希腊悲剧的顶峰,他的代表作《俄狄浦斯王》被亚里士多德视为戏剧中的典范。他生活于雅典民主制的繁荣时期,属于温和的民主派。他德高望重,曾当选为有资格审查公民提案的"十委员之一";他战功赫赫,在打败波斯人之后曾被选入"十将军"之列;他著作等身,一生中写了120余部作品,27岁时便在比赛中胜了他的前辈埃斯库罗斯。可惜他的剧本迄今流传下来的只有7部,所幸《俄狄浦斯王》没有失传。

俄狄浦斯原系忒拜城国王拉伊俄斯的儿子。他出生前父王即从神示中得知这个儿子将要杀父娶母;生下后即让一个仆人把婴孩转移到远处弄死。仆人不忍,结果使俄狄浦斯成了科任托斯国王的养子。长大后,有人在酒醉中泄露了他的身份。他又从阿波罗的神示中得知自己将有杀父娶母的命运,便径直向忒拜城逃去,途中遇4个赶路的人,狭路相逢便打了起来,并在自卫中杀死了那帮人,其中那位长者就是他的父王。到忒拜后,他因猜中一个带来瘟疫的怪物的谜语,为忒拜城免除了一场大灾难,遂被忒拜人推选为王,并娶了那里的寡后为妻。后在与妻舅克瑞翁的争执中,出面劝解的妻子说出了她前夫拉伊俄斯在路口被杀的遭遇,杀父娶母的真相遂开始渐渐大白。俄狄浦斯悔恨交加,毅然刺瞎了自己的双眼,自我流放。

《俄狄浦斯王》以极为动人的情节写出了悲剧主人公受尽命运的捉弄与摧残而又以不屈的意志与之抗争的悲壮气概。索福克勒斯固然坚信神的存在及其正义性,但他也相信人的力量与"神奇"。因此他的悲剧英雄在命运面前不像埃斯库罗斯笔下的人物那样被动。他的另一部情节与上述悲剧有关联而又独立存在的著名悲剧《安提戈涅》,描写女主人公安提戈涅为埋葬在争夺王位中丧生的兄弟而面临法律与"神律"的两难处境。结果她还是按照自己的意志作了选择而走向毁灭。索福克勒斯的创作反映了希腊民主制鼎盛时期人的自我意识的最初觉醒和崇高的理想。他的思想与后来尼采力倡的"强力意志论"、表现主义者宣扬的"大写的人"是一脉相传的,所以他在现代作家中比较受推崇。

索福克勒斯在艺术上也达到极高的成就,他善于塑造人物性格;善于安排巧妙的结构,紧张的戏剧情节和冲突,设置强烈的悬念;善于运用戏剧语言。此外他不简单地因袭传统,而是锐意革新,如将演员从2个增加到3个;强化表演,加强动作;让歌队参与演出,并增加歌队人数;增加并丰富音乐成分等。因此,索福克勒斯对希腊戏剧的发展作出了重大的贡献。

古希腊悲剧(下)

欧里庇得斯也是雅典民主派思想熏陶出来的悲剧诗人,虽然不直接参加政治活动,但他拥护民主政治,关心社会状况,谴责雅典的不民主现象。尤其是他攻击暴君的统治,认为"只有一个人统治,自己手里拿着法律,也就没有法律了"。他也反对对外侵略,憎恨富人的贪婪,痛斥男人对女人的不尊重等,有"舞台上的哲学家"之称。他与索福克勒斯在世界观上的最大不同是对神的大不敬;艺术观上的最大不同是他"按照人本来的样子写",而不像索福克勒斯那样"按照人应当有的样子写"。

就留传下来的作品而言,3位悲剧家中欧里庇得斯是比较幸运的。他一生写的92部悲剧中,有18部保存至今,其中像《美狄亚》《希波吕托斯》《特洛伊妇女》《伊菲革涅亚在陶洛人中》《厄勒克特拉》等都是常被提及的名作。

由于不敬神,欧里庇得斯的作品离神话较远,而与现实较近。创作方法上的这一变化,标志着希腊悲剧的一个重要发展:开始从天上向地上趋近。他的最有名的悲剧是《美狄亚》,剧中塑造了一个火爆刚烈的复仇者的不朽形象。美狄亚性格热情、纯贞,为了爱情背叛了自己的家庭,杀死了同胞兄弟,从异国来到希腊,与伊阿宋结婚,并为他报了杀父之仇,还辅助他争夺王位。但为了王位,伊阿宋却不惜抛弃美狄亚而与科任托斯国王的公主结婚。美狄亚在怒不可遏之下,设法毒死了新婚的公主和国王,又杀死了自己的两个孩子,然后逃往雅典。作者认为美狄亚的复仇行为是男人的背信弃义造成的,所以对她寄予了同情。迪伦马特在谈到他的《老妇还乡》时曾提到《美狄亚》,说明此剧对他的创作不无启发(虽然他谈的是区别)。

欧里庇得斯的另一部著名悲剧《希波吕托斯》也是以爱情为主题,不过主人公希波吕托斯只是拒绝了后母的求爱而遭到反诬进而导致毁灭的,他没有对女性犯下过错。但作者对男女双方都表示了同情,认为女方淮得拉的生活处境是悲惨的。这个剧采用的是神话题材,但作者修改了神话内容,说明他对神话的不重视。

欧里庇得斯不那么尊重希腊悲剧的传统规范,所以曾有人责备他,认为他应对希腊悲剧的衰落负责。但从现代观念去看,这又何尝不是他的长处。他无疑对希腊悲剧作出了独特的贡献,首先是他的写实精神和心理描写。他经常采用世俗生活包括农村题材,他对一些女性悲剧主人公的复杂心理描写得极为细腻生动,入木三分。此外,他的戏剧语言流利,对话贴近生活,风格华美,充分展示了他的艺术才华。所以在他死后,名声反而越来越大,历代许多名家都赞扬过他。

古希腊喜剧(上)

欧洲文化的摇篮古希腊,不仅悲剧家群星灿烂,喜剧家也光彩夺目,从纵向时序看,喜剧的兴起和参赛比悲剧要晚些,约晚半个世纪。它也是起源于欢庆丰收的迎神赛会,由于某些原始民间滑稽表演的影响,很快发展成具有故事情节的、独立的喜剧形式。较早的著名喜剧家叫克拉提诺斯。数十年后崛起了两位喜剧大家——欧波利斯和阿里斯托芬。他们代表了古希腊喜剧的早期,称为"旧喜剧",其特点是强烈的政治讽刺性,不仅攻击当权者的政策,而且嘲讽权威性的哲学家和悲剧家。公元前4世纪初,随着战争引起的雅典民主制度的削弱,政治讽刺变得困难起来,"旧喜剧"或早期喜剧逐渐为古希腊中期喜剧所替代。这种倾向在阿里斯托芬的后期喜剧即已反映出来。

中期喜剧的特点是更注重社会现实的题材,对复杂的情节兴趣更浓,讽刺的对象从政治转向社会,形式也进行了相应的改革,取消了歌队。这时期的喜剧在整个古希腊喜剧的发展中是过渡型的,其主要代表人物是安提法奈斯和阿莱克西斯。不久,中期喜剧就转向了"新喜剧"。

新喜剧的一个重要变化是摒弃了神话题材,而着重描写世俗生活,特别是对各种人物的悲欢离合表现出浓厚的兴趣,所以又叫"世态剧"。这一时期持续的时间较长,喜剧家也最多,主要的除狄菲洛蒙、菲莱蒙外,最具代表性的是米南达。据传他一生写有105部喜剧,但保存下来的极少,较完整的仅有《仇世者》《萨摩斯女人》,还有少数都是残本。古希腊喜剧到米南达这里算是达到完善了,他的喜剧故事情节引人入胜,人物性格相当生动,生活气息较浓,语言也十分讲究。可惜唯一的完整剧本《仇世者》并不是他的代表作(讲述一个性格孤僻的老农的经历),主人公的性格比较单薄,也谈不上有真正的戏剧冲突。倒是有的残本如《公断》(约有三分之二的内容被保存下来)还能看出作者的艺术光彩。它写一对年轻夫妻的生活纠葛,意在劝诫人们如何处理婚姻、家庭问题。剧本写得十分生动,从中可以看出作者不具有像阿里斯托芬那样的攻击性,相反他在提倡一种息事宁人的处世态度。

古希腊后期的新喜剧对后来欧洲喜剧的发展较有影响,特别是它被罗马喜剧家们大量抄袭、翻译或改写,风靡一时。但就喜剧家而言,古希腊喜剧最有代表性、成就之最卓者还是阿里斯托芬。

古希腊喜剧(下)

古希腊喜剧改革的3个阶段虽各有代表,但作为一个历史时代则始终是以阿里斯托芬的名字为象征的。他可以说是个以天下为己任的作家,一切重大的政治问题和社会问题都是他关注的对象和创作的主题。他赞成以往兴盛时期的希腊民主政治,抨击今天的衰落;他反对当权者克瑞翁的战争政策,主张和平;他憎恨贪官污吏和政治煽惑家,希望政事清明;他认为哲学应是对公民实行教育的手段,反对诡辩哲学搞混青年的思想;他主张文艺应写崇高、健康的事物,因此特别推荐埃斯库罗斯,而不满欧里庇得斯,因为后者写过一些世俗人欲;他同情奴隶,特别为自耕农的利益辩护。但是他常常是以昨天的价值标准来衡量今天的,所以他的世界观和道德观不免保守。

阿里斯托芬一生写了 44 个剧本,他的思想观点几乎都在他的作品中得到充分的表达。可惜留传下来的剧作只有 11 部,它们按写作的时间顺序是:《阿哈奈人》《骑士》《云》《马蜂》《和平》《鸟》《吕西斯忒拉忒》《地母节妇女》《蛙》《公民大会妇女》《财神》,其中 7 部获奖。有的剧作如《骑士》具有尖锐的政治攻击性,它揭露并谴责了克瑞翁为夺取政权和维护政权无所不用其极的丑行;有的剧作如《蛙》则起一种文艺批评的功能;有的进行哲学论战,如《云》对他的朋友苏格拉底进行抨击。

阿里斯托芬的最杰出的喜剧作品是《鸟》,写于公元前 414 年。两个雅典老人,由于厌弃了人间的恶浊生活,便想在空中建立一个切断天与地之间通道的"云中鹁鸪国",在那里永久落户。此议得到鸟王的赞同和群鸟的理解。天上的众神由于食物运输中断,被迫把统治权移交给鸟类。这个鸟国中没有贫富差别,每个人只凭自己的劳动为生。这个剧令人想起后来德国大诗人海涅歌唱的"要在地上建造起天国"的理想。这个剧本可以说是人类最早通过文艺作品寄托的一个乌托邦蓝图。它想象丰富,情节复杂,色彩斑斓,结构谨严,而且有很浓的抒情气氛。

　　阿里斯托芬的喜剧创作以善于捕捉当前的政治、社会的现实问题见长，艺术上擅长讽刺、夸张，攻击性强，机智过人，富有奇想，风格多样，好用怪诞，人物多为类型化，它是欧洲喜剧传统的强大之源。法国戏剧家拉辛、莫里哀，英国小说家斯威夫特、菲尔丁，德国诗人歌德、海涅都对阿里斯托芬推崇备至，并对他的某些作品进行仿作、改写。直到当代瑞士戏剧家迪伦马特的作品中，仍可以看到阿里斯托芬的明显影响，迪氏把他视为影响自己最深的两个欧洲喜剧家之一。

中世纪戏剧

　　"中世纪"是欧洲历史上的一个特定概念，它包括从西罗马帝国灭亡到文艺复兴开始的将近 1 000 年的历史时期，也可以说从奴隶制度灭亡到资本主义兴起之间的整个封建主义统治时期。这一时期，教会势力十分猖獗，倡扬宗教文化，实行禁欲主义，以致垄断了整个意识形态。

　　这时期的戏剧比起古希腊时代大为倒退了，它浸透了宗教观念和神秘思想。先后有过宗教剧、奇迹剧、神秘剧、道德剧以及市民剧的胚胎形态笑闹剧、愚人剧等，以国别论，法国最发达，其次是英国。

　　宗教剧都以《圣经》中的故事为题材。它的一个较有代表性的剧作叫《亚当戏》，写人类的"始祖"亚当和夏娃如何受魔鬼撒旦的引诱偷吃禁果而受惩罚以及他们的后代互相残杀的故事。显然，这是《创世记》的内容。

　　宗教剧在其几百年的发展过程中，内容和形式都有不断的变化。到 13 世纪随着教会势力的日趋减弱,民间戏剧日益发展起来,产生了一种宗教剧的变种——"奇迹剧"。它也是在法国最为流行,其中以 13 世纪初波德尔写的《圣尼古拉的把戏》和稍后吕特波夫的《德奥菲尔的奇迹》最有名。前者写圣尼古拉为一个异教国王夺回被劫的钱财的故事,充满传奇色彩;后者讲德奥菲尔为谋取钱财怎样与魔鬼玩把戏。这些剧作都反映出教会势力日益失去了宗教宣传作用,其败德恶行亦随之暴露出来,而城市中产阶级道德观已开始抬头。

神秘剧的流行是在 15 世纪,比之奇迹剧它并无多大发展,题材主要仍来自宗教传奇,不过增加了一些神秘成分。但值得注意的一点是世俗性的东西明显增多了。因此它名义上虽然仍从属于教会,实际上教会已不能完全控制它,在很大程度上它已成为新兴市民阶级的群众娱乐形式了。

中世纪戏剧英国最流行的是道德剧,它以寓意手段来表达一些抽象概念,如诚实、狡猾、勇敢、怯懦、战争、和平等。在其发展过程中,逐渐走向对社会恶德和教会罪行的批判及对世俗生活的赞美,因此艺术上讽刺、幽默的喜剧色彩不断加强。道德剧的代表作有《忍耐的堡垒》《四原素》等。

中世纪后期留给文艺复兴的直接遗产是笑闹剧,从中世纪的愚昧、黑暗中渐渐觉醒过来的人们已经懂得用滑稽、讽刺、诙谐等手段来轰毁黑暗时代的种种可诅咒的社会现象了。最出名的一出戏是《巴特林的笑剧》,它激发了许多仿作的变体。还有一种可视为笑闹剧姐妹的"愚人剧",它以朴实的劳动者的愚钝行为来反衬贵族、僧侣等统治阶级的可鄙、可笑现象。

这类世俗性的笑闹剧的兴起与广泛流行意味着人们正在从中

世纪的禁欲主义的沉重精神桎梏下挣脱出来,用笑来送走这个可笑的时代,在艺术上它则为文艺复兴以后发展起来的完整的市民喜剧提供了一种雏形。

文艺复兴戏剧(上)

文艺复兴运动是欧洲资本主义兴起以后第一个规模宏大的思想文化运动,其起讫界线很难确定,大约从 14 世纪下半叶至 16 世纪下半叶。当时人们慑于教会势力和封建专制的强大压力,不敢公开提出与统治阶级相对立的观点,只得战战兢兢地请出古代的"亡灵",借用它们的名字、战斗口号和衣服,以便穿着这种久受崇敬的服装,用这种借来的语言,演出世界历史的新场面(马克思语)。于是,以复兴古希腊、罗马繁荣时期的文艺为名义,创立了一套崭新的、与封建文化相对立而与资本主义发展相适应的思想体系。其中的内容是倡导人文主义,确立人的崇高地位;以个性解放,反对禁欲主义;以科学的宇宙观,取代天主教的宗教观。文艺复兴运动无论在文学、艺术方面,还是在社会科学和自然科学方面都获得了划时代的成果,涌现了一批在各方面都堪称"巨人"的人物。这些"巨人"在戏剧领域之最杰出者,为英国的威廉·莎士比亚,而且迄今还没有人超过他。因此有的英国人曾经自豪地宣称:宁要莎士比亚,不要印度。马克思也给予他高度评价。

莎士比亚的天年只有 52 岁,但他一生写的戏剧作品仅保存下来的就有 37 部,此处还有两部长诗和 154 首十四行诗等。他的剧作多以传统题材即神话、历史故事、民间传说等为主,赋予强烈的人文主义思想,表现现实的主题。他的创作可分 3 个时期,而按剧作的种类划分则可分 3 类：历史剧、喜剧、悲剧。这里就按这个类别分别加以介绍。

莎翁的历史剧大多写于他创作的第一时期，均取材于英国历史。它们是：《亨利六世》《理查三世》《理查二世》《亨利四世》《亨利五世》和《约翰王》。《亨利六世》和《理查三世》的那段背景是，作为国君的亨利攘外无策，安内无能；外战败于法国，内战连续不断。奸雄乘机篡位，其中尤以理查三世最为阴险狡诈、残暴狠毒，很快为敌党所杀。《理查二世》的主人公是个没有主见，凭宠臣左右的昏君，他无力平衡贵族势力的矛盾，王位被其堂弟所夺，立为亨利四世。但亨利登基后，自知王位非名正言顺所得，良心难宁，虽两次平息贵族内乱，无奈太子品行不端，王位前途堪忧。不料后来太子终于懂得改过自新，继位为亨利五世。莎士比亚写了上述一系列君主，唯有在这一位身上寄托了他的人文主义的政治理想。

莎翁历史剧中写得最出色的是《亨利四世》，该剧将宫廷政坛与民间的社会生活相联系，展现了那个时代"五光十色的平民社会"（恩格斯语）的画面，对主人公的思想道德的性格层面及其复杂的心态进行了深刻而生动的刻画。整个剧有史诗般的历史宏阔性。

文艺复兴戏剧（中）

莎士比亚在他创作的第一个时期，即 1590—1600 年期间，除 9 部历史剧作，还写了 10 部喜剧和 1 部悲剧。喜剧中如《仲夏夜之梦》《威尼斯商人》《无事生非》《皆大欢喜》和《第十二夜》都是脍炙人口的名作，被称为莎氏的"五大喜剧"。

莎翁喜剧除批判封建压迫、陈腐的道德观念以及早期资本主义所暴露出来的某些恶行外，尤其贯穿着以"爱"为核心的人文主义思想；它们倡扬个性解放、婚姻自由、为个人幸福努力，歌颂爱情和友谊等，带有浪漫主义的抒情气氛。这些作品中最出色的当推《威尼斯商人》，它通过高利贷者施于"威尼斯商人"安东尼奥的一桩骗局的失败，热情歌颂了新兴资产阶级崇尚友谊、爱情、仁义的道德风貌，赞美了像鲍西娅这样的在法庭上慷慨陈词，使处于被告地位的丈夫胜诉的机智而充满自信的女性形象。无疑，作为正面形象的对立面，剧本也无情地谴责了像夏洛克这类旧剥削者的贪婪、狠毒、阴险和残酷，剧中也穿插着青年们的爱情线索，虽有障碍，但阻止不了青年人的美好结局。

《仲夏夜之梦》《无事生非》《皆大欢喜》和《第十二夜》同较早的几部喜剧一样，都以青年男女的爱情为主题，他们的幸福结局，都是同旧的封建势力斗争的结果。这些剧作都有曲折、复杂的情节，明确的思想，丰满的人物形象。为了创造欢乐的气氛，剧中加入了舞蹈和歌唱。

这些喜剧作品中，《皆大欢喜》是较有代表性的一部。它和《仲夏夜之梦》一样，都以大自然为背景，形成人与人之间无须设防的自由自在的生活，与"充满积疾的宫廷风险"相对照。这一动机决定了全剧的结构，这结构是由3条情节主线组成的：公爵被其胞弟篡夺了爵位；公爵女儿与僭主的女儿遭到放逐；青年奥兰多的产业被其兄所夺。这三对矛盾中的正面人物遭遇打击后都在亚登森林里会聚，他们的善良行为具有强大的道德力量，最后把恶人也感化了，使他们悔改。而这些原来的受害者都获得应有的美好结局。这当然仅仅是作者出于人文主义理想的一种主观向往而已。

文艺复兴戏剧(下)

莎士比亚创作的鼎盛时期是在 1601—1607 年之间,即所谓他创作生涯的"第二时期",他的最辉煌的"五大悲剧",有 4 部都是在这一时期诞生的。即《哈姆雷特》(1601)、《奥赛罗》(1604)、《李尔王》(1605)和《麦克白》(1606)(另一部为前期写的爱情悲剧《罗密欧与朱丽叶》)。其中最为动人的当推《哈姆雷特》,有人根据内容干脆译为《王子复仇记》。它取材于 12 世纪的丹麦历史故事,说的是王子哈姆雷特受了父王亡灵的启示,了悟到身为叔父的现国王克劳狄斯为杀兄娶嫂的阴谋家和罪犯,遂决意为父复仇除害。不料其用意为国王察觉,国王屡设毒计必欲害之而后快,他趁哈姆雷特错杀情人之父,致使奥菲丽娅疯癫自尽之机,唆使奥菲丽娅的哥哥雷欧提斯与哈姆雷特比剑。最后国王、王后、雷欧提斯、哈姆雷特均死于剑下。《哈姆雷特》的主人公是作者人文主义理想的化身,莎士比亚借他的口尽情歌颂了人的伟大与尊严,所谓"万物的灵长,宇宙的精华"这一千古名句即出于他之口。

如果说,《哈姆雷特》堪称"正义复仇记",那么《奥赛罗》可以谓之"邪恶谋害记"。主人公奥赛罗为威尼斯大将,因与一元老的女儿苔丝德蒙娜联姻而遭元老的反对。当朝的公爵则急需奥赛罗领兵出征,抵御土耳其人的入侵,便了息这一纠纷。出征后,奥赛罗的部属旗官依阿古因未受提拔而设陷报复,他诬称被晋升为副将的凯西奥与苔丝德蒙娜有情,因而引起奥赛罗的嫉妒,遂将妻子捏死。后他发现上当,除掉了恶人,并自杀身亡。奥赛罗是个襟怀坦荡的男子,他与苔丝德蒙娜冲破等级的樊篱,真情相爱,不想却遭到奸徒的算计。这一严酷现实使作者所渴望的人与人之间"真诚相待"的关系化为泡影。因此与其说《奥赛罗》是一出爱情悲剧,毋宁说是一出人文主义理想破灭的悲剧。《李尔王》也是根据当时流行的历史故事改编的:古代不列颠有一位名叫李尔的年迈国王,他不辨真伪,把国土分封给假意敬己的长女和次女,却对生性率真、冒犯自己的三女考狄丽娅百般虐待,不但剥夺她的封地,还将她远嫁给法王。不料他的长女、次女及她们的丈夫却忘恩负义,直至把老王逼疯,奔向旷野,经风历雨。这出悲剧反映了人文主义理想遇到了障碍:权威。人文主义者所萌发的真诚、正直、理性、博爱等社会憧憬在建立于封建专制主义基础上的权威面前显得软弱无力。《麦克白》是根据苏格兰的历史故事创作的。这是一个有雄心、有抱负的英雄经不起权力欲的诱惑堕落为野心家和罪犯的悲剧,也可以说是"善"毁灭于"恶"的悲剧。

在短短 10 多年里,莎士比亚的创作重点由喜剧转向悲剧,这不仅是美学重心的移位,而且反映了莎士比亚政治上和思想上的成熟和深化:他看到了人文主义理想要冲破现实中腐朽反动势力之艰难甚至必然失败的命运。

莎士比亚创作的伟大成就,除了他政治上、思想上的远见卓识以外,与他高超的艺术才能是分不开的。他不受当时流行的古典主义原则的约束,不拘一格,挥洒自如,喜剧中融入悲剧成分,悲剧中带有喜剧因素;无论取材、构思、形象塑造、情节安排、细节穿插等都表现出非凡的艺术手段;语言丰富,极具表现力,不时闪烁出智慧的火花。马克思、恩格斯曾把莎氏视为现实主义的典范。他的艺术生命力经久不衰,其作品迄今仍在全世界争相上演。

巴洛克戏剧

欧洲的文艺复兴是一个巨人辈出、群星灿烂的时代,构成戏剧星空灿烂景观的当然不只是莎士比亚一个,在这有限的篇幅里,值得一提的至少还有英国的马娄和西班牙的维迦。但从成就和理论意义考虑,特别是从戏剧风格和所处的时代看,维迦当属巴洛克戏剧。

文艺复兴以后,欧洲的文学艺术包括戏剧分裂为两个大的流派,一个在形式和风格上继承文艺复兴的"传统",这以法国为中心;另一个则不在表面形式上着眼,相反,它另辟蹊径,力求超越前人,迥异于前人有过的东西,以标志自己的时代。这就叫"巴洛克"艺术,以不规则为特征。故对古典规范不那么循规蹈矩的莎士比亚被认为是巴洛克戏剧的先兆。巴洛克以意大利为中心,盛行于南欧和中欧。建筑、雕塑、绘画、音乐、戏剧、文学等都出现了崭新的局面。维迦是巴洛克戏剧流派中早期的杰出代表,其全名是费力克斯·洛卜·德·维迦·伊·卡尔皮奥,他在戏剧、诗歌和小说各方面的创作均丰,而以戏剧的成就为最。据说,他一生写有剧本多达 1 800 部,留传下来的即有 400 余部,其题材之广泛、内容之深阔均非同凡响,故被誉为"自然的奇迹""天才中的凤凰",成为西班牙民族戏剧的奠基者。

维迦从人文主义立场出发,反对封建专制主义统治的专横暴虐,同情下层劳动人民,这是他创作的基调。但同莎士比亚一样,在当时的历史条件下,他只能拥护王权政治,把解决社会矛盾、倡扬人文主义理想的希望寄托在贤明的国王身上,甚至把这样的国王颂为"最好的法官"。

维迦性格豁达、自由不羁，创作上不拘一格，理论上反对因袭陈规。在《当代喜剧写作的新艺术》一文里，他认为戏剧创作应服从当代观众的要求，而不必拘泥于前人的定规。应该说，这已经冲击了古典主义的要旨了。在美学上，他反对悲剧与喜剧的严格划分。这些见解在当时都是对理论惰性的勇敢挑战。所以迪伦马特说，戏剧创作从维迦开始就渐渐变为"个人的事情"了，因而变得"更困难了"。这就是说，维迦是打破常规理论的第一人，他使人们失去了统一规范的依托，不得不走独创的路，因此"更困难了"，但这鼓励了艺术个性。迪伦马特独树一帜的悲喜剧显然是受到了他的影响。

有人把维迦浩瀚的作品归纳为 9 类，但大而分之，不外乎两类：爱情的与政治的。前者多半属于"斗篷与剑"的喜剧，其锋芒直指封建的道德观念和门第偏见，赞颂对自由爱情的追求，如《干草上的狗》《谨慎的情人》《托莱多之夜》《带罐的姑娘》等。后者大多取材于外国或本民族的历史故事和传说，旨在揭露封建暴君们的败政恶德，塑造一批具有人文主义特征的理想化的君主形象，如《奥冬的帝国》《莫斯科大公》《最好的法官是国王》《羊泉村》等，其中《羊泉村》最有名。

《羊泉村》是根据羊泉村的一段史实写成的。骑士团长费尔南想污辱一位名叫劳伦霞的当地姑娘，因青年农民弗隆多梭的相救而未遂。但后来他趁这对新人结婚之机，劫走新娘，还想处死新郎。新娘逃回村里，呼吁乡亲们起来反抗。全村同仇敌忾，攻克费尔南盘踞的城堡，并杀死了他。当法官严刑逼供谁是"凶手"时，全村 300 多男女老少众口一词："羊泉村！"

维迦的剧作多有引人入胜的戏剧性,偶然因素常在情节发展中起重要作用,故结局往往出人意外。这种不顾"理性"的常规礼俗、敢于破常示异的创作风貌,在当时就属于巴洛克戏剧。

古典主义戏剧(上)

15、16 世纪的欧洲文艺复兴运动虽然以复兴古代希腊、罗马的文艺为标榜,但这个运动的"巨人"们更为热衷的却是对古代人文精神的弘扬和鼓吹,文学艺术对于他们多半是手段。把古希腊、罗马文艺当作最高创作典范加以仿效、当作理论法则加以遵循的是 17、18 世纪的"古典主义",而在戏剧领域,成绩最显著而又走到极端的是 17 世纪的法国。古典主义的最基本精神是崇尚"理性",要求言行符合伦理道德原则和正常情理,举止高雅得体,反对粗俗、热情。风格上讲究简洁、明确,反对繁琐、晦涩。

17 世纪的法国(也是欧洲),古典主义戏剧的代表作家主要有 3 位:高乃伊、拉辛和莫里哀。此外,还有美学理论家、《诗艺》的作者波瓦洛。

高乃伊一生共写了 30 多个剧本,其中最有名的是他的"四大悲剧":《熙德》《贺拉斯》《西拿》和《波利厄克特》,它们都集中在 1636—1643 年之间问世,属于作者创作前期的所谓"第一种风格"。这类作品都有高昂的基调,正面人物充满英雄主义气概,在理智与感情的冲突中,总是前者战胜后者,题材的政治色彩很强,语言简明有力,富有论战性。

从 1644 年的悲剧《雷多居娜》开始,高乃伊的悲剧创作转向"第二种风格",其主要标志是主题从歌颂光明转向揭露罪恶;情节十分复杂,偶然事件屡有发生。这一倾向跟当时法国封建势力的猖獗有关,作者面对严酷的现实,不再相信人的理性能够战胜自私自利的情欲了。高乃伊也曾写了不少喜剧,《骗子》就是其中有名的一部。

拉辛的创作年代正值法国古典主义戏剧的第二时期,作为古典主义悲剧作家他更具代表性。他一生写了11部悲剧和1部喜剧。他所处的时期,法国的君主专制政体已经由盛而衰,因此拉辛作品的基调与高乃伊"第一种风格"的作品迥然有别,而与他的"第二种风格"有些相近。他的主要代表作是《安德罗玛克》(1667)和《菲德拉》(1667)。前者被称为法国第一部标准的古典主义悲剧,它写了4个男女的情爱关系,表现爱欲与妒火的冲突,情节本是相当复杂的,但作者处理得干净利落,结构简练集中,充分体现了古典主义的艺术特征。《菲德拉》取材于希腊神话。这两部悲剧都因揭露了当时法国宫廷和上流社会的腐败堕落而遭受攻击,致使作者搁笔10余年之久。

拉辛的笔法以描写人物特别是上层妇女的细腻心理见长,抒情味浓。如果说高乃伊的文笔特点是大刀阔斧,那么拉辛则是精雕细刻。

古典主义戏剧(下)

莫里哀是杰出的喜剧人才,从小就受过喜剧的熏陶,并违背了父亲的意愿,立志从事戏剧事业。他青年时期就组织并领导了"光耀剧团",外出巡回演出12年,完全靠自己的才智和献身精神,终于赢得国王路易十四的认可,从而在巴黎站住了脚,并开始了创作

上的辉煌时期。可惜从第一部喜剧《可笑的女才子》成功上演
(1659)到他去世,一共不过 14 年。这 14 年对他来说是紧张战斗
的 14 年。如果说,之前的闯荡岁月,是他积累生活、锤炼自己艺术
才具的时期,那么这 14 年则是用他的人生阅历和艺术才具来同封
建贵族势力和教会的淫威进行战斗了。因此他的创作始终都不是
一帆风顺的,好几部重要作品的诞生,都伴随着攻击甚至禁演。但
莫里哀不屈服、不气馁,在维护创作权利的斗争中,他曾不止一次
用喜剧本身作为武器。对于古典主义的清规戒律,特别是宫廷认
定的"三一律",他也不是无条件的驯服者,有时遵循,有时则不遵
循。这在古典主义占统治地位的全盛时期,特别是在国王的亲自
督察下,是非常不容易的。

　　从驻足巴黎起,莫里哀所写的每一部作品几乎都是值得一提
的:《丈夫学堂》(1661)、《太太学堂》(1662)、《〈太太学堂〉的批评》
和《凡尔赛宫演出即兴》、《伪君子》(1664)、《唐·璜》(1665)、《悭吝
人》(1668)等,这一系列喜剧或笑剧,可以说没有一出是一笑了之
的纯娱乐性作品,它们不是讽刺贵族阶级的庸俗、腐败的丑态,就
是揭露社会伪善、欺骗的行径,或者揭露资产者的贪婪、吝啬的嘴
脸,因而构成一幅 17 世纪法国社会的色彩鲜明的风俗画,相当深
刻而生动地描绘出当时的世态人情,具有很高的认识价值。而由
于莫里哀的杰出的艺术才能,这些作品在内容与形式、思想性和艺
术性方面都达到理想的统一,它们也具有很高的审美价值。当然
莫里哀并不是超时代的完人,作为王权的拥护者,他的剧团接受了
国王的津贴,他的创作有时不能不考虑宫廷的要求,所以他的作品
也难免带上某种程度的宫廷气味。但总的来说,大量的现实题材
和浓郁的生活气息无疑占主导,因此莫里哀可以被看作是突破古

典主义的重围而为现实主义喜剧开辟了道路的人，而为这一道路
奠定了最坚实的基石、从而使莫里哀的名字永载史册的是这两部
作品：《伪君子》和《悭吝人》，它们都是社会喜剧和性格喜剧完善结
合的典范，前者矛头指向教会，后者指向资产阶级；一个塑造了光
彩照人的高级骗子形象，一个刻画了千古不朽的丑恶的金钱迷的
典型。通过这两个形象，莫里哀描绘人物时那种既集中又夸张的
高度概括能力可见一斑，而他那种既不绝对服从"三一律"而又具
有古典主义结构谨严、戏剧冲突强烈的艺术手笔令人赞赏。

此外，莫里哀还有一部值得一提的作品是《司卡潘的诡计》，作
者让一位"人下人"充当作品的主人公，并赋予他出色的才智，塑造
了一个机警、灵活、聪明、狡猾的形象，他敢于把亏待他的主人尽情
捉弄后，装入自己的袋子里加以痛打。这出戏反映了莫里哀平民
意识的觉醒。

莫里哀不仅是剧作家，也是舞台实践家，他当过导演，也当过
演员，他最后是在抱病演完了《无病呻吟》后不到 3 小时死去的。

启蒙主义戏剧(上)

欧洲戏剧，如果说 17 世纪是古典主义"得"天下的世纪，那么
18 世纪则是启蒙主义戏剧"夺"天下的世纪。在 18 世纪，古典主
义戏剧，就其根深蒂固的影响而言，虽然仍占统治地位，但作为封
建时代的意识形态的一部分，它已进入暮年，而启蒙主义戏剧则带
着新兴阶级的锐气，以血气方刚的战斗姿态崭露头角。

启蒙运动是欧洲近代史上继文艺复兴之后，一次旗帜更鲜明、
目标更明确的反教会、反封建的思想文化运动，是新兴资产阶级为

建立新的思想体系的一种努力，也是这个阶级为夺取政权而进行的十分必要的舆论准备。启蒙主义思潮发源于资本主义经济发展比较领先的英国，但运动的中心却在法国。法国涌现了一批"为行将到来的革命启发过人们头脑"的"伟大人物"（恩格斯语），如伏尔泰、狄德罗、卢梭、孟德斯鸠等。

法国的邻国德国由于长期的封建割据，启蒙运动没有在政治领域引起应有的反响，但在文学领域有强烈的表现，而且更臻于成熟，莱辛、歌德、席勒等都是杰出的代表；发生于18世纪70年代著名的"狂飙突进"运动是其集中反映。南欧的意大利不愧是文艺复兴运动的故乡，这里的启蒙运动也比较突出，产生了哥尔多尼这样杰出的思想家和戏剧家。

启蒙运动戏剧家继承了文艺复兴运动的人文主义精神，把艺术作为实现其政治理想或思想纲领的手段，所以他们的作品都有鲜明的倾向性，主要表现在为中下层的市民阶级争夺舞台。这种特点不妨称之为"平民性"。这是欧洲戏剧史上题材或表现对象的重大变化。与此相适应，启蒙主义戏剧的主要美学理想可以用狄德罗的那句口号来概括："要真实，要自然"，并主张用散文写作。

市民戏剧的开山之作当推英国乔治·李洛的《伦敦商人》（1731），作者执意"不写帝王的悲剧"，而宁愿写一个小人物——学徒的悲剧，很快传遍欧洲。其后，爱德华·摩尔写了第二部市民戏剧《赌徒》（1753）。200年后，即1928年布莱希特的《三个铜子儿的歌剧》就是仿照这种风格写成的。

此后，英国戏剧向感伤喜剧和风俗喜剧转变，产生了不少作家，较著名的有高尔斯密和谢立丹，前者以其理论建树和《委曲求全》等创作实践为风俗喜剧奠定了基础；后者则为英国18世纪下半叶最有成就的风俗喜剧作家,其《造谣学校》迄今仍常被搬上舞台。以上这些作家的作品虽然都不属于典型的市民戏剧,但它们都为市民喜闻乐见,不同于古典主义戏剧。

启蒙主义戏剧(中)

18 世纪中叶,在欧洲统治了 1 个世纪的古典主义遇到了强大的对手,其中给它重创的是启蒙运动的主将之一——狄德罗。

在狄德罗之前,就已经有人对古典主义表示了不驯,如著名小说家兼戏剧家勒萨日于 1707 年就写了有违古典主义原则的政治讽刺喜剧《杜卡莱》,矛头直指法国统治者的贪污腐败,为此后的政治喜剧创作开了先河。尔后,启蒙运动的另一名主将、戏剧革新家伏尔泰也对古典主义戏剧进行了多方面的卓有成效的改造,如革新题材、增加故事情节的曲折和奇趣、增加动作表现的强度、在剧中注入新的思想观念和饱满激情等,但他对古典主义的形式并未动大手术。

狄德罗,这位资产阶级时代人类第一部百科全书的倡导者、主要编纂者和组织者,除哲学外,他在文艺领域的建树是多方面的。他的长篇小说《拉摩的侄子》被恩格斯称作"辩证法的杰作"。在文艺理论方面先后写过剧论、画论和美学著作,但他以戏剧为重点。他的《和多华尔关于〈私生子〉的谈话》(1757)、《论戏剧体诗》(1758)和《论演员的矛盾》、《关于演员的是非谈》(1773)等都是欧洲近代戏剧史上奠基性的现实主义典范之作。他的中心目标是摧毁古典主义的理论体系,建立以"第三等级"的普通人为主体的、新型的市民戏剧,用狄德罗的话来表述,叫作"市民的、家庭的"。这是有意与古典主义"贵族的、宫廷的"特点对立而提出的,说白了就是要把帝王将相赶下舞台! 这是启蒙主义戏剧的纲领性宣言。与这一纲领相适应,狄德罗提出的美学主张是"要真实,要自然",为了真实与自然,宁肯粗野一点,也比古典主义那种虚伪、矫饰的"腐朽透顶"的审美趣味强。为此他甚至劝诫作家们"住到乡下去,住到茅棚里去……",这在当时不啻是"空谷足音"。

在真实问题上,狄德罗把戏剧学与历史学作了比较,认为"比起历史学来,戏剧所显示的真实性却较多"。他也把"严肃剧"与传统剧种作了比较,认为悲剧写的是"个性",喜剧写的是"类型",而严肃剧写的则是"情境"。

狄德罗自己写了两部"严肃"的市民剧,即《私生子》和《一家之主》。由于过度从道德宣传出发,说教味较浓,算不得成功之作,但狄德罗的严肃剧的衣钵由他的同胞博马舍继承了过去,并取得了卓越的创作实绩。"费加罗的婚礼"三部曲,包括《塞维尔的理发匠》(1775)、《费加罗的婚礼》(1778)和《有罪的母亲》(1792),尤其是前两部,它们通过对剧中主人公、身为仆人的费加罗的机智、才干和不屈精神的描写,充分显示了启蒙运动所着力歌颂的"第三等级"的力量。狄德罗的戏剧理论在欧洲戏剧史上具有划时代的意义,它使欧洲戏剧由古典型和封建性转向话剧型和市民性,在他的影响下,经德国市民剧运动的进一步开拓,为后来的易卜生型的问题剧打下了基础。从这一线索去看,狄德罗堪称欧洲话剧之父。

启蒙主义戏剧(下)

欧洲的启蒙运动没有在政治方面引起德国的反响,却在文学

（主要是戏剧）方面得到强烈的呼应，这是因为，19世纪70年代以前，德国始终是一个四分五裂的国家，正如恩格斯所断言的那样，许多杰出的天才人物无法在政治上施展才能，他们的智慧便集中到文学方面来了。这是以莱辛、歌德、席勒为代表的德国文学史上第一次高峰的历史背景。诚然，这3人中，从文学史上的地位看，莱辛并不居于前列，但若以启蒙运动的文学特点来衡量，则莱辛是最典型的，在启蒙运动的文学或戏剧方面，他是欧洲唯一堪与狄德罗并驾齐驱的战将。

莱辛是从18世纪50年代起开始在文坛崭露头角的，与狄德罗开始成气候的年代差不多。他在法国启蒙主义者的鼓舞下，把法国古典主义作为批判对象，他的立足点是建立本民族的新型戏剧，他也重视"他山之石"的借用，但首先要"借"的是英国的莎士比亚，颇具远见卓识。

大凡有抱负的艺术革新家都要进行理论建设和创作实践。莱辛的主要理论著作是《拉奥孔》和《汉堡剧艺学》。前者阐明了诗与画的不同审美特性的界限，廓清了许多人把诗与画的欣赏混为一谈的习见，被认为是德国最早的一部富有吸引力的启发性的美学论著；后者是一部戏剧评论集，是他的市民戏剧的奠基之作，阐明了他的反教会、反封建的政治立场和他的唯物主义世界观和现实主义的文艺观，其中对"法国典范"否定和对"英国典范"肯定的篇章，为欧洲的近代戏剧奠定了现实主义基础。

莱辛的戏剧创作比狄德罗更多，也更成熟，先后写了《萨拉·萨姆逊小姐》（1757）、《明娜·冯·巴尔海姆》（1767）、《艾米莉雅·伽洛蒂》（1771）和《智者纳旦》等。它们的题材和主题虽各有不同，但均不是按古典主义"三一律"原则写的，而都采用散文形式写成。

其中最典型、也最动人的市民剧是《艾米莉雅·伽洛蒂》,写一个意大利王子追求艾米莉雅遭到拒绝,便怀恨在心,趁她结婚之机,谋害了她的未婚夫,并把她控制起来。女主人公为了保持自己的纯贞,要求父亲把自己杀死,父亲照办了! 这是一部市民悲剧,可以说,市民的独立人格意识已经觉醒,懂得不惜一切来维护自己的名誉和自尊,从这部剧作中,可以看到作者反封建的激情。

不过从总体上看,莱辛的启蒙思想还只局限在道德的范畴,还没有在政治上显示出来,尽管如此,莱辛对于德国近代文学立下的首功及对欧洲现实主义戏剧的奠基作用是不容抹杀的。

浪漫主义戏剧(上)

随着资产阶级的反封建斗争在政治上取得决定性胜利(以1789年的法国大革命为标志),作为这一斗争的舆论准备的启蒙运动的历史使命也宣告完成。但启蒙运动,特别是德国的"狂飙突进"运动,唤醒的反抗封建专制统治的激情和对个性解放、民主自由的强烈要求并没有消歇,相反,它在更大的范围内向更深的精神领域发展,这在文化艺术领域的表现便是浪漫主义运动的兴起。

浪漫主义作为一种创作方法和文艺现象自古有之,但作为一种文艺思潮和文艺流派则兴起于 18 世纪末至 19 世纪前期的欧洲,在文学、戏剧、美术、音乐、建筑等领域都有表现。它在政治上呈现出两种明显的倾向,一种与当时的革命民主主义思潮相合拍,充满强烈的反封建、争民主的激情,如欧洲的拜伦、雪莱、雨果、裴多菲、密茨凯维奇、普希金和美国的惠特曼等都是杰出代表;一种是厌恶工业文明,倾怀中世纪的田园生活乃至宗法制度,故常被称为"消极的浪漫主义"（但也有积极的一面），主要以德国的浪漫派如施莱格尔兄弟和诺瓦利斯、蒂克等作家为代表。但作为同一种文艺思潮，它们的"共性"却是主要的，这就是都崇尚创作的主观作用；都主张想象的充分自由；都反对既定的清规戒律，尤其反对古典主义那些僵死的原则，而强调情感特别是灵感的重要性；都向往自然。因此，浪漫主义的作品一般都表现出宏大的气魄、强烈的激情、鲜明的对比、极度的夸张、神奇的情节等，在戏剧舞台上则是奇诡的变幻、斑驳的色彩、频繁的陡转等。总之，在美学上浪漫主义与"模仿自然"的固有的信条分道扬镳。毫不奇怪，浪漫主义的美学特征在现代主义尤其在表现主义那里获得较多的青睐。

　　浪漫主义的主要成就在诗歌。但是孕育浪漫主义艺术理论和美学思想并以创作实绩树起大旗的却是戏剧，这是因为浪漫主义的美学反抗始终以反映君主专制统治和贵族阶级审美趣味的法国古典主义为目标，故戏剧成为交火的主要阵地。法国的斯塔尔夫人、司汤达、雨果等人都先后向长期统治欧洲剧坛的古典主义发难，为浪漫主义奠定了理论基础。尤其是司汤达的长文《拉辛与莎士比亚》（1823—1825）、雨果的《克伦威尔》序言（1827）都给了古典主义摧毁性的打击，接着大仲马写出了浪漫主义的第一部剧作《亨利三世和他的宫廷》，并在舞台上获得了成功，标志着浪漫主义戏剧在创作实践上取代古典主义开始了自己的征程。翌年即1830年，雨果根据自己的浪漫主义美学理想创作的《欧那尼》横空出世，它像可怕的怪物引起贵族势力和很多习惯于古典主义审美趣味的观众的恐惧与愤怒。但8年后，它却赢得了热烈的喝彩。这意味着浪漫主义戏剧的鼎盛时期已经到来，同时也宣告了古典主义戏剧统治欧洲的时代已经结束。浪漫主义运动的崛起，反映了上升时期的资产阶级已到达高峰,从此它就开始走下坡路了,浪漫主义运动也随之衰落,而搜索资本主义阴暗面的批判现实主义也很快应运而生。

浪漫主义戏剧(下)

除法国外,浪漫主义戏剧在欧洲其他国家就较为逊色了。这里值得提一提的是德国和英国。

德国浪漫主义的兴起比英、法稍早一些,其早期的主要成就在诗歌方面,其戏剧创作的活跃主要也在早期。如上所述,德国浪漫派的思想倾向不同于英、法,它有浓重的怀旧情绪,政治上持保守立场,所以它不是对启蒙运动的直接继承,而是与之对立。但在美学上它大刀阔斧地对传统法则进行破坏,提出了一系列新的主张,其中有许多是属于 20 世纪现代派的,所以当时很多人不能接受,连早年受其影响的海涅看来都与之分道扬镳。它的理论倡导者和奠基者是施莱格尔兄弟。戏剧创作较有成就的主要是克莱斯特和蒂克。但克莱斯特是个矛盾的作家。他的最有名的作品《破瓮记》是现实主义作品。他的属于浪漫主义的戏剧作品有表现爱情故事的命运悲剧《希罗芬施坦的家庭》、借古代历史题材反映民族独立和解放的《赫尔曼战役》和宣扬所谓"普鲁士精神"沙文主义的《洪堡王子弗雷德里希》等,这些作品充满主观幻想和夸张,或者气氛浓郁,或者气势磅礴,某些思想倾向固不足取,但艺术上是不可低估的。蒂克的作品值得一提的是《穿皮靴的雄猫》。

就个别作品而论,歌德的诗剧《浮士德》当为德国浪漫主义戏剧的最高成就。但歌德更倾向于积极的德国古典主义作家,而不是德国浪漫派作家,如同具有某种浪漫主义特征的莎士比亚的作品一样,《浮士德》不属于特定的文艺思潮的产物,而是个人天才的结晶。

由于英国统治阶级对戏剧的歧视,这时期的英国戏剧没有形成气候,舞台上大多模仿、搬运法国的剧作。在英国戏剧史上值得一提的浪漫主义戏剧作品还是出自两位浪漫主义诗人的手笔,这就是拜伦和雪莱,而他们写的都是诗剧——有戏剧情节的诗。所以和德国浪漫派戏剧一样,较适合于读,而不大适合于演。

拜伦的主要剧作是《曼弗雷德》,同名主人公是个具有启蒙思想,而且有着革命抱负的知识分子,为了探讨人生的意义和目的而不断求索,但终不可得。显然这是个拜伦式的英雄。《该隐》也是拜伦的一部带有哲学意味的诗剧,它取材于《圣经》而又有所发挥,主人公是个敢于反抗上帝的英雄,而且关心全人类的精神自由和生活幸福,这方面比曼弗雷德有了进步。如果说这两位主人公的行为还只是表现在思想领域,那么《马里诺·法利埃罗》的主人公就诉诸行动了,他生活于 14 世纪的意大利,失败于反抗暴政的斗争,从中可以看出他走向人民的过程。

雪莱最主要的剧作是《解放了的普罗米修斯》,其中的神话故事大家是熟悉的,作者以饱满、高昂的革命激情歌颂了反抗黑暗和暴虐、支持正义和自由的斗争。他的另两部名剧《钱器》和《希腊》虽取材不同,但都围绕着这一主题。和拜伦一样,雪莱想象力极为丰富,形象生动、华丽,语言极富色彩。

自然主义戏剧

现代主义思潮在文学艺术领域全面兴起前夕,文学中的自然主义运动与绘画中的表现主义（前期）运动都对传统表现了某种"不驯"，算是闹了点"别扭"，却都未跳出传统美学的范畴，而两者又都以当时自然科学的新成就为背景，力图把它引进创作。

自然主义兴起于19世纪下半叶至20世纪初，中心在法国，以左拉为代表，后波及其他一些国家。它以实证论哲学为前提，主张用生物学——主要是与情感维系在一起，焕发艺术创作的活力。

在美学上，自然主义是对浪漫主义的反拨，它认为浪漫主义随心所欲地想象、夸张，远离了真实，不符合科学性；它也不满意现实主义，认为现实主义强调典型概括，实际拔高了人物原样，因而也不真实。自然主义主张"眼睛向下"，客观、精确地记录生活的原貌，包括它的每个细节；强调写普通的"小人物"；爱写病态、怪诞的东西，因而往往流于庸俗、琐碎。

自然主义思潮主要表现于小说创作，其倡导者和实践者都是左拉；其次是戏剧，主要代表者是德国的戈哈特·豪普特曼，他的剧作《日出之前》于1889年在柏林自由剧场演出曾轰动一时，使19世纪80年代以来日益活跃的德国自然主义运动达到顶点。这个戏写的是一对青年男女的爱情悲剧，围绕这一情节，它以自然主义手法描写了一个资产阶级家庭的堕落，同时也反映出资产阶级与无产阶级的矛盾和对立。但作者却把悲剧的原因归结为"酒精中毒"和遗传问题，这不完全是科学的。豪普特曼第二部较有代表性的自然主义剧作是《獭皮》（1893），主人公沃尔夫大娘表面上没有头脑，实际上却很有心机，她巧妙地瞒过了地方警察和暗探，成功地偷到了一件獭皮，从而使普鲁士官吏们的刚愎自用与昏庸无能及其政权机构的腐败状况得到充分的暴露并受到辛辣的讽刺。这出戏被认为是德国文学史上三大喜剧之一。

豪普特曼一生写了 40 余部戏剧作品。由于他同情下层人民，许多剧本都倾向于现实主义，尤其 19 世纪 90 年代初写的那部以 1844 年德国西里西亚纺织工人起义为题材的《织工》，在德国文学史上首次控诉了资产阶级的残酷剥削，最早表现了无产阶级的斗争。全剧中许多细节依然是自然主义的。

豪普特曼由于杰出的写作成就而多次获奖，其中包括 1912 年的诺贝尔文学奖。他的剧作《织工》《獭皮》《沉钟》等在五四时代被介绍到中国，对中国话剧运动的发展起过积极影响。

象征主义戏剧

一个多世纪以来，由科学技术所带动的生产力的加速度发展，引起了社会阶级关系的大调整和社会生活方式的新变化，从而推动了人们思想观念的迅速更新。这种更新表现在文艺上，就是科学向文艺的广泛渗透和互相交融，并导致了艺术形式的普遍翻新，于是在西方形成了此起彼伏的现代主义文艺运动。这个运动若从 1886 年的法国象征主义宣言算起，恰好一个世纪，经表现主义、未来主义、超现实主义以及第二次世界大战后的荒诞派、存在主义、新小说派、黑色幽默、魔幻现实主义等一系列较大的流派。这里，作一些系统而简要的介绍。

象征主义兴起于法国，从 19 世纪下半叶至 20 世纪 40 年代，前后有过两次高潮，其主要成就是诗歌。波德莱尔、兰波、瓦莱里（法），里尔克（德），T.S.艾略特（美），叶芝（英），维尔哈伦（比），勃洛克（苏）都是这一流派的重要的代表性诗人。戏剧方面的主要代表是比利时的梅特林克，代表作为《青鸟》。其次是德国自然主义戏剧运动的代表人物霍普特曼,他的个别作品如《沉钟》属于象征主义作品。这两人都得过诺贝尔奖。还有英国的约翰·辛格,其《骑马下海的人》也被认为是象征主义剧作。

象征主义者是从反对"模仿现实"出发的。他们认为自然界的物象与人的精神世界有一种互相"感应"的关系,通过某种物象衬托或喻示人心中的某种感念、意念或意象,即通过具体表达抽象则意蕴更深,层次更多。例如《青鸟》就是用青鸟象征幸福和未来,通过两个孩子寻找并找到了青鸟的故事,晓喻人们:幸福只要你肯寻求,是可以得到的。《沉钟》通过一个人铸钟失败的故事晓喻资本主义社会艺术家的寂寞和悲哀。《骑马下海的人》通过汹涌不息的大海象征自然界"恶"的破坏力量,暗示人们:人与大海搏斗,就是与恶斗争,是永恒的。

1986年中央实验话剧院和上海戏剧学院蒙族班分别演出的《和氏璧》和《黑骏马》,从思想主题到表现手法都带有明显的象征主义成分。

表现主义戏剧(上)

在前、后期象征主义之间,兴起了表现主义运动,这是个范围更广、声势更大、影响也更深远的文学、艺术运动。它发轫于戏剧,以美术为先锋,推动起诗歌、小说、音乐、电影、建筑等门类;漩涡在德国而波及欧美;高潮于1910—1920年之间,1924年随着超现实主义的兴起而消歇。不同于象征主义运动,表现主义运动有鲜明的社会反抗色彩,以政治立场论,左、中、右都有,而以持左、中者居多(其中不少人后来转向无产阶级革命运动)。艺术上进行了广泛的探索和实验,对 20 世纪的西方文艺起了重要的奠定作用,各个领域都涌现了一些奠基性人物,像小说家中的卡夫卡、音乐家中的勋伯格、美术家中的康定斯基、建筑家中的格罗皮乌斯等,戏剧家中的布莱希特也是经过表现主义滥觞而成为 20 世纪现代戏剧的旗帜的。

在表现主义文学运动中,以戏剧的成就为最。表现主义戏剧的渊源可追溯到 19 世纪前期的德国戏剧家毕希纳(《沃伊采克》即其代表作),但运动的先驱者当推瑞典的斯特林堡和德国的魏德金德。高潮时期的剧作家是德国的凯泽、托勒尔,意大利的皮兰德娄,捷克的恰佩克和美国的奥尼尔等,战后瑞士的迪伦马特等人和法国的荒诞派均受过表现主义影响。

表现主义戏剧(下)

表现主义既是一场思想反抗运动,也是一场美学革命运动。故在戏剧理念和创作方法方面都与传统戏剧大相径庭。就其艺术表现特征而言,概括起来有以下几点:

一是强烈的激情。这显然与运动的主旨有关。因为立意是反抗,故人物首先是主人公总是怀着一种包容一切的感情。鲁迅笔下要把闷人的"铁屋子"凿穿的情绪和郭沫若在《天狗》一诗中所表达的"我的我要爆了"的情绪以及《沃依采克》与《原野》的男主人公杀妻前的情绪都是典型的例子。

二是酷烈的画面。这跟上述有关:激烈的情绪常常导致令人惊骇的场面。在卡夫卡的笔下就有使用机器在人的肉身上刻字致死的骇人场面(《在流刑营》)。这跟欧洲某种传统的审美观有关。

例如 17 世纪的巴洛克审美风尚,画面上有时就可见到有人拿着一把刀向脖子砍去,或向眼睛刺去。

三是梦幻手法。这跟弗洛伊德将现代心理学介入文学有关。弗氏打开了人的潜意识的大门,认为梦境是人的潜意识幻化的表现,是创作灵感的不绝的源泉。卡夫卡曾使用过这个手法,斯特林堡也写过《一出梦的戏剧》。

四是悖谬手法。这原是一个哲学术语,指的是逻辑上的自相矛盾。后人们将这一术语用于创作,变成一种处境的两难选择或一种行为的自我损害等。布莱希特就爱用这一手法,如《四川好人》等。接受表现主义影响的迪伦马特甚至认为"戏剧创作没有悖谬是不行的"。

五是直觉的表现。不拘泥于固有的价值法则和美学信条的考虑,也不按流行的剧作法构思,而听凭一时的奇特的内心感受或灵感的驱迁,意识流的手法受到青睐,作品常趋"非理性"。

六是怪诞的手法。由于追求奇异诡秘,别出心裁,而有意拆毁客体原型,使其以怪诞的面貌出现,但以不失其内在真实为原则。这是一种间离手段,在现代美学中已取得了一席之地。

七是抽象的概括。"典型论"被突破了,表现主义戏剧不再以塑造人物典型为主要任务,而力求概括出某种带普遍意义的哲理或主题。因此,人物姓名也不用了,而代之以职业的名称,如国王、司机、厨师、士兵等。

八是错乱的时空。随着"意识流"在戏剧中的运用,叙述情节不再按照惯常的先后时序,地点也不具体说明。当时流行在表现主义作家中的口头禅是:时间——今天;空间——世界。因此常有古今同台、异景同台的场面,所谓"世界戏剧"亦由此而来。

九是多变的语言。繁文缛节的描写受到厌弃,人们寻求一种简短有力、急促明快的语言,常常是电报式的,好用潜台词。"内心独白"也开始运用了,外加"旁白"之类。

十是丰富的舞美构成。表现主义戏剧十分注意调动多种娱乐功能,加以合成;它充分利用新的声、光技术,使舞台面貌焕然一新,从而收到综合的审美效应。

表现主义戏剧在形式和技巧上进行了广泛的探索和革新,从根本上改变了人们的戏剧观念,对现代戏剧理论和戏剧美学作出了重要的贡献。它是诞生布莱希特戏剧体系的滥觞。近年来,从我国京、沪两地的话剧舞台看,我国的戏剧家们已经在注意吸收表现主义戏剧的艺术养料,从我看到的而言,《黑骏马》《魔方》《野人》《和氏璧》《我们》以及最近的《桑树坪纪事》不同程度地都有它的音响。电影中最突出的例子是《红高粱》,它那强烈的激情、浓烈的色彩、酷烈的画面以及故事的奇趣,都令人想到表现主义。

(原载《人艺之友报》1989年春至夏)

箜篌，能否把它唤醒

箜篌，这一在中国古代音乐史上留下光辉身影的古老乐器，在千百年的时光流转中，遭遇了盛极而衰的命运——在唐代达到鼎盛，自 14 世纪后却不再流行，以致慢慢失传了。一度人们只能通过诗歌、图画、雕塑、陶器等空自怀想已消失于历史时空中的美妙佳音。如今，在传承发展中华优秀传统文化的背景下，"沉睡"了数百年的箜篌，我们能否把它彻底唤醒？

一

3 年前我邀我的老朋友和学长、著名雕塑家钱绍武先生到我的家乡——浙江省衢州市去走了走。我们先下榻在开化县古田山原始森林宾馆。其间一位当地的老朋友来看我，还带来两位年轻的女士，说其中的汪小姐会弹箜篌。我一听不禁心头一亮，唐代天才诗人李贺那首充满浪漫奇崛想象的千古绝唱《李凭箜篌引》所描绘的惊心动魄的情景立刻在我脑际浮现出来：

吴丝蜀桐张高秋，空山凝云颓不流。

江娥啼竹素女愁，李凭中国弹箜篌。

　　　　　昆山玉碎凤凰叫,芙蓉泣露香兰笑。

　　　　　十二门前融冷光,二十三丝动紫皇。

　　　　　女娲炼石补天处,石破天惊逗秋雨。

　　　　　梦入神山教神妪,老鱼跳波瘦蛟舞。

　　　　　吴质不眠倚桂树,露脚斜飞湿寒兔。

　　我迫不及待地提出:"请为我们演奏一首!"汪小姐不无遗憾地说:"可惜这乐器在杭州,体量太大,不好搬动的。日后有机会来杭州,一定请您指教。"说着,一台古筝被抬了进来。汪小姐马上在筝前坐定,问我们想听什么? 我和钱老先后点了《汉宫秋月》《夕阳箫鼓》《平沙落雁》等。最后她以自荐的《春江花月夜》结束表演,博得热烈的掌声。我询问了她的芳名——汪丽萍。

　　3年来,小汪先后多次来北京,为的是去中国音乐学院等处接受不同风格的老师指导。老师有国内的,也有从国外请来的华裔专家。趁此机会,我尽量从小汪那里掏点"二手货",打听一点最基础的箜篌知识,方知这门最古老、最有尊严的乐器几乎与中国的音乐史同龄。人民出版社出版的《中华民族1000个第一》中称:"黄帝乐师师延始造九弦琴弹之,可引得百花争艳,万兽来朝。"这里的"九弦琴"据说是箜篌的最早雏形。它最初叫坎,而后名坎侯,至汉代"声讹为箜篌"(《旧唐书·音乐志》)。在古代有卧箜篌、竖箜篌和凤首箜篌三种形制。早在春秋战国时就已经有与琴、瑟相像的卧箜篌了。随着丝绸之路的开通,西域文化开始进入华夏,流行于两河流域一带的类似箜篌的乐器也传了进来。为了区别于本土的卧箜篌,人们称之为"竖箜篌"或"胡箜篌"。《通典》云:"竖箜篌,胡乐也,汉灵帝好之。"在文化大交融的南北朝时期,被完全汉化的箜篌逐渐成为中原民族定型的传统乐器。

　　箜篌最辉煌的岁月是在汉唐时期，即使在民间也很流行，甚至能否弹奏箜篌还是衡量一个女子有无才学的标志之一。东汉的乐府诗《孔雀东南飞》一开头即是："孔雀东南飞，五里一徘徊。'十三能织素，十四学裁衣，十五弹箜篌，十六诵诗书……'"

　　在古代上层社会，箜篌可是宫廷庆典和豪华欢宴的"座上客"。只有它的巍峨身躯和华贵仪表以及丰富而恢宏的音响才能与那些黄袍加身、凤冠霞帔的达官贵胄们的身份相称，它自然就成为历代宫廷乐器之王了。唐玄宗不仅自己善弹箜篌，而且还乐于教别人弹。因此唐代出了李凭这样杰出的箜篌演奏大师也就不足为怪了。除了李贺，唐代还有好几位著名诗人都对他的演奏争相描绘，如杨巨源的《听李凭弹箜篌》。其中以善于描绘弹拨乐器演奏著称的顾况的长诗《李供奉弹箜篌歌》最为生动和流行。不妨全诗照录，一睹为快：

　　　　国府乐手弹箜篌，赤黄绦索金镯头。

　　　　早晨有敕鸳鸯殿，夜静遂歌明月楼。

　　　　起坐可怜能抱撮，大指调弦中指拨。

　　　　腕头花落舞制裂，手下鸟惊飞拨剌。

　　　　珊瑚席，一声一声鸣锡锡；罗绮屏，一弦一弦如撼铃。

　　　　急弹好，迟亦好；宜远听，宜近听。

　　　　左手低，右手举，易调移音天赐与。

　　　　大弦似秋雁，联联度陇关；小弦似春燕，喃喃向人语。

　　　　手头疾，腕头软，来来去去如风卷。

　　　　声清泠泠鸣索索，垂珠碎玉空中落。

　　　　美女争窥玳瑁帘，圣人卷上真珠箔。

　　　　大弦长，小弦短，小弦紧快大弦缓。

初调锵锵似鸳鸯水上弄新声，入深似太清仙鹤游秘馆。

李供奉，仪容质，身才稍稍六尺一。

在外不曾辄教人，内里声声不遣出。

指剥葱，腕削玉，饶盐饶酱五味足。

弄调人间不识名，弹尽天下崛奇曲。

胡曲汉曲声皆好，弹著曲髓曲肝脑。

往往从空入户来，瞥瞥随风落春草。

草头只觉风吹入，风来草即随风立。

草亦不知风到来，风亦不知声缓急。

爇玉烛，点银灯；光照手，实可憎。

只照箜篌弦上手，不照箜篌声里能。

驰凤阙，拜鸾殿，天子一日一回见。

王侯将相立马迎，巧声一日一回变。

实可重，不惜千金买一弄。

银器胡瓶马上驮，瑞锦轻罗满车送。

此州好手非一国，一国东西尽南北。

除却天上化下来，若向人间实难得。

你瞧："天子一日一回见""王侯将相立马迎"，以至于"不惜千金买一弄"。可见李氏身价之高，也可以看出箜篌在当时乐器中的地位。

但不知为什么，同样是帝王时代，历经千年辉煌的箜篌却在明代中后期悄然"失宠"，以致消亡了。近半个多世纪以来，尽管国家如此重视民族文化包括民族器乐的复兴，但仍极少见到箜篌的正式演出，以致如我，勉强也算是个音乐爱好者，在此之前连箜篌是什么样都一无所知。因此，汪丽萍这个箜篌演奏者的出现，引起我的格外注意。我立即与音乐界的朋友吕远、王立平等联系，约定有机会一起去杭州见识一下这门乐器和汪小姐的演奏；再看看能否为她"量身定做"谱写一两首乐曲，以激发筌篌的生机。

二

2015年金秋十月下旬，机会终于来了：杭州市举办王立平作品演唱会。我立即决定与立平兄同行。立平兄也正好是汪丽萍小姐十分仰慕的作曲家。她曾选了他的《牧羊曲》在筌篌上试奏，觉得效果非常美妙：那是如歌的慢板，似微波荡漾，更似草原上的羊群涌动……

听说作者来了，汪丽萍很是激动，特地在一个亲戚的宽敞的书画室里接待了我们。只见我们心仪许久的那件似曾相识又未曾谋面的古乐器高贵而有尊严地矗立在这偌大的空间！显然，只有这样大的空间和艺术环境才能与其体量和身份相匹配。它像竖琴又不像竖琴——交响乐队里的那位"老大"在它面前不得不"俯首称臣"：只及它的"肩部"那么高，身材也只相当于它的四分之三；竖琴的琴弦最多只有47根，是单排，而筌篌的琴弦最多的则有96根，是双排。两者相较，前者的声音好像是从水下发出的，吸收了一些散射的能量，比较清纯、柔美、稳定；后者则好像是从透明的水上发出的，连水面也发生微微的颤动，音色较为清亮，却又带点浮泛、飘忽。我不是音乐专家，很难用专业语言对两者的音质和音色进行科学的比较。我所关切的是，竖琴同样作为一种来自东方（古波斯）的古老乐器，却并没有随着时代的发展而消亡，相反，它作为庞大交响乐队的重要一员与时俱进，几乎普及全世界。可筌篌却突然衰落了,是因为什么呢？是的,我们的五声音阶是有局限的,但同样遵循这一音律的古筝却顽强地生存了下来。那么,或许只能看这位曾经的乐器"王者"本身有没有某种先天不足了。

那天汪小姐弹了一支古曲后,接着要弹王立平的《牧羊曲》。但她不得不要求我们等一等,原来箜篌不能自由转调,如果换个曲目调门变了,得重新调弦。这使我皱了下眉头,想:是不是这个致了箜篌的命呢？但为什么明代以前千百年它能通行无阻,而明代末年并未产生什么新的、足以取代它的先进乐器,它却失传了呢？再说,据我所知,中国所有的古乐器都不属于十二平均律乐器,故都是不能自由转调的。它们有些为什么经过一定的改造后能重新焕发生机？我向立平兄递了个眼色,问他能不能解答这个问题。他无奈地摇了摇头,说:"这得请乐器专家去研究,我们作曲家也回答不了这个难题。"

这时候我的思绪一下子回到公元前 5 世纪前后,太平洋西岸的黄河、长江流域与大西洋东侧的爱琴海沿岸,几乎同时诞生了世界历史上最智慧的人物群:孔子、孟子、老子、庄子;苏格拉底、柏拉图、亚里士多德……他们如星汉灿烂,辉耀着整个人类历史。然而约过了 1 000 年,世界格局的历史天平开始摆荡:沐浴着爱琴海文化的整个欧洲突然坠入黑暗的"中世纪",长达 1 000 年。而这一千年恰恰是中国历史第二个高峰凸起的时段,是唐宗宋祖在世界上说话最响亮的时期,是中国科技领先世界、"四大发明"照亮全球的岁月。谁想,大约自 15 世纪前后开始的文艺复兴起,历史的天平急剧向西方倾斜,科学、文化在欧洲大放光芒,牛顿、伽利略、莎士比亚、达·芬奇、巴赫等时代巨人成批涌现,现代生产力借着瓦特发明的蒸汽机隆隆向前。与此同时,恰恰从 15 世纪起,作为曾经的世界头号强国的中华帝国急剧衰落,顿时黯然失色。想到此,仿佛真有只上帝之手在调节天平,执意要安抚一下备受中世纪委屈的欧洲人,抑制一下在这期间陶醉于自我闪耀的中国人(包括郑和在内的统治集团),以致连一台供享用的豪华乐器也要让它变哑? 而尤其令我心意难平的是:人类音乐发展史的关键一役即"十二平均律"的发现,其关键人物分明是我国明代的朱载堉(1536—1611),然而未及国人学会它、运用它的时候,却被西方传教士们抢先一步传回欧洲,成全了巴赫的"音乐之父"地位和欧洲交响乐队的诞生,甚而推动了巴洛克音乐的蓬勃兴起……

正在心里愤愤不平时,我听到小汪的声音:"对不起,调好了!"随即如痴如醉地演奏起《牧羊曲》来,我们报以热烈的掌声。趁这兴头,我问立平兄:"能否为汪小姐谱一首新的箜篌曲?"立平兄连连摆手,说:"不行不行! 我摸不着这乐器的脾气!"哦,真是"虎倒威不倒",连专家都不敢碰触!

对正在追求事业的汪丽萍来说,名家光临,自然是喜事。但毕竟未能如愿以偿,这会不会使她的进取心受到挫伤? 我心里犯嘀咕。第二天我试图安慰她,她却坦然地说道:"不要紧,叶老师! 这个结果我是预料到的,毕竟见过不止一个两个音乐家了。在中国音乐学院学习时,师生们也常谈起这个问题。大家都有准备,觉得这需要时间。反正我决心把这一生都贡献给箜篌了! 因为我认为,箜篌并没有死,它只是睡着了。如果我献出毕生的精力,加上其他许许多多有心人的智慧和努力,最后能把它唤醒,将是我最大的幸福!"此外她还告诉我,为了拥有一台音响效果更好的箜篌,她已在南京请箜篌制作师做一台新的箜篌呢。我心想,这不啻是一个有追求的民族器乐传承者。

接着小汪请我去她家看看。那是两间带阁楼的旧式平房,里外间。外面那间临街,陈列着多台竖琴和一台箜篌。"是供出售的?"我问。"不!"小汪说,"是用来吸引行人的,有的人见了觉得好奇,就进来看看。看了后有的人就想学,于是我就成了他们的老师——我用这个办法来传播箜篌文化。"接着我朝里间扫了一眼,恰好一位姑娘从阁楼上走下来。"这是我的学生,也是我的老乡,是我们衢州市开化县的。"小汪赶紧介绍说。"太好了!"我高兴地说,"我们家乡也有人会弹箜篌了!""她学箜篌的热情很高,但家里经济不宽裕,所以我就没有向她收学费,她有空也帮我做点家务。"她继续介绍说。"这好呀,你们结成互帮互学的好搭档!"我说。她"嘻嘻"一笑说:"是哩!"

三

之后,因健康问题我有一年多没有与小汪联系。最近见面,想到小汪那台定制的箜篌该启用了,问她感觉如何。不料小汪却说:"我的一个学生很想有一台箜篌,我就把那台让给她了。我自己花 10 倍以上的钱又定制了一台新的……""'10 倍以上'是多少?"没等她说完,我赶紧问。她伸出手指比画了一下:42万!我不由伸了下舌头,想:好大的气魄——她收入不高呀。但我马上恢复了常态,问:"那肯定更先进、更精致?"她答道:"制作师肯定是国内顶尖的,他将尽最大能力去做。我们双方都有'唤醒'的意愿,都有合作的默契。为了赋予箜篌以更尊严的形象,这台新箜篌将更大、更高:2.56 米!""嗬,这相当于普通住宅楼的一层楼的高度,奇观也!但这么大有什么优越性?"我问。"音色更加恢宏、音域更宽，且吸收了专家们多年来的研究成果，对转调也会有改进。""只是'改进'，还不能完全自由转调？"我焦急地问。她从容地说："自由转调问题在专家那里是解决了，但到演奏者得到这样的乐器还需要一个相当长的过程。你知道，500年的'沉睡'，所有的乐器都腐朽了，制作师也断档了，现在要培养完全合格的制作师，谈何容易！理论上、技术上都能做到，但工艺上需要很长时间磨炼啊。"

我沉吟了一下，一语双关道："我仿佛觉得你这一辈子都得嫁给箜篌了，要终身以它为伴了！"她一个急转身，哈哈一笑说："叶老师，您说对了！我真的冥冥中感到，天命在安排我研究这古老的民族音乐并作传承，所以吃再大的苦我都会义无反顾地前行。为了体验和感受大自然中那最纯美的音乐元素，东北的大兴安岭、西南的深山峡谷我都去过了，毒蛇猛兽也不能挡住我的脚步；为了谛听和领悟浩渺宇宙的空灵，祖国的五岳，除了北岳恒山，我都登临了，真有一种上天降大任于我的感觉。因此我已不是在进行单纯的演奏，我同时也在研究。""想不到你有那么大的抱负，连我这样的老朽都被感动了！"我激动地说，"想办法来北京弹弹并讲讲，让更多的人见识见识。""这一步我肯定要走的。我的更大的目标是演遍世界著名的音乐厅和歌剧院，到那里去展现中国古代的宫廷文化和中国民族乐器的独特魅力。"她信心满满地说。我马上附和道："你的战略目标定得很对呀！这样做还有可能吸引国际音乐奇才对箜篌自由转调问题的关注，实现突破。"她会心地笑了笑说："反正只要箜篌不完全'醒'过来，我不会停止自己的努力。""我相信你一定会成功，"我说，"这不是空洞的鼓励，因为我知道，竖琴曾经也遇到过这个死结。19世纪初，一位名叫S.艾拉尔的法国钢琴制造师决心对它进行改造。他给竖琴配置了 47 根长短不一的弦,并给它安装了 7 个踏板,从而使它能适应所有不同调性的乐曲。从此竖琴成为交响乐队中一个不可或缺的成员。""艾拉尔的事迹老师也给我们讲过。正是有这样的先例,还有老师们做出的榜样,我对前途充满憧憬,而且相信在我的后半生能看到第二个朱载堉的出现!"说着,她两眼放出了光彩。

四

试图唤醒箜篌的努力当然不是自汪丽萍始,据说早在 1820 年就有人开始尝试了。但作为政府行为,1978 年是个值得一提的年份。这一年,文化部为抢救箜篌专门组织有关的专业人员进行攻关。经过几年的努力,至 1983 年终于取得了突破性的成果,那就是沈阳音乐学院的年轻乐器师赵广运在箜篌自由转调方面取得了初步成功。中央民族乐团的青年民族乐器演奏者崔君芝也因此成了较早的箜篌演奏者。后来赵先生继续攻坚,不断取得进展,成了这一领域最得力的专家和教授;崔君芝女士虽移居美国,但她并未改行,还经常回国传授箜篌知识和演奏技巧,培养了一批箜篌演奏者。

现在全世界华人中能演奏箜篌的据说有 100 多位(与华人人口基数相比,仍是太少)。其中有意唤醒箜篌者不在少数,但有决心将此事作为终身目标来追求的,却是极少。普遍现象是:有的人热衷一阵以后,发现抢救箜篌并非易事,知难而退了;有的则视此为难得的商机,利用某个家具厂制造一批粗制滥造的"箜篌",卖给那些急欲求学者,塞满腰包后销声匿迹。那些争名于朝、争利于市或自我吹嘘、相互诋毁者暂且不去管它。我目前所关注的是，在沉睡了几百年的箜篌初步被唤醒的情况下，谁能把箜篌的完全苏醒视为终身的追求目标，并寻找它坚实的文化基座？

在这个节骨眼上，汪丽萍女士偶然撞到了我的笔下。说实话，我直到现在都不知道她的箜篌演奏水平达到了什么程度。这并不重要。她引起我注意的是她对箜篌命运的竭诚关注并痴迷地寻找它的文化底蕴。在她看来，箜篌作为一个文化大国的最古老的乐器之一，是中国古典音乐传统的象征，文化才是其价值成长的土壤。箜篌在唐代达到鼎盛，正因为唐代是我国古代历史上的文化巅峰时期。箜篌催发出那么多一流诗人的天才智慧，留下不止一首传世名篇，说明它的艺术性很强，并与人文社会深深结缘。无疑，要真正唤醒箜篌并使其重新发扬光大，务必要从中华民族博大精深的文化库藏中寻找出与其产生、发展、发扬有关的文化基因。这才是箜篌的美学奥秘，是箜篌的立身之本。而这需要巨大的勇气和坚韧不拔的意志。许多人走到这里望而却步了，而汪丽萍恰恰在这里站定了脚跟并沉下心来。她认为，箜篌作为一件最古老、最高贵的民族乐器，积淀着各个不同历史时期的文化品性，融汇了东方不同民族的审美情趣。"唤醒"或拯救箜篌绝不是单纯的技术问题，而是一项长期的、深广的文化积累和探秘工程。因此，她意识到自己的使命是做一个传统的发扬者，而不仅是一个单纯的演奏者或研究者。

"我花了大量的时间去寻找我们中华民族音乐的根，从翻阅历史文献到跑到大自然中去寻找灵感，我领悟到：只有合乎天地阴阳的音波磁场才能流传千年，甚至成为永恒的经典，所以古人对音乐的动听程度是用'惊天地泣鬼神'来形容的。"汪丽萍还注意到，中国音乐史上那些传统名曲诸如《高山流水》《梅花三弄》《渔樵问答》《春江花月夜》等都是表现自然的。所以她不辞辛苦,奔跑于大江南北,攀登五岳险峰,在大自然中去谛听那些合乎音波磁场的声音,去寻找"天地之音"。

（原载《光明日报》2018 年 3 月 30 日）

附　录

最是难忘家乡情

——访衢籍著名学者叶廷芳先生

许　彤

"自 1965 年以来，我已经有 36 年未在衢州过年了。这次趁到杭州讲学的机会，得以回家乡过春节，心情真是畅快！"

全国政协委员、中国社会科学院外国文学研究所研究员、博导叶廷芳先生说着这番话时，正要离开桔海宾馆回家乡过年。面对前去采访的记者，他的兴奋之情溢于言表。

这天是腊月二十九。前来看望的人络绎不绝，根本轮不到记者插话。叶廷芳看出了记者内心的焦虑，非常爽快地说："那就跟我回峡川老家去吧！"

小车沿着 320 国道一直向北，向着叶廷芳的家乡衢江区峡川镇下叶村前行。记者逮住这个难得的空档，迫不及待地在车上开始了采访。

叶廷芳从 1956 年秋考上北京大学德语系开始，就一直在北京从事德国文学研究，他的成就也随着岁月推移而日渐丰硕，《现代艺术的探险者》《卡夫卡：现代文学之父》《现代审美意识的觉醒》《美的流动》和《生命的礼赞》等一部部专著和散文集，加上大量的编著、译著，他的名气也从京城传到了家乡。

　　叶廷芳是位德高望重的学者,同时也是一位声名远播的社会活动家。他一边忙于学术研究,一边积极参与许多社会活动。他的兴趣广泛,不仅涉及外国文学,还涉猎戏剧、建筑、音乐和美术等专业领域。最为出名的一次当数 1998 年,围绕修建国家大剧院问题,叶廷芳针对有关负责人提出的大剧院的设计必须服从"三个一看"的原则(一看就是剧院,一看就是中国的,一看就是建在天安门旁边的),首先在《人民日报》《光明日报》上连撰三文,尖锐地加以批驳;接着,又与何祚庥等人一起向国家大剧院最初设计方案提出修正案,建议减少内容,减少造价,延长设计时间等。此提案最终得到了中央领导的重视,国家大剧院设计方案得以反复修改和完善,竣工计划也推迟了 5 年。而当大剧院设计方案最终被确定后,他又与某些持反对态度的建筑专家或者面对面在电视上辩论,或者专门在报上撰文,以"反差"论的美学观点充分肯定它的成就。

　　自 20 世纪 80 年代以来,叶廷芳开始关注中国的建筑文化。他认为建筑对人的审美情操会产生很大的影响,因而建筑要符合一定的艺术要求,具有一定的审美价值。改革开放以来,北京有许多标志性的建筑物落成,人们却无从得知建筑师的名字。叶廷芳注意到这个问题,于 1987 年在《人民日报》上发表《请建筑师出来谢幕》一文。针对北京重大建筑的几处败笔,叶廷芳又发表题为《伟大的首都,希望你更美丽》的文章,提出北京的建筑要突出主题,要有艺术追求,要多姿多彩,凸显首都的历史文化品位。叶廷芳的这些有分量的文章,一时间在中国建筑界产生了强烈的反响,引起了人们的关注,在建筑界被引为知友。他也由此成为中国环境艺术学会的理事,在一些重大的建筑文化活动中起着不可忽视的作用。

艺术没有国界,艺术都是相通的。不经意间,叶廷芳成为一名"业余"的建筑文化专家。

车过浮石渡大桥,叶廷芳深情地说:"过去进城读书需步行 45 里,要靠渡船才能过江。后来有了大桥,方便多了,我曾在 80 年代的《人民日报》发表《跨越》一文,就是抒发这种情感的。"此文还融入了人生况味,曾获著名作家宗璞的激赏。

"这桥已经很旧了。听说今年浮石二桥工程要动工了。"听了记者报告的消息,叶廷芳非常高兴,感慨万分。

在我们眼里,越往乡村,过年的气氛就越热烈。我们的话题自然就说到了春节。叶廷芳多年未在家乡过春节了,所以他满脑子都是青少年时代的记忆。他告诉记者,从前的日子虽然远不如现在,但回忆却是美好的:年夜饭"十大碗"的美味,至今还留存在唇齿间;除夕夜,那时候还没有春节联欢晚会,大人们守岁,孩子们放完鞭炮,则在雪落静无声的夜晚酣然入眠;大年初一,打开大门放鞭炮,吃着平常吃不到的年糕粽子,然后给长辈们拜年,拿到为数不多却渴盼多时的压岁钱;初四开始,走亲戚拜年;正月十二观看舞龙灯,跟着龙灯这家进那家出,舞过这村又那村,少年的心兴奋得就像要放飞高天……

这一切还未说完,车子戛然而止,下叶村到了。我们一行走进叶廷芳大哥家,早已等候在那儿的亲友们一拥而上:"廷芳,多少年没回家过年了,总算回来啦!"院子里热热闹闹,餐桌上摆满了茶叶蛋、发糕、芙蓉糕,热热的、香香的、甜甜的。

年迈的嫂子端来黄澄澄的橘子,叶廷芳马上剥开一只,细细地品尝。他说:"我小的时候,橘子非常珍贵。那时父亲患肺痨,每天早上咳得不行,只好去镇上买一两斤橘子放在枕边,咳得难受时才吃个把,用以镇咳。偶尔也递一个给我,我如获至宝,摸了又摸,闻了又闻,总也舍不得吃。实在想吃,就到梦里去过瘾:在梦里,我买了一大筐橘子,藏在床底下,想吃就摸它一个出来……"苦涩的回忆,香甜的橘子,霎时引发了叶廷芳敏感的思绪。

我们踱步来到院子里,只见两棵香柚树枝繁叶茂,据说秋天总会挂满沉甸甸的果实。叶廷芳抚着粗壮的树干感慨道:"它们还是我小时候栽下的,现在都这么高大了,真是无心插柳柳成荫啊!"

来不及洗去仆仆风尘,叶廷芳带着我们一行来到魂牵梦萦的后山。1958年以前,这里曾是古树参天的原始森林,是叶廷芳童年的摇篮。高中的每个寒暑假,他每天早晨都爬上冈顶练嗓子,上了年纪的远近乡亲们都曾享受过他当年的"美声"。

这时,夕阳把远远近近的风景映照得更有层次,轮廓更加鲜明。叶廷芳梦游过无数次的笔架山,像一位温良敦厚的老人,在迎候远方游子的归来;铜山源渡槽如一条空中巨龙,游走在阡陌纵横间;片片橘园绿色依然,又在初春温和的风中期待着来年金秋的硕果。梦想吃橘子的少年,倏忽间已是花甲老人了。

可以说,叶廷芳是通过发表在《人民日报》《光明日报》等中央大报的一篇篇文章,抒发刻骨铭心的乡情的。"人爱家乡一如人爱母亲。'家贫不嫌母丑',自己的母亲都是亲切的,自己的家乡都是美丽的、称心的。这大概就是所谓人的天性吧。"

他的《徜徉在钱塘江之源》开篇非常精妙:"国内外的江河,就我见过的而言,最令人赞叹的莫过于作为水名的浙江了!如果把它比作一首交响乐的乐曲,那么它的每个乐章都是华彩乐段。只是它的源头,领略过的人就不多了。其实,这首乐曲的序奏,也与其他乐章相称……开化,作为浙江城镇的一颗明珠,正在秀丽的钱塘江源头亮起！"

年少时的叶廷芳曾为白居易诗中的"是岁江南旱,衢州人食人"的惨景所震撼,更为百姓在桀骜难驯的"龙王爷"面前束手无措而忧愁。而铜山源水库、"乌引"工程的顺利建成,使得叶廷芳欣喜若狂,他先后发表了《告慰白居易》《再慰白居易》两文,歌颂衢州人民足堪告慰先人英灵的伟大创举:"哦,诗人白居易,我知道,你的心牵挂着世上疮痍和人间疾苦而长眠地下,千百年来,你始终是没有瞑目的。而今衢州人正将他们捆缚的'龙王'祭献在你的灵前!'衢州人食人'的悲惨历史已经一去不复返了! 衢州正跃上时代的骏马飞奔!"

一直以来叶廷芳非常关注衢州的发展。1994 年,衢州被国务院批准列为国家级历史文化名城。叶廷芳得知消息精神振奋,当年 7月在《人民日报》上发表《衢州纪胜》一文,以独特的方式诠释这座历史文化名城:"衢州迄今已有 1 802 年的历史了。这个城龄比欧洲的许多历史文化名城如柏林、慕尼黑等,至少要早 1 000 年!"

这次回衢过年,叶廷芳得以有机会再度浏览衢城。在衢州一中 6 年的中学生活,他几乎在所有的大街小巷都留下了足迹,备受古城那特有的古色古香、古味古韵的熏陶。而近年来城市建设快速发展,让叶廷芳每一次回乡都有新感觉。他认为旧城改造,要尽可能保持其原有的风貌,衢州作为历史文化名城,更应该成片成带地保护,建筑物的高度以三四层为宜,体量也不宜过大。坐落在市区中心的天宁寺,曾经是古城最高的标志性建筑物,现在已掩藏于水泥钢筋森林中,变得不显眼了。叶廷芳认为,在拥有丰富物质家园的同时,还要注意留住我们的精神家园,包括留住古街、古桥、古树、古祠堂等富有历史文化内涵的村镇景观。

那天，还出现了一段精彩的"插曲"：求贤若渴的衢州一中校长屠承安听说叶廷芳回来了，立刻带上一干人马追踪而至，代表母校郑重地邀请他参加百年校庆。叶廷芳深情地说："衢州一中是我青春的摇篮，是我人生征途的起跑阶段。我至今还怀念着何英鹗、叶味真、张鼎熙、魏其庚、谢砥平等老师，他们不仅在学业上而且在精神上引领我完成了人生的重大转折，走上了健康向上的人生之路。"

面对屠校长的殷殷之情，叶廷芳愉快地表示："只要没有出访任务，我一定回来参加校庆，其他的活动，一律推掉！"

（原载《衢州日报》2002 年 2 月 21 日）

在精神世界的高地前行

——叶廷芳八十寿辰主题发言

林　琳

2016 年 9 月 18 日下午 4 点,作家王蒙、周国平、张抗抗,歌唱家关牧村、姜嘉锵、金家勤,建筑大师马国馨,外交家李留根,剧作家过士行等,各界社会名流纷纷步入对外经贸大学"洪堡论坛·叶廷芳先生八十寿辰"学术座谈会的现场,盛况远远出乎主办方的预期,奏响了为期 3 天的洪堡论坛的最强音。

会议室外的走廊上,叶廷芳与每一位到场嘉宾握手、拥抱、合影留念,从年轻学人到两鬓斑白的长者,一派喜乐祥和。

在引言人发言后,王蒙首先说:"老叶的学问和人品使他赢得许多友谊。"王蒙夫人单三娅马上接过去说:"他身上有深厚而博大的人道主义情怀及勇于探索的可贵精神,他是一个全面而丰富的人文学者,而不是单纯的翻译家或散文家,他是一个求真、求美、求新的艺术传播者,是一个无论在文艺工作还是社会生活中都秉承正直品性的人。"作家张抗抗显然赞同这一说法,她说:"叶廷芳在外国文学的研究与翻译方面的成就荫及当代许多作家。他对艺术视若神明,在参观敦煌石窟的时候,他情不自禁就跪下去了! 他在建筑遗产保护方面以及一些建筑美学观点方面卓有见地。他强调'美是不可重复的',所以他极力反对圆明园的重建,认为那是民族苦难时代留下的刻骨铭心的历史烙印,具有一种悲剧意味的'废墟之美'。"建筑大师马国馨院士说:"即使失去了一只手臂,但他从来没有让人感到他的不便。他身上自强的精神以及对生活、文学和艺术的热爱是我最钦佩的。"歌唱家关牧村亦深有感触地说:"叶先生虽然不是专门搞音乐的,但他在歌唱方面提出某些意见切中肯綮,对我深有启发。"说完她献上一首《阿妹的心》,陶醉了在场所有的人;全国十大男高音之一姜嘉锵则深情演唱了叶廷芳最爱唱的《克拉玛依之歌》,将会场的气氛推向高潮。

为献上一份特殊的礼物,资深出版人刘明清带来了刚刚从工厂赶印出来的叶廷芳新书《西风故道》,赠予应邀而来的每一位朋友,以表达出版人对叶廷芳先生由衷的祝愿之情。这份还散发着墨香的厚礼,装帧考究,收录了叶廷芳先生一生治学之路的部分精彩篇章。刘清明说:"年轻一代知识分子应当学习继承叶先生身上的优秀品格,像叶先生那样不仅要在学术研究方面独立思考,而且要勇于坚持真理、勇于社会担当。"

哲学家周国平以"敬"与"亲"两个字表达了自己的情感,而这何尝不是与叶廷芳先生有过交往的所有人的深切体会。每位嘉宾发言后,叶先生都要站起身来礼貌地鞠上一躬。在大家发表贺词、献上礼物的最后,叶廷芳再次深鞠一躬,幽默地说:"今天,大家对我的赞扬实在太多了,几个月来生病吃的药、手术下的疼痛已经被眼下的甜蜜中和掉了。""每个人都有好的一面,也有不好的一面,正如有人评论卡夫卡时说的:卡夫卡之所以伟大,因为'他既批判世界,也批判自己'。我深知自己没有那么好。"叶廷芳是重情之人,尤其看重友谊。到场的几十位嘉宾,无不是叶廷芳相交多年的朋友,有的可以称为"金朋友",友谊历经了一个甲子。"人的感情有三种,亲情、爱情、友情",他说,"亲情人人都有,爱情不能强求,友情是可以通过自己的努力取得的。我一旦与谁结下友谊,就会经世花精力培植它。友谊是正能量的,能给人提供智慧、温馨、帮助,必要的时候提供亲人般的支援。"

短短两个多小时无法言尽大家对这位耄耋智者的情意,从蒙蒙细雨开始,至夕阳普照,美好灿烂的金光照进人心。在这场温馨聚会的尾声,画家罗雪村用心独到地拿出为叶廷芳画的一幅速写,请各界朋友当场签名留念,为他送上最后一份大礼。

无论这一天是否真的是叶廷芳的生日,当亲爱的朋友们争相为他戴上生日帽,当他亲手切开蛋糕分给每一个人,当甜蜜的蛋糕入口,开怀的笑容绽放,温暖美妙的瞬间永远定格在了叶廷芳的生命之中,也定格在每一个因叶廷芳缘聚的生命之中……

到底是什么使叶廷芳具有如此魅力,引众多不同领域的名流心生敬意?到底叶廷芳有哪些不同寻常的故事?他究竟是个怎样的人?

8年前,欧洲名牌大学苏黎世大学在世界范围内遴选出13位知名学者授予"荣誉博士"学衔,那是德语国家最高的学术荣誉。庆祝会上,坐在第一排中间的犹太裔德国哲学家图根哈特和中国社会科学院研究员叶廷芳两位学者备受瞩目。当叶廷芳走上台接过奖状时,会场里爆发出雷鸣般的掌声,他也成了瑞士权威报纸《新苏黎世报》在报道中发表专题文章和照片的唯一获奖者。

叶廷芳先生在德语文学研究界德高望重,在德国文学和文学理论尤其在德语现代主义文学的研究、阐释和译介方面有很深造诣,他是最早从正面把欧洲两位重要的现代作家——卡夫卡和迪伦马特引进中国的学者。颁奖词说,叶廷芳推动了中国的日耳曼语言文学乃至中国当代文学的发展,并在诸多社会、文化热点论争中,发表独到见解,观点新锐,表现了"勇敢精神、先锋精神和正直品格"。叶廷芳也是国际歌德学会首次向中国人授予"荣誉会员"殊荣的获奖者。

卡夫卡、迪伦马特、布莱希特等,凡走进叶廷芳视野的研究对象均能引起社会反响。他那部标题新颖、以卡夫卡和布莱希特为主要内容的处女作,即《现代艺术的探险者》,一经出版便引起轰动,一连加印了4次。他翻译的四出迪伦马特的戏剧作品全部被搬上中国舞台,使迪伦马特成为我国改革开放以来上演得最多的当代外国剧作家。叶廷芳也是唯一受到迪伦马特接待、宴请并一口气长谈4个半小时的中国学者。

关于布莱希特,当时国内专家认为他是马克思主义者,跟现代主义没有关系。叶廷芳则著文指出:布莱希特的世界观固然是属于社会主义的,但他的审美观则是倾向于现代主义的,从而打破了把现代主义看作资产阶级专利的流行观点,同时阐明了为什么一个马克思主义的艺术家同时受到东西方两个不同世界的尊重和拥戴。围绕20世纪30年代德国作家内部以卢卡契为一方、布莱希特为另一方的关于表现主义的旷日持久的争论,叶廷芳以3万字的长文做了评价,指出:卢卡契以19世纪批判现实主义的美学标准来衡量20世纪的文学,从而得出现代主义文学乃是"非文学""非艺术"的结论,这不过是早被19世纪的浪漫主义运动打得落花流水的欧洲古典主义的余响!并认为,尽管卢卡契操作马克思主义理论头头是道，可惜他只知在马克思、恩格斯的艺术视野之内来阐述马克思主义，成为僵化的教条，而布莱希特则善于根据现实的发展和丰富的创作实践，在马恩的艺术视野之外来发展马克思主义，从而扩大了社会主义文学的创作空间。这些观点高屋建瓴，鞭辟入里，使读者广受启发。

此外，叶廷芳在 80 年代末、90 年代前期写的《论悖谬》《论怪诞》等论文是从诗学方面进入卡夫卡、迪伦马特乃至更多现代派作家大门的力作，表现了深厚的现代文学功底。在广泛接触现代主义的过程中，叶廷芳发现现代主义特别是表现主义与欧洲 17 世纪的巴洛克审美风尚有着惊人的相似之处，经过几年的关注和研究，他写出了一批关于巴洛克的文章，其中《西方现代文艺中的巴洛克基因》，别具见地，深化了人们对西方现代主义的理解。在梳理欧洲文学史的过程中，叶廷芳归纳了 15 世纪以降的欧洲近代文艺史上革新派与泥古派或古典派的三大论争，对当代的文艺现实极有启发。他在评论克尔凯郭尔的《勾引者的日记》时认为实质上这不是一部真正的爱情小说，而是一只放飞的西方现代主义报春的燕子，是现代美的超前信使。

当流行歌曲、摇滚乐等普遍兴起时，知识分子们纷纷摇头，甚至有人喊出"我们没有文化了"等。叶廷芳则认为一个时代有一个时代的文化形态和审美风尚！在《平民美学的崛起》一文中，他认为这是真正的"庶民的胜利"，被《新华文摘》立即转载。针对许多国人一见陌生的艺术形式或建筑风格就高喊"不要忘了我们的传统"的现象，叶廷芳在文津讲坛发表了《对中国传统建筑的文化反思与展望》的演讲，概述了我国传统建筑文化中的诸多负面现象，引起广泛共鸣，《新华文摘》等报刊文集争相转载收录，《光明日报》

用了两个整版予以全文刊登。如斯,叶廷芳的论述总是让人耳目一新!

学术上的宏阔视野和战略眼光,使叶廷芳从 20 世纪 80 年代起就引起国内学术文化界的广泛关注。当时国内几家主要的文艺报刊如《文艺报》《文学报》《中国文化报》《文艺研究》《中国戏剧》等经常发表他富有启示性的文章。从那时起,叶廷芳一直受到京沪几大报刊的青睐,《人民日报》一位副主任甚至曾明确对编辑说:"出去组稿,在北京首先要把叶廷芳抓住!"《光明日报》为叶廷芳辟了专栏,名为"笔架山",让叶廷芳发表带有思想火花并能推动改革开放的言论。后来经过多次国际会议,叶廷芳的名声越出国门,享誉世界。在全球拥有 200 多万订户的瑞士《新苏黎世报》曾先后两次对叶廷芳作了长篇报道。美国《华尔街日报》也曾让驻港记者专程来北京采访叶廷芳。

叶廷芳是通过对卡夫卡的研究进入学术界的。然而,叶廷芳与卡夫卡的关系不止于研究者与被研究者的层面,更是一场深层次的"精神相遇",一次生命体验的"共振"。出生于浙江衢州一个农民家庭的叶廷芳,10 岁那年一次贪玩,断送了一条左臂。致残后,家人对叶廷芳的态度发生了很大变化。像卡夫卡一样,叶廷芳越来越害怕父亲,畏父情结加上社会歧视,造成了他一度的自卑心理,同时又孕育着他的某种叛逆情绪。新中国成立后,一日,叶廷芳瞒着不让他上学的父亲,凭一个肩膀挑着 30 来斤的担子,在雪天里走了 45 里地,步入了梦寐以求的初中课堂,一路读进北京大学。

童年的际遇与不同常人的生命体验赋予了叶廷芳与命运抗争的"不服输"的精神品格,以及为大家做事的社会责任感,所以走上治学之路的叶廷芳不做象牙塔中的学问,而是与社会效益结合起来,注重在实践过程中发挥作用,用萨特存在主义的一个术语说就是"介人"。

西方文化的学术生涯,以及由于愚昧错过科学治疗而痛失手臂的遭遇,使叶廷芳萌生了一种启蒙的激情。他深刻地意识到近代以来国民观念较之西方的落后,自觉地将其所学传播给更多的同胞以开启民智。他凭着"废墟也是一种美""美是不可重复的"真知灼见,30 年如一日,反对重建圆明园,使圆明园最终定格为"考古遗址公园",这一过程中一篇《废墟之美》的文章成了 2014 年北京市高考语文试题的出处;叶廷芳以丰富的现代美的学养,敢于质疑权威,干预国家大剧院设计方案,主张以"反差美"的审美原理与天安门周围建筑群进行不同时代的"对话",为此他抢在设计方案第一轮评审之前,一连写了 3 篇文章分别发表在《中华建筑报》《光明日报》和《人民日报》,反驳了建筑理念的陈旧观点。叶廷芳的介人对社会产生了直接的影响与积极的后果。如前述苏黎世大学的评语所说,叶廷芳表现了"勇敢精神、先锋精神和正直品格"。

叶廷芳当了 4 年的德语文学研究会秘书长和 10 年会长。在这 14 年时间里他费了大量心血负责举办了 7 次年会、3 次国际学术研讨会和两次 300 人规模的首都各界纪念世界文化名人歌德和席勒大会。尤其在举行几百人的大型会议的筹备过程中,他事必躬亲,不但亲自出面募集资金,开出五六百人的邀请名单,亲自打电话约请,而且动员了文化部、中国作协、对外友协、北京大学、首都以"中央"命名的三所艺术院校以及德国使馆、歌德学院等共同协办,搞得丰富多彩、有声有色。如在纪念布莱希特诞辰 100 周年的时候,他花了很长时间、很大精力终于说服中国青年艺术剧院向文化部申请特别资金首次排练了布莱希特的名剧《三个铜子儿的歌剧》,在布莱希特国际研讨会期间演出,取得了极好的效果。在纪念歌德诞辰 250 周年时,他请来了中央音乐学院青年交响乐队在会后演出《哀格蒙特序曲》等与歌德作品有关的乐曲。会后一位知名教授赞叹说:"我参加过那么多纪念会,从来没有看到过开得这么隆重、热烈而高雅!"外文所所属的 9 个同级学会没有一个在这方面可以相比。除了个人魅力以外,这主要是出于叶廷芳对公共事业的赤诚和自我牺牲精神。

叶廷芳还以"著名戏剧评论家"身份成了北京几家重要话剧院的常客。在建筑界也有广泛的影响,他有关建筑文化、建筑美学和文物保护方面的文章多达 50 余万字! 此外,他也是个"快乐的歌手",青年时代他创作了一首受到专家好评的歌,歌名就是《我是个快乐的歌手》。这些似乎跨界的艺术修养,对叶廷芳来说,是成为合格的文学研究者进行的必要的"美学操练"。叶廷芳对任何美的对象都保有天然的亲近与敏感,对美的灵犀使他在文学以外诸多领域如戏剧、音乐、美术等都有涉猎,并触类旁通,他以敏锐的学术眼光发现和注视着文学以外各个领域的美,把文学的元素融入各个艺术领域,把文学、艺术、美学打通,从微观到宏观,再从宏观返回到微观,观点常常振聋发聩。所以有人喜欢称他为"跨界学者",吴冠中先生则说他是"通才"。除了可观的德语文学研究专著、译著、编著外,叶廷芳出版过《美的流动》《美学操练》《遍寻缪斯》《不圆的珍珠》等与美学有关的著作,卓有建树。有的美学教授说:叶廷芳虽然不研究美学理论,但他的著作在许多方面丰富了美学理论。

5 年前,叶廷芳应中学母校之邀给师生们演讲,他讲的题目为

《虎的勇气、鹰的视野、牛的精神》，要学生们以这三种动物的特点来铸造成长中的精神人格。而这何尝不是叶廷芳一生中对自身精神人格铸造的经验之谈！叶廷芳的血液里始终燃烧着遍寻缪斯的激情。读高小时，一堂课上，当别的孩子回答老师，长大后要当科学家、航海家、天文学家时，叶廷芳却脱口而出："我要寻找缪斯！"这个他偶尔从书上拣来应急的词儿成了他一生的追求。如今，耄耋之年的叶廷芳仍如一名自由的骑士，以"虎的勇气、鹰的视野、牛的精神"，带着文化启蒙的使命，一如既往地在精神世界的高地前行！

（原载《北京青年报》2016 年 10 月 31 日）

作为卡夫卡专家的叶廷芳及其会长角色

叶　隽

一、卡夫卡专家：命题的意义与介入的方式

如果说冯至那代人的意义，主要在于"会当凌绝顶，一览众山小"，其对德语文学涉猎的广度与全面性的把握，达到了相当高度，那么叶廷芳这代人的意义，或许就在于将具体的个案研究推进到一个相当细致的程度，譬如叶廷芳对卡夫卡的研究。

卡夫卡在中国的接受史并不算短，早在 1930 年，就已经有人介绍了卡夫卡的文学创作，赵景深发表的《最近的德国文坛》一文很明确地认识到卡夫卡的文学史意义；而在 1966 年，卡夫卡较完整的汉译作品出版，李文俊等从英文译出了卡夫卡原著，并初步意识到了这个作家的重要性。但真正产生重要影响，则是在 20 世纪 70 年代之后。将卡夫卡从一般性的译介推进到严格意义上的学术层面的，是叶廷芳，以 1986 年《现代艺术的探险者》出版为标志，可以认为"卡夫卡学"在中国初显雏形。这不仅意味着叶氏作为科班出身的专业学者，终于可以避过借道英语而转贩的某种危险和

陷阱,也意味着借助德语的直接交流,能够更体贴地进入卡夫卡的心灵世界。

叶廷芳对卡夫卡的涉猎是全方位的,从最初的译文到主编 10 卷本的《卡夫卡全集》,从编辑整理《论卡夫卡》到翻译《卡夫卡传》和卡夫卡书信日记,从专著出世(《现代艺术的探险者》《现代文学之父——卡夫卡评传》)到传记写作,作为学科史上无可置疑的卡夫卡专家,叶廷芳的学术地位自有公论。

在我看来,叶廷芳的卡夫卡研究鲜明特色有三。一是以学术立论,不为时风所动,努力在寻求平衡中坚守学术品格。当时的历史语境非同一般,尤其是对于经历过 20 世纪 60—70 年代政治风云的局中人来说,任何一种学术研究都必然不可能是单纯的为学术而学术,这是过于理想化的要求了。所以在 1979 年《世界文学》发表的第一篇卡夫卡评论文章中,他一方面强调仅是"作一初步介绍",但却明确为作家定位:"卡夫卡不属于传统的现实主义,因此我们不能以传统的现实主义的标准来衡量他,……在艺术上他也扩大了艺术表现的可能性。"这里其实已经很含蓄地强调了就艺术论艺术,摆脱当时政治与艺术无限制挂钩的思路。

二是艺术感觉良好,能够在众多的研究中"脱颖而出"。卡夫卡的中国接受史,主要是 20 世纪 80 年代以来的中国新一代思想运动的观照史。在这样一种大潮涌起、泥沙俱下的背景中,就更需要立定根基、有所选择,绝不可盲目从风、游移无根。当然,就卡夫卡研究来说,作为德文出身的学者,其先天优势是其他学科背景者无法相比的,可即便如此,如何才能做出有价值的学术成果,并获得学界的普遍认可,这并非是可以一蹴而就之事。叶廷芳给卡夫卡做评传,基本定位就是"'弱'的天才与'韧'的英雄",他认为:

若要真正认识卡夫卡的本质,必须透过卡夫卡那特有的悖谬思维和言论,窥视一下他的内心世界,那个凝聚了他生命的所有强光,从而导致他外部世界的软弱的内心世界。他自己说,这是个"庞大的世界",不把它"解放"出来,它就会"撕裂"。这"庞大的世界"便是他那"不可摧毁的东西"所支撑的精神富源。这是他从外部世界洞见并摄入内心的生活真实,一种在常人的眼光看来极为奇异的真实,向世人提示或表达他的慧眼所独见的这种真实,成为他避免内心"撕裂"、获得自身"解放"的唯一途径,也是他的"巨大幸福"之所在。这一愿望,决定了卡夫卡的作家的命运。但与其说卡夫卡想要作家这个头衔,毋宁说他要的是写作这一可能。在这里,卡夫卡的个人愿望客观上与时代的文学使命融为一体了。

这样一种二元定位的相辅相成关系,确实是发人所未及发,而且表面以弱、韧为形象,其实背后暗蕴了强、恒的特质,而弱小—庞大、撕裂—和谐、外部—内心、个体解放—文学使命之间构建起一组组有意义的二元关系,确实是有所洞见,且不乏文学语言之诗意表述。

三是视野力求开阔,不但理解德语文学中的卡夫卡,更努力将卡夫卡置于世界文学的背景中加以观察。这一点在编辑《论卡夫卡》一书时可以看出,叶廷芳自述当时为了尽可能选出最具代表性的学者和论文,他真是费尽心机,在当时通信很不发达的情况下,通过各种手段了解世界前沿卡夫卡研究的学术信息。同时也体现在其研究视域的扩展方面,譬如叶廷芳就在影响史(Wirkungsgeschichte)的思路中指出,卡夫卡热潮形成意义甚大,"今天没有一篇德语的小说散文不曾以不同方式或多或少地受到过他的影响";

在欧洲，则卡夫卡不但是"法国存在主义的先声"，更对 20 世纪"英国浪漫派作家起了最强烈的影响"；走向世界，则当代美国文学"没有卡夫卡是不可能想象的"。可以说，正是在这样一种整体横向视野下，叶廷芳的卡夫卡研究出手不凡，成为中国卡夫卡学当之无愧的奠基者。

当然从这样一种学术史个案研究的角度出发，仍有相当之精彩空间可以发挥，无论是卡夫卡研究本身，还是个体学术发展之趋向，皆然。而以叶廷芳当时的年龄和语境，其实是有可能"百尺竿头更进一步"的。首先是卡夫卡与中国的关系，这包括双向关系，一是西方学者会关注到的，即卡夫卡对中国文化的接受问题；另一则是反向路径，卡夫卡在中国的接受史问题。后者是中国学者的拿手好戏，因为易于发掘第一手的原始材料也，而且确实为中国年轻一代的研究者所弥补；但前者之"明珠暗投"，却多少有点可惜，因为这涉及一个学者的自我提升问题。在我看来，这是一个可以凭借的抓手，借助其涉及论题的冲击性和刺激意义，完全有可能将研究者本人的学术层次再提升一个高度。一个学者，其学术成就的大小固然与生性、努力、环境等因素密切相关，其实相当程度上也决定于研究对象的选择和空间开发，因为对方的思想层次往往也决定了你的对话条件要求和挑战。以外国对象为研究者，当然应当善于转换自己作为中国学者的优势，而中外关系学域则是"天助我也"的自然选择结果（这在相当程度上也取决于研究者的国学修养）。其实，叶廷芳的学术战略意识是很好的，他这么回忆自己的战略转移（指从海涅转向小说家卡夫卡）：

> 从抒情的转向叙述的，传统的转向现代的。而已经跑掉的诗情使我顺利地完成这一战略方向的转变。现在看来这一

转变对我来说多么及时和必要,它使我的人文观念和审美观都经受了一番洗礼,一次蜕变,让我在文学和艺术领域普遍看到了缪斯的现代原型,使我的审美视野从"模仿论"领域扩大到"表现论"领域。否则,我将永远是"现代"的陌生者,而作为一个生活在现代的专业外国文学研究者,见到现代缪斯失语,会是多么可悲!

应该说叶廷芳的成功得益于他这种学术敏感和战略意识,否则仅仅是沿着原有的学术惯性往下走,在当时的语境下恐怕很难开辟出这样一条新路来。当然选择卡夫卡也意味着极大的挑战,这是需要勇气、毅力和智慧的尝新工作,应该说叶廷芳是完成了这样一种有意识的学术转型过程的。可非常遗憾的是,叶廷芳并没能借助这样的机会而成为一个更大的学者,我想这里面有几个原因很关键:一是对学术研究的坚守意识,这不仅是从理论上意识到,还包括从实践角度能持之以恒;二是客观环境的强力制约。早期是政治环境的不可更变性,后期则是 20 世纪 90 年代市场大潮之下其所在单位——中国社科院的物质待遇非常之清贫,不与市场适当共舞,生存会很艰难。但总体来说名利市场的诱惑还是可以依靠自身的定力去抵抗的(这与战争时代和特殊政治背景是有本质不同的),当然个体需要付出很多,所以想坚守也不容易做到;三是就知识积累与融通能力而言,那代人的教育结构和学养形成有其局限性。即便是条件甚好的第二代学人,也有过很多无奈。冯至晚年时深感"社会科学领域内各门科学联系性较强"的事实,毫不讳言自己的学术弱点:"据我个人的经验教训,我研究文学,由于对哲学、历史、宗教等知识的贫乏,有时遇到与上述学科有关的问题,常感到难以解决。"所以,他特别提出跨学科交流的必要性,甚至隐含了对社科院各研究所之间"老死不相往来"现象的委婉批评,主张"横向联系,互相请教"。而王瑶先生则更强调学者个体的主观能动性,有过这样的感慨:"路要自己选择,认清了就一直往前走,不为时尚所动,也不用瞻前顾后。"这是面对及门弟子的肺腑之言,而非正式场合的大会发言,对一个学人的个体成长和发展来说可能更有自家一声经验总结的"甘苦之言"。与冯至、王瑶先生那代人相比,叶廷芳这代人虽然也有其特点,但总体来说应该承认,第三代学人之先天不足有其历史语境和制度限定等原因,不足深责。当然,第三代学人并非没有机会,至少就治学时间而言,他们在"文革"之后仍在壮年。那么,成名之后他们都在干什么呢?

二、作为中国日耳曼学家的叶廷芳:散文、评论与译介

叶廷芳是个多才多艺的人,不仅能够引吭高歌,而且他对美学、艺术、戏剧、建筑等方面的广泛涉猎,使其在专业研究领域成绩斐然,其影响力也深入某些相关学科领域。此外,叶廷芳还是一个具有强烈社会责任感的学者,他保持着对政治社会生活的强烈关注,并且以笔为器,参与了一些重要的社会焦点问题的争鸣,譬如圆明园废墟存废问题、独生子女政策问题(叶提的口号是"一个不少,两个正好",作为政协提案提出后受到广泛关注)、古城古村落的保护问题乃至国家大剧院的造型设计问题等。

第三代学者在进入 21 世纪后,多半都已年过花甲,并相继离开了自己的学术位置。他们虽然还在陆续进行着相关的探索,但已不复是本学科的主导力量。晚年的叶廷芳,也同样处于这样一

种状态,已经名声在外,而且确实性喜交游,所以一方面对学术念念不忘,另一方面又不得不在文化场域里应声起舞,扮演角色,这或许就是人之作为社会人的无奈吧。他时常对后辈感叹,旁骛太多,出活太慢,一生的学术成绩实在有限。我们在承认其谦虚美德的同时,也应当意识到,这是老人的知己论世之言,只有一位对学术史有着清醒意识的学者,才可能有这样的见道之言。同时,他对学科建设也有一些忧虑,譬如学科布局整体的不平衡、社科院是否能继续在全国维持领军地位等。此外,他有很多学术思路是有价值的,譬如对德国古典文学的重视,对巴洛克文学意义的提示,对思想史视域引入的充分肯定等。在我看来,理解叶廷芳,仅把他作为一个德文专业人士还是不够的,他还是一个很有特色的中国日耳曼学家。说到这一点,就不能不谈及他较为全面的文化场域活动。

叶廷芳的译介工作做了一些,但并不太多,所以他有一句话当初给我一种醍醐灌顶的感觉,总体来说,他的翻译有明显特色,就是结合自己的研究工作来进行。如果说最初合译《假尼禄》还是有试笔的味道的话(与张荣昌合译),那么日后译迪伦马特则显出颇为独特的翻译家气质。2008年,叶廷芳获得瑞士苏黎世大学颁发的名誉博士学衔,也可以算是对他在介绍瑞士文学方面所做贡献的肯定。瑞士作为一个欧洲特殊国家,是非常值得重视的,其德语文学占有主要地位,别具特色,也出现了具有世界影响的大家,譬如迪伦马特。当初叶廷芳应人民文学出版社外文部主任孙绳武之邀翻译迪伦马特戏剧,不仅译事接受考验,而且为此撰写了长篇的学术性序言,将迪伦马特放在戏剧史上盖棺论定:"迪伦马特作为西方作家,他的艺术在资本主义世界备受赞扬当然是不难理解的,令人瞩目的是，他的戏剧在不同社会制度的国家也广受欢迎，以至于有的国家把他的全部著作都搬上了舞台。这不禁使人想到另一位德语戏剧家布莱希特，他与迪伦马特在政治信仰方面和基本艺术观上是格格不入的，但他的艺术也越过政治和意识形态的层峦叠嶂，在迪伦马特所隶属的世界里受到普遍的尊重。这种现象在现代世界戏剧史上并不是常见的。奥秘在哪里？恐怕是：这两位戏剧大师都是独树一帜的巨匠，他们继承传统，又不抱残守缺；着眼于创新，立足于实践，以至于在戏剧理论、戏剧创作和舞台实践方面都有独特的建树，构成自己的体系，成为德国现代戏剧史上不同发展阶段的代表。"这也开辟出叶廷芳在本学科领域的另一重要贡献——迪伦马特研究。甚至更进一步，叶廷芳将译事上升到对翻译功用的理解和文学翻译的理论意识，或谓："翻译，顾名思义是传达一种陌生语言的原意的工作。但要做得圆满，却并非易事。它不仅需要两种语言的过硬功底，甚至需要多种语言的参照；不仅需要广博的知识，更需要敏锐的领悟能力。"或谓："文学翻译，严格说来，它是所有翻译中难度最大的一种，因为文学作品不是科学思维的产物，而是心灵与缪斯结缘的一种审美游戏。它常常不守规矩，无法无天，擅自越出语法甚至语言的界限，让你对着字典或辞书徒唤奈何！它还经常忘乎所以，在想象的天空飞翔嫌不过瘾，闯入理性的禁区去'内宇宙'遨游。"这里不但显示出其对文学翻译独特的价值判断，而且也展示了作为散文家的叶廷芳的语言风采。特别值得提及的是，他还主持了一些译介工作，譬如《论卡夫卡》《卡夫卡全集》《德语国家散文选》《世界百篇经典散文》《世界随笔金库》等，这些都是具有学术性价值的译事。

值得夸耀的是叶廷芳的文采，他的散文是颇得好评的。在他迄今所出的8部著作中,散文随笔集占了4部:《美的流动》《遍寻缪斯》《不圆的珍珠》和《扬子—莱茵——搭一座文化桥》,它们都能体现出他在专业以外的知识情怀和缪斯情结,以及一种诗人和艺术家的气质,这是很难得的。因为,学者常有,而诗心难得。作为以文学为专业的研究者,如果不能够有一颗始终追寻另一个世界的诗心童趣,其实很难将文学研究做好。而正是在这样一种跨越中,他其实也实现了专业知识的跨界寻求。如果说戏剧还是与文学有着不解之缘的话,那么在建筑和艺术方面,他可就真是有某种天赋的学者了。叶廷芳对建筑的思想相当前卫:"建筑,这是人类最值得骄傲的字眼:……人类就是这样一步一步把所有其他动物远远甩在后面,而成了'万物的灵长,宇宙的精华'!可以说,一部建筑史,就是一部人类文明发展史。宏观地看,一个时代的建筑水平,是一个时代人类智慧发展程度的标志;一个时代的建筑风貌,是一个时代人类精神面貌的外观。若是别的星球的生灵看地球,建筑就是人类的衣衫或装扮。"所以他高度评价建筑师的意义,充分肯定当代中国建筑师对审美功能的重视,"既讲究结构与布局的合理,也讲究造型与装饰的美观,力求使技术与艺术统一于建筑的整体之中。这意味着我国的建筑师已开始在自己的领域里,找到了建筑师的'自我'……",所以他要求"请建筑师出来谢幕","对于建筑师来说,'谢幕'不是为了邀功请赏,而是为了亲自把他的作品交给广大'接受者'去评论、鉴赏,从而参与最后的创作过程"。在我看来,建筑、戏剧、艺术(狭义概念,包括音乐与美术)构成了叶廷芳追求缪斯的三种维度,也成就了他散文的最佳内容。我们翻开他的文集,就经常会发现他"建筑客串"的姿态,"进出剧院"的身影,当然还有"艺术触须"的鳞爪。

　　而作为专业学者,他在 20 世纪 90 年代之后,论文就已经写得相对少了,更多以一种评论的方式出现在学界和知识场域。这个方面,《现代审美意识的觉醒》《扬子—莱茵——搭一座文化桥》《卡夫卡及其他——叶廷芳德语文学散论》等可为代表。这些评论文字都曾以文章形式在报刊发表,颇有读者群。既以专业为立身之本,但又不局限于四平八稳的论文框架,而是以更加平常随意的方式和笔调,来谈作者的想法和思考,与更广大的读者交流。尤其是,叶廷芳有一个好习惯,每次出外旅游讲学,他都会将相关经验形成文字,成为随笔评论的最佳内容,你跟着他去游历魏玛、法兰克福等各地名胜,甚至访问迪伦马特、穆施克等名作家,可谓其乐无穷。这其中也不难找到思考的吉光片羽,譬如他在谈到《罗累莱:莱茵河的璀璨明珠》时就不仅描述了自己探索究竟的详细过程,而且触发了独到的思考:“人们把她看作以往遇难者的永恒纪念碑,海涅的诗便是她的碑铭,此外还有那么一个美好的女性名字做冠戴,罗累莱的命运自然就改变了,变成一个自然神,一个人人朝拜的对象、审美的对象,好比动物园中那伤过人的老虎,人们把它的有害行为归咎于它的天性,而唯念它的珍惜和雄健一样。”所以,“罗累莱既然与人的行为发生了那么密切的关系,它就具有了人文内涵,具有了文化价值,而成为不朽的文物了”。类似这样的论述,当然不是严肃的学术研究,但它毕竟是有学养为根基的,譬如海涅的诗歌与布伦塔诺的《郭德维》,同样可以给人思考与启发,而且面对的大众是更广泛的。

　　对严肃的学者来说,这些当然也都算是“旁骛”,但并非是致命的。客观说来,这些爱好和工作都需要占用时间,这本也就是一个寻找缪斯者必然要付出的代价,或许也是为自己主业受损辩护的理由。但在我看来,还是应当努力追求"读书学剑两不误",将主业工作和兴趣爱好协调好。而就求知本身来说,也并不存在截然分裂的业余和专业、兴趣和职业之间的鸿沟。一方面应当深扎根基,就是以自身专业为终极目标,无论外界条件如何改变(不可知强力因素除外)都矢志不移,这是无论如何不能松懈的;另一方面求知的本能也必然要求一个学者四处游移、进入别人的后花园,只要有二元互补和自觉协调意识,两者不仅可能,而且必须和谐共处。叶廷芳身上的这些特色,即便就治学而言,也并不完全是缺点,因为它显然开拓了研究者自身的视域,平添了其专业治学的知识基础和底气。其实叶廷芳的上一代前辈诸如冯至、卞之琳、李健吾、钱锺书、杨绛等,都有学者兼作家的特点,今天的叶廷芳多少反映了他们的遗风,所以近三届的中国作家代表大会他都被选为代表参加了!

三、作为中国德语文学研究会会长的叶廷芳: 时代语境与中国德语文学学科史的脉络延续

1964 年,随着老师冯至来到中国社会科学院外国文学研究所的叶廷芳,或许没有想到,35 年后,他会成为中国德语文学学科的"掌门人"。1999 年当选为中国德语文学研究会会长,叶廷芳成为本学科第三代人中的"领头羊"。2010 年,叶廷芳从会长位置上卸任,同时被推举为学会的名誉会长,也算是退出了"学科江湖"。

这一代学者,大多生于 20 世纪 30 年代,在 20 世纪 50 年前后入大学就读,同辈学者中如范大灿、张玉书、杨武能、余匡复等皆是。张黎、高中甫则要更早些,但基本亦属同辈人。1999 年,叶廷

芳64岁,虽然是老骥伏枥,但毕竟已过花甲之年,在这样一个年龄出任学会的会长,既意味着很大的荣誉,更多的则是全面的责任。毕竟,做纯粹的学者和学术组织的领导,是不一样的。好在此前他已经担任过学会的秘书长职务,做起事来驾轻就熟。再加上他的全国政协委员地位和喜好交游的生性,也易于从社会和政府部门获得一些支持。

我们翻开叶廷芳的文集,有若干篇目是他参加各种会议的发言,还有些属于开幕词之类。但就学会来说,每两年一次的学会年会,作为会长的叶廷芳都会有一篇主题发言。譬如《重审德国浪漫派》(2001年10月第10届年会)、《当代德语文学的美学转型》(2003年第11届年会)、《奇峰突起的奥地利现代文学》(2005年第12届年会)、《德语文学与现代性》(2008年第13届年会)、《现代德语文学中的巴洛克遗风》(2010年第14届年会)等。每一次他都从学术角度认真准备,精心撰写,力图从宏观上驾驭论题,提供一个整体框架,绝不敷衍了事,也时有新见。譬如在关于现代性这一重要命题中,他就认为:"'现代性'是一种开放型思维,所以它跟以封闭和服从绝对意志为特征的欧洲中世纪和20世纪以前的中国封建时代或与这种封建结构形式相似的社会没有多少关系。也正因为如此,现在一般所指的'现代'都追溯到从中世纪封闭中突围出来的文艺复兴。在这以后有三大事件对现代社会的推动至关重要,即宗教改革、启蒙运动和法国大革命。它们在不同的历史时期都分别起过决定性的作用,不仅一步步使人摆脱神的统治,而且使人一步步摆脱人自身的统治。所谓市民社会的形成和欧洲专制王朝的普遍覆灭便是这一进步的显现。但是我认为,当人们仅提这三大事件的时候,显然忽略了或者有意回避了一个重大事件,即

20 世纪的俄国十月革命事件。不管这一事件后来怎样发展,它实实在在反映了人类在思考现代性过程中的另一条思路,即以马克思主义为代表的、与上述三大事件为表征的历史逻辑不同的思路。"进而归纳出现代性的所谓开放性、反思性、多元论、平民性等诸多特征,虽然并没有完全从学术角度去深入探讨这个概念,但确实提出了他自己的见解和思路,而且凸显了自己的专业背景和普遍命题的关系。

叶廷芳十分重视重大活动在文化场域产生的影响,并耗费了大量精力来筹集资金、办理手续、张罗活动,调动中北欧研究室和学会的人员力量去进行这些活动的组织工作。每次活动,他也都会做主题发言,凸显这种一般文化活动的学术性。如 2005 年 5 月 12 日,举办了首都各界纪念席勒逝世 200 周年大会,并做主题报告《席勒,巨人式的时代之子》。即使是到了 2009 年,在 74 岁的高龄,叶廷芳仍然下决心要举办"文化史视域里的歌德、席勒及德国古典时代"学术研讨会,先是和厦门方面联系(如一家公司与厦门大学等),后又因金融危机临时改回北京举办,牵扯大量的时间精力,好在没有影响主题发言《他们共同铸造着一个大写的现代人》的质量。在此文中,叶廷芳指出:

> 歌德、席勒所追求的"人",是精神结构全面、思想情感丰富、审美情操高雅、伦理道德高尚的人,是歌德通过浮士德说出的"用我的精神掌握最高和最深的道理,把人类的祸福都集中在他的胸中"的"全人"(All-Mensch)。

应该说努力把握了歌德、席勒的思想价值所在,并且强调:"两位智者都是因为放眼世界,拥抱人类,并把人类的整体利益和长远利益当作最高的价值追求,故能站在时代的制高点观察、思考和发现问题。"这次学术研讨会邀请了国际歌德学会会长和一些知名海外学者参加,取得了相当不错的学术效果。

相比较杨武能的歌德、张玉书的海涅,最能点染叶廷芳的学术标志的,当算是卡夫卡了。与同行们关注古典时代作家不同的是,叶廷芳选择的学术切入点是当代文学。虽然,卡夫卡生存的年代,是 20 世纪前期。奥地利文学的呈现,乃是中国德语文学学科史上值得关注的现象,而其象征性意义与对现代中国的价值则未必就弱于歌德。故此,叶廷芳对卡夫卡的接近和发覆,有着重要的学术史价值。对于中国现代学术史进程来说,相比较第一代学者筚路蓝缕的沧桑艰辛,第二代学者发凡起例的创业艰难,第三代学者地位略有尴尬。如果说以陈寅恪为代表的第一代学人,以钱钟书为代表的第二代学人,以李泽厚为代表的第三代学人分别确立起主流学术的坐标尺度,让人难免有"一代不如一代"的感慨,那么,在德文学科史上,杨丙辰、冯至、叶廷芳也多少让人感觉到类似的前进轨迹,当然,其中也不乏酸楚与尴尬的情绪。杨丙辰的意义固然值得拂去尘埃、重新评估,但无论如何他远没有达到陈寅恪那样的高度和境界,这是本学科历史上的遗憾和经验;就声名而言,钱钟书、冯至或许各有其影响域,但就真正的学术境界来说,冯至恐仍逊出不止一筹;说到第三代,叶廷芳虽然可被列为代表人物,但与主流学者如李泽厚等相比,在学术成绩上也仍难以比肩。

以冯至为代表的这一代学人,不但在外国文学学术群中取得了令人瞩目的地位,而且在中国整体的学术与文化场域,获得了较为持久的关注度。作为学科群领袖的冯至先生,因其诗人身份和特殊文化资本,故此较易获得学界关注。也还不仅如此,以陈铨、商承祖、张威廉等为星系的同代人,勠力将德文学科推到了一个较高的层次；而季羡林，则将德文学科的影响进一步辐射到其他学科领域。应该说，第二代学者的努力是应当予以充分肯定的。作为弟子辈的表现，究竟如何呢？在这一代业已步入七旬的学者中，如上所述，叶廷芳的学术敏锐和艺术感觉都是非常良好的，正是这两者的交融，使得他能够别出手眼，在第三代众多的研究者中脱颖而出。在第三代学者中，以个体学术产量丰硕而显著的或当推余匡复教授，他不但著作数量较多，也有相当多的翻译作品；以大规模的集体性成果问世的，则当属范大灿教授，范氏主编的五卷本《德国文学史》可谓是本学科很有分量的集体作品，而范先生在学生之中口碑流传之佳更是难得；就与德国学界交流之频繁并具有知名度而言，自当推张玉书教授，他所创办的德语刊物《文学之路》、中文刊物《德语文学与批评》，对本学科均有推动意义，值得褒扬；而在歌德译介领域独领风骚，并以文学翻译家自诩的，则属杨武能教授；至于谋划资金、召开研讨会、凸显学科、提携后辈等，作为本学科的掌门人，则自然应算叶廷芳先生。

所以我对叶氏的学术史贡献定位为三点：一是专家，二是票友，三是会长。融此三种角色为一体，则体现出一种跨越性的维度。尤其是他在专业之外为本学科赢得关注和荣耀，是值得重视的；而他因为公共问题而发表的见地和思路，是很有特殊价值的，由此而言，叶廷芳在某种意义上对当代思想史是有意义的。

我感触颇深的就是叶廷芳对后辈的提携和发现，主要立足于学术上的标准。他认为不懂德语也能研究卡夫卡，表现了一种非常豁达大度的学术胸怀，这与学界某些人视通某门外语为能事，不懂外语连准入资格都没有的狭隘之见大相径庭。这一点尤其表现在"作序"上，除了提携之意的充分肯定之外，他也不讳言作品的不足之处。譬如他给胡志明的《卡夫卡现象学》作序就指出：

> 仿佛作者的卡夫卡研究一直在"单车道"上行驶，而不是在"多车道"上奔驰。就是说，卡夫卡现象的产生和存在不是孤立的，它是20世纪汹涌澎湃的现代主义思潮的产物。事实上卡夫卡的人文观念和审美观念都与这个运动直接有关。例如卡夫卡的"审父情结"就与表现主义者普遍批判和清算"父辈文化"的思潮分不开……

作为汉语学界卡夫卡研究的权威，叶廷芳其实颇喜与人为善，但也严守自己作为学者的本分，从不夸张其词。而这种分析和提示是非常到位的，绝非常人所能道。给后辈学者以启示，这比一般的什么应景之语都要有用。卡夫卡的文学史与思想史意义十分重大，必须将其放置在西方与东方的整体文化史、思想史脉络中观察，才可能求其甚解，故此叶廷芳委婉含蓄地提出"多车道"概念，是颇富意味的，也与他一直强调的视域开阔的学术素养与要求有关。

因此，除了个人兴趣爱好的三支柱：戏剧、建筑、艺术，还有会长功能的三大事：年会组织、文化活动、提携后进。如此一来，作为一个学者，能够放在自己学术研究方面的时间，自然也就很有限，叶廷芳孜孜以未能对古典文学尤其是歌德、席勒下功夫为憾事，所以对后来人多所鼓励、指点途径。人生不能两全，必须有所选择。王瑶认为对学者来说，"大环境左右不了，小环境却可以自由创造，起码要自己沉得住气"。这种沉得住气，固然可能更多是指自己亲历的政治风云，但在变化的时代之中，其实也有多重可以引申的含义，譬如面对各种各样名利的诱惑、市场化时代下的金元与权力合谋陷阱等。就会长位置而言，我觉得很遗憾的是，叶廷芳没有能推动创办一份学术刊物。对一个学科来说,能有自己的一个学术园地,是非常重要的事情。以叶廷芳的社会活动能量,寻求一些资助,出版一册学术集刊,应该是完全可以做到的。这些都涉及前人可以给后人留下的学术遗产问题,除了专门著述的贡献之外,制度性的遗产也是很重要的。当然这也许有些苛求于人了,总体来说,虽然尚远未到盖棺定论之时,我仍然觉得应为中国德文学科拥有这样的第三代掌门人而骄傲,叶廷芳以他的智慧、真诚、对学科的热爱,成就了他作为学科领袖的事业,是有目共睹的。如果再考虑到他的身体状况和客观环境,对于学术和生命一个残疾人需要怎样的毅力、怎样巨大的热情,才能够做到这一切,我们就更有理由为中国拥有这样的日耳曼学者而自豪。

(原载叶隽著《中国外国文学的学术历程》,2016 年 12 月出版)

回望南方乡间的独臂少年

祝春蕾

北京的秋意比南方来得更快些,立秋刚过,这里便迎来了一场大雨,冲淡了热气也带来了凉爽。因为衢州市政协鉴于乡贤叶廷芳先生历来关心家乡的建设和所做的努力,8月10日,我随衢州市政协文史委主任郑彦、衢江区社科联人员俞云龙,从衢州赶往北京看望大病初愈的叶廷芳老先生。

叶老的家在北京东二环中国社会科学院劲松宿舍区,听说这里是中国最早一批灌浆商品房。宿舍区是几幢小高层,房子前有个花园。楼房墙面的斑驳是岁月的痕迹,但时间洗不去的是老一辈知识分子的书香气。

叶老的家在11楼,敲门进去,餐厅、客厅、书房、卧室、阳台,100平方米左右的房子,每个角落都堆满了文学、美学、诗集、西方文艺等各类书籍,其中大量厚厚的德文画册尤其醒目。

81岁的叶廷芳穿了一件竖条衬衫、一条西装裤,看起来精神矍铄。迎来家乡远道而来的客人,叶老很是高兴,热情地冲了咖啡招待我们。"去年大病体重减轻了11.5千克,经过一年休养,今年反而比病前增加了两三千克,现在身体各方面正常。"2015 年,叶廷芳老先生同时患上了皮肤癌和膀胱癌,前后五次入院治疗。好在未到晚期,两次手术都很成功,经过大半年休养,身体恢复得很好。现已重新开始工作:写文章,做演讲……

"我已经 80 多岁,多活一年就赚一年,和以前一样轻松自在。"乐观的老先生讲话声音像极了唱歌的美声,响亮、坚定,一字一句都铿锵有力。透过叶老家的窗户,远处的天空灰蒙蒙,几个人就在这满屋书香里,从如何为叶老先生根据他已发表的饱含浓浓乡情的文章出一本随笔集——这是市政协送给老先生的美好礼物——谈到老先生无法忘却却仍旧清晰的记忆;任由思绪跟着叶老先生,循着那些魂牵梦萦的乡情,回到了那些既感伤又励志的过往;回望衢州从有名的穷乡僻壤到如今展现出巨大发展前途的江南历史文化古城……

一、南方乡间的独臂少年

问:您写了很多衢州的文章,对于家乡衢州,您有一种怎样的情怀? 家乡,是否有您无法忘却或牵挂的人或事?

日本鬼子占领衢州带来了灾难

叶廷芳:我的老家在衢江区峡川镇下叶村,村子周围都是田畴和丘陵,对面的高山是村子的天然"屏风"。但从 1956 年到北京上大学,离开家乡已经 61 年,往事时常如电影般在我脑海回放。

最难忘的是 1942 年的春天,我才 7 岁,日本鬼子蹂躏了我的家乡、我的家,烧杀抢掠。我跟着母亲、3岁的弟弟,还有叔叔婶婶躲在通过手扶梯上下的楼上,透过缝隙我看到了日本兵在家里杀猪宰鸡。其间,正患病的弟弟哭闹个不停。日本人忙于烧饭,似乎无暇理会,我们幸运地躲过一劫。但日本军队开走以后,我们发现我的父亲和爷爷不见了!68岁的爷爷和有肺痨病的父亲都被鬼子们抓走了!第二天,天刚蒙蒙亮,我母亲带着我们四个兄弟姐妹,踏着泥泞山路逃难。母亲是个小脚女人,我看见她在前面艰难地走着,泥泞拔走了她的鞋,又裹走了她的袜子,"三寸金莲"赤裸走在山路上,一手抱着弟弟,一手提着包袱,又惦记着父亲、爷爷,一把鼻涕一把泪!我们在雨中整整赶了约25里路,一直到黄昏,才绕过崎岖的山路来到了山里亲戚家。

父亲和爷爷的被抓已经让母亲万分恐惧和担忧,然而逃难的第四天,一个不幸的消息又传来,双目失明的外婆死于日本兵的枪下。我的母亲伤心欲绝。好在第五天,父亲突然出现在我们面前,他从日本人手中逃了出来(爷爷一个月后病倒了,鬼子放了他)。但母亲因伤心过度、身体虚弱而染上疾病,于1943年过早去世了!时年38岁。

贪玩失去了左臂

叶廷芳:当地天旱时有种"求龙水"的习俗。道士做法事时,要骑在一根"独龙杠"上,后面跟着一帮用土武器武装起来的农民,雄赳赳地向山里的一个"龙洞"(即溶洞)进发。孩子们看到便想学,但没有人敢试。我的跃跃欲试的好奇心酿成大祸。

那是 1945 年,我 10 岁。刚摔下来时,其实并无大碍,只是臂部骨折。我把左手扶在头顶以减轻疼痛,就这样回了家。最担心的不是手臂,而是严苛父亲的责骂。

当时父亲正出远门在外,一个自以为会接骨的邻居自告奋勇来帮忙,但只知使劲包扎,致使血液断流,细胞坏死,最终无可挽救,两周后手臂自行从肘部掉落了!

断臂之后,父亲对我的态度大变。这场景颇像卡夫卡的《变形记》,变成甲虫后的格里高尔不得不接受亲人的日渐冷落与疏远,我亦有过这样一段时光。兄弟姐妹把父亲的态度看在眼里,我成了家人可随意唾骂的多余人。

但父亲毕竟是父亲,也担心他离世后,独臂儿子难以养活自己。为此,他背着我哥哥特地做了一份田契,将家里最好的一块稻田做在我的名下。这块稻田几乎不需要灌溉,我可以通过收租来养活自己。不过,当时父亲的一句话让我很是伤感又不服气。他对我说:"老婆就不给你娶了,你养活不了的。"这句话激起了我内心的叛逆。

老家到处是高高低低的丘陵,那时候山上树木不多,有不少无人管的草地。我就琢磨着能不能开垦几片空地种粮食,水田需要扶犁耕田,而旱地只要学会如何使用锄头就可以。那时候的山上有狼出没,我便约上隔壁一个贫农家的小孩一起干。一个冬天,两个人开垦出了 10 多块荒地,其中一部分种上了小麦、番薯等。那年的丰收鼓励了我的信心:凭锄头我也可以养活自己!

二、一波三折的求学路

问：您是如何一步步走向成功的？又是怎么与卡夫卡结缘的呢？

一段艰辛的求学之路

叶廷芳：1949年初小毕业，因为公立中学规定不接收残疾人，我不能像其他同学一样考虑升学的事情；1950年初，一位同村的高中学长说，解放了，共产党和国民党不一样，你的身体状况或许也可以上中学。我再次去报名，但开始还是被拒绝。在走廊里走了几个来回，感到不服气，就在报名的窗口将了老师一军，"不是说共产党比国民党好吗？为什么我还是上不了学？"不想对方被这句话问住了！他愣了一会儿，旋即进去与领导商量了一下，于是准我报考了。

难题接踵而至，入学考试的准考证上须贴照片，但我从没照过相，如果现照至少要一个星期才能取到照片，而考试第二天就要进行了！这时村里的那位高中生又给我出了个主意：把学校的公章盖在手臂上，凭手臂上的印戳去考试。结果真的被认可了。

一波三折后，本以为可以顺利上学了。谁知又遇到了拦路虎——父亲说须到下半年收割后才有钱供我上学。因为畏惧父亲，我不敢向他恳求和抗辩，只能默默地目送着同龄堂兄由父亲陪送着去城里上学。

开学两周后，我依然很沮丧。一个小雪天，父亲出去串门,我像往常一样用豆粒裹着稻草喂牛,就在某个瞬间,我终于下了决心:借米上学!我把喂牛的稻草粽子往地上一摔,轻轻对这忠诚无言的伙伴说:"牛啊牛,对不住了,没能让你吃饱,以后我也陪不了你了!"

折回家中,已经快吃午饭了,嫂子说要走也得吃了饭再走。我说,吃了饭父亲就回来了,那就走不成了!于是,匆匆从家中拿了一串粽子、10多斤大米、几件衣服,穿上蓑衣、笠帽、草鞋,挑着30来斤的担子,独自步行45里雪山路,向走读的堂兄借了40斤大米,才交了学费。

大凡人都有"置之死地而后生"的天性,在逆境下被逼到一定程度会爆发出潜在的能量和智慧。一直以来手的问题没少给我带来麻烦,尤其是在"上山下乡"期间。幸好,洗衣服、钉纽扣,到北方学会用铁铲、割麦子、捆麦子,这些都没难倒我,我的农活比城市出身的男同学做的还利索;后来工作后,同单位的女同事还说我是单位里衣服最干净的男生。很多同事也都说,"与叶廷芳共事那么多年,我们都忘了他只有一只手,因为他从来没有少做一件事,少参加一项活动"。

为此,我也感到自豪,所有困难都克服了,精神上获得了一次飞跃,意志变得更坚强。

此外,生活中叶廷芳还是个训练有素的歌手,是当年北京市大学生合唱团的团员和北京大学文艺社团的活跃分子;逢年过节或开会间隙,人们都忘不了请他出节目。

与卡夫卡的"精神相遇"

叶廷芳:纵使人生的道路不太平坦,但学业上我还算幸运,能按第一志愿从事一生的工作。

1961 年,刚从北京大学西方语言文学系德语专业毕业的叶廷芳留任助教,3 年后,又随恩师冯至从北京大学调任社科院外国文学研究所。

在外文所,叶廷芳第一次从内部发行刊物上读到了在当时被视为"毒草"的西方现代主义文学作品,这中间就包括奥地利小说家卡夫卡和瑞士戏剧家迪伦马特。

1972 年,从"五七干校"回来后,得知北京外文书店要廉价处理 200 多万册书籍,都是苏联东欧国家出版的,很便宜,且一律打 3 折! 当时何其芳为了翻译海涅的诗,向我学德语,我们接触频繁,我便约他一起去书店。在书店,两人像在梦里意外挖到一个钱窖,翻来翻去,翻到一套《海涅全集》,装帧十分精致、漂亮。原价 28 块钱,打 3 折才 8 块多。我俩毫不犹豫地各买了一套。最后回来时,我肩上背着、手上提着,到家时,出了一身大汗,但仍抑制不住兴奋。

后来,我们又去了好几趟,买了好几百块钱的书,那时候工资才 56 块钱,几乎花光了家里所有的积蓄。也正是在这个清仓书库,我发现两部"禁书"——东德出版的《卡夫卡选集》和《美国》(即《失踪者》)。就这样,我原文读了卡夫卡的著作。心里想:"这些书怎么是颓废派? 我觉得它们并不颓废啊,里头甚至还有些很健康的东西。"

粉碎"四人帮"之后,叶廷芳以"丁方"的笔名,写了一篇肯定卡夫卡的文章,反响很好。接着又从艺术特色方面写了几篇赞赏卡夫卡的论文,反响也很好。于是他"胆子就大起来了",开始翻译他的短篇小说,探讨他的哲学思想。至 80 年代中期,又出版了专著

《现代艺术的探险者》，发行量很大，一连再版了四次。从此叶廷芳的名字被人与卡夫卡联系在一起。在后来的一段时间内，他也以卡夫卡为研究重点。

除小说外，叶廷芳对戏剧也甚感兴趣。德语国家两位最重要的现代戏剧家布莱希特和迪伦马特都是他的研究对象。他翻译的迪伦马特的四出代表性剧作全部被搬上京沪舞台。他也是我国唯一的受到迪伦马特亲自接待并宴请过的学者。近40年来他在北京观赏过上千出中外戏剧，参加过约500场戏剧讨论会，是有影响的戏剧评论家。

此外叶廷芳还经常客串建筑界和艺术界，多有独到见地。曾先后两次与作家张抗抗一起发起全国性的"建筑与文学"研讨会，在建筑界享有良好声誉。特别是他以"反差的审美原理"和"建筑的对话意识"的观点积极干预国家大剧院的设计，取得了积极效果。故国家大剧院的设计方案敲定的时候，媒体在发布消息时引用的是叶廷芳的观点；大剧院落成后，中央电视台的"焦点访谈"在评论国家大剧院的时候，是邀请叶廷芳去谈的。在保护古城镇、古村落和古遗址方面，特别是在保护圆明园遗址、反对复建的争论中，叶廷芳费了很大的心血，最后平息了这股复建思潮。最近出版的散文随笔集《废墟之美》就是他在这方面所作努力的真实记录。

叶廷芳将文学艺术的各个门类看作是一个"美学大家族"。掌握两门三门就会各门融会贯通，最后获得美学感悟上的升华。因此他把对某些艺术门类的"客串"看作是一种"美学操练"。难怪有的美学教授在评论他的力作《美学操练》时指出，尽管叶廷芳的这部著作不是谈美学理论的，但其中的28篇论文或演讲稿对丰富美学理论作出了贡献。不难想象，叶廷芳的朋友圈有各个艺术领域的大师级人物：如作家王蒙、戏剧家高行健、画家吴冠中、雕塑家钱绍武、书法家沈鹏、美术理论家邵大箴、作曲家吕远、歌唱家关牧村、建筑大师马国馨、文物保护权威谢辰生等。

作为全国性的德语文学研究会会长（现为名誉会长），叶廷芳在领导和组织全国德语文学研究方面也作出了很大努力和成绩。他参加过多次国际学术会议，并享有国际声誉，瑞士《新苏黎世报》、美国《华尔街日报》、法国第二电视台等较有影响的国际媒体都对他进行过采访。2008年，欧洲的名牌大学之一瑞士苏黎世大学授予叶廷芳"名誉博士"的殊荣，这是德语国家最高的学术荣誉；2011年会址设在德国魏玛的国际歌德学会授予叶廷芳"名誉会员"的荣誉，表彰他在学术研究、翻译和加强中德友谊方面所作的贡献。

叶廷芳的社会担当精神在学界也是引人注目的。他在这方面的最大亮点当推2007年他以很大的勇气在全国政协上交的提案，要求尽快停止独生子女政策的执行，引起全国很大反响，也受到计生委的高度重视。其结果大家已经看到。

在衢州一中的校园内竖立着一块石碑，上面镌刻着"虎的勇气、鹰的视野、牛的精神"的铭语。这是叶廷芳5年前为母校书写的题签。他鼓励母校师生以这三种美好动物的特性来塑造自己的精神人格。人们普遍认为，这何尝不是叶廷芳教授一生自我修炼的写照！

三、梦魂牵绕的家乡情

问：从南方乡间渴望上学机会的独臂少年，您从未停下过超越自我的脚步。如今,您的家乡衢州也已经迈开了发展的步伐,您对家乡的发展有何看法,是不是有更好的建议呢?

家乡的发展是一场古今对话

叶廷芳:俗话说,一方水土养一方人。我是衢州的水土养大的,对衢州的乡土与乡亲有着儿子般的依恋。上初中进城的第一夜我就流泪了!鉴于当时乡亲们对文化娱乐生活的饥渴,我从初二寒假起就在本村组织起一个农村剧团,自编自导,解决群众的急需,一直坚持到高中毕业!改革开放以来,先后写了近20篇文章反映和赞颂衢州经济和文化的发展。同时多次动员并组织在京的有影响力的作家、艺术家和中央级报刊记者来衢采风、考察或讲学,诸如著名作家王蒙、张抗抗、舒婷、林斤澜、邵燕祥、白桦、蓝翎、肖复兴、徐刚、邱华栋、韩小蕙、晓雪、牧惠以及美术理论权威邵大箴、著名作曲家吕远、著名雕塑家钱绍武、包泡等。他们多数人都写了歌颂衢州的文章、乐曲、演讲,为提高衢州在全国的知名度和文艺水平作了贡献。

出生农民家中,深知水对农民的重要。千年以前,白居易打马南下,当他的目光触及衢州时,落笔便是"是岁江南旱,衢州人食人"!这首诗强烈震撼着我年少的心灵。一代又一代的衢州人,曾经处在"三年一小旱,五年一大旱"的苦苦挣扎之中。到北京以后,如果北京半个月没下雨,我就会想到家乡会不会也干旱了。当看到家乡先后建成了铜山源水库和乌溪江水利枢纽工程,我曾兴奋地先后写下了《告慰白居易》和《再慰白居易》,分别在《人民日报》和《光明日报》发表。诗人若地下有知,该多么为衢州百姓的命运倒转而高兴!

这几年,衢州市有了大眼界、大气魄、大蓝图。如正在筹建的杭衢高铁,将使衢州进入杭市景区,受到沪杭甬的强大辐射,有力推动衢州市经济文化的发展。这点我以前从未敢想。还记得我第一次进城是乘渡船的。当衢江上有了第一座大桥,我曾兴奋地写下《跨越》一文,现在衢江上的大桥已有五六座,但我还只走过3座。

衢州原是一个穷山恶水之地,衢州市利用自身高度的绿色覆盖率和优良的水质资源,大力建设以"美丽乡村"为基调的生态区域,将成为以绿色为标志的华东之"绿肺",成为慕者云集的全国休闲度假区的首选。这方面其规模、高度、速度均超过了我原来的设想。

西区建设实行全国乃至国际招标,让具有国际水平的设计团队在这张"白纸"上描绘最美的画图,实乃良策和高招。现西区二期建设提出"田园城市"的蓝图比我原先提出的"森林城市"的构想更有品位。现在的问题是如何在美学上定位"田园城市"这一概念。鉴于历史上衢州向来以农为本,以山为脊,又重教尚文,故新城的"田园"似宜于以古朴为底色,以刚毅为风骨,以书香为气韵。此外在某片农田旁建造一座"衢州民俗博物馆",用来收藏和展览衢州地区农耕时代的各种生产工具和生活用具,包括一座我念念不忘的、日夜吱扭作响的水碓,让市民世代保持这美好的历史记忆,将使新区更充满浓浓的人文神韵。

建筑物可以考虑分为行政区、文化区、商业区、金融区、居民区、科技园区(教育区已在北边形成)等,它们被一一"镶嵌"

在这片大田园里,会是很有特色的。似乎还可考虑拿出一批土地(比如 300 亩)作为种植农作物的狭义田园,分作三四片分散在市区,让市民能随时见到庄稼和农耕。当年被毁前的北京圆明园就有这样的村景。这样,衢州新城将区别于到处千篇一律的水泥森林而在全国独树一帜!

此外,我一直有个想法,水是最具生命力的物质,新城建成以后,浩荡的衢江穿城而过,将成为衢市最大的亮点。但目前衢江最有活力的那一段,即西安门到严家峙一段似尚未充分利用起来。我认为这一段的西边沿江应该是高楼林立的全市最繁华的金融商贸中心,好比上海浦东的黄浦江岸。它高耸的天际线和鲜亮的面容与对面灰淡、朴素的古城形成强烈的反差,从而形成古今"对话"的姿势。这是现代建筑美学理念的良好体现。

你们带给我的视频资料中提及整修后的水亭门街很热闹,可惜未身临其境,难以想象真实的情景。我想,就像我在《对话衢州父母官》一文中所建议的那样,只要整修后街面没有拓宽,两旁建筑物的天际线没有加高,从而与其相接的水亭门城门保持其固有的尺度和比例关系,则不管街道两旁的个体建筑有多少变化,其改造都是成功的。

(原载《衢州日报》2017 年 12 月 25 日)

图书在版编目(CIP)数据

悠悠衢江:叶廷芳随笔集/叶廷芳著;衢州市政
协文史资料委员会编. —上海:上海人民出版社,2018
(衢州市政协文史资料丛书)
ISBN 978-7-208-15484-1

Ⅰ.①悠⋯　Ⅱ.①叶⋯ ②衢⋯　Ⅲ.①随笔-作品集
-中国-当代　Ⅳ.①I267.1

中国版本图书馆 CIP 数据核字(2018)第 233268 号

责任编辑　范　晶
装帧设计　范昊如　夏　雪

衢州市政协文史资料丛书

悠悠衢江
　　——叶廷芳随笔集

叶廷芳　著
衢州市政协文史资料委员会 编

出　　版　上海人民出版社
　　　　　(200001　上海福建中路 193 号)
发　　行　上海人民出版社发行中心
印　　刷　常熟市新骅印刷有限公司
开　　本　890×1240　1/32
印　　张　26.25
插　　页　16
字　　数　580,000
版　　次　2018 年 11 月第 1 版
印　　次　2018 年 11 月第 1 次印刷
ISBN 978-7-208-15484-1/I·1774
定　　价　130.00 元 （全二册）